巴蜀神话与古代文学

巴蜀神话研究丛书

主编 向宝云

李昊 著

四川人民出版社

图书在版编目（CIP）数据

巴蜀神话与古代文学 / 李昊著. -- 成都 : 四川人
民出版社, 2025. 1. -- ISBN 978-7-220-13890-4

Ⅰ. I207.73

中国国家版本馆CIP数据核字第2024QE6015号

巴蜀神话研究丛书

BASHU SHENHUA YU GUDAI WENXUE

巴蜀神话与古代文学

李　昊／著

出 版 人	黄立新
项目策划	谢　雪　周　明
统筹执行	邹　近　董　玲
责任编辑	邓泽玲　杨　立
版式设计	张迪茗
封面设计	张　科
责任校对	林　泉
责任印制	祝　健

出版发行	四川人民出版社（成都市三色路238号）
网　　址	http://www.scpph.com
E-mail	scrmcbs@sina.com
新浪微博	@四川人民出版社
微信公众号	四川人民出版社
发行部业务电话	（028）86361653　86361656
防盗版举报电话	（028）86361661
照　　排	四川胜翔数码印务设计有限公司
印　　刷	成都蜀通印务有限责任公司
成品尺寸	170mm×240mm
印　　张	17.5
字　　数	240千
版　　次	2025年1月第1版
印　　次	2025年1月第1次印刷
书　　号	ISBN 978-7-220-13890-4
定　　价	88.00元

总　序

　　2022年5月27日，习近平总书记在主持中共中央政治局就深化中华文明探源工程进行第三十九次集体学习时指出："要把中华文明起源研究同中华文明特质和形态等重大问题研究紧密结合起来，深入研究阐释中华文明起源所昭示的中华民族共同体发展路向和中华民族多元一体演进格局。"巴蜀地区是长江上游的古代文明中心，巴蜀文化是中华文明的一个重要发源地和组成部分。研究好巴蜀文化，可以为中华文明的源头、特质和形态以及中华民族多元一体格局演进等重大理论问题提供重要支撑。习总书记这一号召，给巴蜀文化研究提供了巨大动力。

　　巴蜀独特的山川地理、经济生业和发展历史催生了独特的文化，其内容包括在巴蜀地区形成的价值观念、语言符号、行为规范、社会关系与组织、物质产品等中。巴蜀神话是巴蜀文化中一颗璀璨的明珠，涉及巴蜀文化的方方面面，它以思想、信仰和道德等价值观念为基础，形成了覆盖口头和书面的语言符号系统，并渗透在人们的法律、习俗等行为规范中，协调和凝聚各种社会关系与组织，还呈现于饮食、服饰、建筑、工具、器皿等物质产品中。因此，巴蜀文化的研究必然离不开巴蜀神话的研究。目前中国和世界都在关注三星堆考古进展，越来越多令人惊叹的文物出土，像鸟足曲身顶尊人像、猪鼻龙形器、四翼神兽等，它们都是古蜀神话的物化形态，其后蕴藏着古蜀人独特的价值观念和仪式行为，对古蜀社会有着重要的功能意义，也很可能铭刻着古蜀与中华文明其他发源地互动的密码。我们必须对巴蜀上古神话进行深入的研究，才能解读这些文物及古蜀文化。

巴蜀地区是中华神话的渊薮之一，除了三星堆神话，巴蜀地区还孕育和发展了众多本源性神话，为中华民族提供了优秀文化基因和海量文化资源。比如北川、汶川羌族民众中流传的大禹神话，讲述了大禹的出生、婚配、治水的相关事迹，融入中华民族大禹神话的大家庭，对中华民族共同体的凝聚起到了巨大作用；盐亭的嫘祖神话，涉及中华民族母亲神、蚕桑生产和服饰发明、婚嫁礼仪创制等重大文化议题，让盐亭成为全球炎黄子孙寻根祭祖、守望精神家园的文化圣地；梓潼的文昌帝君神话是中国民间和道教尊奉文教之神的源头，对中华民族的勉学重教传统影响巨大，至今仍以文昌祭祀大典的形式促进海峡两岸文化交流。此外，有关女娲、蚕丛、鱼凫、杜宇、柏灌、廪君、二郎等的巴蜀神话也成为中国神话的重要元素……巴蜀神话之丰厚瑰丽，其对中华文明影响之深远、对中华民族共同体贡献之巨大，一时难以尽道。巴蜀神话研究不仅具有史学、文化学、民族学等方面的学术价值，也具有凝聚全球中华民族精神、铸牢中华民族共同体意识的现实价值。

面对如此深厚的神话资源，前辈学人筚路蓝缕，进行了开拓性研究。民国时期，顾颉刚、冯汉骥、郑德坤、董作宾、常任侠、林名均等一批历史学、考古学、民族学、文学研究者，对巴蜀文化进行了大量探索，其中或多或少地涉及巴蜀神话。1949年以后，徐中舒、蒙文通、邓少琴、林向、汤炳正、李绍明、萧崇素、洪钟等老一辈四川学者，在研究巴蜀文化的过程中也不同程度地论及巴蜀神话。其中，最早提倡将巴蜀神话作为专题来研究并取得辉煌成就的学者，首推已故著名神话学家、四川省社会科学院研究员袁珂先生。袁先生毕生从事神话研究，对中国神话学贡献卓著，他的《中国古代神话》《中国神话资料萃编》《中国神话史》《中国神话通论》等书都不同程度地涉及巴蜀神话的研究，并提出自己观点，为后来的巴蜀神话研究奠定了坚实的基础。

　　我们欣喜地看到，继袁珂先生之后，我省黄剑华、李诚、周明、苏宁、贾雯鹤、李祥林等学者继续进行巴蜀神话的深入研究。尤其是在2019年四川省社会科学院神话研究院成立以后，巴蜀神话研究领域更加活跃。四川省社会科学院将巴蜀神话研究列为重点研究方向之一，神话研究院主办的《神话研究集刊》也每期开辟"巴蜀神话研究"专栏，重点刊发相关研究论文。围绕"巴蜀神话研究"方向，我们聚集了一批省内外高等院校、科研机构的相关专家学者进行专题研究，撰写了一批学术论文，在国内外学界产生了较好的影响。

　　为了进一步凝聚巴蜀神话研究的人才队伍、营造巴蜀神话研究的良好学术氛围，以及从神话学角度及与神话学相关的角度对巴蜀文化进行系统研究，神话研究院于2021年成立了《巴蜀神话研究丛书》编辑委员会，将《巴蜀神话研究丛书》的编撰纳入科研计划立项，并与四川人民出版社多次磋商，达成了出版共识。

　　本丛书立足于巴蜀神话研究，以神话研究为切入点，关联若干与神话相关的学科或主题，形成以巴蜀神话资料长编、巴蜀神话与文学（艺术、审美），巴蜀神话与历史、巴蜀神话与考古、巴蜀神话与民俗、巴蜀神话与四川少数民族文化、巴蜀神话与宗教等为主题的系列专题著作，从学术研究的层面多方位地探讨巴蜀神话与巴蜀文化的关系，立足学术，兼及普及。我们争取将本丛书打造为一套有深度、有规模、有影响力的学术研究丛书，做好巴蜀神话研究的人才队伍建设和学科建设，深入挖掘巴蜀文化，进而为阐释中华文明起源、中华民族共同体发展路向和中华民族多元一体演进格局做出应有的贡献。

　　是为序。

向宝云

2022年9月11日

目 录 ///

引　言

　　关于巴蜀神话的研究早在民国时期就有学者涉足，但是大都隐含在历史学、考古学、民族学当中，并未形成专门的神话研究门类。从新中国成立至20世纪90年代前，以吕子方、蒙文通、任乃强、邓少琴、袁珂等为代表的本土学者从文献学、历史学、考古学、民间文学等角度深入研究巴蜀文化，其中部分涉及巴蜀神话。20世纪90年代巴蜀神话的研究迎来了繁荣期，"巴蜀神话"被明确作为一个学术概念正式登场。21世纪以来伴随着金沙、营盘山等考古遗址的发掘，进一步引发了学界对古蜀文明的重视并开拓了多元研究的格局。四川省社会科学院成立了神话研究的专门机构"神话研究院"，并创办了国内第一本关于神话的刊物——《神话研究集刊》。巴蜀神话的研究传统一直得以传承。[①]

　　从研究成果看，学界关于巴蜀神话的研究主要围绕如下方向进行：

　　1.神话文献的搜集整理。袁珂先生做了诸多古代文献中神话资料的搜集整理工作，出版有《古神话选释》《中国神话传说》《中国神话资料萃编》等著作，其中涉及部分巴蜀神话资料。国家重大文化工程《中国民间故事集成·四川卷》也为巴蜀神话的搜集整理做了一定贡献。新近出版的周明《巴蜀神话文献辑纂》参考《中国神话资料萃编》体例，增补了大量

---

① 　关于巴蜀神话的研究发展历史，详参周明：《百年古蜀神话研究概说（上、下）》，《文史杂志》2023年第4、5期。

史书与地方志的文献资料。

2. 巴蜀神话的溯源、类型、审美、价值等理论研究。袁珂先生在《中国神话史》《中国神话通论》中多次提及古蜀神话，并将之作为中国神话的重要案例深入分析。李诚《巴蜀神话传说刍论》《古蜀神话传说试论》、黄剑华《古蜀神话研究》等著作从考古、文献、历史等角度对巴蜀神话进行了详细分析。论文方面，如袁珂、岳珍《简论巴蜀神话》，贾雯鹤《巴蜀神话始源初探》，谢晋洋等《巴蜀神话的影响及研究价值》等文章探究了巴蜀神话发展历程及影响价值；黄剑华《古代蜀人的通天神树》，程熙《从神话考古看古蜀的历史文化内涵》，杨阳《从巴蜀神话看三星堆文化中鸟图腾崇拜》等文章则立足于最新考古成果；李诚《古蜀神话传说与中华文明建构》，罗建新《古蜀神话中的民族精神》，邓经武《中国文化源头中的巴蜀神话》，黄怡《探究巴蜀神话中的劳动内容及其价值意义》等文章从中华文明传承、文化溯源、民族精神传播等方面探索了巴蜀神话的价值意义。

3. 巴蜀神话的个案研究。针对巴蜀神话的体系以及各类型神话展开深入分析，研究成果颇丰。如叶舒宪《三星堆与西南玉石之路——夏桀伐岷山与巴蜀神话历史》，苏宁《试论三星堆神仙体系》，黄剑华《大禹的传说与西羌文化》，易代娟《杜宇神话研究》，李叶《蜀王神话的文化内涵探究》，王炎《大禹神话的现代解读》，李沙《杜宇、鳖灵神话传说探析》，王春宇《蜀地蚕神研究》，刘明晶《李冰治水传说流变研究》等。

4. 巴蜀少数民族神话的研究。如萧崇素《原始的探索 童年的幻想——凉山彝族民间神话一瞥》，李子贤《大凉山美姑县彝族神话与宗教民俗》，李明《羌族神话纵横谈》，李璞《羌族神话与审美观念》，佟锦华《简析藏族神话》，李燕《试论藏族神话中的自然历史观》等。

5. 文学作品与巴蜀神话研究。这类研究比较少，主要集中于对部分诗词的研究。如甘成英、毛晓红《巴蜀古代神话传说构筑李白瑰丽的浪漫诗境》，羊红《明清诗歌中的鳖灵负面形象初探》，颜同林《杜宇化鹃神话与巴蜀文学》，白帅敏《论唐宋词中的鹃声及其文化内涵》，陈鹏《李白诗赋与神话》，孟祥娟《论杜甫对神话的接受与运用》等文章。

本书从文学与神话的关系问题切入，从另一个角度加深对中国文献与传统文化的多元认识，勾勒出巴蜀古代神话文献及巴蜀神话演变的渊源、脉络、特征、影响，加深认识文学对神话的保存、传播、完善、传承与发展所起到的重要影响与作用，更利于厘清二者之间相辅相成的联系，从而对巴蜀神话在新时代如何通过文学作品扩大影响力与普及度，如何深入发挥巴蜀神话在社会审美关注、人文关怀、民族精神、文化旅游等方面的现实作用与精神意义提供新的思考方向与参考借鉴。

本书采用袁珂先生"广义神话"的概念及其研究范围，以古代文学作品中记载的巴蜀神话传说为研究对象，时间和文本范畴选定为民国以前的文学作品，包括诗、词、曲、戏剧、辞赋、文章、志怪小说、传奇、笔记、话本、章回小说以及部分史志、诸子等"大文学"形式。地理范畴则参考袁珂先生在《简论巴蜀神话》一文中的界定："从《禹贡》的记载看起来，古代的巴蜀地区东起华山之南，西至黑水流域，大概包括今天的四川、云南、贵州三省及甘肃、陕西的南部和湖北的部分地区。晋代常璩作《华阳国志》，即以此为古代巴蜀的疆界。这也就是巴蜀神话所依据的地理范围。"①选定古代整个巴蜀地域的神话，即除现今四川和重庆外，还包括了今陕西、湖北、甘肃、云南、贵州等部分地域。限于篇幅，本书所论巴蜀神话的主要内容范畴暂时只包括汉族神话传说。

扫码阅览
- 有声点播
- 巴蜀方志
- 考古探秘
- 文化讲堂

①　袁珂、岳珍：《简论巴蜀神话》，《中华文化论坛》1996年第3期。

历代文学作品中的巴蜀神话概述

　　巴蜀神话为我国古代文学的发展提供了丰富的素材内容，在诗、赋、词、曲、小说、杂剧等各类文学作品中都能见到耳熟能详的巴蜀神话人物故事与传说典故。加之历朝历代文学作品的敷演流传，亦对巴蜀神话的保存及对外传播起到了积极有益的促进作用。不仅如此，文人墨客与民间大众充分发挥想象力，结合宗教故事、当地传说等，对巴蜀神话又不断进行艺术加工与情节补充，为其增添了更多的奇幻元素与审美意趣，进一步充实了巴蜀神话的内容，丰富完善了巴蜀神话的体系结构。

　　早在先秦时期，《山海经》《尚书》及诸子等作品中就有涉及巴蜀神话的部分记载，比如昆仑神话和大禹传说。古蜀与中原之间早有联姻纽带：黄帝娶西陵氏女嫘祖，生玄嚣（青阳）和昌意，昌意娶蜀山氏女昌仆，生颛顼（高阳），颛顼生鲧，鲧生禹。"中原和古蜀均为黄帝后代，两地文献均从古相传黄帝与古蜀的亲缘关系，都把各自最古文化的起源追溯到黄帝与嫘祖、昌意与蜀山氏和帝颛顼，这正是表现了两地共同的文化底层。"[①] 这些文学作品虽然数量不多，却是对巴蜀神话的珍贵记

---

① 段渝：《大禹史传的西部底层》，《四川大学学报》（哲学社会科学版）2004年第5期。

录，也是见证中华文明不同区域之间相互交流融合的关键。从秦汉魏晋开始，文学作品中对巴蜀神话传说与古蜀王朝更迭的历史记载才逐渐丰富，因此，我们将秦汉作为讨论开端。

第一节　早期神化：秦汉文学中的巴蜀神话

秦汉时期巴蜀神话在文学作品中并不多见，出现最多的是大禹神话和古蜀王朝世系传说。其中，大禹、李冰等历史人物通过文学作品的渲染铺垫，完成了早期从人向神的神化过渡，构筑起具有神性的英雄形象。文学作品同时也为巴蜀神话的对外流传起到了推动作用，如李冰神话、巫山神女传说、金马碧鸡信仰等就是通过诗歌、辞赋、史志等文学形式为世人熟悉并被广泛接受。

在这段时期，史志类作品是记录巴蜀神话最多的文献。如司马迁的《史记》在《五帝本纪》《夏本纪》等叙事中都涉及了巴蜀神话的部分内容，如嫘祖、大禹、李冰等。汉代扬雄的《蜀王本纪》虽然早已散佚，但是从各种线索还是能辑录出诸多从古蜀王朝一直到汉宣帝时的巴蜀历史更迭记载，我们对古蜀时代传说的认识了解亦基本源自此书，如蚕丛、鱼凫、杜宇、鳖灵（开明）、五丁的神话传说。通过现在的考古发掘，已能基本证实这些神话传说并非完全杜撰，而是有一定历史来源可考的。可以说《蜀王本纪》是关于古蜀神话传说记载最早、世系最完整、内容最详细的史志作品。其后东汉应劭《风俗通》、汉末来敏《本蜀论》、东晋常璩《华阳国志》等都曾引录或参照扬雄《蜀王本纪》。

辞赋中亦有关于浓厚神话色彩的叙事，而且部分巴蜀神话传说也是通过辞赋创作才得以广泛传播，并为世人所熟知接受。如金马碧鸡神话原本只是在西南地区流传的民间传说，但是直到汉宣帝时经由王褒《碧鸡颂》一文才正式进入官方和文学视野。此后，"金马碧鸡"崇拜才在西南地区传播开来，经久不衰，直到今天四川、云南等地都还有遗存。"金马碧鸡"亦频繁出现在唐宋诗文笔记的记载中。

汉代辞赋中记载最多的还是大禹。如西汉扬雄《河东赋》，东汉张衡《思玄赋》《东京赋》《羽猎赋》、蔡邕《述行赋》、阮瑀《纪征赋》等，都记述了大禹的勤俭美德、治政功绩，以及凿龙门、杀防风等传说。其中大禹治水是辞赋中论及最多的重要题材，如司马相如《难蜀父老》、扬雄《蜀都赋》、陈琳《应讥》等辞赋类作品都细致描述了大禹治水时的艰苦辛劳情状，歌颂其治水安民的旷世之功。

汉代谶纬思想盛行，从日月星象、山川河流、神仙宫殿到各种灾异祥瑞，奇幻玄妙的审美想象构建出了沟通天地连接宇宙的神奇世界，亦赋予了神话传说更广阔的视野。纬书中不乏关于神话传说的记载，如孔子神话、黄帝感生异相等政治神话。在纬书中，亦有大肆渲染大禹身世奇异的情节，还有大禹见河神并得到河图洛书，以及获得其他祥瑞符命的神异事迹。如《尚书中候》《遁甲开山图》《礼纬》《尚书璇玑钤》等纬书都有此类记载，这些内容都丰富了大禹神话的故事情节，也进一步增强了大禹的神化形象。

秦汉以来，黄老之学盛行，统治者热衷于追求长生和求仙，演化到民间则成为一种神仙信仰文化和举国上下的造仙运动。社会思潮亦相应地激发丰富了文人的艺术想象思维，汉代的文学艺术创作也免不了受其影响，如辞赋、杂文、杂传中都有关于秦汉神仙思想的反映，画像砖（石）亦可见到天门、羽人、西王母（掌管不死仙药）诸多图像内容。长生不死的成仙追求，促使人们将养生与修道升仙紧密地结合起来。两汉时期颇具特色的仙传类文学作品开始出现，最具影响力的是西汉刘向所著《列仙传》①。《列仙传》记录了当时民间流传的古代神仙、隐士事迹，其中涉及巴蜀地区的就有骑羊入道的葛由、汉代著名的神仙代表赤

---

① 《列仙传》的作者是否为刘向学界仍有不同意见，一般有西汉刘向、东汉成书和魏晋方士所作三种说法，学界普遍认可其当为汉时作品。

松子、传说中的楚狂接舆陆通、"五岳丈人"宁封子、传说中活了八百岁的彭祖，以及崔文子、邗子、容成公等，反映了当时神仙思想流传之盛。

《列仙传》所塑造的神仙形象及故事，亦成为后世诗文创作的主要素材与文学典故，被广泛征引。魏晋南北朝时期的郭璞、张华、阮籍、谢灵运、陆机、阴铿、王筠、庾阐、庾信、嵇康等人的游仙诗作中，就大量引用了《列仙传》中的神仙故事和人物事迹。如郭璞《游仙诗十九首》其六载："神仙排云出，但见金银台。陵阳挹丹溜，容成挥玉杯。"① 其十："寻仙万余日，今乃见子乔。"② 庾阐《游仙诗十首》其三："邛疏炼石髓，赤松漱水玉。凭烟眇封子，流浪挥玄俗。"③ 其六："赤松游霞乘烟，封子炼凌仙。"④ 这些都涉及了容成公、赤松子、王子乔、宁封子等。而据《文选》李善注中征引了《列仙传》的条目统计⑤，共有69条，涉及神仙人物28人，属于巴蜀神话人物的：赤松子9条、彭祖2条、老子4条、容成公2条、宁封子1条。这类仙话传说在巴蜀地区的影响力很大，魏晋时的志异志怪小说很多都借鉴了其中的传说故事，并据之形成了固定的撰写模式。直到现在，四川地区还有部分仙传人物如宁封子、彭祖等相关的遗迹（祠庙）留存，民间亦有相应的民俗纪念活动。

第二节　成型传播：魏晋南北朝文学中的巴蜀神话

魏晋南北朝时期，社会动乱、战火纷争，人的生命显得尤为脆弱。加之受佛道教的影响，玄学之风盛行，"灵魂不死、轮回报应、鬼神显

---

① 逯钦立辑校：《先秦汉魏晋南北朝诗》，中华书局，1983年，第866页。
② 逯钦立辑校：《先秦汉魏晋南北朝诗》，中华书局，1983年，第866页。
③ 逯钦立辑校：《先秦汉魏晋南北朝诗》，中华书局，1983年，第875页。
④ 逯钦立辑校：《先秦汉魏晋南北朝诗》，中华书局，1983年，第875页。
⑤ 韦珮珮：《〈列仙传〉研究》，山东大学硕士论文，2015年，第48页。

验、肉体飞升等迷信，成为极其普遍的社会心理和社会意识。"①各种宗教鬼神观念杂糅在一起，形成了志怪猎奇的社会风气，并进一步影响了文学作品的偏向与风格。巴蜀神话中的仙道故事、神通异士、精怪奇谈都为当时的志怪小说提供了丰富的素材，而文学作品也为部分巴蜀神话的定型传播提供了土壤，如著名的杜宇化鹃、蚕神信仰大都在这一时期基本成型。

早在夏商周时期，人们就已经有了"灵魂不死"的观念，认为人的灵魂可以在离开人体后，去往一个归宿地（一般是自己来时的原初地），从而达到永恒存在。如《国语·晋语八》和《左传》昭公七年中记载的鲧死后精魄化为黄熊，潜入深渊之中，即是灵魂以水为归宿。《管子·内业》则曰："凡人之生也，天出其精，地出其形，合此以为人。"②将人视作"精"（灵魂）和"形"（肉体）的合一，人死后灵魂仍归于天，形体归于地而成为鬼。灵魂不灭，生命意志便得以延续，则人亦可永恒。这也代表了中国古代灵魂不死的基本观念。汉代神仙思想更是将长生信仰推至极致，到魏晋时期人们已经不能接受人死后才成仙的观念，于是对旧有的仙道故事和神话传说都进行了一番改造，修炼或服食丹药成为成仙的主要手段，强调魂魄不灭更是寄托了民间对历史传说人物能够拥有美好结局的一种希冀祝愿。比如在望帝传说最早的版本中，其实并没有"杜宇化鹃"的情节，扬雄《蜀王本纪》只提到："望帝去时，子规鸣，故蜀人悲子规鸣而思望帝。"③望帝离去时恰逢杜鹃鸟鸣，于是蜀地人民自此才闻杜鹃鸟啼而思念望帝。但是从汉末魏晋时起，渐渐出现了望帝魂魄化杜鹃的传说，如东晋常璩《华阳国志·序志》："杜宇之魄，化为

---

① 李剑国：《唐前志怪小说史》，南开大学出版社，1984年，第222页。
② ［清］戴望校正：《管子校正》卷一六，《诸子集成》下册，浙江古籍出版社，1999年，第867页。
③ ［汉］扬雄著、张震泽校注：《扬雄集校注》，上海古籍出版社，1993年，第246页。

子鹃。"①《文选》中亦有杜宇死后魂魄化为杜鹃鸟的说法，左思《蜀都赋》和鲍照诗作《拟行路难十八首》其七还将杜宇化鹃传说运用到文学作品中，寄托了对人生多变、生死无常的个人感慨抒发，亦表达着时人对灵魂不死、生命长存的追求与向往。

巴蜀地区自古民间祠神之风极其兴盛，宋代石介在《徂徕集》卷九中曾言："蜀人生西偏，不得天地中正之气，多信鬼诬妖诞之说。"②元代虞集《四川顺庆路蓬州相如县大文昌万寿宫记》亦曰："曩蜀全盛时，俗尚祷祠，鬼神之宫相望。"③巴蜀先民坚信灵魂不死，认为蜀王死后灵魂仍存，并会福泽保佑后世子孙。加之古代巴蜀地区的原始宗教信仰，极为崇尚祖先崇拜和巫术祭祀活动，因此除了神化蜀王事迹外，还为其立庙祭祀，将蚕丛奉为青衣神（蚕神），杜宇奉为杜主君（农神），用于祈祷风调雨顺、农事顺遂。此外，巴蜀其他历史人物亦多成为民间祭祀对象，如《蜀王本纪》所记："秦王诛蜀侯恽后，迎葬咸阳，天雨三月，不通，因葬成都。蜀人求雨，祠蜀侯，必雨。"④魏晋南北朝时期，社会动荡，人民疾苦，渴望安稳生活、寄托前贤保佑的愿望日增，由之祭祀活动也逐渐增多，周公、王褒、李业、关羽、庞统等亦纷纷成为民间信仰的保护神和祭祀对象。

魏晋时期的仙传类作品中，各类仙道异士通过修炼得道成仙的传说不胜枚举。其中记述巴蜀神话传说最多的就是葛洪的《神仙传》。葛洪字稚川，自号抱朴子，擅长炼丹，是东晋著名的道士，著有《抱朴子》等。他本为丹阳句容（今属江苏）人，后入蜀，传说曾在武都山取雄黄。如五代谭用之《赠索处士》诗云："洞里真人葛稚川。"⑤清代彭遵泗

---

① 任乃强校注：《华阳国志校补图注》卷一二，上海古籍出版社，1987年，第727页。
② ［宋］石介：《徂徕集》卷九《记永康军老人说》，清康熙五十六年石氏刻本。
③ 李修生主编：《全元文》第26册，江苏古籍出版社，1999年，第686页。
④ ［汉］扬雄著，张震泽校注：《扬雄集校注》，上海古籍出版社，1993年，第255页。
⑤ 中华书局编辑部点校：《全唐诗》（增订本）卷七六四，中华书局，1999年，第8755页。

《蜀故》卷二十一"仙家"载："昔洪为勾漏令，后入蜀取雄黄，于武都山得之，色如鸡冠，喜曰：'吾丹成矣。'因至洪雅与夹江之山，存神养气，道成仙去。隐迹尚在，地名稚川溪，今土人呼为川溪。"[1]《神仙传》中记载了诸多蜀地的神仙传说，比如著名的道教祖师张道陵，还有不为大众所熟知的栾巴、李常在、李八百、李真多、阴长生等仙道事迹，以及后世盛传的"蜀中八仙"（容成公、李耳、董仲舒、张道陵、严君平、李八百、范长生、尔朱仙）的仙话故事。如阴长生是"蜀中八仙"之一的尔朱仙之师，曾在青城山师事马鸣生，擅长炼丹，后在平都山白日飞升。《神仙传》卷五载其事迹云：

> 阴长生者，新野人也。汉阴皇后之属，少生富贵之门，而不好荣位，专务道术。闻有马鸣生得度世之道，乃寻求，遂与相见，执奴仆之役，亲运履之劳。鸣生不教其度世之道，但日夕与之高谈当世之事，治生佃农之业。如此二十余年，长生不懈怠，同时共事鸣生者十二人，皆悉归去，独有长生不去，敬礼弥肃。鸣生乃告之曰："子真是能得道者。"乃将长生入青城山中，煮黄土而为金以示之。立坛四面，以《太清神丹经》受之，乃别去。长生归合丹，但服其半，即不升天，乃大作黄金数十万斤，布施天下穷乏，不问识与不识者。周行天下，与妻子相随，举门而皆不老。后于平都山白日升天，临去时，著书九篇，云："上古得仙者多矣，不可尽论，但汉兴以来，得仙者四十五人，连余为六矣。二十人尸解，余者白日升天焉。"[2]

魏晋南北朝时期还出现了大量志怪志异类文学作品。西晋张华的

---

[1] ［清］彭遵泗编，倪亮校注：《蜀故校注》卷二一，西南交通大学出版社，2020年，第304页。

[2] ［晋］葛洪撰，胡守为校释：《神仙传校释》卷五，中华书局，2010年，第171页。

《博物志》、东晋干宝的《搜神记》、南朝梁任昉的《述异记》等，均保留了部分巴蜀神话与民间传说的内容，如《博物志》记载了关于牛郎织女的"八月槎"故事，《搜神记》记载了马头娘神话等。

旧说太古之时，有大人远征，家无余人，唯有一女。牡马一匹，女亲养之。穷居幽处，思念其父，乃戏马曰："尔能为我迎得父还，吾将嫁汝。"马既承此言，乃绝缰而去，径至父所。父见马惊喜，因取而乘之。马望所自来，悲鸣不已。父曰："此马无事如此，我家得无有故乎？"亟乘以归。为畜生有非常之情，故厚加刍养。马不肯食，每见女出入，辄喜怒奋击，如此非一。父怪之，密以问女。女具以告父，必为是故。父曰："勿言，恐辱家门，且莫出入。"于是伏弩射杀之，暴皮于庭。父行，女与邻女于皮所戏，以足蹙之曰："汝是畜生，而欲取人为妇耶？招此屠剥，如何自苦？"言未及竟，马皮蹶然而起，卷女以行。邻女忙怕，不敢救之，走告其父。父还，求索，已出失之。后经数日，得于大树枝间，女及马皮尽化为蚕，而绩于树上。其茧纶理厚大，异于常蚕。邻妇取而养之，其收数倍。因名其树曰"桑"。桑者，丧也。由斯百姓竞种之，今世所养是也。①

又如《搜神记》卷十三有言："秦惠王二十七年，使张仪筑成都城，屡颓。忽有大龟浮于江，至东子城东南隅而毙。仪以问巫，巫曰：'依龟筑之。'便就，故名'龟化城'。"②这个传说也可视为关于秦时成都筑城历史的一个旁证。还有《搜神记》卷二十中涉及邛都县（今属四川西昌市）"陷湖"（陷河）传说，亦是关于因地裂形成邛海的一种文学演绎。

---

① ［晋］干宝撰，钱振民点校：《搜神记》卷一四，岳麓书社，2015年，第128页。
② ［晋］干宝撰，钱振民点校：《搜神记》卷一三，岳麓书社，2015年，第119页。

邛都县下有一老姥，家贫孤独，每食，辄有小蛇，头上戴角在床间，姥怜而饴之食。后稍长大，遂长丈余。令有骏马，蛇遂吸杀之。令因大忿恨，责姥出蛇。姥云："在床下。"令即掘地，愈深愈大，而无所见。令又迁怒，杀姥。蛇乃感人以灵，言："嗔令，何杀我母？当为母报仇！"此后每夜辄闻若雷若风，四十许日。百姓相见，咸惊语："汝头那忽戴鱼？"是夜，方四十里与城一时俱陷为湖，土人谓之为"陷湖"。唯姥宅无恙，讫今犹存。渔人采捕，必依止宿。每有风浪，辄居宅侧，恬静无他。风静水清，犹见城郭楼橹晻然。今水浅时，彼土人没水，取得旧木，坚贞光黑如漆。今好事人以为枕相赠。[1]

这一时期的志怪小说，深受佛道观念和神仙鬼神信仰的影响。鲁迅先生在评论《搜神记》时就曾言："其书于神祇灵异人物变化之外，颇言神仙五行，又偶有释氏说。"[2] 借助这些仙传和志怪小说，众多的巴蜀神话与神仙故事逐渐为世人所了解，也为后世文学作品与道教文化的发展提供了重要的素材。

除了仙传和志怪类作品之外，魏晋南北朝时期记载巴蜀神话较多的还有史志地理类著作，如东晋常璩的《华阳国志》、南朝宋范晔的《后汉书》、南朝宋任豫的《益州记》、南朝梁李膺的《益州记》(亦作《蜀记》)等。

常璩（约291—361），东晋史学家，蜀郡江原（今成都崇州）人。他所著的《华阳国志》记述了晋代梁、益、宁三州（即今四川、重庆、云南、贵州以及甘肃、陕西、湖北部分地区）的历史、地理、人物、社会、风俗等，是我国现存最早的一部地方志。常璩在编撰《华阳国志》

---

① ［晋］干宝撰，钱振民点校：《搜神记》卷二〇，岳麓书社，2015年，第183页。
② 鲁迅：《中国小说史略》，人民文学出版社，1973年，第32页。

之前，自称曾见过司马相如、严君平、扬雄、阳成子玄、郑伯邑、尹彭城、谯周、任安八家的史作《蜀王本纪》，但后来这八家《蜀王本纪》都亡佚了（如扬雄《蜀王本纪》后来有辑录）。因此，《华阳国志》也是一部从历史地理学的角度，融会西南地区的神话传说、风土民俗于一炉，为巴蜀地域文化寻根的地方史文献。其后范晔《后汉书》、裴松之《三国志注》、郦道元《水经注》、司马光《资治通鉴》等，都曾从此书中汲取素材史料。

在《华阳国志·蜀志》中，常璩承袭了《蜀王本纪》中的神话传说内容，梳理了古代巴蜀的历史沿革与发展脉络，其中记载了西南地区大小30余条神话传说故事，还删改了一些神话传说中过于荒诞不经的部分。如我们所熟知的大禹治水、五丁开山、杜宇化鹃、李冰治水等神话传说，以及文翁办学、司马相如和卓文君的爱情故事等，都在书中有记载。如《华阳国志·蜀志》就记载了较为完整的古蜀帝王世系。

　　蜀之为国，肇于人皇，与巴同圃。至黄帝，为其子昌意娶蜀山氏之女，生子高阳，是为帝喾。封其支庶于蜀，世为侯伯。历夏、商、周。武王伐纣，蜀与焉。……周失纪纲，蜀先称王。有蜀侯蚕丛，其目纵，始称王。死，作石棺、石椁。国人从之。故俗以石棺椁为纵目人冢也。次王曰柏灌。次王曰鱼凫。鱼凫王田于湔山，忽得仙道。蜀人思之，为立祠于湔。后有王曰杜宇，教民务农。一号杜主。时朱提有梁氏女利，游江源。宇悦之，纳以为妃。移治郫邑。或治瞿上。巴国称王，杜宇称帝。号曰望帝，更名蒲卑。……会有水灾，其相开明，决玉垒山以除水害。帝遂委以政事，法尧舜禅授之义，禅位于开明。帝升西山隐焉。时适二月，子鹃鸟鸣。故蜀人悲子鹃鸟鸣也。巴亦化其教而力农务。迄今巴蜀民农，时先祀杜主君。开明位号曰丛帝。丛帝生庐帝。庐帝攻秦，至雍。生保子帝。

保子帝攻青衣，雄张獠、僰。九世有开明帝，始立宗庙。①

在其他史志中，亦有巴蜀神话的内容记载，但是相对而言就比较零散了。如《后汉书·南蛮西南夷传》载有："夜郎者，初有女子浣于遯水，有三节大竹流入足间，闻其中有号声，剖竹视之，得一男儿，归而养之。及长，有才武，自立为夜郎侯，以竹为姓。……今夜郎县有竹王三郎神是也。"②古代夜郎属于巴蜀的大范围，这里讲述的即为竹王神话。夜郎王又称"竹溪王"，如《蜀记》云："古夜郎国，传为一女人浣溪，有竹浮下而中啼声，取而视之，则孩也。及长，呼为夜郎，封竹溪王。"③《太平寰宇记》和《元丰九域志》都分别记载了古代四川荣县、大邑和邛州有竹王庙（祠）。《乐山县志》亦记载："今治北三里有竹公溪，溪上有祠，曰竹王三郎祠。唐建。"④巴蜀民间亦一直有祭祀竹王的习俗，直至唐代如薛涛《题竹郎庙》："竹郎庙前多古木，夕阳沉沉山更绿。何处江村有笛声，声声尽是迎郎曲。"⑤"迎郎曲"即迎竹郎神（即竹王）之曲，为祭祀竹郎神时演奏的迎仙曲。清代王士禛有诗云其祭祀盛况："竹公溪口水茫茫，溪上人家赛竹王。铜鼓蛮歌争上日，竹林深处拜三郎。"⑥

另如北魏郦道元的《水经注》也记载了零星的巴蜀神话。《水经注》中讲述大禹的："（广柔）县有石纽乡，禹所生也。今夷人共营之，地方百里，不敢居牧。有罪逃野，捕之者不逼。能藏三年，不为人得，则共

---

① 任乃强：《华阳国志校补图注》卷三，上海古籍出版社，1987年，第113、118、122页。
② ［南朝宋］范晔：《后汉书》，中华书局，1965年，第2844页。
③ ［明］曹学佺：《蜀中名胜记》卷一一"嘉定州"引《蜀记》，明刻本。
④ 罗曲：《古蜀地竹崇拜文化研究》，《西南民族大学学报》（人文社会科学版）2013年第10期。其所引《乐山县志》为其购全蜀艺文史书局（原四川文史书刊社）的旧版书，有残缺，未标注出版时间。
⑤ 中华书局编辑部点校：《全唐诗》（增订本）卷八〇三，中华书局，1999年，第9137页。
⑥ ［清］王士禛撰，李毓芙等整理：《渔洋精华录集释》卷五《汉嘉竹枝五首》其四，上海古籍出版社，1999年，第894页。

原之，言大禹之神所佑之也。"①属于李冰治水神话内容的："（僰道）县有蜀王兵兰，其神作大难江中，崖峻阻险，不可穿凿。李冰乃积薪烧之，故其处悬岩犹有五色焉。赤白照水玄黄。鱼从僰来，至此而止，言畏崖屿不更上也。"②

第三节　丰富完善：唐宋文学中的巴蜀神话

袁珂先生曾对唐代整个神话的文学记录情况归纳道："中国神话发展到了唐代，便产生了一些新的变化。唐以前的神话，大体是以笔记体的形式，作朴质的记录，保存在书本上。到了唐代，其中一支还沿袭着以往的道路，以笔记体的形式记录着往古的神话和新产生的神话；而另外一支则以一些神话传说作材料，开始有意识地写作神话小说。"③宋元时期由于志怪类作品的减少，神话的记载也相应减少。"中国的神话，到了宋元时代，民间口传的神话，逐渐有了发展，而文人记录或根据一些神话材料写作的神话小说或神话故事，却呈现出明显的衰退状态。在这个时期，几乎举不出一部比较集中的保存神话材料的重要书籍。"④因此，中国神话发展的大趋势如此，巴蜀神话在唐宋文学作品中的保存与记载情况亦差不多。

唐宋笔记中记载的巴蜀神话不多且较零散。如唐代李冗《独异志》中记载的牛郎织女的传说，宋代黄修复的《茅亭客话》中记载的李冰神话和成都蚕市，陆游《入蜀记》和范成大《吴船录》记载了夔州、涪州等地域的廪君、巫山神女、盘瓠神话等。唐代杜光庭《录异记》将前代

---

① ［北魏］郦道元著，［清］王先谦校：《水经注》卷三六《沫水》注，巴蜀书社，1985年，第552页。
② ［北魏］郦道元著，［清］王先谦校：《水经注》卷三三《江水一》，巴蜀书社，1985年，第523页。
③ 袁珂：《中国神话史》，北京联合出版公司，2015年，第205页。
④ 袁珂：《中国神话史》，北京联合出版公司，2015年，第243页。

所有的廪君故事传说全部杂糅在一起，从廪君的先祖溯源、统一五姓，到与盐水神女纠葛纷争、夷城称王等生平事迹都做了基本勾勒，为后世展现了廪君神话的完整面貌。宋代洪迈《夷坚志》、曾敏行《独醒杂志》、张唐英《蜀梼杌》等笔记中都有关于二郎神的记载。张唐英《蜀梼杌》还记载了江渎庙："古史震蒙氏之女，窃黄帝玄珠，沉江而死，化为此神。即今江渎庙是也。"①江渎神即长江之神，亦是岷江神，又名奇相。又如洪迈《夷坚志》丁志卷十四"白崖神"就记载了发生在宋代射洪陆使君祠的灵异事迹，宋代蜀地三大神之一的射洪神（亦作白崖神）本为陆弼，但在南宋时还有一种说法，即元祐党人王献作为陆弼的转世化身替代其成为白崖神，以下即是关于此的记载。

> 梓潼射洪县白崖陆使君祠，旧传云姓陆名弼，终于梁泸州刺史，今庙食益盛。政和八年十月七日，蜀人迪功郎郭畤自昌州归临邛，过宿濑川驿，梦为二吏所召。行数里，至官府……畤曰："王为谁？"（吏）曰："射洪显惠庙神，昔年泸南安抚使、英州刺史王公也。其子云，今为简州守。"畤始悟与云实同年进士。……神曰："吾入蜀逾二纪矣，曩过陆使君庙，留诗曰：'泸州刺史非迁谪，合是龙归旧洞来。'一时传诵，指为警策，暨以言事得罪，弃官谢世，获居于此，独恨王氏族人无知者。藉子之简州，告吾儿。"畤敬诺，寤。后六日，至简池，谒太守弗获，不得告。明年过资州，复梦神召见，责其食言，畤愧谢。……畤既觉，兼程至简，以手书达所梦。太守感泣，访手泽于家而得其诗。王公名献可，字补之，自文阶易武，仕至诸司使、英州刺史，知泸南而卒。岂非代陆公为白崖神乎？②

---

① ［宋］王文才、王炎校笺：《蜀梼杌校笺》卷一，巴蜀书社，1999年，第138页。
② ［宋］洪迈撰：《夷坚志》丁志卷一四"白崖神"，清光绪归安陆氏刻十万卷楼丛书本。

在唐宋时期，巴蜀神话演变流传的最主要方式还是通过以巴蜀神话为题材创作的各种文学作品传播，尤以诗歌为代表，数量最为丰盛。众多文人从巴蜀神话中直接取材进行文学创作，其中望帝啼鹃、苌弘化碧、五丁开山、巫山神女的故事传说均定型，成为唐宋文人最常用的文学意象。如描写巫山神女与楚襄王故事的《巫山高》系列诗歌，唐代张九龄《巫山高》："巫山与天近，烟景长青荧。此中楚王梦，梦得神女灵。神女去已久，云雨空冥冥。唯有巴猿啸，哀音不可听。"[1]宋代王安石《葛蕴作巫山高爱其飘逸因亦作两篇》："千岁寂寞无人逢，邂逅乃与襄王通。"[2]王铚《巫山高》："冥心可见类相求，梦里襄王契神遇。"[3]

唐宋时期的社会现实与文人自身经历密切相关，他们在神话传说中得到情感共鸣，通过神话叙事来表达对自身壮志难酬、社会动荡的愤懑不平，以及对政治清明、匡扶社稷的向往之情。以望帝啼鹃和苌弘化碧的含冤受屈，抒发自身命运悲苦，哀叹家国苦难；以五丁开山的勇毅艰苦，歌颂人力胜天的勇气智慧，展现盛世气象；以巫山神女的浪漫玄幻，描摹大自然的鬼斧神工，传达男女之情的婉转绮思。这些巴蜀神话传说，为诸多巴蜀文人或寓居、宦游巴蜀的文人提供了丰富的素材，拓展了想象空间。而借助这些众多的文学作品，巴蜀神话亦得以保存，并不断充实故事情节，发展完善成为我们后世所熟知的神话故事。

唐宋文人中，书写巴蜀神话最多的当属李白、杜甫和陆游。诗仙李白《蜀道难》一诗采用神话式的诗学描写与审美想象，将巴蜀神话以磅礴壮丽的气势呈现于世人眼前，内容涉及古蜀王蚕丛、鱼凫、杜宇，还有"地崩山摧壮士死"的五丁神话和凶险异常的巴蛇传说等。

　　　　蚕丛及鱼凫，开国何茫然。尔来四万八千岁，不与秦塞通人烟。

① 中华书局编辑部点校：《全唐诗》（增订本）卷四七，中华书局，1999年，第569页。
② 傅璇琮、倪其心等主编：《全宋诗》第10册，北京大学出版社，1991年，第6521页。
③ 傅璇琮、倪其心等主编：《全宋诗》第34册，北京大学出版社，1991年，第21285页。

西当太白有鸟道，可以横绝峨眉巅。地崩山摧壮士死，然后天梯石栈相钩连。……问君西游何时还，畏途巉岩不可攀。但见悲鸟号古木，雄飞雌从绕林间。又闻子规啼夜月，愁空山。……剑阁峥嵘而崔嵬，一夫当关，万夫莫开。所守或匪亲，化为狼与豺。朝避猛虎，夕避长蛇，磨牙吮血，杀人如麻。①

李白对巴蜀山水的热爱，对巴蜀神话传说的向往，在其作品中可见一斑。

见说蚕丛路，崎岖不易行。（《送友人入蜀》）②

野禽啼杜宇，山蝶舞庄周。（《断句》）③

蜀国曾闻子规鸟，宣城还见杜鹃花。（《宣城见杜鹃花》）④

使五丁摧峰，一夫拔木。（《大猎赋》）⑤

石镜更明天上月，后宫亲得照娥眉。（《上皇西巡南京歌十首》其五）⑥

大禹理百川，儿啼不窥家。杀湍堙洪水，九州始蚕麻。（《公无

---

① ［清］王琦注：《李太白全集》卷三，中华书局，1977年，第162、164、165页。
② ［清］王琦注：《李太白全集》卷一八，中华书局，1977年，第839页。
③ ［清］王琦注：《李太白全集》卷三〇，中华书局，1977年，第1418页。
④ ［清］王琦注：《李太白全集》卷二五，中华书局，1977年，第1165页。
⑤ ［清］王琦注：《李太白全集》卷一，中华书局，1977年，第68页。
⑥ ［清］王琦注：《李太白全集》卷八，中华书局，1977年，第437页。

渡河》）①

　　瑶姬天帝女，精彩化朝云。宛转入梦宵，无心向楚君。锦衾抱秋月，绮席空兰芬。茫昧竟谁测，虚传宋玉文。（《感兴八首》其一）②

　　我行巫山渚，寻古登阳台。……神女去已久，襄王安在哉！荒淫竟沦没，樵牧徒悲哀。（《古风五十九首》其五十八）③

　　一枝红艳露凝香，云雨巫山枉断肠。（《清平调》其二）④

　　昔游三峡见巫山，见画巫山宛相似。疑是天边十二峰，飞入君家彩屏里。寒松萧飒如有声，阳台微茫如有情。锦衾瑶席何寂寂，楚王神女徒盈盈。（《观元丹丘坐巫山屏风》）⑤

　　这些作品中涉及大禹的就有7首，还有其他涉及蚕丛、鱼凫、杜宇、五丁、石镜、巫山神女等传说故事的作品，因为李白的个人影响力，客观上亦推动了巴蜀神话的传播。此外，李白本人对仙道类故事也特别青睐。蜀地本来就有浓郁深厚的道教氛围，李白更是热衷于访仙求道，巴蜀地区的神仙信仰与仙话传说对其作品影响甚深。比如《列仙传》中记载了这样一则传说：蜀地仙人葛由好刻木羊卖，引来众人仰慕而追之，随其入山者都得了仙道。李白在不少诗中都引用了这则神话，如《登峨

① ［清］王琦注：《李太白全集》卷三，中华书局，1977年，第160页。
② ［清］王琦注：《李太白全集》卷二四，中华书局，1977年，第1102页。
③ ［清］王琦注：《李太白全集》卷二，中华书局，1977年，第154页。
④ ［清］王琦注：《李太白全集》卷五，中华书局，1977年，第305页。
⑤ ［清］王琦注：《李太白全集》卷二四，中华书局，1977年，第1135页。

眉山》"倘逢骑羊子,携手凌白日"①,《留别曹南群官之江南》"却恋峨眉去,弄景偶骑羊"②等。

杜甫所创作的诗歌中,亦多关于巴蜀神话的内容。如涉及杜宇神话的就有《杜鹃》和《子规》诗,以及两首《杜鹃行》。涉及五丁、石镜神话的有《石镜》。涉及大禹的诗有12首,主要是以宣扬大禹治水、治国理政的功绩为主。其中9首皆为杜甫暂居夔州时探访了当地的禹迹禹功而作,如《移居夔州作》:"禹功饶断石,且就土微平。"③值得一提的是,杜甫笔下虽然也有神话元素的运用,但他对神话意象的选用大都具有明确的指向性与集中性④,而且受儒家思想的深刻影响,杜甫对神话传说的接受与运用更带有理性的批判认识与客观思考,而非全盘接受。如杜甫所作的几首杜鹃诗,其实都是借杜宇化鹃的神话来反映现实、批判现实,下文将会详细论述。另如著名的李冰石犀,岑参在《石犀》诗中对之大加褒扬:"江水初荡潏,蜀人几为鱼。向无尔石犀,安得有邑居。始知李太守,伯禹亦不如!"⑤而在杜甫《石犀行》诗中却能看到不同的见解与更为理性的态度:

> 君不见秦时蜀太守,刻石立作五犀牛。自古虽有厌胜法,天生江水向东流。蜀人矜夸一千载,泛溢不近张仪楼。今日灌口损户口,此事或恐为神羞。修筑堤防出众力,高拥木石当清秋。先王作法皆正道,诡怪何得参人谋。嗟尔五犀不经济,缺讹只与长川逝。但见元气常调和,自免洪涛恣凋瘵。安得壮士提天纲,再平水土犀奔茫。⑥

---

① 〔清〕王琦注:《李太白全集》卷二一,中华书局,1977年,第968页。
② 〔清〕王琦注:《李太白全集》卷一五,中华书局,1977年,第709页。
③ 〔清〕仇兆鳌注:《杜诗详注》卷一五,中华书局,1999年,第1265页。
④ 孟祥娟:《论杜甫对神话的接受与运用》,《天中学刊》2018年第5期。
⑤ 陈铁民、侯忠义校注:《岑参集校注》卷四,上海古籍出版社1981年,第353页。
⑥ 〔清〕仇兆鳌注:《杜诗详注》卷一〇,中华书局,1999年,第835—836页。

开头用的是李冰作石犀镇压水精的传说，接着马上话锋一转，指出自古厌胜之法就不可取，如今石犀虽在而灌口仍遭水患就是明证，进而提出修筑堤防方是防治水患的正确途径。类似的还有《石笋行》：

> 君不见益州城西门，陌上石笋双高蹲。古来相传是海眼，苔藓蚀尽波涛痕。雨多往往得瑟瑟，此事恍惚难明论。恐是昔时卿相家，立石为表今仍存。惜哉俗态好蒙蔽，亦如小臣媚至尊。政化错迕失大体，坐看倾危受厚恩。嗟尔石笋擅虚名，后来未识犹骏奔。安得壮士掷天外，使人不疑见本根。①

石笋源于五丁传说，被蜀地民间传为海眼，认为石笋一倒，海水就会淹没成都。但是杜甫对之却有不同看法，他不相信海眼之说，而是经过实地分析，认为石笋可能是昔时卿相墓上所立华表。并且由之慨叹"惜哉俗态好蒙蔽"，引申到宵小之辈谄媚蒙蔽君王，造成朝政错迕倾危的严重后果。最后和《石犀行》一样，希望有壮士来除恶，消除这些虚诬不实的神话传说引发的不良影响。

宋代陆游的诗、文、赋、笔记中有百余首（篇）涉及大禹的诗文，其内容不仅有歌咏大禹功绩，游览大禹历史遗迹、文化景观、祭祀建筑等的基本书写，还展现了极具地域特色的大禹民间信仰与祭祀活动场景，为我们了解大禹文化在地方演变发展的历史提供了更为深入的资料。

还有部分史志地理类作品中亦记载了一些巴蜀神话资料。如宋代乐史的《太平寰宇记》、王象之的《舆地纪胜》、祝穆的《方舆胜览》、欧阳忞的《舆地广记》等，这类记载主要涉及巴蜀神话中人物故事的发生地、历史遗迹、民俗风土之类的实证。如关于杜宇、鳖灵、蚕神、葛

---

① 〔清〕仇兆鳌注：《杜诗详注》卷一〇，中华书局，1999年，第833—834页。

由、赤松子等巴蜀神话人物在以上书中都有大量传说遗迹存在，可视作巴蜀神话的内容补充，亦间接丰富了巴蜀神话。如《太平寰宇记》卷一四七有关于廪君神话相关的描述："夷城山石险曲，其水亦曲，廪君望之而叹，山崖为崩。廪君登之，上有平石方二丈五尺，因立城其傍而居之，四姓臣之。后死，精魄亦化为白虎也。"①《舆地广记》卷二十九有关于大禹出生地的记载："石泉县，本汉广柔县地，属蜀郡。隋为汶山县地，属汶山郡。唐正（贞）观八年析置石泉县，属茂州。皇朝熙宁九年来属。有石纽山，禹之所生也。"②又如记载彭祖的：

> 彭门山，两峰如阙，相去四十步，名天彭门，因以名州。又曰：彭祖出入此山，因名彭门。③

> 彭山县隋开皇初属陵州。唐正（贞）观元年省隆山入通义，二年复置来属。先天元年改为彭山，取彭女山为名。有彭亡聚，相传彭祖亡于此。④

记载五丁神话相关的武担山和五妇山：

> 武担山，在（成都）府西北一百二十步，一名武都山。⑤

---

① ［宋］乐史：《太平寰宇记》卷一四七"山南东道六"，清同治光绪间金溪赵氏红杏山房补刻重印赵氏藏书本。

② ［宋］欧阳忞撰，李勇先、王小红校注：《舆地广记》卷二九，四川大学出版社，2003年，第843页。

③ ［宋］祝穆撰：《方舆胜览》卷五四"成都府路"，宋咸淳三年刻本。

④ ［宋］欧阳忞撰，李勇先、王小红校注：《舆地广记》卷二九，四川大学出版社，2003年，第837页。

⑤ ［宋］乐史：《太平寰宇记》卷七二"剑南西道一"，清同治光绪间金溪赵氏红杏山房补刻重印赵氏藏书本。

武担山，《蜀王纪》云：武担山精化为女子，蜀王纳以为妃。妃死，王怜之，令五丁力士担土于成都为冢，以葬妃，故曰武担。今山上有石照存焉。①

武都山，在绵竹县，即蜀王妃所生之地。《蜀王本纪》："武都山精，化为女子，颜色美绝，蜀王纳以为妃。未几物故，乃发卒之武都担土，葬于成都郭中。"②

五妇山在（梓潼）县北一十二里，高四百二十丈。按《蜀记》云："梓潼县有五妇山，秦王遗蜀王美女五人，蜀王遣五丁迎女至梓潼。五丁蹋地大呼，惊五女，并化为石。蜀王筑台而望之不来，因名为五妇候台。"《汉书·地理志》云："梓潼五妇山碑志存，有五妇山神庙。"③

又如蜀中三大祠神——灌口神、梓潼神、射洪神曾被作为一个整体祀神进行传播，并从蜀地走向了全国。如《舆地纪胜》卷一五四引《图经》曰："蜀有大神三庙于剑南分镇蜀土，是为玉垒（灌口神）、七曲（梓潼神）、白崖（射洪神）之祠相望，各数百里而礼秩惟均。"④南宋藏书家井度在四川任职期间著有《蜀三神祠录》，亦将灌口神、梓潼神、射洪神并列。⑤宋代景定《建康志》则提及了三神传播到东南州郡的情

---

① ［宋］欧阳忞撰，李勇先、王小红校注：《舆地广记》卷二九，四川大学出版社，2003年，第833页。
② ［宋］祝穆撰：《方舆胜览》卷五四"成都府路"，宋咸淳三年刻本。
③ ［宋］乐史：《太平寰宇记》卷八四"剑南东道三"，清同治光绪间金溪赵氏红杏山房补刻重印赵氏藏书本。
④ ［宋］王象之：《舆地纪胜》卷一五四"白崖山"，清道光二十九年刻本。
⑤ 晁公武撰，孙猛校证：《郡斋读书志校证》，上海古籍出版社，2011年，第356页。

状："三神有德有功，著灵远矣，今东南州郡，所在建祠。"①宋代李曾伯所著《可斋续稿》卷五亦载有广西静江府建有蜀三大神庙。直至元初刘将孙也论及三神信仰已经传播到湖北、江西直至福建："（蜀三大神），湖北、江西、福建而来，庙数千里。"②

　　唐代道教的发展也促进了巴蜀神话的保存与广泛传播。秦汉以来，古人对长生不死的追求几近狂热，东汉至魏晋时期道教所宣扬的通过炼丹修炼来达到长生不老的目的，亦正好契合了人们的心理需求。早期道教集中了鬼神、巫术、方术思想，在巴蜀地区繁荣发展，盛极一时。随着道教思想逐步在全国盛行，各种巴蜀地区修炼成仙的道士传说亦广泛流传，如望帝修道羽化升仙（《禽经》张华注引李膺《蜀志》）、张道陵弟子王长和赵升白日升天、李真多随其兄修道飞升、阴长生炼丹升天、翟武遇仙人乘白龙升仙等传说。到了唐时，道教为了增加自身在民间的影响力与传播度，还人为创作了诸多修道升仙的故事情节，利用神话来宣传神仙传说与道教信仰，部分巴蜀神话也逐渐被仙化。如唐末五代蜀地著名的道士杜光庭就在《录异记》中大肆宣传江神李冰移堰护佑百姓的神迹；他还在《墉城集仙录》《洞天福地岳渎名山记》等道书中加入大禹故事，其本质是将李冰、大禹都纳入道教体系，借此宣扬道教的神通，但是亦间接促成了李冰神话和大禹神话的内容进一步丰富，并推动了二者在民众中的接受与传播。宋代罗泌编撰《路史》时，除了大量引用民间传说和谶纬资料，还杂糅了诸多道教典籍和仙传，如《拾遗记》《洞天福地岳渎名山记》《墉城集仙录》《会稽记》等，将大禹故事彻底仙化。

---

① ［宋］马光祖修，周应合纂：景定《建康志》卷四四《祠祀志一·蜀三大神庙》，清嘉庆六年刻本。
② 刘将孙：《武昌文昌行宫题疏》，载李修生主编：《全元文》，第20册，江苏古籍出版社，1999年，第481页。

第四节　俗化转型：明清文学中的巴蜀神话

明清时期巴蜀神话在文学作品中基本属于平稳发展，与之前神话传说的内容情节都没有太大变化。如以大禹、李冰神话为代表的治水神话增加了更多仙道元素，继续向道化、仙化方面丰富发展。比较特殊的是明清时期鳖灵神话开始由正面向负面形象的明显变化，究其原因，这种转型变化离不开当时社会的宗教文化、时代背景等因素。

这一时期比较突出的是编修地方志成为热潮，官修的上至全国性质的《大明一统志》《大清一统志》，下至各省、州、府、县都有当地的官修省志、州志、府志、县志，私人自行编撰的各类方志亦不少。四川是方志大省，两千年来修纂方志1000余种。《中国地方志联合目录》收录志书8246种，其中四川保存的古代方志数量最多，约占全国的八分之一。尤其明清两朝，四川成体系修志之盛，倍于前代，保存下来的方志亦多于历朝。在四川各级方志中，亦或多或少记载了巴蜀神话的内容片段。这些记载沿袭了唐宋以来各类史志地理文献对神话相关内容的记录方式，亦包括山水风景、民间传说、风俗信仰、遗迹实物等，但是范围更广、内容更丰富，充实了巴蜀神话。比如仅仅关于大禹"禹穴"（禹血石），明清方志中就有大量的记载，仅录部分如下：

> 禹穴，石泉治北三十里。崖山有"禹穴"二大字，相传禹常憩此。①

> 禹穴碑，（石泉）县南二十里，夏禹实生于此，镌古隶书"禹穴"二大字于石壁，又有李白所书二楷字。岣嵝碑，在县南一里石

---

① ［明］虞怀忠、郭棐等纂修：万历《四川总志》卷一四"龙安府"下"古迹"条，万历九年木刻本，第62页。

纽山下禹庙前，大禹所书，字画奇古。①

禹血石，出石泉禹穴下。石皮如血染，气腥。以滚水沃饮之，治难产。②

禹穴，（石泉）县北三十里九龙山下，涧谷幽险，人迹罕到。沿溪而入，飞湍喧耳，血石满溪，神禹生于此。

又：书字崖，禹穴石壁有古篆书"禹穴"二大字。又出一里余，唐李白楷书二大字于绝壁间，较旧书绝大。③

而且随着各类民间野史传说的不断附会增多，极易出现难辨真伪的情况，于是还有学者专门就禹迹进行考证，如：

司马子长《自叙》云："上会稽，探禹穴。"此子长自言遍游万里之目。"上会稽"，总吴越也；"探禹穴"，言巴蜀也。后人不知其解，遂以为禹穴在会稽。而作《地志》者，以禹庙旁小坎如春白者当之。噫，是有何奇而辱子长之笔耶？按：蜀之石泉，禹生之地，谓之禹穴。其石窅深，人迹不到，顷巡抚仪封刘远夫修蜀志，搜访古碑，刻有"禹穴"二字，乃李白所书，始知会稽"禹穴"之误。大抵古人作文，言简而括。若禹穴在会稽，而上云"上会稽"，下又云"探禹穴"，不胜其复矣。如《禹贡》曰："云土梦作乂"，云在江南，梦在江北，五言而括千余里。又曰："蔡蒙旅平。"蔡山在

---

① ［清］常明修，杨芳灿纂：嘉庆《四川通志》卷五九《舆地志五十八》，清嘉庆二十一年刻本。
② ［清］常明修，杨芳灿纂：嘉庆《四川通志》卷七四《食货志十三》，清嘉庆二十一年刻本。
③ ［清］姜炳璋纂修：乾隆《石泉县志》卷四，乾隆三十三年刻本。

雅州，蒙山在云南，今名蒙乐山，上有碑，具列其事，亦四字而括千余里。郑元（玄）、孔颖达、蔡沉、夏僎，皆所未至，而缪云蒙山亦在雅州。[①]

此外，随着话本、小说、戏剧等俗文学创作的繁荣，巴蜀神话传说作为其重要的素材来源，得以繁荣发展，逐渐呈现出民间性与世俗性，实现了"得之于行路，传之于众口"[②]的民间俗化传承状态。为了吸引读者听众，这些俗文学作品就需要更生动、细节，情节就要更加引人入胜，人物形象就要更加细致丰满，表达方式就要更加通俗易通。这无疑也推动了巴蜀神话传说的创新与发展。

---

① ［明］杨慎：《禹穴》，《丹铅杂录》卷六，函海本。
② ［唐］刘知几撰，黄寿成校点：《史通·内篇·采撰》，辽宁教育出版社，1997年，第35页。

第一章

古蜀神话传说的演变

第一节　杜宇神话的嬗变

一、"杜宇化鹃"传说的形成

关于望帝杜宇的故事记载较早且详细的是在扬雄《蜀王本纪》中：

> 后有一男子，名曰杜宇。从天堕，止朱提。有一女子名利，从江源井中出，为杜宇妻。乃自立为蜀王，号曰望帝。治汶下邑曰郫，化民往往复出。望帝积百余岁，荆有一人名鳖灵，其尸亡去，荆人求之不得。鳖灵尸随江水上至郫，遂活，与望帝相见。望帝以鳖灵为相。时玉山出水，若尧之洪水。望帝不能治，使鳖灵决玉山，民得安处。鳖灵治水去后，望帝与其妻通，惭愧，自以德薄，不如鳖灵，乃委国授之而去，如尧之禅舜。……望帝去时，子规鸣，故蜀人悲子规鸣而思望帝。①

---

① ［汉］扬雄著，张震泽校注：《扬雄集校注》，上海古籍出版社，1993年，第245—246页。

《华阳国志·蜀志》中亦有类似记载：

> 后有王曰杜宇，教民务农。一号杜主。时朱提有梁氏女利，游江源。宇悦之，纳以为妃。移治郫邑。或治瞿上。巴国称王，杜宇称帝。号曰望帝，更名蒲卑。自以功德高诸王。……会有水灾，其相开明，决玉垒山以除水害。帝遂委以政事，法尧舜禅授之义，禅位于开明。帝升西山隐焉。时适二月，子鹃鸟鸣。故蜀人悲子鹃鸟鸣也。[1]

可见，在望帝传说的最初版本里，并没有杜宇化鹃一说，而仅仅是望帝离去时适逢杜鹃鸟鸣，于是蜀民闻杜鹃鸟啼而悲伤，并进而思念望帝。那么为什么杜宇又会和杜鹃扯上关系呢？很大原因应该是杜宇在治理蜀地、教蜀民务农上取得的重要功绩。《华阳国志·蜀志》中记载了杜宇"乃以褒斜为前门，熊耳、灵关为后户，玉垒、峨眉为城郭，江、潜、绵、洛为池泽；以汶山为畜牧，南中为园苑"[2]。杜宇务农教化，改善了蜀地百姓生活，让他们安居乐业，其功劳泽被后世，影响也极其深远。"巴亦化其教而力农务。迄今巴蜀民农，时先祀杜主君。"[3]蜀地民众也感念其功，将杜宇奉为"杜主君"，视同农牧之神祭祀。"在民国时期，四川农村中还有不少地方有'土主庙'，就是用来供奉这位'杜主君'的。"[4]任乃强先生在《华阳国志校补图注》中亦注曰："杜，古与土同音。解放前四川各县城乡皆有土主庙。人莫知其何神也。大都为农民所敬奉。由巫师传其为保护农牧之神。盖即杜宇。"[5]可见四川祭祀"杜

---

① 任乃强校注：《华阳国志校补图注》卷三，上海古籍出版社，1987年，第118页。
② 任乃强校注：《华阳国志校补图注》卷三，上海古籍出版社，1987年，第118页。
③ 任乃强校注：《华阳国志校补图注》卷三，上海古籍出版社，1987年，第118页。
④ 李殿元、李松涛：《巴蜀高劭振玄风：巴蜀百贤》，四川人民出版社，2001年，第24页。
⑤ 任乃强校注：《华阳国志校补图注》卷三，上海古籍出版社，1987年，第119—120页。

主君"的风俗一直延续到近代，杜宇积极为蜀地发展农耕种植和畜牧业，深得民心。同时，或许是因为每逢春耕时分，杜鹃鸟就会非常有规律地啼鸣，其声洪亮。在我国最常见的杜鹃又名大杜鹃，叫声可以持续半个多小时，发声"喀咕喀咕"，又谐音似"布谷布谷"，所以常被民间视为提醒百姓务农耕种的播谷报时鸟。因之蜀地先民就顺理成章地将杜鹃啼鸣与杜宇劝农耕种关联到了一起，听鸟鸣而思望帝，杜鹃鸟也由此多了一个别名"杜宇"。

到了东汉以后，望帝故事有了两个比较明显的情节变化。第一，是将原本故事中杜宇与鳖灵妻子私通的记载删除，如东汉李膺的《蜀志》、来敏的《本蜀论》等中都没有了此情节，均是直接讲述杜宇将王位禅让于治水有功的鳖灵后隐居西山。推究其因，当是东汉以后儒家思想中伦常礼法观念逐步深化，时人更倾向于歌颂赞美帝王效仿远古圣贤尧舜禅让的美德，主动禅位于鳖灵，而非望帝私德有亏的污点。

> 望帝称王于蜀，时荆州有一人化从井中出，名曰鳖灵，于楚身死，尸反沂流上，至汶山之阳，忽复生，乃见望帝，立以为相。其后巫山龙斗，壅江不流，蜀民垫溺。鳖灵乃凿巫山，开三峡，降丘宅，土民得陆居。蜀人住江南，羌住城北，始立木栅，周三十里。令鳖灵为刺史，号曰西州。后数岁，望帝以其功高，禅位于鳖灵，号曰开明氏。望帝修道，处西山而隐，化为杜鹃鸟。或云化为杜宇鸟，亦曰子规鸟，至春则啼，闻者凄恻。①

> 荆人鳖令死，其尸随水上，荆人求之不得。令至汶山下复生，起见望帝。望帝者，杜宇也，从天下。女子朱利，自江源出，为宇妻。遂王于蜀，号曰望帝。望帝立以为相。时巫山峡而蜀水不流，

---

① ［东周］师旷撰，［晋］张华注：《禽经》注引东汉李膺《蜀志》，百川学海本。

帝使令凿巫峡通水，蜀得陆处。望帝自以德不若，遂以国禅，号曰开明。[①]

第二个重要的情节变化，就是将原本故事记载的杜宇离去时正逢子规啼叫，蜀民悲鸟鸣而思望帝之说进行了艺术加工，渐渐演化出了"杜宇化鹃"的情节，即杜宇死后魂魄化为杜鹃鸟，从而让杜宇传说增添了神秘色彩，发生了质的变化。比如在《说文·隹部》"鵊"字条中就有"杜宇化鹃"较早的文献记载："蜀王望帝淫其相妻，惭，亡去，为子鵊鸟（按：即子规鸟）。故蜀人闻子鵊鸣，皆起云望帝。"[②]《尔雅·释鸟》"巂周，子巂鸟，出蜀中"，邢昺疏："释曰：子巂鸟也。出蜀中。《说文》云'鵊'。蜀王望帝化为子巂，今谓之子规是也。"[③]"杜宇化鹃"的传说在魏晋南北朝时期比较流行，比如东晋常璩《华阳国志·序志》、王隐《蜀记》中都沿用了此情节。

杜宇之魄，化为子鹃。……子鹃鸟，今云是巂，或曰巂周。[④]

昔有人姓杜，名宇，王蜀，号曰"望帝"。宇死，俗说云"宇化为子规"。子规，鸟名也。蜀人闻子规鸣，皆曰："望帝也"。[⑤]

在文学作品中也基本认可杜宇化为杜鹃鸟的传说，并对其进行了文学化的描写。如左思《蜀都赋》首次将杜宇化鹃传说运用到文学作品：

① ［北魏］郦道元著，［清］王先谦校：《水经注》卷三三《江水一》引《本蜀论》，巴蜀书社，1985年，第522页。

② ［汉］许慎：《说文解字》，中华书局，1998年，第76页。

③ ［晋］郭璞注，［宋］邢昺疏：《尔雅注疏》卷一〇，载《十三经注疏》，上海古籍出版社，1997年，第2648页。

④ 任乃强校注：《华阳国志校补图注》卷一二，上海古籍出版社，1987年，第727页。

⑤ ［南朝梁］萧统编，［唐］李善注：《文选·左思〈蜀都赋〉》注引东晋王隐《蜀记》，中华书局，1977年，第81页。

"碧出苌弘之血，鸟生杜宇之魄。妄变化而非常，羌见伟于畴昔。"① 鲍照亦作诗《拟行路难十八首》其七云：

> 愁思忽而至，跨马出北门。举头四顾望，但见松柏园，荆棘郁蹲蹲。中有一鸟名杜鹃，言是古时蜀帝魂。声音哀苦鸣不息，羽毛憔悴似人髡。飞走树间啄虫蚁，岂忆往日天子尊？念此死生变化非常理，中心怆恻不能言。②

鲍照先从杜鹃的生活环境写起，松柏园中荆棘丛生，一派荒凉景象。接着对杜鹃的外形和习性进行了描绘，羽毛憔悴、声音哀苦、终日在林间忙碌以虫蚁为食。最后直接点明这个哀苦可怜的杜鹃就是昔日贵为天子之尊的望帝魂魄幻化而成，两相对比，落差甚大，从而抒发作者对生死变化世事无常的感慨。望帝死后，魂魄化为杜鹃鸟，日夜悲啼，这应该是古人对杜鹃极富诗意的感性认知与文化解释了。这些诗赋作品将杜鹃与杜宇故事相结合，直接塑造出了一个哀凄悲鸣的杜鹃形象，由杜宇幻化而来的杜鹃从此被赋予了哀怨之鸟的文化内涵。

二、从"杜宇化鹃"到"杜宇啼血"

汉末魏晋时期，民间传说与文学作品合力将望帝故事改良成为"杜宇化鹃"传说，并广为流传。唐时，文人墨客更是在诗文中大量运用这个传说，"蜀帝魂""杜宇魂""杜宇之魄""杜魄""冤魄""怨魄""冤魂""冤禽""蜀魄""蜀冤""蜀魂"等语词大量出现，均指代望帝化鹃，如：

---

① ［南朝梁］萧统编，［唐］李善注：《文选》卷四，中华书局，1977年，第81页。
② ［南朝宋］鲍照著，钱仲联增补集说校：《鲍参军集注》卷四，上海古籍出版社，2020年，第236页。

朱霞焰焰山枝动，绿野声声杜宇来。谁为蜀王身作鸟，自啼还自有花开。（徐凝《玩花五首》其三）①

林间竹有湘妃泪，窗外禽多杜宇魂。（谭用之《忆南中》）②

到得长江闻杜宇，想君魂魄也相随。（李频《过长江伤贾岛》）③

萧萧暮雨荆王梦，漠漠春烟蜀帝魂。（张祜《送人归蜀》）④

望乡台上秦人在，学射山中杜魄哀。（武元衡《送柳郎中裴起居》）⑤

穷鸟尚飞，似惊杜宇之魄。（骆宾王《兵部奏姚州破贼设蒙俭等露布》）⑥

但是，在杜宇化鹃的原本传说之外，人们又根据杜鹃的外形特征拓展联想，进而衍生出了更多的文化意味。由于杜鹃鸟的口腔皮肤和舌头都呈红色，看上去似满嘴鲜血，加之杜鹃鸣叫时又啼声不断，于是时人便又由之附会出杜鹃啼血的情节，甚至认为杜鹃啼血要至血尽方止。如《禽经》："鹃，巂周，子规也。啼必北向。"注云："《尔雅》曰巂周，瓯越间曰怨鸟，夜啼达旦，血渍草木，凡鸣皆北向也。"⑦唐代卢永的《成

---

① 中华书局编辑部点校：《全唐诗》（增订本）卷四七四，中华书局，1999年，第5415页。
② 中华书局编辑部点校：《全唐诗》（增订本）卷七六四，中华书局，1999年，第8757页。
③ 中华书局编辑部点校：《全唐诗》（增订本）卷五八七，中华书局，1999年，第6870页。
④ 中华书局编辑部点校：《全唐诗》（增订本）卷五一一，中华书局，1999年，第5868页。
⑤ 中华书局编辑部点校：《全唐诗》（增订本）卷三一七，中华书局，1999年，第3573页。
⑥ ［清］陈熙晋笺注：《骆临海集笺注》卷一〇，上海古籍出版社，1985年，第362页。
⑦ ［东周］师旷撰，［晋］张华注：《禽经》，百川学海本。

都记》记载亦同。北宋陆佃《埤雅》亦云："杜鹃，一名子规，苦啼，啼血不止，一名怨鸟。夜啼达旦，血渍草木。凡始鸣皆北向，啼苦则倒悬于树。"① 又南朝宋刘敬叔《异苑》卷三："杜鹃始阳相催而鸣，先鸣者吐血死。常有人山行，见一群寂然，聊学其声，便呕血而死。"② 唐代白居易《琵琶引》："其间旦暮闻何物？杜鹃啼血猿哀鸣。"③ 顾况《听子规》："栖霞山中子规鸟，口边血出啼不了。"④

杜鹃啼血，是何等凄怆哀婉的画面。于是，唐代诗人们在此基础上又发挥自己的想象，将杜宇化鹃与杜鹃啼血顺其自然地糅合到了一起。杜宇不仅化为杜鹃鸟年年啼叫不止，血更是染红了满山的杜鹃花，从而形成了悲戚凄美的"子规（杜宇）泣血"的故事，并将其大量运用于诗歌中，形成了"杜宇化鹃啼血"的千古绝唱，如：

蜀魄千年尚怨谁，声声啼血向花枝。（罗邺《闻子规》）⑤

楚天空阔月成轮，蜀魄声声似告人。啼得血流无用处，不如缄口过残春。（杜荀鹤《闻子规》）⑥

栈畔谁高步，巴边自问津。凄然莫滴血，杜宇正哀春。（喻凫《送友人罢举归蜀》）⑦

千年冤魄化为禽，永逐悲风叫远林。愁血滴花春艳死，月明飘

---

① ［宋］陆佃：《埤雅》卷九《释鸟》，五雅全书本。
② ［南朝宋］刘敬叔：《异苑》卷三，中华书局，1996年，第15页。
③ 朱金城笺校：《白居易集笺校》卷一二，中华书局，1988年，第686页。
④ 中华书局编辑部点校：《全唐诗》（增订本）卷二六七，中华书局，1999年，第2964页。
⑤ 中华书局编辑部点校：《全唐诗》（增订本）卷六五四，中华书局，1999年，第7577页。
⑥ 中华书局编辑部点校：《全唐诗》（增订本）卷六九三，中华书局，1999年，第8053页。
⑦ 中华书局编辑部点校：《全唐诗》（增订本）卷五四三，中华书局，1999年，第6322页。

浪冷光沉。凝成紫塞风前泪，惊破红楼梦里心。肠断楚词归不得，剑门迢递蜀江深。（蔡京《咏子规》）①

江风吹巧剪霞绡，花上千枝杜鹃血。杜鹃飞入岩下丛，夜叫思归山月中。巴水漾情情不尽，文君织得春机红。怨魄未归芳草死，江头学种相思子。树成寄与望乡人，白帝荒城五千里。（温庭筠《锦城曲》）②

何处杜鹃啼不歇？艳红开尽如血。（温庭筠《河渎神·河上望丛祠》）③

碧竿微露月玲珑，谢豹伤心独叫风。高处已应闻滴血，山榴一夜几枝红。（陆龟蒙《子规》）④

蜀魄未归长滴血，只应偏滴此丛多。（韩偓《净兴寺杜鹃一枝繁艳无比》）⑤

雨恨花愁同此冤，啼时闻处正春繁。千声万血谁哀尔，争得如花笑不言。（来鹄《子规》）⑥

杜鹃啼血，血染花枝，何等凄美。在人们的普遍认知中，啼血往往

① 中华书局编辑部点校：《全唐诗》（增订本）卷四七二，中华书局，1999年，第5395页。
② ［唐］温庭筠撰，［清］曾益等笺注：《温飞卿诗集笺注》，上海古籍出版社，1980年，第9页。
③ ［唐］温庭筠撰，［清］曾益等笺注：《温飞卿诗集笺注》，上海古籍出版社，1980年，第223页。
④ 中华书局编辑部点校：《全唐诗》（增订本）卷六二八，中华书局，1999年，第7261页。
⑤ 中华书局编辑部点校：《全唐诗》（增订本）卷六八〇，中华书局，1999年，第7859页。
⑥ 中华书局编辑部点校：《全唐诗》（增订本）卷六四二，中华书局，1999年，第7410页。

又与含冤受屈相关，因此杜宇又进一步衍生出了由冤而怨、化为怨鸟冤禽的形象，并进一步升华为我国古典文学史上极其重要的文学意象。如中唐诗人鲍溶《子规》就借用望帝魂化为杜鹃，代为抒发自己人生经历之苦悲怨情，极具代表性。

> 中林子规啼，云是古蜀帝。蜀帝胡为鸟，惊急如罪戾。一啼艳阳节，春色亦可替。再啼孟夏林，密叶堪委翳。三啼凉秋晓，百卉无生意。四啼玄冥冬，云物惨不霁。芸黄壮士发，沾洒妖姬袂。悲深寒乌雏，哀掩病鹤翅。胡为托幽命，庇质无完虿。戚戚含至冤，卑卑忌群势。吾闻凤凰长，羽族皆受制。盍分翡翠毛，使学鹦鹉慧。敌怨不在弦，一哀尚能继。那令不知休，泣血经世世。古风失中和，衰代因郑卫。三叹尚淫哀，向渴嘻流涕。如因异声感，乐与中肠契。至教一昏芜，生人遂危脆。古意叹通近，如上青天际。荼蓼久已甘，空劳堇葵惠。谁闻子规苦，思与正声计。①

鲍溶家世低微，生活贫苦，故而虽得中进士，依然仕途无成，名声不显；终其一生居无定所，羁旅漂泊，最终客死他乡，命运十分凄惨。他借杜宇化鹃传说，以杜鹃喻己，通过诗中杜鹃在四季的四种悲啼，来倾吐自己的不幸遭遇，暗喻自己所受到的种种不公对待，表现自己的人生苦难和悲冤之苦，以及对命运的无声反抗。

唐诗中的杜宇（杜鹃）常与"冤""血""哀""悲""怨""恨""惆怅"这类表达愁思哀伤的词句搭配出现，以望帝故事之悲冤，感发自身或他人的命运悲苦和遭遇冤屈。

> 杜宇冤亡积有时，年年啼血动人悲。若教恨魄皆能化，何树何

---

① 中华书局编辑部点校：《全唐诗》（增订本）卷四八五，中华书局，1999年，第5548页。

山著子规。（顾况《子规》）①

　　冤禽名杜宇，此事更难知。昔帝一时恨，后人千古悲。（李山甫《闻子规》）②

　　花时一宿碧山前，明月东风叫杜鹃。孤馆觉来听夜半，羸僮相对亦无眠。汝身哀怨犹如此，我泪纵横岂偶然。争得苍苍知有恨，汝身成鹤我成仙。（罗邺《闻杜鹃》）③

　　春山杜鹃来几日，夜啼南家复北家。野人听此坐惆怅，恐畏踏落东园花。（陈陶《子规思》）④

　　其中，晚唐诗人吴融就极为擅长将杜宇化鹃传说巧妙融入诗中，在今存吴融的百首诗歌中，有六首诗《秋闻子规》《子规》《岐下闻杜鹃》《送杜鹃花》《玉女庙》《岐下闻子规》都写杜鹃，且都颇具创新之意。吴融身处唐末乱世，国家败落，政治黑暗，民不聊生，仕途暗淡，归隐无望，于是他就将望帝化鹃传说与杜鹃血染花枝的故事融合，借杜宇之口表达自己的悲恨之意和迷惘失落。如：

　　剑阁西南远凤台，蜀魂何事此飞来。偶因陇树相迷至，唯恐边风却送回。只有花知啼血处，更无猿替断肠哀。谁怜越客曾闻处，月落江平晓雾开。（《岐下闻子规》）⑤

---

① 中华书局编辑部点校：《全唐诗》（增订本）卷二六七，中华书局，1999年，第2960页。
② 中华书局编辑部点校：《全唐诗》（增订本）卷六四三，中华书局，1999年，第7424页。
③ 中华书局编辑部点校：《全唐诗》（增订本）卷六五四，中华书局，1999年，第7568页。
④ 中华书局编辑部点校：《全唐诗》（增订本）卷七四六，中华书局，1999年，第8575页。
⑤ 中华书局编辑部点校：《全唐诗》（增订本）卷六八四，中华书局，1999年，第7928页。

举国繁华委逝川，羽毛飘荡一年年。他山叫处花成血，旧苑春来草似烟。雨暗不离浓绿树，月斜长吊欲明天。湘江日暮声凄切，愁杀行人归去船。（《子规》）①

年年春恨化冤魂，血染枝红压叠繁。正是西风花落尽，不知何处认啼痕。（《秋闻子规》）②

中晚唐以后，唐诗中借用杜宇故事来感慨历史兴衰、咏史怀古的就更多了。如：

锦江城外锦城头，回望秦川上轸忧。正值血魂来梦里，杜鹃声在散花楼。（张祜《散花楼》）③

杜宇竟何冤，年年叫蜀门。至今衔积恨，终古吊残魂。芳草迷肠结，红花染血痕。山川尽春色，呜咽复谁论。（杜牧《杜鹃》）④

杜牧文韬武略处处精通，又博古通今，胸怀天下，一直希望能够为国效力，在政治上做出功绩。奈何他所处的晚唐时期，藩镇割据，朋党倾轧，宦官专权，杜牧一腔热血，壮志难酬，报国无门。他的政治抱负无法实现，心中充满了无限的愁苦惆怅，其创作中不乏诸多怀古叹今之作。"杜宇竟何冤，年年叫蜀门"，杜宇年年啼鸣、诉冤不得的画面，不正是杜牧自己郁郁终日，不得重用的映射吗！"山川尽春色，呜咽复谁论"，这既是杜牧自己对无法看到社会政治清明的哀思，也是对山河倾

① 中华书局编辑部点校：《全唐诗》（增订本）卷六八六，中华书局，1999年，第7960页。
② 中华书局编辑部点校：《全唐诗》（增订本）卷六八六，中华书局，1999年，第7952页。
③ 中华书局编辑部点校：《全唐诗》（增订本）卷五一一，中华书局，1999年，第5890页。
④ 中华书局编辑部点校：《全唐诗》（增订本）卷五二五，中华书局，1999年，第6065页。

覆大厦难扶的最后哀歌呜咽。可以说，杜宇形象又被赋予了新的内涵，成为中晚唐文人士子失落哀怨、报国无门、含恨无力的情感寄托与文学象征。

当时文人之所以如此热衷于引用杜宇化鹃啼血这个典故，应当还与当时的社会历史背景有一定关系。唐玄宗晚年沉溺享乐，朝政荒废，最终爆发了安史之乱，盛唐由此走向衰落。中晚唐时期，社会一直动荡不安，战乱频仍。尤其是在安史之乱后唐玄宗逃至蜀地避难，而蜀地也恰好就是杜宇传说的发生地。如张祜诗中的散花楼即古代成都的锦江楼，建于隋而毁于明末。诗人们叹的是蜀国历史，实际上惋惜的是大唐的现实格局。在时人看来，蜀国历史上的望帝失位，哀痛不已，最后不得不凄凉死去，只有化为鹃啼泣血的冤魂尚在，声声鸣叫呜咽，让人为之伤感同情。而现实中玄宗误国，辉煌的大唐帝国由盛而衰，社稷岌岌可危，几近亡国边缘，亦正是望帝啼血的写照。当历史与现实交织在一起，过去的帝国繁荣和现在的场景凄凉两相映照，诗中杜宇的遭遇亦正是唐玄宗的现实折射，二人具有相同的地位、相同的遭遇以及相同的哀怨，不由得让当时的人们触景伤情，产生共情共感。于是，中晚唐诗人在其笔下，常借用杜宇化鹃啼血的文学典故，来达到借古喻今的抒怀目的和感情寄托，他们在诗中频频哀叹蜀国和伤怀望帝，用杜宇含冤、哀诉国亡的意象，表达自己对现实中大唐帝国摇摇欲坠的担忧和悲愤之情：

> 春红始谢又秋红，息国亡来入楚宫。应是蜀冤啼不尽，更凭颜色诉西风。（吴融《送杜鹃花》）[1]

> 化去蛮乡北，飞来渭水西。为多亡国恨，不忍故山啼。（吴融

---

[1] 中华书局编辑部点校：《全唐诗》（增订本）卷六八五，中华书局，1999年，第7943页。

《岐下闻杜鹃》）①

杜宇曾为蜀帝王，化禽飞去旧城荒。年年来叫桃花月，似向春风诉国亡。（胡曾《咏史诗·成都》）②

万古潇湘波上云，化为流血杜鹃身。长疑啄破青山色，只恐啼穿白日轮。花落玄宗回蜀道，雨收工部宿江津。声声犹得到君耳，不见千秋一瓾尘。（李洞《闻杜鹃》）③

晚唐之际，内乱外战四起，唐王朝统治岌岌可危，人们更是将望帝杜宇化鹃传说与现实的战火乱世直接相关联，借助杜鹃啼叫，托物抒发自己对国家动荡、战乱频仍的苦闷愁思。如：

蜀道英灵地，山重水又回。文章四子盛，道路五丁开。词客题桥去，忠臣叱驭来。卧龙同骇浪，跃马比浮埃。已谓无妖土，那知有祸胎。蕃兵依濮柳，蛮旆指江梅。战后悲逢血，烧余恨见灰。空留犀厌怪，无复酒除灾。岁积芊弘怨，春深杜宇哀。家贫移未得，愁上望乡台。（雍陶《蜀中战后感事》）④

所向明知是暗投，两行清泪语前流。云横新塞遮秦甸，花落空山入阆州。不念黄鹂惊晓梦，唯应杜宇信春愁。梅黄麦绿无归处，可得漂漂爱浪游。（郑谷《游蜀（一作蜀中春暮)》）⑤

① 中华书局编辑部点校：《全唐诗》（增订本）卷六八四，中华书局，1999年，第7921页。
② 中华书局编辑部点校：《全唐诗》（增订本）卷六四七，中华书局，1999年，第7475页。
③ 中华书局编辑部点校：《全唐诗》（增订本）卷七二三，中华书局，1999年，第8375页。
④ 中华书局编辑部点校：《全唐诗》（增订本）卷五一八，中华书局，1999年，第5957—5958页。
⑤ 中华书局编辑部点校：《全唐诗》（增订本）卷六七六，中华书局，1999年，第7805页。

城营内，忽见杜鹃来。应有负冤人未雪，佞臣谋间损贤才。天遣叫声哀。（易静《兵要望江南·占鸟》其七）[1]

三、杜诗中的"杜鹃"意象

在唐代对"杜鹃"文学意象的拓展和传播起到最大助推作用的当属杜甫。他有多首诗歌直接题咏杜鹃，并将杜宇化鹃、啼血哀鸣、人事变化、历史兴衰等情感融为一炉。如他所作的两首《杜鹃行》，大概分别作于759年和761年，创作时间相隔不过三年，这时的唐玄宗被逼宫，760年又被李辅国迁于西内，与旧臣隔绝了往来，形同幽禁；同年，高力士被流放，玄宗亲信尽数被贬，玄宗终日劳思成疾，两年之后便离开人世。而唐肃宗在即位后一直对玄宗时的旧臣房琯等大加贬斥，唐军与叛军作战又大败，故而杜甫有感而发。

古时杜宇称望帝，魂作杜鹃何微细。跳枝窜叶树木中，抢佯瞥掠雌随雄。毛衣惨黑貌憔悴，众鸟安肯相尊崇？隳形不敢栖华屋，短翮惟愿巢深丛。穿皮啄朽觜欲秃，苦饥始得食一虫。谁言养雏不自哺，此语亦足为愚蒙。声音咽咽如有谓，号啼略与婴儿同。口干垂血转迫促，似欲上诉于苍穹。蜀人闻之皆起立，至今相效传微风，乃知变化不可穷。岂思昔日居深宫，嫔嫱左右如花红。[2]

君不见昔日蜀天子，化为杜鹃似老乌。寄巢生子不自啄，群鸟至今为哺雏。虽同君臣有旧礼，骨肉满眼身羁孤。业工窜伏深树里，四月五月偏号呼。其声哀痛口流血，所诉何事常区区。尔岂摧残始

---

① 曾昭岷等编：《全唐五代词》正编卷二，中华书局，1999年，第346页。
② ［清］仇兆鳌注：《杜诗详注》卷九，中华书局，1999年，第752—753页。

发愤，羞带羽翮伤形愚。苍天变化谁料得，万事反覆何所无。万事反覆何所无，岂忆当殿群臣趋。①

宋代龚颐正曾指出"老杜杜鹃诗模写鲍照"②。杜甫在继承鲍照《拟行路难》中杜鹃为"怨鸟"形象的基础上，将自己怀才不遇的人生经历、对当时社会动乱现实的悲愤苦闷心情，以及杜宇神话传说与玄宗误国的历史事实结合在一起，将杜鹃原本简单的"怨鸟"形象进一步拓展升华。唐玄宗误国，被逼宫退位，与杜宇被迫禅让归隐西山的经历何等相似，失位之苦，"其声哀痛口流血"，心中充满了无尽的愁苦悔恨，此为一"怨"也。到如今"毛衣惨黑貌憔悴，众鸟安肯相尊崇"，"虽同君臣有旧礼，骨肉满眼身羁孤"，君臣离心，父子隔阂，此为二"怨"也。忆往昔太平盛世之时，"嫔嫱左右如花红"，"岂忆当殿群臣趋"，对比当下国家飘摇，百姓失所，满目苍凉，此为三"怨"也。世事无常，"乃知变化不可穷"，"苍天变化谁料得，万事反覆何所无"，杜甫自己满腔热情和才干，却不得明君，报国无门，只能眼睁睁看着历史重复上演，空余悲怆遗恨，此为四"怨"也。层层递进之下，杜鹃之怨从最开始的杜宇自哀自叹，升华为了为君、为国、为民、为己、为史的多重思考，其文学意象也被赋予了更深层次的文化内涵，成为文人抒发胸臆和关怀当下的寄托。

在诗中，一生恪守儒家道德思想的杜甫还特别对历史跌宕变化中的伦理道德问题进行了深刻反思。如他在《杜鹃》诗中写道：

西川有杜鹃，东川无杜鹃。涪万无杜鹃，云安有杜鹃。我昔游锦城，结庐锦水边。有竹一顷余，乔木上参天。杜鹃暮春至，哀哀

---

① 〔清〕仇兆鳌注：《杜诗详注》卷一〇，中华书局，1999年，第837—838页。
② 〔宋〕龚颐正撰：《芥隐笔记》，学津讨原本。

叫其间。我见常再拜，重是古帝魂。生子百鸟巢，百鸟不敢嗔。仍为餧其子，礼若奉至尊。鸿雁及羔羊，有礼太古前。行飞与跪乳，识序如知恩。圣贤古法则，付与后世传。君看禽鸟情，犹解事杜鹃。今忽暮春间，值我病经年。身病不能拜，泪下如迸泉。①

诗中的"鸿雁及羔羊，有礼太古前。行飞与跪乳，识序如知恩。圣贤古法则，付与后世传"，诸句均反映了杜甫极为重视维护儒家伦常和礼法秩序，然而陈玄礼发动马嵬坡政变，后来又逼迫玄宗让位的行径以及臣子们对玄宗的怠慢，皆是严重违背了儒家最基本的道德规范，这都是杜甫不能容忍的。因此他在诗中借鸟喻人，"仍为餧其子，礼若奉至尊"，"君看禽鸟情，犹解事杜鹃"，飞鸟禽兽尚知礼仪道德，人不如鸟，由之表达自己对肃宗等人所为的愤慨不满并暗含指责。真德秀曾评说："此诗讥世乱。不能明君臣之义者，禽鸟之不君也。"②身为臣民，杜甫遵循礼法，为"身病不能拜"泪落满襟，既是为尊者的悲凉遭遇伤感难过，也是为政局纷乱下礼崩乐坏、君臣失德离心的现实境地而愁思担忧。可以说，杜甫是借用望帝化鹃来表达忠君之心与爱国情怀的第一人，之后后人也常借这种手法喻己之忠心忠君，如宋代黄庭坚《书磨崖碑后》"臣结春陵二三策，臣甫杜鹃再拜诗"③，元代虞集《次韵马伯庸少监》其三"臣甫多愁思，长歌拜杜鹃"④，都深受杜甫影响。

此外，杜甫还著有《子规》诗，用杜宇魂化的杜鹃啼声来表达客愁思乡之情。

峡里云安县，江楼翼瓦齐。两边山木合，终日子规啼。眇眇春

---

①　[清]仇兆鳌注：《杜诗详注》卷一四，中华书局，1999年，第1249—1251页。
②　[宋]蔡正孙撰：《诗林广记》前集卷二引，明弘治十年刻本。
③　傅璇琮、倪其心等主编：《全宋诗》第17册，北京大学出版社，1991年，第11442页。
④　杨镰主编：《全元诗》第26册，中华书局，2013年，第258页。

风见，萧萧夜色凄。客愁那听此，故作傍人低。①

四、宋元时期杜鹃意象的拓展

经过唐代文人对杜宇神话的加工深化，凄婉哀怨的杜宇传说以及它所形成的"杜鹃（子规）"意象由此得到进一步拓展加强，后世文学作品中杜宇传说也基本围绕这些内容展开。在文人笔下，杜鹃就是哀愁忧伤的化身，杜鹃意象亦成为哀叹国家衰落、表达命运无常、抒发怀古愁思的代名词。如南唐后主李煜只知贪图享乐，饮酒作词，及至亡国之时，其《临江仙》词中有"子规啼月习楼西""子规啼月"，表达了他对过去繁华生活的留恋与亡国的哀怨。南唐时成彦雄亦有诗云："杜鹃花与鸟，怨艳两何赊。疑是口中血，滴成枝上花。"②

又如宋人贺铸《子夜歌·忆秦娥》："三更月。中庭恰照梨花雪。梨花雪。不胜凄断，杜鹃啼血。"③刘克庄《忆秦娥》："枝头杜宇啼成血。陌头杨柳吹成雪。吹成雪。淡烟微雨，江南三月。"④梅尧臣《送韩玉汝太傅知洋州三首》其三："日落未落车马动，子规滴血壮士惊。"⑤

> 天上人家，醉王母、蟠桃春色。被午夜、漏声催箭，晓光侵阙。花覆千官鸾阁外，香浮九鼎龙楼侧。恨黑风、吹雨湿霓裳，歌声歇。　　人去后，书应绝。肠断处，心难说。更那堪杜宇，满山啼血。事去空流东汴水，愁来不见西湖月。有谁知、海上泣婵娟，菱花缺。（汪元量《满江红·和王昭仪韵》）⑥

---

① ［清］仇兆鳌注：《杜诗详注》卷一四，中华书局，1999年，第1252页。
② 中华书局编辑部点校：《全唐诗》（增订本）卷七五九，中华书局，1999年，第8714页。
③ 唐圭璋编：《全宋词》第1册，中华书局，1965年，第511页。
④ 唐圭璋编：《全宋词》第4册，中华书局，1965年，第2644页。
⑤ 傅璇琮、倪其心等主编：《全宋诗》第5册，北京大学出版社，1991年，第3297页。
⑥ 唐圭璋编：《全宋词》第5册，中华书局，1965年，第3340—3341页。

　　王昭仪，本名王清惠，宋度宗的昭仪。临安沦陷时被俘往元都，途中作词《满江红·太液芙蓉》寄托家国之思。其词情真意切，时人多有和作，汪元量就是其中之一。汪词上阕回忆繁华旧事，下阕言人去楼空，词中"满山啼血"的杜鹃，将杜宇失国落魄的怨愤自比宋人失国的凄凉处境。

　　同时，杜鹃的"怨鸟"形象进一步深化，成为贤才志士受屈蒙冤的自拟。宋代范仲俺任参知政事时，因触怒权贵被贬职。友人余靖感到不平，上书为其辩护，希望朝廷为范仲淹平冤，结果也受到牵连被贬为小吏。余靖备感委屈不平，愤懑之余，作《子规》诗云："一叫一声残，声声万古冤。疏烟明月树，微雨落花村。易堕将干泪，能伤欲断魂。名疆惭自束，为尔忆家园。"[1]余靖壮志难酬，报国无望，满腔冤屈愤恨，借诗中杜鹃声声倾诉万古冤，来表达范仲淹和自己空有一腔报国之忧，却遭奸邪小人陷害，被贬离京的怨恨之情，就如杜宇有冤无处解，只能声声啼血，空忆家园。

　　值得一提的是，因为时代因素，杜鹃意象在此时又多了一些新的拓展，成为"思归"的象征。其实，早在唐诗中就曾出现用杜宇神话来表达游子对家乡和故土的思念，将杜鹃与家乡联系到一起。如元稹《西州院》诗中有："墙上杜鹃鸟，又作思归鸣。"[2]雍陶《闻杜鹃二首》其二："蜀客春城闻蜀鸟，思归声引未归心。却知夜夜愁相似，尔正啼时我正吟。"[3]已将杜鹃与"思归"结合到了一起。李白《宣城见杜鹃花》："蜀国曾闻子规鸟，宣城还见杜鹃花。一叫一回肠一断，三春三月忆三巴。"[4]李白游历宣城之时，看见杜鹃花，联想到了蜀地的子规鸟，杜鹃鸟回肠凄婉的叫声不禁让他回忆起故乡的山水和亲人故友，剪不断的乡

---

①　傅璇琮、倪其心等主编：《全宋诗》第4册，北京大学出版社，1991年，第2659页。
②　中华书局编辑部点校：《全唐诗》（增订本）卷四〇〇，中华书局，1999年，第4494页。
③　中华书局编辑部点校：《全唐诗》（增订本）卷五一八，中华书局，1999年，第5964页。
④　［清］王琦注：《李太白全集》卷二五，中华书局，1977年，第1165页。

愁顿时萦绕心中。又如唐代无闷《暮春送人》:"折柳亭边手重携,江烟澹澹草萋萋。杜鹃不解离人意,更向落花枝上啼。"① 顾况《忆故园》:"惆怅多山人复稀,杜鹃啼处泪沾衣。故园此去千余里,春梦犹能夜夜归。"② 崔涂《春夕》:"胡蝶梦中家万里,子规枝上月三更。"③ 杜鹃啼鸣不止,不仅引发诗人们的离愁别绪,伴随着杜鹃声,客居他乡的游子梦回故园,引发更深的思乡之感,增添了无尽愁伤。

又如南唐李中《途中闻子规》:"春残杜宇愁,越客思悠悠。雨歇孤村里,花飞远水头。微风声渐咽,高树血应流。因此频回首,家山隔几州。"④《子规》:"暮春滴血一声声,花落年年不忍听。带月莫啼江畔树,酒醒游子在离亭。"⑤ 宋代无名氏的《题丹阳玉乳泉壁》:"客情最苦夜难度,宿处先寻无杜鹃。"⑥ 异国他乡,游子远行,连投宿之时也要寻找没有杜鹃鸟的地方,就是因为夜宿梦醒或者醉酒后,听到杜鹃的啼叫声,只会让人更加触动心弦感到心酸苦闷。在这里,故乡与杜鹃声画上了等号,杜鹃的声音就是游子思乡的呐喊,是游子之魂的萧然漂泊。正如贾岛《子规》诗云:"游魂自相叫,宁复记前身。"⑦ 在他乡的落寞离愁,浓郁乡愁,让人潸然。

> 雾失楼台,月迷津渡。桃源望断无寻处。可堪孤馆闭春寒,杜鹃声里斜阳暮。驿寄梅花,鱼传尺素。砌成此恨无重数。郴江幸自绕郴山,为谁流下潇湘去。(秦观《踏莎行》)⑧

---

① 中华书局编辑部点校:《全唐诗》(增订本)卷八五〇,中华书局,1999年,第9687页。
② 中华书局编辑部点校:《全唐诗》(增订本)卷二六七,中华书局,1999年,第2956页。
③ 中华书局编辑部点校:《全唐诗》(增订本)卷六七九,中华书局,1999年,第7845页。
④ 中华书局编辑部点校:《全唐诗》(增订本)卷七四七,中华书局,1999年,第8587页。
⑤ 中华书局编辑部点校:《全唐诗》(增订本)卷七四七,中华书局,1999年,第8585页。
⑥ 傅璇琮、倪其心等主编:《全宋诗》第71册,北京大学出版社,1991年,第45059页。
⑦ 中华书局编辑部点校:《全唐诗》(增订本)卷五七三,中华书局,1999年,第6708页。
⑧ 唐圭璋编:《全宋词》第1册,中华书局,1965年,第460页。

　　该词作于绍圣四年春，秦观经历了元祐党祸，由郴州迁往横州赠别时所作。羁旅忧愁和迁客悲思一览无余，前途难料和末路之叹更添凄惨。后世评论道："'孤馆'点出旅愁，'馆'已'孤'矣，'春寒'又从而'闭'之，凄苦之境，亦'君门九重'之叹。于是只闻'杜鹃'之'声'，而于其声中又俄而'斜阳'焉，俄而'暮'焉，则日坐愁城可知，不必写情而情自见矣。"①王国维《人间词话》评价曰："少游词境最为凄婉。至'可堪孤馆闭春寒，杜鹃声里斜阳暮'，则变而凄厉矣。"②

　　　　茅檐人静，蓬窗灯暗，春晚连江风雨。林莺巢燕总无声，但月夜常啼杜宇。　　催成清泪，惊残孤梦，又拣深枝飞去。故山犹自不堪听，况半世飘然羁旅。（陆游《鹊桥仙·夜闻杜鹃》）③

　　该词作于陆游入蜀时，当时他被迫调任成都，没能继续北伐作战，于是异乡为客，壮志难酬，夜闻鹃啼，不禁触动了他的羁旅思乡之感和家国漂泊之恨。后世评论其词句"（故山犹自不堪听）衬垫一句，不唯句法曲折，而意亦更深"④，"况半世飘然羁旅，去国怀乡之感，触绪纷来。读之令人于邑"⑤。

　　但是，直至宋代，才真正将杜鹃啼叫声与"不如归去"的拟声联系到一起，并作为文学作品的主题吟咏。如北宋陶岳《零陵记》载："思归鸟状如鸠而惨色，三月则鸣，其音云'不如归去'。"⑥这是关于"不如归去"拟声的最早记载。于是，人们又赋予了杜鹃鸟叫声中"不如归

① 陈匪石：《宋词举》，金陵书画出版社，1983年，第90—91页。
② 王国维：《人间词话》，广西人民出版社，2017年，第14页。
③ 夏承焘、吴熊和笺注：《放翁词编年笺注》卷上，上海古籍出版社，1981年，第73页。
④ ［清］许昂霄：《词综偶评》，载陈良运主编：《中国历代词学论著选》，百花洲文艺出版社，1998年，第497页。
⑤ ［清］冯金伯辑：《词苑萃编》卷五《品藻三》引《词统》，清嘉庆刻本。
⑥ ［宋］祝穆辑，［元］富大用辑：《事文类聚》后集卷四七引，明万历三十二年刻本。

去"的弦外之音，在乡愁思乡之外又提炼出了眷恋故土的"思归"之意，由此杜宇神话中的杜鹃（子规、杜宇）又与"归去"紧密联系到了一起，相互渲染，抒发离人愁绪。如柳永《安公子》："听杜宇声声，劝人不如归去。"① 赵鼎《贺圣朝·道中闻子规》："凄然推枕，难寻新梦，忍听伊言语。更阑人静一声声，道不如归去。"② 吴潜《谒金门·枕上闻鹃赋》："纱窗晓。杜宇数声声悄。真个不如归去好。天涯人已老。"③ 倪偁《蝶恋花》："枝上幽禽相对语。细听声声，道不如归去。"④ 康与之《满江红·杜鹃》："恼杀行人，东风里、为谁啼血。……镇日叮咛千百遍，只将一句频频说。道不如归去不如归，伤情切。"⑤ 朱敦儒《临江仙》词亦云："月解重圆星解聚，如何不见人归。今春还听杜鹃啼。"⑥ 星月尚有团聚时，而人却迟迟不归，空闻杜鹃声啼伤情，悲欢离合的愁思跃然纸上。又如范仲淹《越上闻子规》诗言："春山无限好，犹道不如归。"⑦ 梅尧臣《杜鹃》："蜀帝何年魄，千春化杜鹃。不如归去语，亦自古来传。"⑧ 真山民《杜鹃花得红字》："愁锁巴云往事空，只将遗恨寄芳丛。归心千古终难白，啼血万山多是红。"⑨ 欧阳修、晏几道、王令、赵鼎、陆游等，亦均在诗词创作中将子规、杜宇、杜鹃和"不如归去"视为一体。

学者贾祖璋曾言："还有杜鹃的鸣声，自来拟为'不如归去，不如归去'的；由'不如归去'的哀怨的情感，然后幻想出一个望帝出亡的故

① 唐圭璋编：《全宋词》第1册，中华书局，1965年，第50页。
② 唐圭璋编：《全宋词》第2册，中华书局，1965年，第947页。
③ 唐圭璋编：《全宋词》第4册，中华书局，1965年，第2759页。
④ 唐圭璋编：《全宋词》第2册，中华书局，1965年，第1334—1335页。
⑤ 唐圭璋编：《全宋词》第2册，中华书局，1965年，第1308页。
⑥ 唐圭璋编：《全宋词》第2册，中华书局，1965年，第842页。
⑦ 傅璇琮、倪其心等主编：《全宋诗》第3册，北京大学出版社，1991年，第1886页。
⑧ 傅璇琮、倪其心等主编：《全宋诗》第5册，北京大学出版社，1991年，第3135页。
⑨ 傅璇琮、倪其心等主编：《全宋诗》第65册，北京大学出版社，1991年，第40881页。

事，也属可能的事。"[1]尤其是在金兵南下后，北宋灭亡，宋室南渡偏安，渴望统一，回归故土的愿望更是成为南宋文人笔下最重要的主题。含冤难雪的痛楚，怀才不遇的辛酸，前途难料的迷茫，人们在声声杜鹃哀鸣中，引发了自身的身世之悲和未来之惘。诗词中杜鹃啼血不仅是亡国之殇，更是成为归乡不得的执念，"思归"故土与杜鹃意象频频联系，成为文学作品中的主要情感表达：

> 山中二月闻杜鹃，百草争芳已销歇。绿阴初不待薰风，啼鸟区区自流血。北窗移灯欲三更，南山高林时一声。言归汝亦无归处，何用多言伤我情。（洪炎《山中闻杜鹃》）[2]

金兵侵犯中原，洪炎被迫逃离家乡，四处飘荡，无家可归，当听到杜鹃"不如归去"的啼叫时，只余"言归汝亦无归处"的无可奈何与对故乡的深刻怀念。

> 凭高远望，见家乡、只在白云深处。镇日思归归未得，孤负殷勤杜宇。故国伤心，新亭泪眼，更洒潇潇雨。长江万里，难将此恨流去。（王澜《念奴娇》）[3]

王澜漂泊不定，却心系故土，奈何家乡沦陷，长江万里空余恨，徒留故国伤心，潇潇细雨更增添了无限忧愁，思归不得，黯然神伤。

> 从今别却江南日，化作啼鹃带血归。（文天祥《金陵驿》）[4]

① 贾祖璋：《鸟与文学》，上海书店，1982年，第52页。
② 傅璇琮、倪其心等主编：《全宋诗》第22册，北京大学出版社，1991年，第14736页。
③ 唐圭璋编：《全宋词》第4册，中华书局，1965年，第2724页。
④ 傅璇琮、倪其心等主编：《全宋诗》第68册，北京大学出版社，1991年，第43033页。

文天祥被俘仍不失气节，不仅义正词严地拒绝出任元朝高官，在押解途中也不忘报效祖国，念念不忘忠心一片向南方故土，"臣心一片磁针石，不指南方不肯休"。[①]即使是死，也要像杜宇一样"化作啼鹃带血归"，回归故土。他在《酹江月·驿中言别友人》中又把杜鹃鸟称作"蜀鸟"，同样是借用这个杜宇典故表达亡国之痛："蜀鸟吴花残照里，忍见荒城颓壁。铜雀春情，金人秋泪，此恨凭谁雪。"[②]

同样的心境，南宋末梁栋面对宋的灭亡，作《四禽言四首》其一："不如归去，锦官宫殿迷烟树。天津桥上一两声，叫破中原无住处。不如归去。"[③]昔日美丽的山河破碎，胡骑铁蹄践踏，故园风雨不在，我亦无处住，不如归去，可是我又能归去哪里呢？

> 少日都门路。听长亭、青山落日，不如归去。十八年间来往断，白首人间今古。又惊绝、五更一句。道是流离蜀天子，甚当初、一似吴儿语。臣再拜，泪如雨。　　画堂客馆真无数。记画桥、黄竹歌声，桃花前度。风雨断魂苏季子，春梦家山何处。谁不愿、封侯万户。寂寞江南轮四角，问长安、道上无人住。啼尽血，向谁诉。（刘辰翁《金缕曲·闻杜鹃》）[④]

该词是刘辰翁和其子刘将孙的《摸鱼儿·甲申客路闻鹃》词而作，化用杜甫《杜鹃行》中"我见常再拜""泪下如迸泉"等句，将被俘的宋帝暗喻为杜鹃，拜杜鹃如敬宋帝，既是恪守儒家道德的君臣之义，也尽显词人对故国的忠贞之情。北伐复国遥遥无期，国破家亡之痛无处可说，犹如杜鹃啼尽血无处诉，痛彻心扉，满纸无尽哀怨心酸。

---

① 傅璇琮、倪其心等主编：《全宋诗》第68册，北京大学出版社，1991年，第43020页。
② 唐圭璋编：《全宋词》第5册，中华书局，1965年，第3305页。
③ 傅璇琮、倪其心等主编：《全宋诗》第69册，北京大学出版社，1991年，第43630页。
④ 唐圭璋编：《全宋词》第5册，中华书局，1965年，第3246—3247页。

诸多南宋遗老时刻都期盼收复故土，回归家园，于是他们将杜宇神话传说中对蜀国的眷恋不舍提炼升华到了自己对故国的满腔深情，归心泣血，哀恨怀乡，见杜鹃如见宋帝再拜洒泪，杜鹃亦成为忠君爱国的象征。如汪元量《送琴师毛敏仲北行》："南人堕泪北人笑，臣甫头低拜杜鹃。"[1]一泪一笑，形成鲜明对比，而低头这一拜所隐含的不尽之意，复杂思绪情感溢于言表。亡国之悲，君臣之义，思乡之情，尽皆赋予了"思归不得"的杜宇之怨，加重了其中的悲剧感，这也算得上是杜宇神话的另一类拓展。

到了元代，杜鹃的文学意象表达基本是承袭了唐宋诗词，并无新的文化内涵产生。如元代诗人周霆震《杜鹃行为哀王孙作也》："我不暇自哀古帝魂，春来却念今王孙。"[2]丁鹤年《暮春感怀二首》其一："杜宇声声唤客愁，故园何处此登楼。"[3]又如元代虞集的诗歌很多都表达了他对故乡蜀地的深切怀念之情，如《题达兼善御史所藏墨竹》："蜀道荒凉多古木，筼筜千尺相因依。小年惯见今白发，杜宇夜啼愁不归。"[4]《至正改元辛巳寒食日示弟及诸子侄》其二："江山信美非吾土，漂泊栖迟近百年。山舍墓田同水曲，不堪梦觉听啼鹃。"[5]虞集借望帝自比，通过"杜宇夜啼愁不归""梦觉听啼鹃"流露出对蜀地的浓烈思念。

元曲中如杨朝英的小令【双调·水仙子】："不付能博得个团圆梦，觉来时又扑个空，杜鹃声又过墙东。"[6]刚刚梦到了与家人团圆，却被叫着"不如归去"的杜鹃声吵醒，醒来发现原是梦一场，思乡之情油然而生。又如汤舜民的【中吕·醉高歌带红绣鞋】《客中题壁》："落花天红

---

① 傅璇琮、倪其心等主编：《全宋诗》第70册，北京大学出版社，1991年，第43998页。

② 杨镰主编：《全元诗》第37册，中华书局，2013年，第21页。

③ 杨镰主编：《全元诗》第64册，中华书局，2013年，第359页。

④ 杨镰主编：《全元诗》第26册，中华书局，2013年，第42页。

⑤ 杨镰主编：《全元诗》第26册，中华书局，2013年，第196页。

⑥ 徐征、张月中等主编：《全元曲》第一一卷，河北教育出版社，1998年，第8275页。

雨纷纷，芳草坠苍烟袞袞。杜鹃啼血清明近，单注着离人断魂。"①春花落春雨纷纷，杜鹃啼血，已近春暮清明近时，在这分离时节，杜鹃声亦不过是平添内心的离别哀伤悲痛之情。元代王实甫杂剧《崔莺莺待月西厢记》第五本第四折【落梅风】也用了杜宇的典故表现离愁别绪："不信呵去那绿杨影里听杜宇，一声声道'不如归去'。"②元末明初高明《琵琶记》第七出【中吕引子·满庭芳】："江山风物，偏动别离人。回首高堂渐远，叹当时恩爱轻分。伤情处，数声杜宇，客泪满衣襟。"③

五、明清时期对杜鹃意象的继承

明清之际，文人多从历史中吸取教训，借古思今，以望帝的悲惨经历自省自勉。如明代建文帝之师方孝孺因忠烈节义，被朱棣诛十族，其所作《闻鹃》诗篇，是闻杜鹃"不如归去"声而作的，杜鹃声声催人泪，悲愤令人怆然，也是方孝孺本人愁闷满怀，无力回天的哀痛写实。

> 不如归去，不如归去。一声动我愁，二声伤我虑。三声思逐白云飞，四声梦绕荆花树。五声落月照疏棂，想见当年弄机杼。六声泣血溅花枝，恐污阶前兰苗紫。七八九声不忍闻，起坐无言泪如雨。忆昔在家未远游，每听鹃声无点愁。今日身在金陵上，始信鹃声能白头。④

又如明代瞿佑《残蝶》："望帝精灵枝上血，韩凭魂魄墓前沙。一般有恨难消灭，梦里相逢更可嗟。"⑤陈荐夫《送曹封君就养入蜀》："望帝

① 徐征、张月中等主编：《全元曲》第七卷，河北教育出版社，1998年，第5111页。
② 徐征、张月中等主编：《全元曲》第三卷，河北教育出版社，1998年，第2091页。
③ ［明］高明撰，蔡运长注：《琵琶记》，华夏出版社，2000年，第55页。
④ ［明］方孝孺撰：《逊志斋集》卷二九，明成化十六年刻本。
⑤ ［明］曹学佺辑：《石仓十二代诗选·明诗》卷八二引，明崇祯刻本。

河山啼杜宇，校书门巷镵枇杷。"①陈子龙《过宁海吊方正学先生缑城故里》："令威已返辽东羽，望帝谁招蜀国魂。"②清代陈瑚《次韵孙子长岁草杂述十首》其十："望帝鹃魂啼未了，杜陵花泪溅将干。"③陈文述《螺矶灵泽夫人祠》："蜀道无家悲望帝，湘宫有泪泣娥皇。"④以上诗句都是化用的望帝化鹃典故。又清代赵翼诗《愍忠寺石坛相传唐太宗征高丽回瘗葬战骨处》："归随辽鹤迹，啼有蜀鹃痕。"⑤卫道凝《杜鹃城》诗："沃野蚕丛国，城荒杜宇基。井梧春蘸雨，原柳晚垂丝。家解粳炊玉，人知竹酿醾。年年寒食节，清夜子规啼。"⑥洪升《长生殿》第三十八出【七转】云："可怜那抱幽怨的孤魂，只伴着呜咽咽的望帝悲声啼夜月。"⑦正是基于杜鹃如此丰富的文化内涵，张潮在《幽梦影》里言道："当为花中之萱草，毋为鸟中之杜鹃。""物之能感人者，在天莫如月，在乐莫如琴，在动物莫如鹃，在植物莫如柳。"⑧

清代黄遵宪《赠梁任父同年》："寸寸河山寸寸金，侉离分裂力谁任。杜鹃再拜忧天泪，精卫无穷填海心。"⑨此诗作于黄遵宪途经香港之时，表达了他目睹国土沦丧，对国人身处水深火热的沉痛之情，并表示要抱着杜鹃啼叫不忘复国的决心，凭借精卫填海的不懈意志，担负起民族存亡、救国救民的重任。

① ［明］陈荩夫撰：《水明楼集》卷六，明万历刻本。
② ［明］陈子龙撰，［清］王昶辑，王鸿迻编：《陈忠裕全集》卷一七，清嘉庆八年簳山草堂刻本。
③ ［清］陈瑚撰：《确庵文稿》卷二，清康熙刻本。
④ ［清］陈文述：《颐道堂集·诗选》卷七，清道光增修本。
⑤ ［清］赵翼：《瓯北集》卷七，清嘉庆十七年湛贻堂刻本，第4页。
⑥ 林文询主编：《诗意成都》，成都时代出版社，2016年，第148页。
⑦ ［清］洪升：《长生殿》，知识出版社，2015年，第129—130页。
⑧ ［清］张潮：《幽梦影》，翠琅玕馆丛书本。
⑨ ［清］黄遵宪著，钱仲联笺注：《人境庐诗草笺注》卷八，上海古籍出版社，1981年，第717页。

第二节　鳖灵神话的发展与变形

一、鳖灵神话的基本概况

鳖灵作为古蜀王朝五帝之一，同蚕丛、杜宇一样，神话传说在秦汉便已有广泛流传，且常常与杜宇传说联系在一起。关于鳖灵的事迹，在汉代扬雄《蜀王本纪》、应劭《风俗通》、李膺《蜀志》、来敏《本蜀论》，东晋常璩《华阳国志》、宋罗泌《路史·余论》、明曹学佺《蜀中广记》等文献中都有记载。

> 荆鳖令死亡，随水上，荆人求之不得也。鳖令至岷山下邑，起见蜀望帝，使鳖令凿巫山，然后蜀得陆处。望帝以德不如，以国禅与鳖令为蜀王，号曰开明传。[1]

> 鳖灵于楚死，尸乃泝流上，至汶山下，忽复更生，乃见望帝，望帝立以为相。时巫山壅江，蜀民多遭洪水，灵乃凿巫山，开三峡口，蜀江陆处。后令鳖灵为刺史，号曰西州皇帝。以功高，禅位与灵，号开明氏。[2]

这些文献记载大都相同：荆人鳖灵（或作"鳖令"等）死后，尸体溯江水而上，漂到岷山，之后鳖灵复活，与望帝相见，被任命为蜀相。当时古蜀遭受严重的水患，望帝治水不见成效，而鳖灵擅长治水，于是他开凿巫山，疏通江水，使得古蜀民得以安处。望帝认为自己德不如人，故而禅让于鳖灵。鳖灵成为望帝之后的下一任蜀王，号曰开明氏，

---

[1] ［汉］应劭撰，吴树平校释：《风俗通义校释·佚文》，天津人民出版社，1980年，第450页。
[2] ［宋］李昉等：《太平广记》卷三七四"鳖灵"条引《蜀记》，第3册，上海古籍出版社，1990年，第646页。

即开明王朝之祖，后世也称之为"丛帝"。

关于鳖灵的来历，传说中一般称之为荆楚之人，但也有学者对鳖灵是否为荆楚人持不同意见。比如有的学者①认为鳖灵是川东巴族开明氏的首领，后来灭掉了川西蜀杜宇氏。也有学者②认为鳖灵乃古羌支裔，是姜炎族经汉江至荆地又至巴蜀的一个分支。但总的来说，学界一般还是比较认可鳖灵来源与荆楚的关系密切。如李修松③认为鳖灵一族原为东夷族分支，发源于山东北部，累迁至湖南南部、贵州遵义以西，再入岷江乐山一带，最终至成都平原定居；但是因为当时湖南南部和遵义以西都属于楚国境内，故而称鳖灵为荆人也并无大错。有的学者④则认为鳖灵应是僰人首领，僰人的祖先原在楚地，后来大致定居在綦江和赤水河流域，比较接近乌蒙山和大娄山一带。因为邻近楚国，鳖灵一支当时可能遇到一场大难，被迫逃离。鳖灵奔逃的大致路线是从遵义、宜宾、乐山逃难到今成都郫都，直到被蜀王望帝接纳。还有学者从历史考古的角度⑤，从四川茂县出土的春秋时期青铜器与楚越文化的关系上，证实春秋中期时楚人已控制了铜绿山铜矿，并且为了争夺鄂东南地区的铜矿资源与当地的土著居民发生冲突，导致当地土著居民向西迁徙进入成都平原，这也可能就是"鳖灵入蜀"传说的由来。

鳖灵或作"鳖令""鳖泠""鳖冷"（冷、泠形近，在古籍中常通用），乃音近字异，这与神话传说最初多以口头传播有关，用文字记录时常会出现同音异字的情况。刘毓庆在《图腾神话与中国传统人生》中提到："所谓鳖灵，当即《本草经疏》所谓'鳖鲤'之音变，灵、鲤一声

① 童恩正：《古代的巴蜀》，四川人民出版社，1979年，第70—73页。
② 杨正苞：《试说鳖灵族属及开明期文化》，《文史杂志》2000年第5期。
③ 李修松：《"鳖灵"传说真相考》，《安徽大学学报》（哲学社会科学版）2002年第5期。
④ 冯广宏：《鳖灵事迹重考》，《天府新论》1986年第1期。
⑤ 高成林：《传说与真相：茂县牟托石棺墓中的考古发现与"鳖灵入蜀"》，《美成在久》2019年第4期。

之转，也就是《山海经》中的鳖鱼。"①他还认为：鳖灵与大禹有着很深的内在联系，鳖灵神话是大禹神话在长江流域的翻版。古人的认知思维中，鱼、蛇、龟、鳖等都为鱼类水族动物，这也就解释了鳖灵与水关系密切，所以尸体才能在水中漂浮后复活，而且鳖灵也具有极强的治水能力，甚至被视为水神的化身。

鳖灵神话基本定型于秦汉时期，在最开始的文学作品中也多围绕其"荆上亡尸"死而复生的神迹传说进行渲染描述，如东汉应劭《风俗通》引《楚辞》曰："鳖令尸亡，泝江而上，到岷山下苏起，蜀人神之，尊立为王。"②扬雄《蜀都赋》："昔天地降生杜鄘（按：即杜宇）密促之君，则荆上亡尸之相。"③赋中提到了杜宇从天而降和鳖灵荆上亡尸两个传说，展现了他们身份来历的神话色彩。又如东汉张衡《思玄赋》："鳖令殪而尸亡兮，取蜀禅而引世。"唐李善注："鳖令，蜀王名也。殪，死也。禅，传也。引，长也。"④唐代岑参《招北客文》亦曰："泊乎杜宇从天而降，鳖灵溯江而上，相禅而帝，据有南国之九世。"⑤

二、文学叙事中的鳖灵治水

关于鳖灵治水的事迹，《蜀王本纪》有记载："时玉山出水，若尧之洪水。望帝不能治，使鳖灵决玉山，民得安处。"⑥《华阳国志》也提到鳖灵"决玉垒山以除水害"⑦。玉山即玉垒山，在岷江上游原灌县（今都江堰市）西北，也就是都江堰水利工程宝瓶口一侧的主山体。古时候岷江上游的洪水泛滥，就是由此冲入成都平原的。鳖灵开凿玉垒山，即通过

---

① 刘毓庆：《图腾神话与中国传统人生》，人民出版社，2002年，第176页。
② ［汉］应劭撰，吴树平校释：《风俗通义校释》卷九，天津人民出版社，1980年，第354页。
③ 费振刚、仇仲谦、刘南平校注：《全汉赋校注》，广东教育出版社，2005年，第214页。
④ ［南朝梁］萧统编，［唐］李善注：《文选》卷一五，中华书局，1977年，第217页。
⑤ 陈铁民、侯忠义校注：《岑参集校注》卷五，上海古籍出版社1981年，第450页。
⑥ ［汉］扬雄著，张震泽校注：《扬雄集校注》，上海古籍出版社，1993年，第246页。
⑦ 任乃强校注：《华阳国志校补图注》卷三，上海古籍出版社，1987年，第118页。

开挖人工河道，将岷江的洪水分引入沱江，从而达到消除水患的目的。如《水经注·江水一》记载有"江水又东别为沱，开明之所凿也"。①

　　而岷江水流穿越玉垒山一般有三个出口，分别是新津的岷江河谷、华阳的府河河谷和沱江的金堂峡谷口。由于金堂峡谷口狭窄，容易引发壅塞，于是鳖灵还重点开凿拓宽了金堂峡口。诸多文献记载中亦都留下了鳖灵在金堂治水的遗迹，歌颂其造福后人的功绩。如明代曹学佺《蜀中名胜记》卷八言及金堂峡口相传为鳖灵所凿。宋代王象之《舆地纪胜》卷一六四："在金堂峡南岸，去军二十余里，石门有巨迹，长三四尺，旁大刻鳖灵迹三字。"②清代李元《蜀水经》卷十一载："沱江又东南出金堂峡。有金台山，水出金沙，因名。相传东岸有金船锐底，民于水中往往见之。亦云鳖冷所凿，谓之金灌口。"③

　　还有传说鳖灵曾在三峡之一的巫峡治水，如来敏《本蜀论》云："时巫山峡（狭）而蜀水不流，帝使令凿巫峡通水，蜀得陆处。"④北凉阚骃《十三州志》："时巫山壅江，蜀地洪水。望帝使鳖令凿巫山，治水有功。"⑤东汉应劭《风俗通》亦云望帝"使鳖令凿巫山"。《舆地纪胜》卷一六四："会巫山壅江，蜀地潴水，鳖灵遂凿巫山。"⑥

　　此外，鳖灵还不辞辛劳，前往巴蜀各地。如《水经注·江水一》曰："（南安）县治青衣江，会衿、带二水矣。即蜀王开明故治也。"⑦南安县在今乐山市治内。又如宋代乐史《太平寰宇记》卷七十七："灵关山在县

①　［北魏］郦道元著，［清］王先谦校：《水经注》卷三三《江水一》，巴蜀书社，1985年，第519页。
②　［宋］王象之：《舆地纪胜》卷一六四"鳖灵迹"，清道光二十九年刻本。
③　［清］李元：《蜀水经》卷一一，清嘉庆五年刻本。
④　［北魏］郦道元著，［清］王先谦校：《水经注》卷三三《江水一》，巴蜀书社，1985年，第522页。
⑤　［北凉］阚骃纂，［清］张澍辑：《十三州志》，清道光元年张氏刻二西堂丛书本。
⑥　［宋］王象之：《舆地纪胜》卷一六四"鳖灵庙"，清道光二十九年刻本。
⑦　［北魏］郦道元著，［清］王先谦校：《水经注》卷三三《江水一》（下），巴蜀书社，1985年，第522页。

北二十里，峰岭嵯峨，山耸十里，傍夹大路。下有止峡口，阔三丈，长二百步，俗呼为重关，通蛮貊之乡，入白狼夷之界。"①灵关山在今雅安市宝兴县。

唐宋以后，民间传说中还大量流传有鳖灵治理阆中一带时留下的踪迹。如阆中县东北十里的灵山（唐天宝时改名"仙穴山"），即为传说鳖灵曾登此而得名。

> 仙穴山，在（阆中）县东北十里。周地图□：灵山，峰多杂树。昔蜀王鳖灵帝登此，因名灵山。山东南隅有五女捣练石，山顶有池常清，有洞穴悬绝微，有一小径通名灵山。天宝六年，敕改为仙穴山。②

杜甫还作《阆山歌》诗曰："阆州城东灵山白，阆州城北玉台碧。"③可见鳖灵的足迹从四川西南的雅安、乐山到东北方的金堂、阆中，其治蜀功绩不可没，因此后世提及蜀中治水贤才时，都将鳖灵同李冰、大禹一起列入对蜀地卓有贡献的名单。为了纪念鳖灵对蜀之功绩，至少在宋代时阆中灵山上已建有鳖灵祠庙祭祀之。宋王象之《舆地纪胜》卷一八五记载："鳖令庙，灵山，一名仙穴。在阆中之东十余里。"④《大明一统志》卷六十八"保宁府"："鳖灵庙，在府东灵山上。郡人以古丛帝开明氏鳖灵王蜀有功，故立庙祀之。"⑤直到20世纪初，都江堰每年放水也都是先祭鳖灵，再祭李冰父子⑥。

① ［宋］乐史：《太平寰宇记》卷七七"剑南西道六"，清同治光绪间金溪赵氏红杏山房补刻重印赵氏藏书本。
② ［宋］乐史：《太平寰宇记》卷八六"剑南东道五"，清同治光绪间金溪赵氏红杏山房补刻重印赵氏藏书本。
③ ［清］仇兆鳌注：《杜诗详注》卷一三，中华书局，1999年，第1073页。
④ ［宋］王象之：《舆地纪胜》卷一八五"鳖令庙"，清道光二十九年刻本。
⑤ ［明］李贤等纂：《大明一统志》卷六八，明弘治十八年刻本。
⑥ 冯广宏：《鳖灵事迹重考》，《天府新论》1986年第1期，第54页。

直至明清以前，鳖灵在文学作品中的形象基本没有负面的，人们或渲染其亡尸复活的神迹，或赞颂其治水功绩，或褒扬杜宇禅让鳖灵的美谈。如唐苏颋《武担山寺》诗："武担独苍然，坟山下玉泉。鳖灵时共尽，龙女事同迁。"[1]唐李瀚《蒙求》诗："诘汾兴魏，鳖灵王蜀。"[2]宋苏辙《滟滪堆》诗："江中石屏滟滪堆，鳖灵夏禹不能摧。"[3]又如宋代张俞《郫县蜀丛帝新庙碑记》赞曰：

> 在昔蜀有贤主曰望帝，获楚人鳖灵以为相。当是时，巫山龙战，崩山壅江，水逆襄陵，蜀沉于海。望帝乃命鳖灵凿巫山，开三峡，决江沱，通绵雒，合汉沔，济荆扬，然后蜀得陆处，人保厥命。望帝以其功高，让位而去，鳖灵遂称丛帝，号开明氏，袭郡于郫。故蜀人诵先王功者，以开明氏比夏后氏焉。[4]

三、明清之际鳖灵的负面转化

而到了明清时，有关鳖灵的作品数量与内容都大幅度增加了。据学者统计，仅是明清诗歌中单独涉及鳖灵的就有26首，而且不同于之前的正面描写，鳖灵在这些文学作品中多以负面形象出现[5]。如欧阳棻《杜鹃行》：

> 君不见蜀天子化为怨乌春呼鸣？夜夜夜深归不去，惟看冷月支残

---

[1] 中华书局编辑部点校：《全唐诗》（增订本）卷七三，中华书局，1999年，第800页。
[2] 中华书局编辑部点校：《全唐诗》（增订本）卷八八一，中华书局，1999年，第10033页。
[3] ［宋］苏辙撰，陈宏天、高秀芳校点：《苏辙集》卷一，中华书局，1990年，第6页。
[4] 曾枣庄、刘琳主编：《全宋文》第26册，上海辞书出版社、安徽教育出版社，2006年，第157页。
[5] 羊红：《明清诗歌中的鳖灵负面形象初探》，《太原城市职业技术学院学报》2016年第2期。以下部分观点也参考引用该文，兹不赘述。

更。朱冠黑羽降前殿，锦城父老纷奔迎。剧当跪拜泣如雨，独伤艳骨餐狸鼪。昔年粉黛竟如土，今日楼台空复情。吁嗟哉，美人不归怅已矣，西南飞入山峥嵘。蜀山万古帝魂在，幽憾尽付哀啼声。斑斑血痕染山赤，可怜花草春不荣。至今风雨使我惊，帝魂夜夜山头行。百鸟护侍如至尊，臣菜稽首竭所诚。愿下帝诏颁荆衡，召问帝鳖灵可生，斧其三足孤爬撑。如天之憾帝以平，帝乎帝乎毋哀鸣！①

作者为望帝鸣不平，并不认可鳖灵的帝位正当。而这种思想在明清文人中不乏支持，不少文人都对鳖灵神话中望帝禅让而鳖灵即位一说持怀疑态度，从而对望帝失去帝位表达同情，而对鳖灵因德受位有异议。在他们看来，鳖灵本为臣，臣夺君位，是为不正，甚至是僭越祸乱之源。如明末清初彭孙贻《续愍乱诗十首》其四：

> 龙蟠佳气满陵园，河洛诸宗尽大藩。峡坼鳖灵啼望帝，花飞燕矢啄王孙。壶关诏咽山东老，剑阁铜增蜀北门。如带黄流应自远，地维终古奠昆仑。②

这首诗表达了要坚守国家正统，捍卫中原王朝的决心。诗中将鳖灵与赵飞燕燕啄皇孙祸乱天下的典故并用，也表明了作者对鳖灵其实是持否定态度的。

又如明末时曾晥《温溪》：

> 东瓯鼓角战云屯，日脚潮头截海门。十里芙蓉秋满树，千家薜荔雨为村。尸中鳖令还称禅，病后牛衰且噬昆。太禁虽严鳞甲在，

---

① ［清］邓显鹤编：《沅湘耆旧集》卷一七一，第6册，岳麓书社，2007年，第206页。
② ［明］彭孙贻：《茗斋集》卷二，四部丛刊续编本，上海书店出版社，1934年，第65页。

冯夷无数上滩痕。[1]

　　曾晼原名传灯，祖籍江西宁都。崇祯年间他曾随父曾应遴与杨应麟等人一起坚守吉安抵御清军，兵败后奔走闽越关陇，后更名晼，字庭闻。此诗通过描写秋景风雨渲染了国家正处于风雨飘摇的背景，分别借用鳖灵明明是夺位却反称禅让和牛哀成虎而杀兄两个典故讽刺清军，最后表示明朝的海军力量强大，自己对战争胜利充满信心。牛哀杀兄和鳖灵篡位并称，都是负面形象，充分表现了作者对他们的批判与不认可。

　　而在清代纪晓岚《平定两金川露布》中更是写道："坚城既破，直看鳖令浮尸；穷寇仍追，会遣楼兰对簿。"[2]直将鳖灵与平定大小金川叛乱挂钩，将之视为穷寇叛贼一路，这也可以看到在清代统治者与上层文人心目中的鳖灵形象。

　　究其原因，应是鳖灵受禅让一事受到当时文人们的质疑。《太平寰宇记》云："望帝自逃之后，欲复位不得，死化为鹃。每春月间，昼夜悲鸣。"[3]明确透露出一个信息，即望帝之位可能是被鳖灵篡夺而得，于是才有望帝逃亡避难，"欲复位不得"，郁郁而终化为杜鹃之说。即使今天也有学者认为望帝禅让乃是被迫为之，因此，"禅让"受怀疑，那么鳖灵之位就名不正言不顺，受明清儒家正统思想影响的文人必然视鳖灵为窃位之徒进而鄙视。加之明清时期又多"中原正统""忠君爱国"等思想，作为外族、窃国、背君的鳖灵无疑会容易被排斥，在世人眼中与文学作品中的形象一落千丈，从正面转向负面代表。

　　即使某些文学作品中偶尔对鳖灵有一些褒扬之词，也多是赞颂其治水之功。如晚清时诗人贝青乔《〈水经注〉载望帝相鳖令凿通巫峡，功

---

[1]　[清]曾晼撰：《曾庭闻诗》卷四，清康熙刻本。
[2]　孙致中等校点：《纪晓岚文集》卷六，河北教育出版社，1995年，第125页。
[3]　[清]常明修、杨芳灿纂：嘉庆《四川通志》卷二〇一《杂类志五》引，清嘉庆二十一年刻本。

不在禹下，惜无好事者俎豆之，故吊以诗》中就是同时以鳖灵和杜宇为对象的，而且主要是肯定鳖灵的治水功绩："故圃何堪问蜀门，孟滁分绩此留痕。君臣同抱千秋恨，啼尽空山杜宇魂。"[1]贝青乔是一位爱国诗人，字子木，号无咎，又号署木居士。诗中评价了两对君臣，一对是夏启和其大臣孟涂，一对则是杜宇和鳖灵，君臣相得，为治理天下做出了贡献。恨只恨现今列强入侵，晚清统治飘摇欲坠，只得"君臣同抱千秋恨"。从诗题目"鳖令凿通巫峡，功不在禹下"可知，贝青乔因为鳖灵辅佐望帝杜宇的功劳，遵守了"忠君报国"的要求，所以才对其转而肯定。

第三节　五丁传说的延展变化

一、早期五丁传说

五丁神话发生在蜀国灭亡前夕，源于扬雄《蜀王本纪》和《华阳国志·蜀志》。末代蜀王好色，又贪图享乐，娶武都女子为妃，有力大无穷的五丁力士。秦惠王采用了石牛与美人计，意图谋取蜀，蜀王派遣五丁力士前往迎接，返回途中在梓潼遇到大蛇，五丁力士在与大蛇搏斗的过程中遭遇山崩遇难。

> 天为蜀王生五丁力士，能徙蜀山。王无（死），五丁辄立大石，长三丈，重千钧，号曰石牛，千人不能动，万人不能移。
> 蜀王据有巴蜀之地，本治广都樊乡，徙居成都。……秦惠王时，蜀王不降秦，秦亦无道出于蜀。蜀王从万余人东猎褒谷，卒见秦惠王。秦王以金一笥遗蜀王。蜀王报以礼物，礼物尽化为土。秦王大怒。臣下皆再拜贺曰："土者，地也。秦当得蜀矣。"

---

① ［清］贝青乔：《半行庵诗存稿》卷五，清同治五年叶廷琯刻本。

　　秦惠王本纪曰：秦惠王欲伐蜀，乃刻五石牛，置金其后。蜀人见之，以为牛能大便金。牛下有养卒，以为此天牛也，能便金。蜀王以为然，即发卒千人，使五丁力士拖牛成道，致三枚于成都。秦道得通，石牛之力也。后遣丞相张仪等，随石牛道伐蜀焉。

　　武都人有善知蜀王者，将其妻女适蜀。居蜀之后，不习水土，欲归。蜀王心爱其女，留之，乃作《伊鸣》之声六曲以舞之。

　　武都丈夫化为女子，颜色美好，盖山之精也。蜀王娶以为妻。不习水土，疾病欲归。蜀王留之，无几物故。蜀王发卒至武都担土，于成都郭中葬之。盖地三亩，高七丈，号曰"武担"。以石作镜一枚，表其墓，径一丈，高五尺。

　　于是秦王知蜀王好色，乃献美女五人于蜀王。蜀王爱之，遣五丁迎女。还至梓潼，见大蛇入山穴中，一丁引其尾不出，五丁共引蛇，山乃崩，压五丁。五丁踏地大呼秦王，五女及迎送者皆上山化为石。蜀王登台望之不来，因名五妇候台。蜀王亲埋作冢，皆致万石，以志其墓。①

　　（开明）帝称王。时蜀有五丁力士，能移山，举万钧。每王薨，辄立大石，长三丈，重千钧，为墓志。今石笋是也。号曰笋里。未有谥列，但以五色为主。故其庙称青赤黄白黑帝也。开明王自梦廓移，乃徙治成都。周显王之世，蜀王有褒汉之地。因猎谷中，与秦惠王遇。惠王以金一笥遗蜀王。王报珍玩之物，物化为土。惠王怒。群臣贺曰："天承我矣！王将得蜀土地。"惠王喜。乃作石牛五头，朝泄金其后，曰"牛便金"。有养卒百人。蜀人悦之，使使请石牛，惠王许之。乃遣五丁迎石牛。既不便金，怒遣还之。乃嘲秦人曰：

① ［汉］扬雄著，张震泽校注：《扬雄集校注》，上海古籍出版社，1993年，第247—252页。

"东方牧犊儿。"秦人笑之,曰:"吾虽牧犊,当得蜀也。"武都有一丈夫,化为女子,美而艳,盖山精也。蜀王纳为妃。不习水土,欲去。王必留之,乃为《东平》之歌以乐之。无几,物故。蜀王哀之。乃遣五丁之武都担土,为妃作冢,盖地数亩,高七丈。上有石镜。今成都北角武担是也。后,王悲悼,作《臾邪歌》《陇归之曲》。其亲埋作冢者,皆立方石以志其墓。成都县内有一方折石,围可六尺,长三丈许。去城北六十里曰毗桥,亦有一折石,亦如之。长老传言:五丁士担土担也。……惠王知蜀王好色,许嫁五女于蜀。蜀遣五丁迎之。还到梓潼,见一大蛇入穴中。一人揽其尾,掣之,不禁。至五人相助,大呼拽蛇。山崩,同时压杀五人及秦五女,并将从;而山分为五岭。直顶上有平石。蜀王痛伤,乃登之。因命曰五妇冢山。川平石上为望妇堠。作思妻台。今其山,或名五丁冢。①

袁珂先生认为五丁力士传说是人民"通过想象和夸张,塑造了蜀王这么一个反面形象,与之对比衬映,又造了五丁力士这么一群来自民间的英雄群像。有了武丁和蜀王作比照,故事就鲜明突出了:人民所鄙弃的是荒淫自私的蜀王,而歌颂赞美的,则是见义勇为、奋不顾身的五丁弟兄"②,可谓一语中的。

关于"五丁力士"的来历,众说纷纭,有的学者认为"五丁力士"是支持开明氏蜀王的五个羌支氏族或者是从鳖灵来的五支人。③有的认为"五丁力士"应当是在古蜀"尚五"的观念影响支配下而发展衍生出来的一种社会组织形式。④也有的认为"五丁"实际上是五军之长,源于以五为基数的社会组织和神秘的数字崇拜,同时又深受中原周文化的

① 任乃强校注:《华阳国志校补图注》卷三,上海古籍出版社,1987年,第122—123页。
② 袁珂:《中国神话通论》,巴蜀书社,1993年,第373页。
③ 任乃强:《四川上古史新探》,四川人民出版社,1986年,第98页。
④ 段渝:《先秦巴蜀文化的尚五观念》,《四川文物》1999年第5期。

影响。①还有的认为"五丁力士"原本诞生于夏商时期，活动于陇南和川西北一带，属于氐系后裔，而随着蜀族入主成都平原，"五丁力士"以祖先崇拜的形式存在并广泛流传，后因其忠勇超绝形象升华为民间保护神，具有镇宅辟邪的厌胜性质和功能。开明王朝时期，其形象被鳖灵部落采纳，创造出具有巫术力量的新的"五丁力士"形象，威慑各个部落。②但是无论哪种说法，都认可了五丁力士神话在巴蜀地区长期流传，并具有较强的民间基础与广泛影响力。

传说"五丁力士"具有超强的神力，能移山开路，举起万钧巨石，而且挑土工具"围可六尺，长三丈许"，神异色彩十足。他们常被蜀王派去从事比较重要的事情，比如为死去的蜀王、王妃担土作冢，上有石镜表其墓，成都尚有折石遗迹尚存，据传是五丁担土之担，而"武担山"（或云"武都山"）也由此得名：

> 武担山，在（成都）城北二百步，一名武都山。《蜀记》云："武都山精，化为女子，蜀王纳为妃，不习水土而死。王遣五丁于武都山担土为冢，故曰武担。"今山有石照表其门焉。开明悼念不已，为作《臾邪之歌》《龙归之曲》。今成都及毗桥有一折石，长三丈，相传是五丁担土担。③

> 武都山精，化为女子，色美而艳，蜀之所无。有闻于王，开明尚纳以为妃。未几物故，王念之不已，筑墓使高，以示不忘。武都长人费氏五丁，从而媚王，以大力负武都山土增垒之。不日，墓与山齐，王名之曰武担山，谓妃死而怀土也。④

---

① 严海：《五丁力士考论》，《天府新论》2008年第6期。
② 刘国勇：《"五丁力士"新探》，《中华文化论坛》2018年第6期。
③ ［宋］祝穆撰：《方舆胜览》卷五一"成都府路"，宋咸淳三年刻本。
④ ［明］曹学佺：《蜀中神仙记》卷九，明刻本。

或为蜀王开山搬运可以便金的石牛，也是传说中古蜀金牛道的由来。

襃谷在梁州襃城县北五十里南中山。昔秦欲伐蜀，路无由入，乃刻石为牛五头，置金于后，伪言此牛能屎金，以遗蜀。蜀侯贪，信之，乃令五丁共引牛，堑山堙谷，致之成都。秦遂寻道伐之，因号曰石牛道。①

秦惠王欲伐蜀而不知道，作五石牛，以金置尾下，言能屎金。蜀王负力，令五丁引之成道。秦使张仪、司马错寻路灭蜀，因曰石牛道。②

或为蜀王迎接秦国送来的五个美女，在途中大战长蛇，后为山石所埋，化为五座神山，后来这几座山也被称为"五妇山""五丁冢"等。如《华阳国志·汉中志》："梓潼县，郡治。有五妇山，故蜀五丁士所拽虵（蛇）崩山处也。"③南朝梁任昉《述异记》卷下载："秦惠王献五美女于蜀王，王遣五丁迎女，乃见大虵（蛇）入山穴中。五丁拽虵（蛇），山崩。五女上山，皆化为石。"④宋乐史《太平寰宇记》卷八十三："五妇山，西蜀王使五丁力士迎秦五女，还到梓潼，见一大蛇入穴，五丁乃引之，力极山崩，压杀五丁及秦五女，迄今谓之五妇山，连亘入梓州界。"⑤明代甚至民间还建有"五丁庙"祭祀之："五丁庙，在梓潼县北一十二里。相传五丁力士开剑路迎秦女，拔蛇山摧，五丁与秦女俱毙于

---

① ［汉］司马迁：《史记·留侯世家》张守节正义引《括地志》，中华书局，1982年，第2039页。
② ［北魏］郦道元著，［清］王先谦校：《水经注》卷二七《沔水一》注引来敏《本蜀论》，巴蜀书社，1985年，第452页。
③ 任乃强校注：《华阳国志校补图注》卷二，上海古籍出版社，1987年，第91页。
④ ［南朝梁］任昉：《述异记》卷下，汉魏丛书本。
⑤ ［宋］乐史：《太平寰宇记》卷八三"剑南东道二"，清同治光绪间金溪赵氏红杏山房补刻重印赵氏藏书本。

此，后人立庙祀之。"①

直至唐代，五丁传说基本都没有大的情节变化，如卢求《成都记序》：

> 蜀国自秦始通，秦遗蜀王五美女，蜀亦遣五丁迎之。到梓潼，见一大蛇入山穴中，一人览其尾不能得，五人相助。大呼拽之，山遂崩。五丁及秦女皆死。惠王遂遣张仪、司马错从石牛道灭蜀。因封公子通国为蜀侯，以陈壮为相，置巴蜀郡。迁秦人万家实之，民始能秦言。②

陈子昂在《谏雅州讨生羌书》文中亦提及蜀因贪利而亡的故事，以史诫之：

> 蜀昔时不通中国，秦惠王欲帝天下而并诸侯，以为不兼賨不取蜀，势未可举，乃用张仪计，饰美女，谲金牛，因间以啖蜀侯。蜀侯果贪其利，使五丁力士凿山通谷，栈褒斜，置道于秦。自是险阻不关，山谷不闭，张仪蹑踵乘便，纵兵大破之，蜀侯诛，賨邑灭。至今蜀为中州，是贪利而亡。③

在流传过程中有时关于人名有细微错讹，如将"秦惠王"换作了"秦始皇"。

> 五丁，秦时力士也。始皇欲伐蜀，但以道险不通，乃作石牛，置于界道，遗金于石牛上，而进入蜀，又献蜀美女。时有一丈蟒蚰

---

① ［明］李贤等纂：《大明一统志》卷六八，明弘治十八年刻本。
② ［清］董浩等编：《全唐文》卷七四四，中华书局，1983年，第7701页。
③ ［清］董浩等编：《全唐文》卷二一二，中华书局，1983年，第2149页。

（蛇），从山腹而入穴。五女往就观之，五丁力士遂共拔虵（蛇）。山崩，压煞五女，因名其山曰五妇山也。秦王遣兵，随石牛后伐蜀，遂即灭之也。①

五丁忠君爱国、英勇牺牲的形象与奇幻的色彩，为后世的文学创作提供了丰富的内容素材与想象空间。这些神话传说既是讲述了蜀道之起源，也间接反映了蜀道最初开通时的种种艰难险阻，五丁力士更是成为千千万万刚烈果毅、不惧困苦的古蜀劳动人民的代表象征。如唐玄宗《幸蜀西至剑门》："剑阁横云峻，銮舆出狩回。翠屏千仞合，丹嶂五丁开。灌木萦旗转，仙云拂马来。乘时方在德，嗟尔勒铭才。"②在描绘蜀道奇险风光的同时，抒发对前人开山辟路的赞赏之情。尤其在唐代诗歌中，都有大量吟咏歌颂五丁开山的豪迈壮举，赞美蜀道开凿的鬼斧神工，体现了开疆辟土的大唐气势。如：

不用五丁士，如何九折通。（李峤《牛》）③

千里烟霞锦水头，五丁开得也风流。（李山甫《蜀中寓怀》）④

剑门千仞起，石路五丁开。（骆宾王《饯郑安阳入蜀》）⑤

五丁卓荦多奇力，四士英灵富文艺。（骆宾王《畴昔篇》）⑥

---

① ［唐］佚名：《琱玉集》卷一二《壮力篇》，遵义黎氏校刊古逸丛书本。
② 中华书局编辑部点校：《全唐诗》（增订本）卷三，中华书局，1999年，第32页。
③ 中华书局编辑部点校：《全唐诗》（增订本）卷六〇，中华书局，1999年，第719页。
④ 中华书局编辑部点校：《全唐诗》（增订本）卷六四三，中华书局，1999年，第7417页。
⑤ 中华书局编辑部点校：《全唐诗》（增订本）卷七九，中华书局，1999年，第858页。
⑥ 中华书局编辑部点校：《全唐诗》（增订本）卷七七，中华书局，1999年，第835页。

栈压嘉陵咽，峰横剑阁长。前驱二星去，开险五丁忙。（杜牧《奉和门下相公送西川相公兼领相印出镇全蜀诗十八韵》）①

凛凛三伏寒，巉巉五丁迹。（岑参《入剑门作，寄杜、杨二郎中，时二公并为杜元帅判官》）②

即事壮重险，论功超五丁。（杜甫《桥陵诗三十韵因呈县内诸官》）③

我思五丁力，拔入九重城。（白居易《和答诗十首·答桐花》）④

蜀道英灵地，山重水又回。文章四子盛，道路五丁开。（雍陶《蜀中战后感事》）⑤

在时人眼中，五丁开山不仅是神力的象征，更是在国家危难之际可以匡扶乾坤的希望，如张祜《读狄梁公传》中就表达了渴望有五丁那样的志士来扶持摇摇欲坠的朝政："失运庐陵厄，乘时武后尊。五丁扶造化，一柱正乾坤。上保储皇位，深然国老勋。圣朝虽百代，长合问王孙。"⑥由此就不难理解为何五丁神话在唐代文人心目中如此大受推崇。

而至唐宋以后，为了突出五丁的神勇，在原来五丁徒手拽大蛇的情节上，又敷演出了剑泉传说，五丁拔蛇被山压死后，其遗剑化为泉，每逢庚申日会显露剑光，从而增加了传说的神秘性。杜若晦曾作诗云：

---

① 中华书局编辑部点校：《全唐诗》（增订本）卷五二一，中华书局，1999年，第6000页。
② 陈铁民、侯忠义校注：《岑参集校注》卷四，上海古籍出版社1981年，第327页。
③ ［清］仇兆鳌注：《杜诗详注》卷三，中华书局，1999年，第232页。
④ 朱金城笺校：《白居易集笺校》卷二，中华书局，1988年，第115页。
⑤ 中华书局编辑部点校：《全唐诗》（增订本）卷五一八，中华书局，1999年，第5957页。
⑥ 中华书局编辑部点校：《全唐诗》（增订本）卷五一〇，中华书局，1999年，第5844页。

"五丁弹铗气如虹，斫破苍崖万仞峰。宝匣信难留异物，寒泉终见表遗踪。"① 又如：

> 剑泉，在梓潼县北十二里。昔蜀五丁至此，见大蛇入穴，兄弟忿而拔之。山摧，五丁毙焉，余剑隐于路隅，化为一泉。每庚申甲子日，其剑见光。②

> 隐剑泉，在（梓潼）县北十二里，五丁力士庙西一十步。古老相传云：五丁开剑路迎秦女，拔蛇山摧，五丁与秦女俱毙于此，余剑隐在路傍，忽生一泉。又云：此剑庚申日见。③

> 五丁力士遗剑于梓潼县之龙潭岩，时发宝光。④

二、五丁神话及其衍生传说

人们对五丁神力盖世的力量和坚忍不拔的勇气意志充满了崇敬和向往。于是，在五丁神话的基础上，将原本传说中的其他相关情节元素进行了再次加工，进而延伸出"石镜""石笋""玉妃溪"等多个衍生传说。如五丁在为蜀王之妃担土作冢后，上有石镜，此石镜相传保留在武担山，一直到明清时都在。杜甫还曾作《石镜》一诗云："蜀王将此镜，送死置空山。冥寞怜香骨，提携近玉颜。众妃无复叹，千骑亦虚还。独

---

① ［明］刘大谟修，杨慎纂，周复俊重编：嘉靖《四川总志》卷六《郡县志》引，明嘉靖二十四年刻本。
② ［宋］祝穆撰：《方舆胜览》卷六七"利州东路"，宋咸淳三年刻本。
③ ［宋］乐史：《太平寰宇记》卷八四"剑南东道三"，清同治光绪间金溪赵氏红杏山房补刻重印赵氏藏书本。
④ ［清］彭遵泗编，倪亮校注：《蜀故校注》卷二一"神异"，西南交通大学出版社，2020年，第299页。

有伤心石，埋轮月宇间。"①又如：

> 开明妃墓，今武担山也。本曰武都，在府西百二十步，周三百五十步，云妃始武都男子，化为女，美艳。开明尚纳之，不习水土欲去。王作《东平之歌》。未几物故，既葬，表以二石阙、石镜。武陵王萧妃掘之，得玉石。棺中美女，容貌如生，体如冰，掩之而寺其上，镜周三丈五尺。乐史云："厚五寸，径五尺。"②

> 武担山精，化为美女，蜀王纳为妃，不习水土而死。王乃遣五丁，于武都担土为冢，故名武担。盖地数亩，高七尺，上有一石，厚五寸，径五尺，莹徹，号曰石镜。王见悲悼，作《臾邪之歌》《龙归之曲》。③

此外，武都山精化为美女，成为蜀王之妃子；民间传说中又由之演化出一个玉妃溪传说，将蜀妃与五丁编为同胞生，被父母遗弃于溪水中，加强了二者的故事情节曲折与身世联系。

> 玉妃溪，在绵竹县。《成都耆老传》载："妃与五丁同生，父母弃之溪中，后闻呱呱之声，就视，乃一女五男。女即蜀文并妃，男即五丁。"④

《路史·余论一》载蜀王开明五世"时武都出五力士辅之"⑤，直接将

---

① ［清］仇兆鳌注：《杜诗详注》卷一〇，中华书局，1999年，第807页。
② ［宋］罗泌：《路史·前纪四·蜀山氏》罗苹注引，周明：《路史笺注》，巴蜀书社，2021年，第41—42页。
③ ［清］陈祥裔：《蜀都碎事》卷一引《蜀记》，清康熙刻本。
④ ［宋］祝穆撰：《方舆胜览》卷五四"成都府路"，宋咸淳三年刻本。
⑤ 周明：《路史笺注》，巴蜀书社，2021年，第1073页。

原本五丁在武担山担土和武都女子与五丁同胞的传说糅合在一起，把五丁都视为武都人士。

石笋也源于五丁传说，传说五丁为开明朝身死蜀王担土建冢时，会立大石作墓之标识，此即为石笋。"每王薨，辄立大石，长三丈，重千钧，为墓志。今石笋是也。号曰笋里。"① 又北凉阚骃《十三州志》："时蜀有五丁力士，能徙山岳。每一王死，五丁辄为立大石以志墓，今石笋是也，号曰笋里。未有谥号，但以五行色为主，故其庙称青、赤、黑、白帝也。"② 唐代杜光庭《石笋记》云："成都子城西，曰兴义门金容坊，有通衢，几百五十步。有石二株，挺然耸峭，高丈余，围八九尺。《耆旧传》云：'其名有六，曰石笋，曰蜀妃阙，曰沈犀石，曰鱼凫仙坛，曰西海之眼，曰五丁石门。'"③ 事实上，据《蜀中广记》卷二所言，《太平寰宇记》《益部耆旧传》《通志》及李膺《益州记》等都有记载蜀郡有大石崇拜的遗迹。《方舆胜览》卷五十一载成都府除了有石笋之外，还有天涯石、地角石、支机石、石犀、石牛、石妇、石镜等遗迹，今天我们尚能见到的成都地名也有支矶石、天涯石、五块石等。明代陈子陛曾著《五块石》诗："四顾桑田一勺无，累累五石类浮图。谁云此地通沧海，拾得鲛人瑟瑟珠。"④ 清末民间流行的歌谣《唱成都》里亦曾唱道："清早起来不新鲜，心想成都耍几天。一进东门天涯石，二出北门五块石。"⑤ 以上都能证明巴蜀地区自古就有的石崇拜文化。

石笋原在成都西门外，但南宋时石笋已断裂，今不存在，如今成都石笋街亦当是得名于此。在唐代时石笋还曾被蜀地民间传为海眼，认为石笋一倒，海水就会淹没成都。杜甫曾作《石笋行》辨析此传说：

① 任乃强校注：《华阳国志校补图注》卷三，上海古籍出版社，1987年，第122页。
② ［北凉］阚骃纂，［清］张澍辑：《十三州志》，清道光元年张氏刻二酉堂丛书本。
③ ［宋］郭知达编，陈广忠校点：《九家集注杜诗》卷七《石笋行》下引，安徽大学出版社，2020年，第302页。
④ 龚学敏主编：《成都历代经典诗词》，成都时代出版社，2019年，第242页。
⑤ 马骥：《成都方言》，四川文艺出版社，2012年，第328页。

君不见益州城西门，陌上石笋双高蹲。古来相传是海眼，苔藓蚀尽波涛痕。雨多往往得瑟瑟，此事恍惚难明论。恐是昔时卿相冢，立石为表今仍存。惜哉俗态好蒙蔽，亦如小臣媚至尊。政化错迕失大体，坐看倾危受厚恩。嗟尔石笋擅虚名，后来未识犹骏奔。安得壮士掷天外，使人不疑见本根。①

就连秦灭蜀所用的石牛，也被赋予了现实关联，以此证明五丁神话确有其事。

《周地图记》有云：（旱）山上有云即雨。故谚云："牛头戴，旱山晦，家中干谷莫相贷。"傍有石牛十二头，一云五头，盖秦惠王所造，以治蜀者。山下有石池，水多蓴菜。②

甚至就连五丁所拔蛇，都衍生出了此蛇乃张恶子神（即梓潼神）养的蛇精，由于神灵非常灵验，世人还为之建有张恶子神庙。

梓潼县张恶子神，乃五丁拔蛇之所也。或云嶲州张生所养之蛇，因而祠。时人谓为张恶子，甚神其灵。伪蜀王建世子名元膺，聪明博达，骑射绝伦。牙齿常露，多以袖掩口，左右不敢仰视。蛇眼而黑色，凶恶鄙衰，通夜不寐，竟以作逆伏诛。就诛之夕，梓潼庙祝，巫为恶子所责，言："我久在川，今始方归，何以致庙宇荒秽如是耶？"由是蜀人乃知元膺为庙蛇之精矣。③

---

① ［清］仇兆鳌注：《杜诗详注》卷一〇，中华书局，1999年，第833—834页。
② ［宋］乐史撰：《太平寰宇记》卷一三三"山南西道一"，清同治光绪间金溪赵氏红杏山房补刻重印赵氏藏书本。
③ ［宋］李昉等：《太平广记》卷四五八"张恶子"条引《北梦琐言》，第4册，上海古籍出版社，1990年，第381页。

三、蜀道文学的五丁形象与传说

在金牛古道广元剑阁一带，还存有五丁峡遗迹（一名金牛峡），今陕西省汉中市还有五丁关，是金牛古道的重要咽喉要塞。"（金牛道）即金牛峡，一名五丁峡，五丁所开。今在汉中府宁羌州东北四十里，通西川大道，其山高峻，峰峦连接，中分一道，势同斧劈，自古称蜀道最险，莫此为甚。"①

隋唐时期，伴随着唐王朝不断向南扩张与南方丝绸之路的开拓，行旅于蜀道之上的文人、商旅、游侠等逐渐增多，留下了不少华美篇章。除前文所引诗篇外，又如李白《上皇西巡南京歌十首》其八言："秦开蜀道置金牛，汉水元通星汉流。"②冯涓《蜀駃引》诗："自古皆传蜀道难，尔何能过拔蛇山。"③王徽《创筑罗城记》云："壮者五丁，导彼青青冥。"④陈山甫亦曾作《五丁力士开蜀门赋（以"蛮国廓开，遂通人俗"为韵）》：

> 伊山为蜀，是曰蛮俗。惟天俾秦，厥生神人。拔长蛇而贔屃，辟广岫之嶙峋。在昔褒斜未通，羌僰异域。彼为夷国，物产难究，封疆罕测。秦将欲广其南，冠其北。张仪于是度其势，量其力。假牛之计斯设，馈女之功是克。蜀王乃命力士，辟高山，贪功饕餮，忘情险艰。扪峰峦于日侧，扶岨峗于云间。将以砥崭崒，等跻攀。振衣而力抗千嶂，攘臂而威陵八蛮。俄而白日荡摇，元天忽霍，鬼哭神怨，风号雾廓。怒发森植，雄心震跃，洒珠汗以霍散，瞪星眸而电落。将欲断烟霭，排岩崿，讶巨灵之所拓；蹂重林，回绝壑，

---

① ［清］高鹤年：《名山游访记》，载《高鹤年大德文汇》，华夏出版社，2012年，第54页。
② ［清］王琦注：《李太白全集》卷八，中华书局，1977年，第440页。
③ 中华书局编辑部点校：《全唐诗》（增订本）卷七六〇，中华书局，1999年，第8721页。
④ ［清］董浩等编：《全唐文》卷七九三，中华书局，1983年，第8310页。

疑夏后之所凿。吁可畏哉，砰轰若雷。虎视五岳，鲸吞九垓。徒见其豁若谷，嶙若堆，横隐嶙，直崔嵬。大应心踏，高随手摧。江标峻栈之形，呀然地裂。阙斗高峰之色，骁若天开。已而后患方启，前心莫遂。喧阗兮乍进秦辛，逦迤而全收蜀地。道路无阻，关梁有备。闻五丁死而蛮党移，一径通而秦人至。虽共工之勇，将触也非雄；项籍之力，将拔也宁同。曾未若擘秀岭，骇苍穹，古今攸赖，华夷是通。羽毛誉死以填谷，草树惊摧而堕空。遂使鞭石之帝，移山之公，壮志难夺，莫不慕其英风。①

宋以后，随着几条古蜀道的不断整修通畅，巴蜀与北方的联系越来越紧密，很多文人入蜀出川，在慨叹蜀道之难的同时，也禁不住为此赞叹前人开山劈道、神工竭力的辛勤劳苦。唐宋时期称金牛、石牛者，都即五丁所开之道，如宋代薛田《成都书事百韵》："石牛迈路加歆飨，江渎隆区助洁蠲。"②楼钥《送王仲矜倅兴元》："君今此去良似之，更欲远游寻故迹。汉都南郑启炎图，秦置石牛山径辟。"③又如宋代诗人歌颂五丁开山通蜀的诗句：

五丁力尽蜀川通，千古成都绿酎酿。（杨亿《成都》）④

五丁尽力路通泉，百货东来蜀道贫。不以粪牛欺远俗，安知指虎有强臣。（陈鹏《隆庆》）⑤

---

① [清] 董浩等编：《全唐文》卷九四八，中华书局，1983年，第9845页。
② 傅璇琮、倪其心等主编：《全宋诗》第2册，北京大学出版社，1991年，第1052页。
③ 傅璇琮、倪其心等主编：《全宋诗》第47册，北京大学出版社，1991年，第29333页。
④ 傅璇琮、倪其心等主编：《全宋诗》第3册，北京大学出版社，1991年，第1405页。
⑤ 傅璇琮、倪其心等主编：《全宋诗》第12册，北京大学出版社，1991年，第7899页。

王气吞三峡，神工出五丁。（冯山《瞿塘峡》）①

地维忽断两山高，帝罚罔功五丁死。（李复《按视沙苑》）②

清代梁清宽《贾大司马修栈歌》和宋琬《栈道平歌为贾胶侯尚书作》在描写蜀道之险难时，就都曾歌颂五丁开金牛道的神力与贡献。

君不见，栈道高去天尺五，马尽缩足人咸伛。山前白骨野火磷，江岸积骸泣无主。中丞巡边心恻然，濬川炼石何今古。谁云天险不可移，五丁曾为施巨斧。积薪一炬石为坼，锤凿既加如削腐。隘者已阔岖者平，冠盖利涉杂商贾。昔日百里无人烟，行役更多豺虎苦。中丞极意尽经营，伐木成栋茅作宇。凤岭鸡关似坦途，中夜酣憩为安堵。回车不用愁王阳，开辟功足补大禹。吁嗟乎，天下险阻宁止此，人心巉岩难悉数。对面戈矛不可避，翻手为云覆可雨。吁嗟乎，安得中丞此大力，尽平世间险巇之处长无迁。③

君不见梁州之谷斜与褒，中有栈道干云霄。仰手可以扪东井，下临长江浩汗洵波涛。大禹胼胝恐未到，帝遣五丁开神皋。巨灵运斧地维绝，然后南通巴蜀西羌犛。蛇盘萦纡六百里，千回万曲缘秋毫。悬车束马弗可以径度，飞腾绝壁愁猿猱。汉家留侯真妇女，烈火一炬嗟徒劳。噫嘻乎！三秦之人困征戍，军书蜂午如猬毛。衔枚荷戈戟，转粟穷脂膏。估客尔何来，万里竞锥刀。须臾失足几千仞，

① 傅璇琮、倪其心等主编：《全宋诗》第13册，北京大学出版社，1991年，第8658页。
② 傅璇琮、倪其心等主编：《全宋诗》第19册，北京大学出版社，1991年，第12444—12445页。
③ ［清］查郎阿修，沈青崖纂：雍正《陕西通志》卷九五《艺文十一》引《贾大司马修栈歌》，清雍正十三年刻本。

猛虎腹蛇恣贪饕。出险酾酒始相贺，磷磷鬼火闻呼号。泰运开，尚书来，恩如雨露威风雷。一呼集奋锸，再呼伐薪柴。醇醨浇山万夫发，坐看巉岩削尽为平埃。噫嘻乎！益烈山泽四千岁，火攻莫救苍生灾。昔也商旅鱼贯行，今也不忧狼与豺。昔也单车不得上，今也康庄之途可以走连辇。僰僮巴舞贡天府，桃笙簟布输邛崃。歌《豳风》，击土鼓，贾父之来何晚哉！丰功奕奕垂万禩，经济不数韦皋才。中朝衮衣待公补，璇玑在手平泰阶。西望剑阁高崔巍，侧身欲往空徘徊。大书深刻告来世，蛟龙发篋磨青崖。金穿石泐陵谷徙，我公之功不与伏波铜柱同尘埋。①

至于五丁峡与五丁关这两处遗迹，更是在明清颇多入蜀行记中被频频提及。

> 乱山益稠，至金牛驿北，望见嶓冢山，峨然云表。……金牛驿西三里有路通阳平关，稍南入五丁峡，一名金牛峡。……峡口悬崖万仞，阴风飒然。入峡即奔峭四合，猿鸟迹绝，水自峡中喷薄而出，人马从水中行，恶石如蛮象狞龙伏水中，时时啮人。②

> （五丁峡）山石高数百仞，截然中分两岸，锋锷廉厉，碎石零乱，蹊涧中水激石如雷鸣，或如笙瑟，人行石上，杖而步伛偻，上下马蹄触石皆脱落，舆人则疾，驱步武著石，不失尺寸。③

---

① ［清］魏宪辑：《百名家诗选》卷二二引《栈道平歌为贾胶侯尚书作》，清康熙刻本。
② ［清］王士禛撰：《蜀道驿程记》卷上，载《西北稀见丛书文献》第4卷，兰州古籍书店，1990年，第449—450页。
③ ［清］方象瑛：《使蜀日记》，载《西北稀见丛书文献》第4卷，兰州古籍书店，1990年，第529页。

尤其是五丁峡一带，山势陡峭，悬崖万丈，石径盘曲，水流汹涌，"自峡口至五丁关十五里，步步悬绁而上，下峡亦如之。则伛偻循墙而走矣，传称此峡为蜀道第一险，信然。"① 清代张素含入蜀时就著有《蜀程纪略》，其中提到："五丁峡，一名金牛峡，即五丁力士开山挽金牛入蜀处。"② 他为五丁峡摄人心魄的自然景观作《五丁峡》诗云："五丁果是拔山才，惊见银屏一线开。水接岷江拥地转，云连嶓冢自天来。深疑虎穴探犹却，曲向蚁穿往复回。最是骇人新雨后，飞泉挂壁响惊雷。"③ 他还记载了当时五丁峡所保存的石刻、题记。

> 峡长九里，两峰壁立，中辟一径，凿痕宛然。峡口初入颇敞，题曰"洞天溪月"。渐行亦窄，题曰"一线天"。仰视之，果然。峡水即汉水发源，其流甚驶，水石冲激，疑雨疑晴。摄衣而入，有风生鬼出霜冷霰飘之势。壁上有石刻一绝云："蜀国利金牛，凿石开山道，道通取灭亡，金玉信非宝。"④

清代俞陛云途经此处时，亦在游记和诗作中描绘了五丁峡幽深险恶的奇观，而且还如实记录了当地人就地取材、以山石覆屋修建民居的日常情况。

> 入五丁峡口，两崖骈合，险恶阴森，自怒流雷流中，深穿一径。大抵山径劈凿，则骨理尽张，水胁众流。则慄性莫遏，振五士

---

① ［清］王士禛撰：《蜀道驿程记》卷上，载《西北稀见丛书文献》第4卷，兰州古籍书店，1990年，第450页。
② ［清］张素含：《蜀程纪略》，峄城区文史资料委员会编《峄城文史资料》第4辑，山东工人报印刷，1991年，第109页。
③ ［清］张素含：《蜀程纪略》，峄城区文史资料委员会编《峄城文史资料》第4辑，山东工人报印刷，1991年，第110—111页。
④ ［清］张素含：《蜀程纪略》，峄城区文史资料委员会编《峄城文史资料》第4辑，山东工人报印刷，1991年，第109—110页。

之灵奇。笫三巴之扃钥，洵奥隘也。峡旁石厂供佛像，题曰"洞云溪月"。山多矿质，与北栈同。居人以山石覆屋，黝光薄削，用代陶瓦。旋上五丁关，飞泉瓴泻，灌莽矛攒。惜土阜重重，障碍空阔，昔人有囚人之讥。下山出瀑布，旁溅玉喷珠，衣袂洒然尽湿。①

巨刃摩天劈，巉巉尚有痕，林深云日淡，地险鬼神尊。崖势金牛突，涛声铁骑奔。九天珠万点，洒出洗头盆。②

还有陈涛在自己的《入蜀日记》中亦写道《五丁峡》："铲削人踪隔，崩崖尚斧痕。五丁何处所，趋汝破天门。"③"十五里，五丁关，过五丁峡。攀援上关，峭壁棱厉，奔崖四合，幽木老藤回互盘亘。状类新红峡，而幽丽稍逊，奇突过之。"④清代画家黄鼎的《蜀中八景》，曾描摹川北古蜀道上的八处名胜，其中之一就有五丁古峡。诸多诗人都曾在这里留下铺写五丁峡险峻的诗篇，并由此慨叹五丁神功，如明代李贤《过五丁峡》、薛瑄《五丁峡》、程本立《过五丁峡》，清代汪仲洋《五丁峡》、李化楠《五丁关》、陶澍《五丁峡》、张诚《五丁峡》、张问安《五丁峡》、张问陶《雨后过五丁峡》等，兹不赘述，仅录几首作代表：

梁州书禹贡，黑水著图经。道路通三辅，岩崖凿五丁。金牛言诞谩，石鼓事沉冥。独有悬钟石，分明上勒铭。（明谢士元《五丁峡》）⑤

① ［清］俞陛云：《蜀辒诗记》卷上，民国铅印本，1921年，第30—31页。
② ［清］俞陛云：《蜀辒诗记》卷上，民国铅印本，1921年，第31页。
③ ［清］陈涛：《审安斋遗稿》，载沈云龙主编：《近代中国史料丛刊》，文海出版社，1966年，第353页。
④ ［清］陈涛：《审安斋遗稿》，载沈云龙主编：《近代中国史料丛刊》，文海出版社，1966年，第348页。
⑤ ［明］曹学佺辑：《石仓十二代诗选·明次集》卷二四引，明崇祯刻本。

涉水复涉水，登山复登山。行行不计程，日日山水间。及兹五丁峡，蜀道方险艰。水多洪涛恶，山有乱石顽。梁摧乃能渡，梯绝无由攀。我马毛已焦，我仆力已孱。岂因筋骨劳，而使涕泪潸。（明程本立《过五丁峡》）①

忆昔梁州域，曾闻贡篚来。孰云千里险，功自五丁开。溪恶蛇虫襍，林深虎豹哀。那堪登峻岭，我马正隤魋。（明童轩《五丁峡》）②

峡石色如铁，苍苍遍绿苔。古痕留斧凿，传是五丁开。（清常纪《五丁峡》）③

南穷石牛道，岩岩下云栈。三日招我魂，足踔目犹眩。岂知东苍州，耳目益奇变。始过金牛驿，樛蟠已凌乱。漾水从北来，劣足泛凫雁。举头嶓冢山，峨冠倚天半。大哉神禹功，从此导江汉。渐入五丁峡，谲诡骇闻见。斗壁何狞狰，十万磨大剑。攒罗列交戟，茫昧通一线。乱水殷峡中，鲛鼍喜澜汗。仰眺绝圭景，俯聆竞雷拚。九鼎铸神奸，到此百忧患。东方牧犊儿，竟使蚕丛判。我行忽万里，风土异乡县。身落大荒西，终赖皇天眷。呫呫复何言，艰虞一身贱。（清王士禛《五丁峡》）④

绝壑灵奇尽鬼工，停眸便识五丁通。双崖翠影侵天合，万窍云

---

① ［明］程本立撰：《巽隐集》卷一，明万历元年刻本。
② ［明］童轩撰：《清风亭稿》卷五，明成化刻本。
③ ［清］常纪：《爱吟草》，载金毓绂主编：《辽海丛书》第4集，辽沈书社，1985年，第1317页。
④ ［清］王士禛撰，李毓芙等整理：《渔洋精华录集释》卷五，上海古籍出版社，1999年，第816页。

根入地空。杜宇魂生迷鸟道，蜀山虵（蛇）拔剩龙宫。金牛纵被秦人误，开辟何曾让禹功。（清李重华《五丁峡》）①

四、后世文人的另类五丁叙事

在赞颂五丁功绩的同时，也有部分文人对五丁传说及其所蕴含的多重文化内涵进行了一些升华。一类主要是借由五丁事迹怀古，警醒后人，以史为鉴。如唐代诗人胡曾在《金牛驿》中言道五丁开凿金牛道，在打通成都对外通道的同时，也无意间加速了秦国由此道快速入蜀灭蜀的进程，这反映了诗人对事件两面性的一种反思："山岭千重拥蜀门，成都别是一乾坤。五丁不凿金牛路，秦惠何由得并吞。"②

又如宋代张先《漫天岭》："不独高明不可谩，仍知不似泰山安。五丁破道秦通蜀，却被行人脚下看。"③诗人在诗中借五丁抒发自己的独到见解，前人竭力开路才有后人乘凉，进而警醒为人处世切记不可嚣张狂妄。

又如明代任惟贤《金牛峡》借由末蜀灭亡对历史兴亡进行思考："巢沙两两飞胡燕，调舌关关语怪禽。两峡漫通秦日月，五丁空葬蜀衣衾。主贪自合钟奇祸，国破何曾博寸金。千载智愚成笑柄，夕阳古木乱蝉吟。"④

另一类主要是从五丁传说的本身真伪问题角度进行思索，其实是对历史与神话关系的一种思考探索。如宋代吴师孟《金牛驿》："禹贡已书开蜀道，秦人安得粪金牛。"⑤诗人认为在《禹贡》典籍中早已记载了金

① ［清］沈德潜辑：《清诗别裁集》卷二七，中华书局，1975年，第485页。
② 中华书局编辑部点校：《全唐诗》（增订本）卷六四七，中华书局，1999年，第7478页。
③ 傅璇琮、倪其心等主编：《全宋诗》第3册，北京大学出版社，1991年，第1937页。
④ ［明］张良知纂修，郭鹏校注：《嘉靖汉中府志校注》卷一《舆地志》引，西安交通大学出版社，2022年，第87页。
⑤ 傅璇琮、倪其心等主编：《全宋诗》第10册，北京大学出版社，1991年，第6800页。

牛道开通之事，因此石牛粪金、五丁开道这些传说皆是无稽之谈，这即是对时人将传说当作史实的批判质疑。

又如宋代唐庚《金牛驿二绝》：

> 秦人虚饵方投钓，蜀国痴鱼已上钩。天与中原通竿马，人间何处有金牛。（其一）①

> 由来仁义行终稳，到了权谋术易穷。才见诈牛收剑外，已闻真鹿走关中。（其二）②

唐庚通过追述金牛驿的历史，在诗中把秦国比作挂"虚饵"垂钓之人，而蜀国则是傻傻上钩的"痴鱼"，讽刺意味十足。接着直接点明现实中怎么可能会有金牛，从而引出自己的劝诫之意：唯有仁义为本，多行仁义之事，权谋诡计自然不攻自破。

这些都体现了宋代诗歌"以文为诗"和"以议论为诗"的创作特色，宋代文人受理学思潮影响，重视探究事理，具有哲学思辨的思维广度，注重对自我和事物的理性思考，在诗歌中喜好发表个人议论和对时政的深度理解。因此，对前人的某些传说或观点亦不会全盘接受，而是会提出个人的思考或疑问。

此外，明代刘基则在寓言故事集《郁离子》中讲述了一个全新的五丁故事，与以往文学作品颂扬五丁的基调全然不同：

> 昔者蠚蚳暴于岷嶓之间，蜀王使相回帅师伐之，畏弗进，作土门而壁焉。其士卒日食于民，民疗弗堪，于是五丁凿山以出于江之

---

① 傅璇琮、倪其心等主编：《全宋诗》第23册，北京大学出版社，1991年，第15049页。
② 傅璇琮、倪其心等主编：《全宋诗》第23册，北京大学出版社，1991年，第15049页。

源，擒蠿蚳，杀之。相回闻蠿蚳之死也，毁壁而出，取其尸以为功，曰："我之徒兵实杀之。"五丁怒，杀相回，排大彭而壅之江，江水逆流，覆王宫。王升木而号，化为杜鹃。①

《郁离子》虚构了一个相回伐盗不成，冒领五丁之功，后被五丁怒杀之的寓言故事。可见其本意是借之讽刺当时那些贪生怕死、欺凌百姓的贪官污吏，在这里还将望帝也变为不辨是非的昏庸君王，将杜宇化鹃杜撰成因为蜀王被相回这样的小人蒙蔽导致国破受罚，最终身死，五丁则成为正义之师的代表。可以说这个寓言故事完全颠覆了五丁故事，是对五丁传说的解构重塑。

---

① ［明］刘基著，张宏敏、曾孔方笺校：《郁离子》，浙江大学出版社，2019年，第64页。

| 第二章 |

巴蜀治水神话与古代文学

　　巴蜀地区的整个地势周围高、中间低，特殊的地理位置造就了其特定的水域环境。而四川盆地的地势是西北高、东南低，成都平原位于四川盆地中部，在西北、西南方向都有数条流域宽广的大河流流经平原。整个盆地由西向东南的边缘又有龙泉山脉，极易造成排水困难，所以每当雨季之时，岷江上游山洪暴发，一泻千里，成都平原就很容易遭受水灾。水患异常频繁，严重阻碍了农业生产，于是，人们特别渴望英雄或者神灵出现，能够帮助他们改变这种状况，因而巴蜀地区也流传了诸多关于英雄治水的神话。除了前面提到的鳖灵治水，还有著名的大禹治水、李冰治水等传说在巴蜀广为流传。这些治水神话也正是古代巴蜀人民与洪水长期作斗争的真实写照，体现了巴蜀人民坚持不懈、英勇无畏的治蜀精神。

第一节　大禹从人到神的文学路径

一、大禹的神化过程

　　先秦时期已有关于大禹的故事流传，主要讲述大禹继承鲧的事业以及治水功绩。从这一时期的文献资料来看，大禹大致还处于人王阶段，但像伏羲女娲一样也具有部分不似常人的形象，如"长颈鸟喙"[①]。这与古人认为"圣人有异相"的观念有关。总的说来，大禹在早期传说中仍是治水英雄与贤德君主的代表，尚具有人的性质。顾颉刚《与钱玄同先生论古史书》就认为："周代人心目中最古的人是禹，到孔子时有尧舜，到战国有黄帝神农，到秦有三皇，到汉以后有盘古等。"[②]

秦汉以后，大禹传说中的神话色彩愈加浓厚，通过文学作品的不断丰富，人们不断构筑其神性，大禹由之具备了诸多超人能力与神异之事，人性逐步消解，神通异能逐渐增强，从而构建出了大禹的神性形象。

第一，渲染大禹出生的神异性。古籍曾有记载，禹生于岷江上游的西羌。《史记·六国年表》就言："禹兴于西羌。"张守节正义："禹生于茂州汶川县，本冉駹国，皆西羌。"[③]又《史记·夏本纪》曰："夏禹，名曰文命。"张守节正义："《帝王纪》云：'父鲧妻修己，见流星贯昴，梦接意感，又吞神珠薏苡，胸坼而生禹。名文命，字密，身九尺二寸长，本西夷人也。'"[④]汉代陆贾《新语·术事》："文王生于东夷，大禹出于西羌，世殊而地绝，法合而度同。"[⑤]

另一种是说大禹出生于石（或说乃禹母感石而生禹），如《随巢子》："禹生昆石。"[⑥]《淮南子·修务训》："禹生于石。"高诱注："禹母修己，感石而生禹，折胸而出。"[⑦]后来"生于石"就发展成为"生于石纽"，也就是在今天的四川省汶川县刳儿坪（一说北川县），即上文所

① ［东周］尸佼：《尸子》，华东师范大学出版社，2009年，第53页。
② 顾颉刚：《古史辨》，第一册中编，上海古籍出版社，1982年，第60页。
③ ［汉］司马迁：《史记》，中华书局，1982年，第686页。
④ ［汉］司马迁：《史记》，中华书局，1982年，第49页。
⑤ 王利器撰：《新语校注》卷上，中华书局，1986年，第43页。
⑥ ［宋］罗泌：《路史·后纪十三·夏后氏上》罗苹注引，周明：《路史笺注》，巴蜀书社，2021年，第431页。
⑦ 刘文典撰，冯逸、乔华点校：《淮南鸿烈集解》，中华书局，1997年，第642页。

言"禹生西羌"的由来。如扬雄《蜀王本纪》:"禹本汶山郡广柔县人,生于石纽,其地名痢儿畔。禹母吞珠孕禹,拆副而生于县涂山,娶妻生子名启。于今涂山有禹庙,亦为其母立庙。"[1]在三峡出土的东汉巴郡胸忍令景云碑,碑文撰刻有:"术禹石纽,汶川之会。"[2]《华阳国志·蜀志》记载:"(广柔县)有石纽乡,禹所生也。夷人共营其地,方百里,不敢居牧。有过,逃其中,不敢追,云畏禹神;能藏三年,为人所得,则共原之,云禹神灵佑之。"[3]《吴越春秋》《三国志》《水经注》《元和郡县志》等亦都有类似的说法。

后世对大禹出生地多有考证,无疑增加了大禹传说的可信性和真实性,对于大禹传说在民间的广泛流传起到了积极的推动作用。

还有一种说法是,有莘氏吃了某种东西(月精、神珠或薏苡)后生了禹,先秦《世本·帝系篇》曾提到吞神珠说:"鲧娶有莘氏女,谓之女志,是生高密。禹母修己,吞神珠如薏苡,胸折生禹。"[4]在汉代典籍中,有莘氏吞异物而生大禹的传说记载就更多了。如西汉纬书《遁甲开山图》荣氏解曰:"女狄暮汲石纽山下,泉水中得月精如鸡子,爱而含之,不觉而吞,遂有娠,十四月生夏禹。"[5]《礼纬》云:"祖以感薏生。"[6]东汉张衡《论衡·奇怪》载:"禹母吞薏苡而生禹,故夏姓曰姒。"[7]赵晔《吴越春秋·越王无余外传》载:"得薏苡而吞之,意若为人所感,因而妊孕,剖胁而产高密。"[8]

① [汉]扬雄著,张震泽校注:《扬雄集校注》,上海古籍出版社,1993年,第256页。
② 吉林省文物考古研究所等:《重庆云阳旧县坪台基建筑发掘简报》,《文物》2008年第1期。
③ 任乃强校注:《华阳国志校补图注》卷三,上海古籍出版社,1987年,第190页。
④ [汉]宋衷注,[清]张澍辑注:《世本》卷四,二酉堂丛书本。
⑤ [宋]李昉等:《太平御览》卷七〇《地部三五·泉水》引,第1册,中华书局,1960年,第331页上。
⑥ [宋]罗泌:《路史·后纪十三·夏后氏上》罗苹注引,周明:《路史笺注》,巴蜀书社,2021年,第431页。
⑦ 黄晖:《论衡校释》,中华书局,1990年,第156页。
⑧ 周生春:《吴越春秋辑校汇考》,上海古籍出版社,1997年,第101页。

无论哪种说法，都增强了大禹出生的神秘性：生而有异，明显超越了常人。如晋代皇甫谧《帝王世纪》中就把大禹从出生到容貌、生平经历都赋予了神化：

> 伯禹夏后氏，姒姓也。其先出颛顼，颛顼生鲧，尧封为崇伯，纳有莘氏女曰志，是为修己。山行，见流星贯昴，梦接意感，又吞神珠薏苡，胸坼而生禹于石纽。虎鼻大口，两耳参镂，首戴钩，胸有玉斗，足文履己，故名文命，字高密。身长九尺二寸，长于西羌，西夷人也。禹未登用之时，父既降在匹庶，有圣德，梦自洗于河，观于河，始受图，《括地象》也，图言治水之意。四岳举之，舜进之尧。尧命为司空，继鲧治水。乃劳身涉勤，不重径尺之璧，而爱日之寸阴。故世传禹病偏枯，足不相过，至今巫称禹步是也。又手足胼胝，纳礼贤士，一沐三握发，一食三起飧。尧美其绩，乃赐姓姒氏，封为夏伯，故谓之伯禹。天下宗之，谓大禹。年二十始用，三十二而洪水平。年百岁，崩于会稽，因葬会稽山阴县之南。今山上有禹冢、井、祠，下有群鸟耘田。[①]

第二，丰富禹娶涂山传说的细节性。禹妻为涂山氏，关于涂山的所在主要有三种说法：（1）在今安徽怀远县东南，载于《左传·哀公七年》；（2）在今浙江绍兴县西北，载于《越绝书·记地传》；（3）在今重庆市，载于《华阳国志·巴志》。蒙文通先生认为涂山应是重庆的涂山，禹兴于西羌而娶于涂山也是合乎情理的。[②]

禹娶涂山的故事很早就出现了，但是与之前相比，汉代发生了一个重要转折性变化，把涂山氏变成了九尾白狐。《吴越春秋·越王无余外

---

① ［晋］皇甫谧撰，［清］宋翔凤集校：《帝王世纪》卷三，清光绪贵筑杨氏刻训纂堂丛书本。

② 蒙文通：《巴蜀史的问题》，载《巴蜀古史论述》，四川人民出版社，1981年，第33页。

传》中就详细描述道：

> 禹三十，未娶行到涂山，恐时之暮，失其度制，乃辞云："吾娶也，必有应矣。"乃有白狐九尾，造于禹。禹曰："白者，吾之服也。其九尾者，王之证也。"……禹因娶涂山女，谓之女娇，取辛壬癸甲。禹行十月，女娇生子启。[1]

同时，还记录了一首涂山之歌："绥绥白狐，九尾庞庞。我家嘉夷，来宾为王。成家成室，我造彼昌。"[2]九尾狐早在《山海经》中就出现了，汉时受符瑞祥应说影响，认为九尾狐是代表王德与太平象征的祥兽，而大禹为圣王，自然当配九尾狐。

第三，增加治水过程中的神通性。大禹治水、划定九州的功绩早在先秦典籍中就多有记载，如《山海经·大荒南经》曰："有云雨之山，有木名曰栾。禹攻云雨。"[3]云雨之山即是巫山。又如：

> 天命禹敷土，堕山，濬川。乃畴方，设征，降民，监德；乃自作配，飨民；成父母，生我王，作臣。[4]

> 洪水滔天。鲧窃帝之息壤以湮洪水，不待帝命。帝令祝融杀鲧于羽郊。鲧复生禹。帝乃命禹卒布土以定九州。[5]

> 其后伯禹念前之非度，釐改制量……高高下下，疏川导滞。[6]

① 周生春：《吴越春秋辑校汇考》，上海古籍出版社，1997年，第105—106页。
② 周生春：《吴越春秋辑校汇考》，上海古籍出版社，1997年，第106页。
③ 袁珂：《山海经校注》，巴蜀书社，1993年，第433页。
④ 裘锡圭：《燹公盨铭文考释》，《中国历史文物》2002年第6期，第13—27页。
⑤ 袁珂：《山海经校注·海内经》，巴蜀书社，1993年，第536页。
⑥ 徐元诰撰，王树民、沈长云点校：《国语集解》（修订本），中华书局，2002年，第95页。

垔（禹）亲执枌［枋］（耒）耜，以波（陂）明者（都）之泽，决九河之滐（阻），于是虖（乎）夹州、湌（徐）州訇（始）可尻（处）。垔（禹）迵（通）淮与忻（沂），东豉（注）之海（海），于是虖（乎）竞州、簹（莒）州訇（始）可尻（处）也。垔（禹）乃迵（通）蒌与汤，东豉（注）之海（海），于是虖（乎）蓏州訇（始）可尻（处）也。垔（禹）乃迵（通）三江五沽（湖），东豉（注）之海（海），于是虖（乎）晢（荆）州、鄸（扬）州訇（始）可尻（处）也。垔（禹）乃迵（通）泜（伊）、洛，并里［廛］（瀍）、干（涧），东豉（注）之河，于是于（乎）敘（豫）州訇（始）可处也。垔（禹）乃迵（通）经（泾）与渭，北豉（注）之河，于是虖（乎）虞州訇（始）可尻（处）也。垔（禹）乃从灘（汉）以南为名浴（谷）五百，从灘（汉）以北为名浴（谷）五百。[①]

大禹治水神话基本在汉代定型，大禹拥有了诸多神通手段，彻底神化。如大禹治水时能变化成熊，《随巢子》佚文说："禹娶涂山，治鸿水，通轘辕山，化为熊。涂山氏见之，惭而去。至嵩高山下，化为石。禹曰：'归我子！'石破北方而生启。"[②]《汉书·武帝纪》颜师古注引《淮南子》补充了部分细节：

禹治鸿水，通轘辕山，化为熊，谓涂山氏曰："欲饷，闻鼓声乃来。"禹跳石，误中鼓。涂山氏往，见禹方作熊，惭而去，至嵩高山下化为石，方生启。禹曰："归我子。"石破北方而启生。[③]

---

① 马承源主编：《上海博物馆藏战国楚竹书（二）·容成氏》，上海古籍出版社，2002年，第268—272页。

② ［清］孙诒让撰：《墨子闲诂·后语下》辑录，清光绪三十三年刻本。

③ ［汉］班固：《汉书》，中华书局，1962年，第190页。

又如《淮南子·精神训》载大禹受天命，能感应细物，气势淡定地吓退了负舟的黄龙：

> 禹南省方，济于江，黄龙负舟，舟中之人五色无主，禹乃熙笑而称曰："我受命于天，竭力而劳万民。生寄也，死归也，何足以滑和！"视龙犹蝘蜓，颜色不变，龙乃俛耳掉尾而逃。禹之视物亦细矣。①

后世传说中，大禹治水时还有黄龙、玄龟、夔龙甚至黄牛帮忙。

> 禹尽力沟洫，导川夷岳，黄龙曳尾于前，玄龟负青泥于后。玄龟，河精之使者也。龟颔下有印文，文皆古篆，字作九州山川之字。禹所穿凿之处，皆以青泥封记其所，使玄龟印其上。②

> 禹理水，三至桐柏山，惊风走雷，石号木鸣，五百拥川，天老肃兵，不能兴。禹怒，召集百灵，搜命夔龙，桐柏千君长稽首请命。③

> 八十里，至黄牛峡。上有洺川庙，黄牛之神也，亦云助禹疏川者。庙背大峰，峻壁之上，有黄迹如牛，一黑迹如人牵之，云此其神也。④

---

① 刘文典撰，冯逸、乔华点校：《淮南鸿烈集解》，中华书局，1997年，第233页。
② ［晋］王嘉撰，孟庆祥、商微姝译注：《拾遗记译注》卷二，黑龙江人民出版社，1989年，第44页。
③ ［宋］李昉等：《太平广记》卷四六七"李汤"条引唐韦绚《戎幕闲谈》，第4册，上海古籍出版社，1990年，第440页。
④ ［宋］范成大著，朱迎平校注：《吴船录译注》，上海古籍出版社，2024年，第295页。

受谶纬影响，汉代还增加了大禹得到河图洛书而治水的神话。如《尚书大传》郑玄注："初，禹治水，得神龟负文于洛，于以尽得天人阴阳之用，至是奉帝命而陈之也。"①《尚书·洪范》"天乃锡禹洪范九畴"下孔氏注曰："天与禹洛出书，神龟负文而出，列于背，有数至于九，禹遂因而第之以成九类常道。"②《论衡·正说》："禹之时，得《洛书》，《书》从洛水中出，《洪范》九章是也。……禹案《洪范》以治洪水。"③河图洛书代表了天命神授，证明了大禹治水乃奉天命。在纬书中，大禹还能见到河神，亦能得到神物，更有各种福瑞祥至。如《尚书中候》曰："伯禹曰：'臣观河伯，面长人首鱼身，出水曰：吾河精也。授臣河图。'"④《遁甲开山图》曰："禹游于东海，得玉，碧色，长一尺二寸，光如日月，自昭达幽冥。"⑤《尚书璇玑钤》曰："禹开龙门，导积石，玄圭出，刻曰延喜玉，受德天赐佩。"⑥《礼含文嘉》曰："禹卑宫室，垂意于沟洫，百谷用成，神龙至，灵龟服，玉女敬养天赐。"⑦谶纬思想丰富了大禹神话传说的叙事情节，而虚构想象的能力与天人感应的思维方式本身亦具有一定的文学艺术特点，大肆渲染河图洛书、符命祥瑞等神异事迹，客观上也促进了大禹神话叙事的进一步发展与大禹神化形象的塑造。

在汉代某些作品中，甚至都直接赋予了大禹神位，将其视为掌管后土的"社神"。如《淮南子·氾论训》说："禹劳天下，死而为社。"高

① ［汉］伏胜撰，［清］陈寿祺校注：《尚书大传定本》卷二，古经解汇函本。
② ［汉］孔安国传，［唐］孔颖达等正义：《尚书正义》卷一二，载《十三经注疏》，上海古籍出版社，1997年，第187页。
③ 黄晖：《论衡校释》，中华书局，1990年，第1133页。
④ ［唐］欧阳询撰，汪绍楹校：《艺文类聚》卷一一《帝王部一》引，上海古籍出版社，1982年，第218页。
⑤ ［宋］李昉等：《太平御览》卷八二《皇王部七·夏帝禹》引，第1册，中华书局，1960年，第381页上。
⑥ ［唐］欧阳询撰，汪绍楹校：《艺文类聚》卷一一《帝王部一》引，上海古籍出版社，1982年，第218页。
⑦ ［唐］欧阳询撰，汪绍楹校：《艺文类聚》卷一一《帝王部一》引，上海古籍出版社，1982年，第218页。

诱注："托祀于后土之神。"①《史记》《大戴礼记·五帝德》都称大禹为"神主"。大禹的神职功能与社土相关，因此他也能使用传说中的"息壤"治水，如《淮南子·墬形训》："禹乃以息土填洪水以为名山。"高诱注："息土不耗减，掘之益多，故以填洪水。"②

二、文学作品中的大禹

除了《史记》《汉书》大肆褒扬大禹的功绩外，辞赋中亦不乏对大禹的赞美肯定，如东汉蔡邕《述行赋》："追刘定之攸仪兮，美伯禹之所营。"③阮瑀《纪征赋》："遂临河而就济，瞻禹绩之茫茫。"④三国吴杨泉《五湖赋序》："有大禹之遗迹，疏川导滞之功。"⑤西晋张载《叙行赋》："勤大禹之疏导，豁龙门之洞开。"⑥东晋郭璞《江赋》将疏通三峡的功劳归功于禹："若乃巴东之峡，夏后疏凿。"⑦大禹神话也是辞赋中的重要题材，其中描述引用大禹治水神话相关内容的最多。如司马相如《难蜀父老》："昔者洪水沸出，泛滥衍溢，民人升降移徙，崎岖而不安。夏后氏（按：即大禹）戚之，乃堙洪塞原，决江疏河，洒沉澹灾，东归之于海，而天下永宁。当斯之勤，岂惟民哉。心烦于虑，而身亲其劳，躬胝胝无胈，肤不生毛，故休烈显乎无穷，声称浃乎于兹。"⑧扬雄《蜀都赋》："蜀都之地，古曰梁州。禹治其江，淳皋弥望，郁乎青葱，沃野千里。"⑨《河东赋》提及大禹凿通龙门的传说："勤大禹于龙门，洒沈菑于豁渎兮，

① 刘文典撰，冯逸、乔华点校：《淮南鸿烈集解》，中华书局，1997年，第460页。
② 刘文典撰，冯逸、乔华点校：《淮南鸿烈集解》，中华书局，1997年，第133页。
③ 费振刚、仇仲谦、刘南平校注：《全汉赋校注》，广东教育出版社，2005年，第912页。
④ 费振刚、仇仲谦、刘南平校注：《全汉赋校注》，广东教育出版社，2005年，第983页。
⑤ 韩格平等校注：《全魏晋赋校注》，吉林文史出版社，2008年，第133页。
⑥ 韩格平等校注：《全魏晋赋校注》，吉林文史出版社，2008年，第441页。
⑦ 韩格平等校注：《全魏晋赋校注》，吉林文史出版社，2008年，第490页。
⑧ ［南朝梁］萧统编，［唐］李善注：《文选》卷四四，中华书局，1977年，第625—626页。
⑨ 费振刚、仇仲谦、刘南平校注：《全汉赋校注》，广东教育出版社，2005年，第212页。

播九河于东濒。"①陈琳《应讯》："昔洪水滔天，泛滥中国，伯禹躬之，过门而不入，率万方之民，致力乎沟恤。及至箫韶九成，百兽率舞，垂拱无为，而天下晏如。"②这些作品都主要描绘了大禹治水的辛劳，躬身劳行，过家门而不入，功在千秋，造福万民。

除了治水神话，汉赋中还有诸多关于大禹美德、政绩以及其他神话传说的表现。如张衡《思玄赋》引用了大禹杀防风的故事："朝吾行于汤谷兮，从伯禹乎稽山。嘉群神之执玉兮，疾防风之食言。"③传说大禹会诸侯于会稽，防风氏后至，大禹杀之。如《国语·鲁语下》载："昔禹致群神于会稽之山，防风后至，禹杀而戮之。"④《述异记》载："昔禹会涂山，执玉帛者万国，防风后至，禹诛之。"⑤汉赋为了讽谏君主不要奢侈享乐，还极力宣扬大禹"卑宫室"的美德，如张衡《东京赋》："犹谓为之者劳，居之者逸。慕唐虞之茅茨，思夏后之卑室。"⑥传说大禹任用伯益掌管山泽，百姓由之获利，于是扬雄《羽猎赋》序中也谏言当政者要让利于民，多行"裕民"之政："昔者禹任益虞而上下和，草木茂；成汤好田而天下用足；文王囿百里，民以为尚小；齐宣王囿四十里，民以为大；裕民之与夺民也。"⑦

大禹神话传说在成为辞赋创作的重要素材同时，也通过辞赋广泛地传播，扩大影响力。在不断流传的过程中，大禹神话逐渐丰富完善，进而又为更多的文学作品提供了创作源泉与想象空间。各朝代吟咏大禹、歌颂禹绩、寻访禹迹的作品不胜枚举。

大禹一生最重要的功绩就在治水，因此盛赞、评论其治水的话题最

① 费振刚、仇仲谦、刘南平校注：《全汉赋校注》，广东教育出版社，2005年，第248页。
② 费振刚、仇仲谦、刘南平校注：《全汉赋校注》，广东教育出版社，2005年，第1116页。
③ ［南朝梁］萧统编，［唐］李善注：《文选》卷一五，中华书局，1977年，第216页。
④ 徐元诰撰，王树民、沈长云点校：《国语集解》（修订本），中华书局，2002年，第202页。
⑤ ［南朝梁］任昉：《述异记》卷上，汉魏丛书本。
⑥ ［南朝梁］萧统编，［唐］李善注：《文选》卷三，中华书局，1977年，第56页。
⑦ 费振刚、仇仲谦、刘南平校注：《全汉赋校注》，广东教育出版社，2005年，第254页。

多。早在《诗经·大雅·文王有声》中就有记载："丰水东注，维禹之绩。四方攸同，皇王维辟。皇王烝哉。"①西汉贾让《奏治河三策》："昔大禹治水，山陵当路者毁之，故凿龙门，辟伊阙，析底柱，破碣石，堕断天地之性。此乃人功所造，何足言也！"②曹植著有多篇赞文歌颂其功，如《禹治水赞》："嗟夫夏禹，实劳水功。西凿龙门，疏河道江。梁岐既辟，九州以同。天锡玄圭，奄有万邦。"③《夏禹赞》："吁嗟夫子，拯世济民。克卑宫室，致孝鬼神。疏食薄服，绂冕乃新。厥德不回，其诚可亲。亹亹其德，温温其仁。尼称无间，何德之纯。"④《禹渡河赞》："禹济于河，黄龙负船。舟人并惧，禹叹仰天。予受大运，勤功恤民。死亡命也，龙乃弭身。"⑤北魏石刻《石门铭》也有言："龙门斯凿，大禹所彰。"⑥元代揭傒斯《大元勅赐修堰碑》曰："江水出蜀西南徼外，东至于岷山，而禹导之。……都江即禹凿之处，分水之源也。"⑦都充分肯定了大禹凿龙门、分岷江水入沱江的治水功绩。由于禹治水有功，舜还将帝位禅让给了他。

据学者对《全唐诗》的统计，唐代涉及大禹主题创作的诗人就有104位，诗作216首。⑧如杜甫《柴门》："禹功翊造化，疏凿就敧斜。"⑨陈子昂《白帝城怀古》："荒服仍周甸，深山尚禹功。"⑩白居易《自蜀江至洞庭湖口有感而作》："不尔民为鱼，大哉禹之绩。……安得禹复生，

① ［汉］郑玄笺，［唐］孔颖达等正义：《毛诗正义》卷一六，载《十三经注疏》，上海古籍出版社，1997年，第526页。
② 严可均：《全汉文》卷五六，中华书局，1999年重印，第430—431页。
③ 严可均：《全三国文》卷一七，中华书局，1999年重印，第1146页。
④ 严可均：《全三国文》卷一七，中华书局，1999年重印，第1146页。
⑤ 严可均：《全三国文》卷一七，中华书局，1999年重印，第1146页。
⑥ ［明］何景明撰：嘉靖《雍大记》卷三三"志贤"引，明嘉靖刻本。
⑦ ［元］揭傒斯著，李梦生标校：《揭溪斯全集》卷七，上海古籍出版社，1985年，第362—363页。
⑧ 谢天开、冉昊月：《唐诗中的大禹文化类型及神话研究》，《神话研究集刊》第九集，巴蜀书社，2023年，第82页。
⑨ ［清］仇兆鳌注：《杜诗详注》卷一九，中华书局，1999年，第1643页。
⑩ 中华书局编辑部点校：《全唐诗》（增订本）卷八四，中华书局，1999年，第908页。

为唐水官伯？手提倚天剑，重来亲指画。"①孟浩然《入峡寄弟》："往来行旅弊，开凿禹功存。"②元稹《谕宝二首》其二："禹功九州理，舜德天下悦。"③韩愈《秋雨联句》："忧鱼思舟楫，感禹勤畎浍。"④李商隐《寄太原卢司空三十韵》："禹贡思金鼎，尧图忆土铏。"⑤杜审言《和李大夫嗣真奉使存抚河东》："舜耕余草木，禹凿旧山川。"⑥刘允济《经庐岳回望江州想洛川有作》："龟山帝始营，龙门禹初凿。"⑦孙逖《奉和御制登鸳鸯楼即目应制》："井邑观秦野，山河念禹功。"⑧

宋代陆游的咏禹诗作数量最多，大概有百余首，内容最丰富，影响亦最大。如《登灌口庙东大楼观岷江雪山》："禹迹茫茫始江汉，疏凿功当九州半。"⑨《入瞿唐登白帝庙》："禹功何巍巍，尚睹镵凿痕，天不生斯人，人皆化鱼鼋。"⑩《送潘德久使蓟门》："羲皇受图抚上古，神禹治水开中原。"⑪《溪上杂言》："百谷蘡薿知稷功，九州茫茫开禹甸。"⑫《春晚出游》："禹吾无间圣所叹，治水殆与天同功。"⑬《农家》："洪水昔滔天，得禹民乃粒。"⑭陆游还著有一篇七百余字的《禹庙赋》，对大禹进行了客观评价：

① 朱金城笺校：《白居易集笺校》卷八，中华书局，1988年，第428—429页。
② 中华书局编辑部点校：《全唐诗》（增订本）卷一五九，中华书局，1999年，第1623页。
③ 中华书局编辑部点校：《全唐诗》（增订本）卷三九七，中华书局，1999年，第4473页。
④ 中华书局编辑部点校：《全唐诗》（增订本）卷七九一，中华书局，1999年，第8998页。
⑤ 中华书局编辑部点校：《全唐诗》（增订本）卷五四一，中华书局，1999年，第6308页。
⑥ 中华书局编辑部点校：《全唐诗》（增订本）卷六二，中华书局，1999年，第736页。
⑦ 中华书局编辑部点校：《全唐诗》（增订本）卷六三，中华书局，1999年，第741页。
⑧ 中华书局编辑部点校：《全唐诗》（增订本）卷一一八，中华书局，1999年，第1189—1190页。
⑨ 钱仲联校注：《剑南诗稿校注》卷六，上海古籍出版社，1985年，第489页。
⑩ 钱仲联校注：《剑南诗稿校注》卷二，上海古籍出版社，1985年，第177页。
⑪ 钱仲联校注：《剑南诗稿校注》卷二〇，上海古籍出版社，1985年，第1571页。
⑫ 钱仲联校注：《剑南诗稿校注》卷二七，上海古籍出版社，1985年，第1919页。
⑬ 钱仲联校注：《剑南诗稿校注》卷五六，上海古籍出版社，1985年，第3299页。
⑭ 钱仲联校注：《剑南诗稿校注》卷六八，上海古籍出版社，1985年，第3819页。

　　世传禹治水，得玄女之符。予从乡人以暮春祭禹庙，徘徊于庭，思禹之功，而叹世之妄，稽首作赋。其辞曰：呜呼！在昔鸿水之为害也，浮乾端，浸坤轴，裂水石，卷草木，方洋徐行，滶漫平陆，浩浩荡荡，奔放洄洑。生者寄丘阜，死者葬鱼腹，蛇龙骄横，鬼神夜哭。其来也组练百万，铁壁千仞，日月无色，山岳俱震。大堤坚防，攻龁立尽，方舟利楫，辟易莫进。势极而折，千里一瞬。莽乎苍苍，继以饥馑。于是舜谋于庭，尧咨于朝，窘羲和，忧皋陶，伯夷莫施于典礼，后夔何假乎箫韶？禹于是时，惶然孤臣，耳目手足，亦均乎人。张天维于已绝，极救命于将湮，九土以奠，百谷以陈。阡陌鳞鳞，原隰畇畇，仰事俯育，熙熙终身。凡人之类至于今不泯者，禹之勤也。孟子曰：禹之行水也，行其所无事也。夫以水之横流，浩莫之止，而听其自行，则冒汝之害，不可治已。于传有之，禹手胼而足胝，官卑而食菲，娶涂山而遂去家，不暇视其呱泣之子，则其勤劳亦至矣。然则，孟子谓之行其所无事，何也？曰：世以己治水，而禹以水治水也。以己治水者，己与水交战，决东而西溢，堤南而北圮，治于此而彼败，纷万绪之俱起。则沟浍可以杀人，涛澜作于平地。此鲧之所以殛死也。以水治水者，内不见己，外不见水，惟理之视。避其怒，导其驶，引之为江为河为济为淮，汇之为潭为渊为沼为沚。盖滀于性之所安，而行乎势之不得已。方其怀山襄陵，驾空滔天，而吾以见其有安行地中之理矣。虽然，岂惟水哉，禹之服三苗，盖有得乎此矣。使禹有胜苗之心，则苗亦悖然有不服之意。流血漂杵，方自此始，其能格之干羽之间、谈笑之际耶？夫人之喜怒忧乐，始生而具。治水而不忧，伐苗而不怒，此禹之所以为禹也。禹不可得而见之矣，惟澹然忘我，超然为物者，其殆庶乎。[1]

---

[1]　曾枣庄、刘琳主编：《全宋文》第222册，上海辞书出版社、安徽教育出版社，2006年，第164—165页。

　　他认为大禹治水并非依仗神仙等帮助，而是在充分了解水势水性的客观规律基础上，采用正确的疏导方法，而且这种治水方法还可以用于治国理政，对调解民族矛盾亦有参考性，"岂惟水哉，禹之服三苗，盖有得乎此矣"。

　　宋代以后歌咏禹功禹迹的诗歌还有：

　　　　谁谓旌阳翁，功可配神禹。（宋艾性夫《赋铁柱》）①

　　　　禹穴鱼龙陈，天门虎豹章。（宋敖陶孙《再次徐先辈二首》）②

　　　　咄哉神禹功，浩荡流万古。（宋戴表元《观村中祷雨三首》其一）③

　　　　神禹宏疏凿，流传山海经。（宋赵与缙《探禹穴感怀》）④

　　　　终古朝宗去，神功念禹开。（元王恽《和秋涨二首》其二）⑤

　　　　千秋凭大禹，万里下昆仑。（明顾炎武《龙门》）⑥

　　　　大哉神禹功，从此导江汉。（清王士禛《五丁峡》）⑦

---

① 傅璇琮、倪其心等主编：《全宋诗》第70册，北京大学出版社，1991年，第44428页。
② 傅璇琮、倪其心等主编：《全宋诗》第51册，北京大学出版社，1991年，第31879页。
③ 傅璇琮、倪其心等主编：《全宋诗》第69册，北京大学出版社，1991年，第43640页。
④ 傅璇琮、倪其心等主编：《全宋诗》第66册，北京大学出版社，1991年，第41294页。
⑤ 杨镰主编：《全元诗》第5册，中华书局，2013年，第178页。
⑥ 王冀民：《顾亭林诗笺释》，中华书局，1998年，第655页。
⑦ ［清］王士禛撰，李毓芙等整理：《渔洋精华录集释》卷五，上海古籍出版社，1999年，第816页。

禹功江汉大，楚俗鬼神尊。（清曹申吉《武昌杂诗》）①

黄河流不到，禹德叹弥深。（清邹祗谟《清河县》）②

神禹凿九河，放著渤海中。（清潘耒《汴河行为方中丞欧余作》）③

元明杂剧散曲中提及大禹的也不少，主要内容包括两大类：其一是对大禹功绩的歌颂，将其视为贤德明君的代表，常常"尧舜禹汤"并用，如：

【滚绣球】您待要讲圣贤，论今古，称尧舜禹汤文武，他都是圣明君统绪鸿图。（元高文秀《保成公径赴渑池会》第三折）④

【混江龙】《春秋》说素常之德，访尧舜夏禹商汤。（元关汉卿《状元堂陈母教子》第一折）⑤

【尾声】托赖着皋陶禹稷贤卿相，扶佐着虞舜唐尧圣帝王。（明王磐《自咏西楼号分得扬字韵》）⑥

【尾声】普天率土归王道，万国尊依贺。圣朝君德成胜禹舜尧，臣宰贤良过管乐，则将那天下奸邪尽平剿。⑦

---

① ［清］沈德潜辑：《清诗别裁集》卷四，中华书局，1975年，第71页。
② ［清］沈德潜辑：《清诗别裁集》卷五，中华书局，1975年，第89页。
③ ［清］沈德潜辑：《清诗别裁集》卷一二，中华书局，1975年，第210页。
④ 徐征、张月中等主编：《全元曲》第二卷，河北教育出版社，1998年，第1064页。
⑤ 徐征、张月中等主编：《全元曲》第一卷，河北教育出版社，1998年，第393页。
⑥ ［明］王磐撰：《王西楼乐府》，明嘉靖三十年张守中刻本。
⑦ ［明］张禄辑：《词林摘艳》卷六《正宫》，明嘉靖四年刻本。

还有一类用的较多，主要取"禹门"典故，常用"禹门三月桃花浪""禹门三级浪""跃禹门"等代指科举（春试）。相传禹凿龙门，故"禹门"亦代指"龙门"。相传春天即三月桃花水之时，鱼跃龙门而化龙，所以后世就用之比喻春闱高中。如：

【似娘儿】马前喝道状元来，正如林中选大材。跳过禹门三尺浪，俄然平地一声雷。（《张协状元》第三十一出）[①]

【刮地风北】望禹门三汲桃花浪，你为功名纸半张。（元荆干臣套曲【黄钟·醉花阴】《闺情》）[②]

【乌夜啼】稳情取禹门三级登鳌背，振天关平地声雷。看堂堂图相麒麟内，有一日列鼎而食，衣锦而回。（元关汉卿《山神庙裴度还带》第二折）[③]

三、禹庙禹迹的书写

早在晋以前，巴蜀地区就有兴建禹庙祭祀的民俗，唐宋时禹庙祭祀活动被正式列入国家祭典行列。茂州（今四川汶川、北川一带）、丰都（今重庆丰都）、江州涂山（今重庆南岸）、忠州（今重庆忠县）、夔州（今重庆奉节）、石砫（今重庆石柱土家族自治县）等地都建有大禹庙（祠）。

丰都平都山禹庙始建于西晋，《方舆胜览》卷六十一《夔州路·咸淳

---

① ［宋］九山书会编撰，胡雪冈校释：《张协状元校释》，上海社会科学院出版社，2006年，第140页。

② 徐征、张月中等主编：《全元曲》第十卷，河北教育出版社，1998年，第7202页。

③ 徐征、张月中等主编：《全元曲》第一卷，河北教育出版社，1998年，第350页。

府》载：

> 景德宫，在平都山。旧名仙都观，即白鹤观也。自丰都县东行
> 二里许，始登山，石径萦回，可一二里，平莹如扫，林木邃茂，夹
> 径皆翠柏，殆数万株，有老柏十数，云皆千年物也。麋鹿时出没林
> 间，皆与人狎甚。又名禹庙，又名平都福地，乃前汉王方平得道之
> 所。张孝祥为书"紫府真仙之居"。①

根据记载，可知丰都平都山禹庙在唐代时改建为仙都观，又名"平
都福地"，因为汉代王方平曾在此修道，从此成为道教名山，宋代又改
名景德宫，大禹庙早已不存。南宋陆游入蜀时，仅能看到当时残存破
败的大禹庙样子："奔鹿冲人过，藏丹彻夜明。唐碑多断蚀，梁殿半欹
倾。"②嘉庆二十年（1815），丰都的湖广移民还曾自行筹资重修禹王宫，
县令方宗敬作有《重修禹王宫碑记》：

> 传曰：有功德于民则祀之。以故历代古圣先贤，其功在社稷、
> 泽被生民者，莫不犁然载在祀典。而禹庙独未经官建，惟吾楚宦游
> 贸易于外者，自京师及各直省州县，其会馆皆立禹庙，亦莫考其由
> 来。……要之，禹之功德，无所不在。其灵爽亦无所不凭。后之人
> 思其德，重其地，不过如越人指会稽为禹之会稽，楚人指宛委为禹
> 之宛委云尔。……后人之所以奉禹也，矧岷山为江水发源之地，为
> 云贵楚蜀舟楫往来所必经，每当夏秋水涨，滩凶石恶……新庙适当
> 其上，今而后岁时享祀，妥侑多方，于崇德报功之中，兼寓御灾捍

---

① ［宋］祝穆撰：《方舆胜览》卷六一，宋咸淳三年刻本。
② 钱仲联校注：《剑南诗稿校注》卷一〇《平都山》，上海古籍出版社，1985年，第781页。

患之请，守土著之责也。①

忠州临江县的大禹庙始建于唐代，南宋祝穆《方舆胜览》卷六十一《夔州路·咸淳府》："禹祠，在临江县南，过岷江二里。"②嘉庆《四川通志》卷三十七《舆地志·祠庙》记载："大禹庙，在（忠）州南屏风山。……忠州面江岸南翠屏山之麓，旧有禹庙，相传禹治水时曾宿于此，因庙焉。"③推测嘉庆时此庙已毁不存。前人经过忠州禹庙时，都曾拜谒并赋诗曰：

> 禹庙空山里，秋风落日斜。荒庭垂橘柚，古屋画龙蛇。云气嘘青壁，江声走白沙。早知乘四载，疏凿控三巴。（唐杜甫《禹庙》）④

> 古郡巴蛮国，空山夏禹祠。鸦归暗庭柏，巫拜荐江蓠。草蔓青缘壁，苔痕紫满碑。欲归频怅望，回棹夕阳时。（宋陆游《忠州禹庙》）⑤

> 空山神禹庙，终古对巴台。玉座秋苔长，江云暮雨来。八蛮通道路，九鼎没蒿莱。黑水梁州地，茫茫问劫灰。（清王士禛《忠州谒禹庙》）⑥

① 黄光辉等修：民国《重修丰都县志》卷一一，《中国地方志集成·重庆府县志辑》第20册，巴蜀书社，2016年，第595页。
② ［宋］祝穆撰：《方舆胜览》卷六一，宋咸淳三年刻本。
③ ［清］常明修，杨芳灿纂：嘉庆《四川通志》卷三七《舆地志三十六》，清嘉庆二一年刻本。
④ ［清］仇兆鳌注：《杜诗详注》卷一四，中华书局，1999年，第1225页。
⑤ 钱仲联校注：《剑南诗稿校注》卷一〇，上海古籍出版社，1985年，第782页。
⑥ ［清］王士禛撰，李毓芙等整理：《渔洋精华录集释》卷六，上海古籍出版社，1999年，第927页。

涂山万古郁岧峣，禹庙临江更系桡。殿上鼓钟三峡动，夜来风雨百灵朝。天开黑水澄秋霁，云起黄龙卷暮潮。自锡元圭崇黻冕，空岩竹柏和《箫韶》。（清顾光旭《忠州禹庙》）①

江州涂山禹庙早在《华阳国志·巴志》里就有记载："禹娶于涂山，辛、壬、癸、甲而去。生子启，呱呱啼，不及视。三过其门而不入室，务在救时。今江州涂山是也，帝禹之庙铭存焉。"②《水经注·江水一》亦载："江之北岸有涂山，南有夏禹庙、涂君祠，庙铭存焉。常璩、庾仲雍并言禹娶于此。"③歌咏涂山禹庙的诗歌不少，如：

大禹涂山御座开，诸侯玉帛走如雷。（唐胡曾《咏史诗·涂山》）④

四日当年离大禹，九疏亿载造区寰。（明吴礼嘉《登涂山》）⑤

龙门海棠溪，左右张两翅。石纽远莫考，禹庙近可至。（清胡德琳《戊寅初度日登涂山绝顶下》）⑥

字水城东岸，涂山禹后家。明禋合祀永，古木倚江斜。帘卷龙门月，座移星汉槎。登临想疏凿，四日度三巴。（清王尔鉴《涂山

① 徐世昌辑：《清诗汇》卷八一，民国十八年刻本。
② 任乃强校注：《华阳国志校补图注》卷一，上海古籍出版社，1987年，第4页。
③ ［北魏］郦道元著，［清］王先谦校：《水经注》卷三三《江水一》注，巴蜀书社，1985年，第526页。
④ 中华书局编辑部点校：《全唐诗》（增订本）卷六四七，中华书局，1999年，第7484页。
⑤ 重庆市南岸区委员会文史资料研究委员会：《重庆南岸文史资料》第4辑，1988年，第3页。
⑥ 重庆市南岸区委员会文史资料研究委员会：《重庆南岸文史资料》第4辑，1988年，第4页。

禹庙》）①

飞瀑落长虹，登临见禹功。山围巴子国，苔没夏王宫。（清王士禛《涂山绝顶眺望》）②

元末贾元《涂山碑记》是较早关于巴蜀地区大禹庙的碑志文献记载：

《华阳国志》云：渝郡涂山，禹后家也。古庙废于宋，元至正壬辰，郡守费著仍建庙。……禹乃汶山郡广柔人，其母有莘氏感星之异，生于石纽，广柔随改为汶川。……禹为蜀人，生于蜀，娶于蜀，古今人情不大相远，导江之役，往来必经，过门不顾，为可凭信。……禹娶涂山之女，生子启，南巡狩，会诸侯于涂山。如是则娶而生子，生子而后南巡，南巡而后会诸侯。娶则在此，会则在彼，次第昭然。会稽乃致群臣之地，或崩葬之所，故有禹穴。③

还有记载茂州大禹庙、大禹祠的：

大禹庙，在（茂）州东门。《元和志》："禹本汶山广柔人，主于石纽村。"其石绿色。古石纽在茂州，故有庙。今石纽隶石泉军。④

大禹庙，茂州东门内。……郡人以禹六月六日生，是日薰修裸

---

① 重庆市南岸区委员会文史资料研究委员会：《重庆南岸文史资料》第4辑，1988年，第6页。

② ［清］王士禛撰，李毓芙等整理：《渔洋精华录集释》卷六，上海古籍出版社，1999年，第919页。

③ 李修生主编：《全元文》，第58册，江苏古籍出版社，1999年，第277—278页。

④ ［宋］祝穆撰：《方舆胜览》卷五五"成都府路"，宋咸淳三年刻本。

飨，岁以为常。①

石泉县石纽山下有大禹庙，土人以禹六月六日生，岁时致祭。②

（汶川）县南十里飞沙关，岭上里许，地平衍，名曰刳儿坪。有羌民数家，地可种植，相传圣母生禹处。有地数百步，羌民指为禹王庙，又称为启圣祠。③

南宋绍兴二十八年（1158），石泉军（今属四川北川县）长官赵公修建北川境内第一座官方大禹庙，专门请计有功作了《大禹庙记》进行溯源考古：

方策所载，禹生石纽，古汶山郡也。崇伯得有莘氏女，治水行天下，而生禹于此，稽诸人事，理或宜然。因人事以验天心，其可考者，禹功自汶。《河图括地象》曰："岷山之精，上为井络，帝以会昌，神以建福。"太史公《本纪》谓岷为汶，故曰汶。岷山导江，岷嶓既艺，天生圣人，发祥于此，而万世之功亦起于此，其可忘哉！然而自汶山西出湔江碛，巫钤庙绝，箫鼓鱼菽，犹为俚人之社。汶以东至于石泉，虽搢绅未尝言之。尝求其故，大抵山川夐邈，代远时移，郡邑名号，废置离合，而石纽生处，莫适主名。秦汉而下，为国曰冉駹，为道曰绵虒，为邑曰广柔。广柔一也，汉灵帝析而郡之曰汶山，后周又析而邑之曰汶川，唐贞观八年又析而县之曰石泉。唐以前石泉之名未立，谯周、陈寿、皇甫谧皆指石纽为汶山

① ［明］虞怀忠、郭棐等纂修：万历《四川总志》卷五"成都府"下"祠庙"条，万历九年木刻本，第38页。
② ［清］陈祥裔：《蜀都碎事》卷二，清康熙刻本。
③ ［清］李锡书：《汶志纪略》，清嘉庆十年刻本。

之地。（谯）周曰："禹生于汶山广柔之石纽，其地为刳儿坪。"（陈）寿曰："禹生汶山石纽，夷人不敢牧其地。"自石泉之名立，其后唐《地理志》、国朝职方书、先儒舆地记，皆以石纽归石泉。虽莫辨其故，然汶山之山曰铁豹，江水出焉；汶川之山曰玉垒，湔水出焉；石泉之山曰石纽，大禹生焉。合之则一，离之则散。处于三邑之近，无可疑者。石泉始隶于茂，国朝熙宁割隶于绵，政和抚戎，又升而军之。礼乐文物，日浸月长，且谓石纽夷地，置而弗论。太守赵公元勋，世以笑谭坐镇，披牒考古，将庙祀禹，而疑论未释。[①]

关于大禹祭祀的场景盛况也有不少记载，如陆游《早春出游》："闻道禹祠游渐盛，也谋随例一持杯。"[②]《故山》："禹祠行乐盛年年，绣毂争先矗画船。十里烟波明月夜，万人歌吹早莺天。"[③]都记载了他在绍兴参加祭祀大禹典礼的盛大景象。另如分别记叙他在三峡地区所见禹祭场景的《禹祠》，以及在绍兴地区所见禹庙求雨仪式的《喜雨》：

　　我昔下三峡，南宾系归舻，渡江谒神禹，拜手荐俎壶。寿藤枝如虬，巨柏腹若刳，门庭虽日荒，殿寝犹枝梧。巴俗喜祷祠，解牛舞群巫。巍巍散冕古，食与夷鬼俱。（《禹祠》）[④]

　　去年禹庙归梅梁，今年黑虹见东方。巫言当丰十二岁，父老相告喜欲狂。插秧正得十日雨，高下到处水满塘。六月欲尽日杲杲，造物已命摧骄阳。夕云如豚渡河汉，占书共谓雨至祥。南山雷车载

---

① 曾枣庄、刘琳主编：《全宋文》第194册，上海辞书出版社、安徽教育出版社，2006年，第208—209页。
② 钱仲联校注：《剑南诗稿校注》卷七四，上海古籍出版社，1985年，第4094页。
③ 钱仲联校注：《剑南诗稿校注》卷二一，上海古籍出版社，1985年，第1627页。
④ 钱仲联校注：《剑南诗稿校注》卷二二，上海古籍出版社，1985年，第1647页。

膏泽，枕上忽送声淋浪。猛思浊酒大作社，更想红稻初迎霜。六十日白最先熟，食新且领晨炊香。（《喜雨》）①

明代嘉靖时，夔州举行了一次隆重的大禹祭祀活动，地方官舒鹏翼亲自撰写了《祭有夏皇祖文》，可窥当时盛况。

还有不少诗人探访大禹遗迹时，亦创作了不少诗作。如清代姜炳章《石纽歌》云："石纽盘盘摩青天，剖儿溪上血石鲜。古传神禹降生此，至今溪水生红烟。"②唐代刘长卿《送荀八过山阴旧县，兼寄剡中诸官》："旧石曹娥篆，空山夏禹祠。"③韦应物《听嘉陵江水声寄深上人》："凿崖泄奔湍，称古神禹迹。"④宋代汪梦斗《羁燕四十余日归兴殊切口占赋归八首》其五："身到嬴秦古塞垣，茫茫禹迹故皆存。"⑤元代王冕《白梅五十八首》其七："半夜禹陵风雨作，屋梁飞动欲生鳞。"⑥记载禹穴的诗作最多，南朝梁江淹《谢临川灵运游山》："幸游建德乡。观奇经禹穴。"⑦唐代宋之问《游禹穴回出若邪》："禹穴今朝到，邪溪此路通。"⑧李白《送纪秀才游越》："禹穴寻溪入，云门隔岭深。"⑨骆宾王《夏日游德州赠高四》："积水带吴门，通波连禹穴。"⑩《早发诸暨》："帝城临灞涘，禹穴枕江干。"⑪孟浩然《与崔二十一游镜湖寄包贺二公》："将探夏禹穴，稍背越王城。"⑫《送谢录事之越》："想到耶溪日，应探禹穴奇。"⑬

① 钱仲联校注：《剑南诗稿校注》卷三九，上海古籍出版社，1985年，第2519—2520页。
② ［清］王培荀撰：《听雨楼随笔》卷三引，清道光二十五年刻本。
③ 中华书局编辑部点校：《全唐诗》（增订本）卷一四九，中华书局，1999年，第1528页。
④ 中华书局编辑部点校：《全唐诗》（增订本）卷一八七，中华书局，1999年，第1908页。
⑤ 傅璇琮、倪其心等主编：《全宋诗》第67册，北京大学出版社，1991年，第42367页。
⑥ 杨镰主编：《全元诗》第49册，中华书局，2013年，第441页。
⑦ 逯钦立辑校：《先秦汉魏晋南北朝诗》，中华书局，1983年，第1577—1578页。
⑧ 中华书局编辑部点校：《全唐诗》（增订本）卷五三，中华书局，1999年，第654页。
⑨ ［清］王琦注：《李太白全集》卷一七，中华书局，1977年，第823页。
⑩ 中华书局编辑部点校：《全唐诗》（增订本）卷七七，中华书局，1999年，第829页。
⑪ 中华书局编辑部点校：《全唐诗》（增订本）卷七九，中华书局，1999年，第853页。
⑫ 中华书局编辑部点校：《全唐诗》（增订本）卷一六〇，中华书局，1999年，第1665页。
⑬ 中华书局编辑部点校：《全唐诗》（增订本）卷一六〇，中华书局，1999年，第1643页。

白居易《酬微之夸镜湖》："军门郡阁曾闲否？禹穴耶溪得到无？"[①]《答微之见寄》："禹庙未胜天竺寺，钱湖不羡若耶溪。"[②]韩愈《此日足可惜赠张籍》："东野窥禹穴，李翱观涛江。"[③]《送惠师》："常闻禹穴奇，东去窥瓯闽。"[④]《刘生诗》："遂凌大江极东陬，洪涛春天禹穴幽。"[⑤]

传说大禹开凿三峡，"导江三峡，神禹之迹"[⑥]，因此游历三峡的诗人多会有歌咏禹功的诗篇，如：

> 我未下瞿唐，空念禹功勤。（唐杜甫《寄薛三郎中璩》）[⑦]

> 直对巫山峡，兼疑夏禹功。（唐杜甫《天池》）[⑧]

> 蜀山欲穷此盘礴，禹力已尽犹镌劖。（宋范成大《扇子峡》）[⑨]

> 滟滪拓瞿塘，二孤障澜蠡。大哉神禹功，天地相终始。（宋傅文翁《小孤山》）[⑩]

> 凿铁开青壁，翻云泄素波。……禹功不可问，日暮独长歌。（明施敬《次瞿塘峡》）[⑪]

---

① 朱金城笺校：《白居易集笺校》卷二三，中华书局，1988年，第1534页。
② 朱金城笺校：《白居易集笺校》卷二三，中华书局，1988年，第1542页。
③ 中华书局编辑部点校：《全唐诗》（增订本）卷三三七，中华书局，1999年，第3777页。
④ 中华书局编辑部点校：《全唐诗》（增订本）卷三三七，中华书局，1999年，第3780页。
⑤ 中华书局编辑部点校：《全唐诗》（增订本）卷三三九，中华书局，1999年，第3800页。
⑥ 陆游：《王仲信画水石赞》，载《渭南文集》卷二二，《陆放翁集3》，商务印书馆，1934年，第12页。
⑦ ［清］仇兆鳌注：《杜诗详注》卷一八，中华书局，1999年，第1622页。
⑧ ［清］仇兆鳌注：《杜诗详注》卷二○，中华书局，1999年，第1740页。
⑨ ［宋］范成大撰，富寿荪标校：《范石湖集》卷一九，上海古籍出版社，1981年，第273页。
⑩ 傅璇琮、倪其心等主编：《全宋诗》第72册，北京大学出版社，1991年，第45560页。
⑪ ［明］曹学佺辑：《石仓十二代诗选·明诗》卷五○引，明崇祯刻本。

在方志地理及各种笔记类作品中亦有诸多关于大禹遗迹的记载，记载石纽山、石纽村等地的：

> 大禹庙，在石纽山下江边。按：《帝王世纪》以为鲧纳有莘氏，臆胸折而生禹于石纽，郡人以禹六月六日生。是日，熏修裸享，岁以为常。①

> 汶山郡之石纽村，禹所生也，汉广柔县矣。城北岩下有甘泉，乃石泉军之始。②

记载大禹采药亭的：

> 石纽村，今之石鼓山。其山朝暮二时，有五色霞气。又有大禹采药亭，在大业山。其地药气触人，往往不可到，地志不载，闻之土人云。③

记载岣嵝碑的：

> 岣嵝碑，在（石泉）县南一里石纽山下禹庙前，大禹所书，字画奇古。④

> 岣嵝碑，（石泉）县南一里石纽山下禹王庙前。《通志》云："大

---

① ［宋］祝穆撰：《方舆胜览》卷五六"成都府路"，宋咸淳三年刻本。
② ［明］曹学佺：《蜀郡县古今通释》卷一"石泉县"，明刻本。
③ ［明］杨慎撰，［明］杨有仁辑：《升庵集》卷七八"禹生石纽"，明刻本。
④ ［清］常明修、杨芳灿纂：嘉庆《四川通志》卷五九《舆地志五十八》，清嘉庆二十一年刻本。

禹所书，字画奇古。"按：此碑明嘉靖间备戎周宗摹刻，字绝奇古。①

记载刳儿坪、禹穴以及禹血石（禹穴石）的：

> 大禹，史称生于西羌。《方舆志》谓：今石泉县之石纽村，是其发祥地也。山石纽结，题有"禹穴"二字，传为李太白所书。涂山氏之涂山，今在重庆城外，即其后家耳。后因巡狩而南崩于会稽，亦有禹穴者，乃其葬处。②

> 禹穴在石泉县北石纽村，大禹生此。石穴杳深，人迹不到，掘地得古碑，有"禹穴"二字。③

> 禹穴石，产四川龙安府石泉县石纽乡，以红如渳血者佳。《四川通志》："出石泉禹穴下。"石皮如血染，气腥，以滚水沃饮之，能催生。④

随着各种传说的不断增多，真伪难辨，于是还有学者如明杨慎和清姜炳璋专门撰有《禹穴考》进行考证，序章已有论述。

四、大禹仙话

早在南北朝时期，就已有类似大禹仙话的故事记载出现，如南朝梁沈约《宋书·符瑞志上》载：

---

① ［清］姜炳璋纂修：乾隆《石泉县志》卷四，乾隆三十三年刻本。
② ［明］何宇度撰：《益部谈资》卷上，清钞本。
③ ［清］陈祥裔：《蜀都碎事》卷一，清康熙刻本。
④ ［清］赵学敏编：《本草纲目拾遗》卷二，清同治十年刻本。

帝禹有夏氏，母曰修己。出行，见流星贯昴，梦接意感，既而吞神珠。修己背剖，而生禹于石纽。虎鼻大口，两耳参镂，首戴钩钤，胸有玉斗，足文履己，故名文命。长有圣德。长九尺九寸，梦自洗于河，以手取水饮之。又有白狐九尾之瑞。当尧之世，舜举之。禹观于河，有长人白面鱼身，出曰："吾河精也。"呼禹曰："文命治淫。"言讫，授禹《河图》，言治水之事，乃退入于渊。禹治水既毕，天锡玄珪，以告成功。夏道将兴，草木畅茂，青龙止于郊，祝融之神，降于崇山。乃受舜禅，即天子之位。洛出《龟书》六十五字，是为《洪范》，此谓"洛出书"者也。南巡狩，济江，中流有二黄龙负舟，舟人皆惧。禹笑曰："吾受命于天，屈力以养人。生，性也。死，命也。奚忧龙哉！"龙于是曳尾而逝。①

唐宋以降，道教的广泛传播，更是促进了仙话的繁荣发展。"仙话利用神话宣传神仙传说与道教信仰，神话逐渐被仙话化。"②如唐代韦绚小说《戎幕闲谈》中出现了大禹治水过程中遇到淮涡水神"无支祁"作乱，大禹使用一系列道法才制服它的故事。《蜀记》中还有大禹造船过程中制服树神的传说，"昔夏禹欲造独木船，知梓潼县尼陈山有梓木，径一丈二寸，令匠者伐之。树神为童子，不伏，禹责而伐之。"③后人还由此将"梓潼"县名与大禹的这段传说联系了起来："蜀古志云：禹于尼陈山伐梓，其神化为童子，汉所为名县也。"④又如原本是指禹陵的"禹穴"，唐时已被认为是指"阳明洞天"，即是会稽山阳明洞，在宋代成为道教三十六小洞天之一，这就是"大禹传说与会稽山结合后逐渐道教化

---

① ［南朝梁］沈约：《宋书》卷二七《符瑞志上》，中华书局，1974年，第763页。
② 闫德亮：《试论中国古代神话仙话化》，《中州学刊》2021年第10期，第139页。
③ ［宋］叶庭珪辑：《海录碎事》卷五《衣冠服用部》引《蜀记》，明万历二十六年刻本。
④ ［明］曹学佺：《蜀郡县古今通释》卷四"梓潼县"，明刻本。

的产物"①。如唐代诗人唐彦谦《游阳明洞呈王理得诸君》："禹穴苍茫不可探，人传灵笈锁烟岚。"②唐大和三年（829），元稹在禹穴作投龙仪式，作有《春分投简阳明洞天作》诗："禹庙才离郭，陈庄恰半途。"③还撰写了《禹穴碑铭》。贺知章《龙瑞宫记》、杜光庭《洞天福地岳渎名山记》等文中都有禹穴为道家珍藏仙书灵笈之地的说法。唐宋以后还衍生出了"禹穴藏书"的典故，禹穴探书、求书、藏书频频出现在诗歌创作中。如杜甫入蜀途中所作《秦州杂诗二十首》其二十："藏书闻禹穴，读记忆仇池。"④李白《送二季之江东》："禹穴藏书地，匡山种杏田。"⑤耿沣《常州留别》："万里南天外，求书禹穴间。"⑥张继《会稽秋晚奉呈于太守》："禹穴探书罢，天台作赋游。"⑦明代贝琼《送赵泽民归越中》："禹穴读书今几岁？兰亭载酒约新春。"⑧

宋代罗泌编撰《路史》中的大禹故事时，除了大量引用民间传说和谶纬资料，补充"河精授图""受策鬼神之书""复岳下龙门受玉简以揆地"等故事情节，还杂糅了诸多道教秘笈和仙传，如《拾遗记》《洞天福地岳渎名山记》《墉城集仙录》《会稽记》等。道教还将大禹奉为祖师及"四圣"之一，诸多道籍中都有大禹仙话。如唐代杜光庭《墉城集仙录》记录了西王母之女瑶姬帮助大禹凿通三峡的故事，之后这个传说被历代多次敷演，情节描写更为细致，增添了更多的道教元素和经义内容。如元代赵道一《历世真仙体道通鉴后集》卷二和宋代马永卿《神女庙记》都有此传说的更详细记载：

---

① 张炎兴：《阳明洞天考》，《贵州大学学报》2014年第6期。
② 中华书局编辑部点校：《全唐诗》（增订本）卷六七一，中华书局，1999年，第7732页。
③ 中华书局编辑部点校：《全唐诗》（增订本）卷四二三，中华书局，1999年，第4659页。
④ ［清］仇兆鳌注：《杜诗详注》卷七，中华书局，1999年，第588页。
⑤ ［清］王琦注：《李太白全集》卷一八，中华书局，1977年，第858页。
⑥ 中华书局编辑部点校：《全唐诗》（增订本）卷二六八，中华书局，1999年，第2971页。
⑦ 中华书局编辑部点校：《全唐诗》（增订本）卷二四二，中华书局，1999年，第2710页。
⑧ 全明诗编纂委员会编：《全明诗》卷一〇一，第3册，上海古籍出版社，1990年，第654页。

禹导岷江，至于瞿唐，实为上古鬼神龙蟒之宅。及禹之至，护惜巢穴，作为妖怪，风沙昼螟，迷失道路，禹乃仰空而叹。俄见神人，状类天女，授禹《太上先天呼召万灵玉篆》之书，且使其臣狂章、虞余、黄魔大医、庚辰、童律为禹之助。禹于是能呼吸风雷，役使鬼神，开山疏水，无不如志。禹询于童律，对曰："西王母之女也，受回风混合、万景炼形、飞化之道，馆治巫山。"禹至山下，躬往谒谢，亲见神人，倏忽之间，变化不测。或为轻云，或为霏雨，或为游龙，或为翔鹤。既化为石，又化为人，千状葱葱，不可殚述。禹疑之而问童律，对曰："上圣凝气为真，与道合体，非寓胎禀化之形，乃西华少阴之气也。且气之为用，弥纶天地，经营动植，大满天地，细入毫发。在人为人，在物为物，不独化为云雨龙鹤而已。"①

又如宋代张君房《云笈七签》卷一百《轩辕本纪》赋予了大禹得道飞升的经历："按《遁甲开山图》曰：禹，得道仙人也。古有大禹，女娲十九代孙。大禹寿三百六十岁，入九嶷山仙飞去。"②清代《历代神仙通鉴》将尧舜禹称为"天地水"三官，且将此三官诞生神话与三个重要民俗节日（上元节、中元节、下元节）联系在了一起③。

明清时期，托名钟惺的《按鉴演义帝王御世有夏志传》、明代周游撰写的《新刻按鉴编纂开辟衍绎通俗志传》、清初吕抚的《二十四史通俗演义》、清末钟毓龙的《上古神话演义》等历史演义小说，均对大禹的故事传说进行了重构，丰富了不少情节。如《上古神话演义》中就增加了嫫母助大禹除疫的情节：

---

① ［明］周复俊辑：《全蜀艺文志》卷三七引《神女庙记》，明嘉靖刻本。
② ［宋］张君房编，李永晟点校：《云笈七签》卷一〇〇，中华书局，2003年，第2186页。
③ 李远国：《大禹崇拜与道教文化》，《中华文化论坛》2012年第1期，第28页。

（紫薇夫人）说着，将手向空中一招，顷刻之间，从天空飞下一个似人似兽的怪物来，面作黄金之色，眼睛却有四只，穿的玄衣，系的朱裳，一手执着长戈，一手执着大盾……只听夫人吩咐道："此间疫鬼为患，限你就去与我祛除净尽，不得有违。"那怪物嗷然答应，执戈扬盾，舞蹈而去。夫人向文命道："崇伯认得这位神君吗？"文命道："不认识。"夫人道："是崇伯的亲属长辈呢。她就是令高祖黄帝轩辕氏的次妃……当初令高祖母嫘祖跟了令高祖到处巡守，后来死在半路上。令高祖就祭祀她，封她做一个祖神……后来令高祖就封这位嫫母做一个方相之神，专驱疫鬼……"①

第二节　李冰神话的升华与传播

一、汉魏李冰神话的早期形态

李冰是战国时期水利家，他本为秦时蜀太守，治水之事原本在正史中仅有寥寥数语记载，如《史记·河渠书》："蜀守冰凿离碓，辟沫水之害，穿二江成都之中。此渠皆可行舟，有余则用溉浸，百姓飨其利。至于所过，往往引其水益用溉田畴之渠，以万亿计，然莫足数也。"②从西汉末年起，有关李冰治水的故事升级，夹杂了诸多神话传说，其中记载最多最详细的见于东汉应劭《风俗通》：

　　秦昭王使李冰为蜀守，开成都两江，溉田万顷。江神岁取童女二人为妇。冰以其女与神为婚，径至神祠劝神酒。酒杯恒澹澹，冰厉声以责之，因忽不见。良久，有两牛斗于江岸旁。有间，冰还流

① 钟毓龙：《上古神话演义》第一一四回，浙江文艺出版社，1985年，第1188页。
② ［汉］司马迁：《史记》，中华书局，1982年，第1407页。《汉书·沟洫志》文字相类。

汗，谓官属曰："吾斗大巫，当相助也。南向腰中正白者，我绶也。"主簿刺杀北面者，江神遂死。蜀人慕其气决，凡壮健者，因名冰儿也。[①]

这个故事里将水灾原因归结为江神为患，于是李冰与江神俱化为牛战斗，最后江神被杀死。蜀人敬佩其精神，凡是健壮者多以"冰儿"名之，可见李冰在蜀人中的高大神圣形象。而在扬雄《蜀王本纪》中还增加了李冰的其他神通：

> 江水为害，蜀守李冰作石犀五枚，二枚在府中，一枚在市桥下，二枚在水中，以厌水精，因曰石犀里也。李冰以秦时为蜀守，谓汶山为天彭阙，号曰天彭门，云亡者悉过其中，鬼神精灵数见。[②]

李冰不仅能见鬼神，斗江神，幻化动物，而且所作石犀还具有镇压水患的奇特能力，由此李冰实现了从人到半神的第一步转化，像大禹一样成为巴蜀神话中的重要治水英雄形象。都江堰出土汉灵帝建宁元年（168）的石像[③]，胸前铭刻"故蜀郡李府君讳冰"，可知后世民间对李冰的崇拜。两袖刻铭文又有"造三神石人珎（镇）水万世焉"字样，说明在大众心中李冰已经具有镇水的神力。从汉魏以降，李冰斗江神的传说愈演愈烈，李冰不但能够通神定约，还可以不用借助任何外力与化形，直接潜入水中与江神操刀作战，而且能够捉捕到健蛙（疑水怪化身，类"健蛟"之说），而且他焚烧过的神岩之处，鱼类游至此都不敢再前进

---

① ［北魏］郦道元著，［清］王先谦校：《水经注》卷三三《江水一》引，巴蜀书社，1985年，第519—520页。另：《太平御览》卷二六二、卷六八二、卷八八二皆引之，文字相类。

② ［汉］扬雄著，张震泽校注：《扬雄集校注》，上海古籍出版社，1993年，第257—258页。

③ 四川省灌县文教局：《都江堰出土东汉李冰石像》，《文物》1974年第7期，第27—28页。

了，可见其奇幻色彩愈发强烈：

蜀守父子擒健蛟，囚于离堆之趾。①

昔沫水自蒙山至南安而溷崖，水脉漂疾，破害舟船，历代为患。
蜀郡太守李冰发卒凿平溷崖，河神赑怒，冰乃操刀入水与神斗，遂
平溷崖，通水路，开处即水所穿也。②

外作石犀五头以厌水精。穿石犀渠于南江，命曰犀牛里。后转为
耕牛二头，一在府市市桥门，今所谓石牛门是也。一在渊中，乃自湔
堰上分穿羊、摩江灌江西。于玉女房下白沙、邮作三石人，立水中。
与江神要：水竭不至足，盛不没肩。时青衣有沫水，出蒙山下，伏行
地中，会江南安；触山胁溷崖；水脉漂疾，破害舟船，历代患之。冰
发卒凿平溷崖，通正水道。或曰：冰凿崖时，水神怒，冰乃操刀入水
中，与神斗。迄今蒙福。僰道有故蜀王兵栏，亦有神，作大滩江中。
其崖崭竣，不可凿；乃积薪烧之。故其处悬崖有赤白五色。③

（僰道）县有蜀王兵兰，其神作大难江中，崖峻阻险，不可穿
凿。李冰乃积薪烧之，故其处悬岩犹有五色焉。赤白照水玄黄。鱼
从僰来，至此而止，言畏崖屿不更上也。④

---

① ［宋］王象之：《舆地纪胜》卷一五一"伏龙观"条引南朝李膺《治水记》，清道光
二十九年刻本。
② ［宋］李昉等：《太平御览》卷五九引晋皇甫谧《帝王世纪》，第1册，中华书局，1960
年，第283—284页。［北魏］郦道元：《水经注·若水》引文同。
③ 任乃强校注：《华阳国志校补图注》卷三《蜀志》，上海古籍出版社，1987年，第133页。
④ ［北魏］郦道元著，［清］王先谦校：《水经注》卷三三《江水一》，巴蜀书社，1985年，
第523页。

总的说来，汉魏乃至晋时，李冰形象主要通过文献典籍完成了初步神化，李冰治水神话有了雏形，李冰虽然还具有人的特性但亦拥有了部分神通。在这个时期的作品中李冰神话还较为简单，故事雷同（比如江神娶妇就与西门豹故事有相似处）且数量较少，直到唐以后才逐渐丰富完备，李冰形象也才完全神化。

二、唐宋李冰神话的升华

到了唐代，唐传奇好奇猎异、擅长叙写奇闻异事的叙事特点，也影响了唐代文学风貌，并促使李冰神话有了更为丰富曲折的戏剧化情节与矛盾冲突。如唐卢求《成都记》就在原有基础上增添了江神原为恶蛟、李冰斩蛟以及化为龙斗的故事，同时在二人变为牛斗的情节上又敷演了更为精彩刺激的争斗场面，进一步加强了李冰的神异形象：

> 李冰为蜀郡守，有蛟岁暴，漂垫相望。冰乃入水戮蛟，己为牛形。江神龙跃，冰不胜。及出，选卒之勇者数百，持强弓大箭，约曰："吾前者为牛，今江神必亦为牛矣。我以大白练自束以辨，汝当杀其无记者。"遂吼呼而入。须臾，雷风大起，天地一色。稍定，有二牛斗于上。公练甚长白，武士乃齐射其神，遂毙。从此，蜀人不复为水所病。至今大浪冲涛，欲及公之祠，皆淰淰而去，故春冬设有斗牛之戏，未必不由此也。祠南数千家，边江低圮虽甚，秋潦亦不移。适有石牛，在庙庭下。唐大和五年，洪水惊溃，冰神为龙，复与龙斗于灌口，犹以白练为志。水遂漂下，左绵梓潼，皆浮川溢峡，伤数十郡，唯西蜀无害。[1]

----

① ［宋］李昉等：《太平广记》卷二九一"李冰"条引《成都记》，第3册，上海古籍出版社，1990年，第175页。

蛟、龙在我国传统文化中都具有强大神秘力量，李冰可以斗蛟化龙，拥有多重变身的法力，无疑具备了更加神性的力量，也由此彻底脱离了人的特质而实现了从半神到神的转变。

唐人对李冰亦是极为欣赏的，比如唐代王徽《创筑罗城记》大加褒扬曰："及李冰为守，始凿二江以导舟楫，决渠以张地利，斩蛟以绝水害。沃野千里，号为陆海，由冰之功也。"[①]岑参在《石犀》诗中盛赞李冰治水的功绩，使得蜀人安居乐业，大禹亦不如之："江水初荡潏，蜀人几为鱼。向无尔石犀，安得有邑居。始知李太守，伯禹亦不如！"[②]又如杜甫《石犀行》诗：

> 君不见秦时蜀太守，刻石立作五犀牛。自古虽有厌胜法，天生江水向东流。蜀人矜夸一千载，泛溢不近张仪楼。今日灌口损户口，此事或恐为神羞。修筑堤防出众力，高拥木石当清秋。先王作法皆正道，诡怪何得参人谋。嗟尔五犀不经济，缺讹只与长川逝。但见元气常调和，自免洪涛恣凋瘵。安得壮士提天纲，再平水土犀奔茫。[③]

而到了晚唐前后蜀时期，道教在蜀地盛行，青城山作为道教祖庭，更是借助李冰神话来宣扬扩大道教的影响力。其中为神化李冰出力最多的当属道士杜光庭。前蜀天佑七年（910）岷江洪水，都江堰大堰内移，避免了水灾，杜光庭便以之为李冰祠显灵而大肆宣传：

> 天祐七年夏，成都大雨，江涨，将坏京口江灌堰上。夜闻呼噪之声，若千百人，列炬无数，大风暴雨而火影不灭。及明，大堰移

① ［清］董浩等编：《全唐文》卷七九三，中华书局，1983年，第8309页。
② 陈铁民、侯忠义校注：《岑参集校注》卷四，上海古籍出版社1981年，第353页。
③ ［清］仇兆鳌注：《杜诗详注》卷一〇，中华书局，1999年，第835—836页。

数百丈，堰水入新津江。李冰祠中所立旗帜皆湿。是时，新津嘉眉水害尤多，而京不加溢焉。[1]

大堰移动，及至洪水退去后百姓也无伤亡，唯有李冰祠的旗帜湿透。于是，杜光庭将此神异事件归结为由于当时的江神李冰显灵，移动了大堰，保护了百姓，由此还作《贺江神移堰笺》：

> 伏睹导江县令黄璟奏六月二十六日江神移堰事。伏以大禹濬江，发洪源于龙冢；李冰创堰，分白浪于龟城。导彼灵津，资乎民用。而涸胚泛肩之誓，表则有常；若怀山沃日之多，奔腾难制。立虞垫溺，必害烝黎。昨者，夏潦渤兴，狂波未息。顾岷江之下濑，便逼帝都；当灌口之上游，遽彰神力。于是震霆薨地，白雨通宵，驱阴兵而鼓噪连天，簇灵炬而荧煌达曙。迴山转石，巨堰俄成，浸淫顿减于京江，奔瀡尽移于硖路，仰由圣感，仍假英威。见天地之合符，睹神明之致祐，编于简册，冠彼古今。叨奉奖私，弥增抃跃，谨奉笺陈贺以闻。[2]

这里提到的"江神"即是李冰。"李冰创堰，分白浪于龟城。导彼灵津，资乎民用"，在"夏潦渤兴，狂波未息"之时"遽彰神力"，"驱阴兵""迴山转石"，移动巨堰，从而保护了百姓安全，是当之无愧的护堰神灵。这实际上是道教试图通过对李冰能力神通的渲染，将之纳入道教体系，后世更是直接赋予了李冰道教得道之人的身份："李冰、杨磨皆蜀

---

① ［宋］李昉等：《太平广记》卷三一三"李冰祠"条引《录异记》，第3册，上海古籍出版社，1990年，第300页。
② ［清］董浩等编：《全唐文》卷九三一，中华书局，1983年，第9698—9699页。

川得道之士。役御鬼神，驱斥云龙，无所不能。"①

道教的发展推动了李冰神话在民众间的接受与传播，至宋代时，李冰神话中便自然而然地加入了部分仙道元素。比如：

开宝五年壬申岁秋八月初，成都大雨，岷江暴涨，永康军大堰将坏，水入府江。知军蒋舍人文宝与百姓忧惶，但见惊波怒涛，声如雷吼，高十丈已来，中流有一巨材，随骇浪而下，近而观之，乃一大蛇尔，举头横身，截于堰上。至其夜，闻堰上呼噪之声，列炬纵横，虽大风暴雨，火影不灭。平旦，广济王李公祠内，旗帜皆濡湿，堰上唯见一面沙堤，堰水入新津江口。时嘉眉州漂溺至甚，而府江不溢。初李冰自秦时代张若为蜀守，实有道之士也。蜀困水难，至于白灶生蛙，人罹垫溺且久矣。公以道法役使鬼神，擒捕水怪，因是壅止泛浪，凿山离堆，辟沫水于南北为二江，灌溉彭、汉、蜀之三郡沃田亿万顷。仍作三石人以誓江水，曰："俾后万祀，水之盈缩，竭不至足，盛不没肩。"又作石犀五，所以厌水物。于是蜀为陆海，无水潦之虞，万井富实，功德不泯，至今赖之，咸云："理水之功，可与禹偕也，不有是绩，民其鱼乎？"每临江浒，皆立祠宇焉。②

沿江有两崖中断，相传秦李太守凿此以分江水；又传李锁孽龙于潭中，今有伏龙观在潭上。蜀旱，支江水涸，则遣官致祭，壅都江水以自足，谓之摄水，无不应。民祭赛者率以羊，岁杀四五万计。③

---

① ［元］赵道一：《历世真仙体道通鉴》卷一〇"李冰"，《道藏》第5册，文物出版社、上海书店、天津古籍出版，1988年，第163页。
② ［宋］黄休复：《茅亭客话》卷一"蜀无大水"条，载《宋元笔记小说大观》第1册，上海古籍出版社，2007年，第401页。
③ ［宋］范成大：《离堆行》序，富寿荪标校：《范石湖集》卷一八，上海古籍出版社，1981年，第247页。

秦强伐蜀，命其臣李冰为守。是时江妖为瀑（暴），沐水淫流，沃野岁灾，民受其害。冰乃诛水妖，通水道，凿二山，酾二江，灌溉千里，变凶为沃，人赖其利。[①]

黄休复笔记中将李冰祠显灵一事进一步艺术加工，不仅增加了大蛇截堰化堤的神奇性，还赋予了李冰可以用道法差役鬼神、擒捕水怪的形象。而范成大《离堆行》诗序和张俞碑记中的李冰已不再是直接与江神打斗，而是通过法术可以径直锁龙治水和诛杀水妖。从这些新情节可以看到仙道文化对李冰神话的改编，李冰新形象由神化迈向了道化，在明清时更是朝仙化的方向发展。

不仅如此，宋代还好以遗迹印证前人文献所载，如《方舆胜览》就记载有李冰所作用以镇压水精的石犀遗迹："石犀，云（成都）城三十五里犀浦。太守李冰作五石犀沉江，以压水怪。"[②]又如欧阳修《集古录》载有李冰与江神定约之时所立的誓水碑："秦李冰为蜀守，凿山导江，以去水患。其神怒，化为牛，出没波上。君操刀入水，杀之，因刻石以为五犀牛，立之水旁。与江（神）誓曰：'后世浅无至足，深无至肩。'谓之誓水碑，立在彭州。"[③]

三、明清李冰叙事从神话到仙话

到了明清时期，仙话与神话的融合愈发密切。如李冰治水神话的情节没有过多变化，大都因袭前代，但是新增了关于李冰的结局，如明曹学佺《蜀中名胜记》卷九"什邡县"引《开山记》云："什邡公墓化，上有升仙台，为李冰飞升之处。"又引古《蜀记》谓："李冰功配夏后，升

---

① ［宋］张俞：《郫县蜀丛帝新庙碑记》，曾枣庄、刘琳主编：《全宋文》第26册，上海辞书出版社、安徽教育出版社，2006年，第157页。
② ［宋］祝穆撰：《方舆胜览》卷五一"成都府路"注引，宋咸淳三年刻本。
③ ［宋］祝穆撰：《方舆胜览》卷五四"成都府路"注引，宋咸淳三年刻本。

仙在后城化，藏衣冠于章山冢中矣。"①李冰作法也遵循讲究道教术法，如"九井河，新繁治南五里，李冰所凿，象九宫以压水怪"。②又如清彭遵泗《蜀故》载：

> 二郎神，李冰之子也，蜀中祀之，谓之川主。按《名宦志》，上古禹治洪水，西南经界未尽。迨秦昭王时，蜀刺史李冰行至湔山，见水为民患，乃作三石人以镇江水，五石牛以压海眼，十石犀以压海怪，遣子二郎董治其事，因地势而利导之。先凿离堆山以避沫水之害，三十六江以次而沛其流，由是西南数十州县，高者可种，低者可耕，沃野千里，号为陆海。一日循视水道，至广汉郡，游石亭江而上，故有马沿河之名。至后城山遇羽衣，徐谓李公曰："公之德泽入民深矣，公之名注天府久矣，上帝有命来迎。"遂升天而去。今祠岭之西即后城。事闻当宁，敕封昭应公。至汉时，加封大安王，以其大安蜀民也。③

这些传说都直接赋予了李冰飞升成仙的情节，这带有源自民众最朴素的美好愿望与诚挚祝福：造福百姓、功德无量的好人最后都应该飞升成仙。当然，这一情节的变化也与当时道教的广为流传不无关系，已经不似简单的神话，而是带有类于宗教仙话的性质。

又如乾隆《淮安府志》中记录了一则发生在时南宫县令刘安身上的李冰祠显灵事件：

> 邑南有李冰祠碑，高丈余，岁久祠颓，碑已仆。安因祈雨至祠

---

① ［明］曹学佺：《蜀中名胜记》卷九"什邡县"引，明刻本。
② ［明］虞怀忠、郭棐等纂修：万历《四川总志》卷五，万历九年木刻本，第17页。
③ ［清］彭遵泗编，倪亮校注：《蜀故校注》卷二一"神祠"，西南交通大学出版社，2020年，第297页。

下，见碑石甚巨，非数百人不能起，告于神曰："神如有灵，碑自立，安当新其祠。"翌日，雷雨大作，四野沾足，碑亦起立。[①]

第三节　二郎神话与文学作品中的二郎形象

一、二郎神话的缘起与文学演变

晚唐以来，李冰神话在流传过程中发生了一个显著变化：加入了二郎神话传说。在民间传说中，有将李冰称为二郎神的，有称李冰次子李二郎为二郎神的，还有将李冰父子二人合称为二郎神的。宋代则主要推崇李冰次子为二郎神，并将李冰斗江神锁蛟龙等事迹附会到了李二郎身上，传为其代李冰治理水患，一度影响力超过李冰，成为灌口神。如：

> 李冰使其子二郎作三石人以镇湔江，五石犀以厌水怪，凿离堆山以避沫水之害，穿三十六江，灌溉川西南十数州县稻田。自禹治水之后，冰能因其旧迹而疏广之。今县西三十三里犍尾堰索桥有李冰祠。[②]

> 秦蜀守李冰之子开二江，制水怪，蜀人德之，祠于灌口，世所谓灌口二郎者也。风貌甚都，威仪严毅。然挟弹遨游，仆隶整整，有功成庙食之气。[③]

---

① ［清］卫哲治修，叶长扬、顾栋高纂：乾隆《淮安府志》卷二二上《人物》，清咸丰二年重刻本。
② ［明］曹学佺：《蜀中名胜记》卷六引北宋赵抃《古今集记》，明刻本。
③ ［宋］李廌：《济南集》卷八《德隅堂画品》引《灵惠应感公像题跋》，载《文渊阁四库全书补遗·集部·宋元部》，第2册，北京图书馆出版社（现国家图书馆出版社），2006年，第47页。

李冰去水患，庙食于蜀之离堆，而其子二郎以灵化显圣。[①]

蜀中灌口二郎庙，当初是李冰因开离堆有功，立庙。今来现许多灵怪，乃是他第二儿子出来。初间封为王，后来真宗好道，谓他是甚么真君，遂改封为真君。向张魏公用兵祷于其庙，云夜梦神语云："我向来封为王，有血食之奉，故威福用得行。今号为'真君'，虽尊，凡祭我以素食，无血食之养，故无威福之灵。今须复我封为王，当有威灵。"魏公遂乞复其封。不知魏公是有此梦，还复一时用兵托为此说。今逐年人户赛祭，数万来头羊，庙前积骨如山，州府亦得此一项税钱。利路则有梓潼君，极灵。今二个神似乎割据了两川。[②]

除以上外，宋代洪迈《夷坚志》、曾敏行《独醒杂志》、张唐英《蜀梼杌》、《朱熹语录》等作品中都有关于二郎神的记载。如曾敏行所著《独醒杂志》中就将李冰、李二郎父子合称为"二郎"。

这一时期，李二郎形象在文学作品中还有了更为详尽的外形描述，如前文所引李廌《灵惠应感公像题跋》曰："风貌甚都，威仪严毅。然挟弹遨游，仆隶整整，有功成庙食之气。"《蜀梼杌》中记载前蜀主王衍出巡："衍戎装披金甲，珠帽锦袖，执弓挟矢，百姓望之，谓如灌口神。"[③]南宋周文璞在《瞿塘神君歌》中也大为称赞灌口李二郎：

黄衫纱帽佳少年，炯然饿虎穷山渊。不居秦鹿祖龙畔，却走碧鸡金马边。左手斜执巨灵凿，右手敬抱禹贡篇。离堆顺流已受命，

---

① ［宋］张商英：《元祐初建三郎庙记》，载傅增湘《宋代蜀文辑存校补》卷十三，第2册，重庆大学出版社，2014年，第400页。
② ［宋］黄士毅编，徐时仪、杨艳汇校：《朱子语类汇校》卷三，上海古籍出版社，2014年，第65—66页。
③ ［宋］张唐英，王文才、王炎校笺：《蜀梼杌校笺》卷二，巴蜀书社，1999年，第164页。

一下不打天吴鞭。有时挟弹暮云表，有时蹴鞠春风前。有时却自着绛帕，走入药市寻神仙。为人定似李太白，学道定似葛稚川。①

直至后世，还有将二郎神与后蜀帝孟昶凑到一起，以解释说明李二郎形象由来的，如：

又云："蜀守冰穿三江，过郡下，琢石犀五头，以厌水怪。立石人二，与江神约，皆其子二郎之智也。后人神其功，号为川主，处处祀焉。"《灌县志》："治西一里，离堆北洪崖山，有斗鸡台。秦时二郎神与蹇龙斗鸡于此。"世传川主，即二郎神，衣黄弹射，拥猎犬，实蜀孟昶像也。宋艺祖得花蕊夫人，见其奉此像，怪问之，答曰："此灌口二郎神也，乞灵者辄应。"因命传之京师，俾人得供奉，盖花蕊不忘故君而托辞耳。②

总之，自宋以来，李二郎就有了华丽威武的风华少年形貌特征，持有弹弓亦成为其形象的经典元素，这些创新后来都被杂剧、小说等文学形式所继承③。直到清代，在川蜀地区都能看到"蜀人奉二郎神甚虔，谓之川主。其像俊雅，衣黄服，旁立虞从，擎鹰牵犬"。④可见宋时李二郎黄衫牵鹰犬的文学形象仍保留了下来。

其实，除了李二郎外，民间信奉的二郎神还有多个原型，如晋人邓遐、佛教二郎独健、蜀主孟昶、宋时兴起的道教神仙体系中的赵昱，以及明清小说《西游记》《封神演义》中的二郎神杨戬等。其中蜀地还常

① 傅璇琮、倪其心等主编：《全宋诗》第54册，北京大学出版社，1991年，第33740页。
② ［明］曹学佺：《蜀中神仙记》卷九，明刻本。
③ 二郎神原型较多，且互相有交叠杂糅，杂剧、小说中的二郎神主要是以赵昱、杨戬等为原型，但亦受到李二郎的影响。
④ ［清］陈祥裔：《蜀都碎事》卷一，清康熙刻本。

124

见的二郎神是赵昱，隋炀帝时，由于嘉州（今乐山一带）太守赵昱治水有功，传说他的相貌和灌口崇德祠李二郎像颇为相似，因而民间"喧传隋寿州太守赵昱即秦蜀郡太守李冰仲子二郎再世，乃合奉为灌口二郎神"①。赵昱正史无传，他的详细故事记载最早见于宋人伪托唐柳宗元所作的《龙城录》卷下"赵昱斩蛟"：

> 赵昱，字仲明。与兄冕俱隐青城山，从事道士李珏。隋末炀帝知其贤，征召，不起，督让益州太守臧膝强起。昱至京师，炀帝縻以上爵，不就，独乞为蜀太守。帝从之，拜嘉州太守。时犍为潭中有老蛟，为害日久，截没舟船，蜀江人患之。昱莅政五月，有小吏告。昱会使人往青城山置药，渡江溺使者，没舟航七百艘。昱大怒，率甲士千人，及州属男子万人，夹江岸鼓噪，声振天地。昱乃持刀没水，顷，江水尽赤，石崖半崩，吼声如雷。昱左手执蛟首，右手持刀，奋波而出。州人顶戴，事为神明。隋末大乱，潜以隐去，不知所终。时嘉陵涨溢，水势洶（汹）然。蜀人思昱。顷之，见昱轻雾中骑白马，从数猎者，见于波面，扬鞭而过。州人争呼之，遂吞怒。眉山太守荐章，太宗文皇帝赐封神勇大将军，庙食灌江口。岁时民疾病祷之无不应。上皇幸蜀，加封赤城王，又封显应侯。昱斩蛟时，年二十六。②

这时的赵昱已成为一个道教传说人物，早年和其兄跟随道士李钰归隐于青城山。《方舆胜览》卷五十二亦载有之。这都说明赵昱斩蛟的神勇故事在宋代广泛流传，其事很明显是脱胎于李冰斗水神的治水传说：为蜀太守，与水中蛟怪搏斗等。又《常熟县志》云："赵真君名昱，灌州

---

① 马非百：《秦集史·人物传八之一·李冰》，中华书局，1982年，第313页。
② ［唐］柳宗元撰：《龙城录》卷下，百川学海本。

人，仕隋，大业为嘉州太守。有蛟患，入水斩之，卒后嘉州人见雾中乘白马越流而过者，乃昱也。因立庙灌江，号'灌口二郎神'。"①

清人陈怀仁、向时鸣为了解决川主信仰的现实问题，提出了"化身说"，将李冰父子和赵昱三神合一，并著有《川主三神合传》（后来又进一步发展出《川主五神合传》）。如民国重修《什邡县志》录纪某《显英宫创建大殿乐楼碑记》中，又在《龙城录》的故事基础上做了加工，还加入了民间传说中李二郎神的挟弹打猎形象，可以看到这时的李冰、李二郎、赵昱已经被融为一炉了：

> 如我川主显英王之事迹则可考而知之，姓名则不可考而定者也。何言之？王号大安，李姓冰名，秦孝王时为蜀守。凿离堆，铸铁牛，破浪除妖，随显屠龙之手，含沙射影，特彰斗牛之秀。储仙洞，威全川。其子二郎灵迹数现，厥功亦伟。宋徽宗封为清源妙道真君，父子崇祀灌口，此一说也。隋青城人赵昱与道士李珏游，屡征不起。后炀帝辟为嘉州守。时有蛟患，神披发仗剑，入水斩蛟，奋波而出，江水为赤。开皇间入山，踪迹不复见。后运饷者见神乘白马，引黑犬，偕一童，腰弓挟弹以游，俨若生平焉。唐太宗封为神勇将军。张咏平蜀，屡得神助。事闻，封为川主、清源妙道真君，亦祀灌口。此又一说也。②

二、戏剧中的二郎神话

唐宋词曲戏剧中也不乏与二郎传说相关的作品，据唐代崔令钦的《教坊记》载，唐代教坊曲中有《二郎神》，猜测当用歌舞形式表演二

---

① ［清］顾禄撰：《清嘉录》卷六引《常熟县志》，啸园丛书本。
② 王文照修，曾庆奎、吴江纂：民国《重修什邡县志》卷八上，《中国地方志集成·四川府县志辑》第10册，巴蜀书社，1992年，第526页。

郎神故事。南宋吴增《能改斋漫录》载"本朝乐府有《二郎神》"①，"后来宋柳永词有《二郎神》，南曲商调有《二郎神近》《二郎神慢》《二郎赚》，当为唐曲之遗音。"②在《蜀梼杌》中还记载了后蜀孟昶时的《灌口神队》剧目：

　　（广政十五年）六月朔宴，教坊徘优作《灌口神队》二龙战斗之象，须史天地昏暗，大雨雹。明日灌口奏：岷江大涨，锁塞龙处，铁柱频撼。其夕，大水漂城，坏延秋门，水深丈余，溺数千家，摧司天监及太庙。令宰相范仁恕祷于青羊观，又遣使往灌州，下诏罪己。③

可知《灌口神队》是教坊排练用于宴会上演出的剧目，主要演绎李冰（二郎）治水化龙斗神的情节。据前文卢求《成都记》载，唐五代时期蜀地民间春冬还设有"斗牛之戏"，当与"二龙战斗"同属李冰二郎神话在民间的主要传播方式。

宋以后二郎戏剧更是风靡一时，如明田汝成《西湖游览志余》卷三《偏安佚豫》就曾言及南宋时盛行二郎神杂剧。宋金院本中二郎神相关剧目有《二郎神变》《迓鼓二郎》《变二郎爨》《二郎神杂剧》④，元明杂剧有《西游记杂剧》《二郎神醉射锁魔镜》《二郎神锁齐天大圣》《灌口二郎斩健蛟》。这些戏剧讲述的多是二郎神治水斩蛟、除妖、得道飞升的故事，虽然二郎剧的主人公多为赵昱，但是很多事迹都与李二郎传说相

---

① ［宋］吴曾：《能改斋漫录》卷一，商务印书馆，1941年，第6页。
② 任半塘：《唐戏弄》第三章《剧录·灌口神队》，作家出版社，1958年，第600页。
③ ［宋］张唐英撰，王文才、王炎校笺：《蜀梼杌校笺》卷四，巴蜀书社，1999年，第388页。
④ 杜靖：《二郎：一个重建宇宙和社会秩序的神明》，《地方文化研究》2013年第3期，第91页。

类，亦可见宋元明时期二郎神话的混杂流变情况。①

川蜀地区是二郎神传说出现最早的地域，二郎戏剧也广为流传，如《二郎降孽龙》《二郎清宅》《二郎镇宅》《二郎扫荡》。明清之际，二郎降伏恶龙的传说亦极为盛行，这也为之后"二郎降孽龙""望娘滩"等戏剧情节的不断丰富提供了基础内容。如：

> 神宣驿者，世传二郎神持剑逐蹇龙过此，因名。②

> 大足化龙桥，相传溪中有珠浮水上。邑人聂姓，得而吞之，遂化龙去，因以为名。③

> 灌县离堆山，即李太守所凿以导江处。上有伏龙观，下有深潭，传闻二郎锁孽龙于其中。霜降水落，或时见其锁。云每有群鱼游泳潭面，仅露背鬐，其大如牛。投以石，鱼亦不惊，人亦不敢取之，盖异物也。④

清代四川知府杨潮观编写的《灌口二郎初显圣》杂剧则讲述了蜀郡太守李冰开凿离堆，与龙婆龙子厮杀，次子二郎携鹰犬助战，最后擒获猪龙婆母子，将龙婆锁于离堆之下的故事⑤。近代川剧中还有保留剧目《二郎拿孽龙》，体现了四川地区盛行的二郎神崇拜。

① 殷军领：《二郎神剧及其二郎神信仰流变研究》，上海师范大学硕士论文，2012年，第1页。
② ［明］曹学佺：《蜀中名胜记》卷二四"广元县"，明刻本。
③ ［明］杜应芳、胡承诏辑：《补续全蜀艺文志》卷五二引《重庆志》，明万历刻本。
④ ［明］杜应芳、胡承诏辑：《补续全蜀艺文志》卷五三"伏龙观鱼"，明万历刻本。
⑤ 殷军领：《二郎神剧及其二郎神信仰流变研究》，上海师范大学硕士论文，2012年，第17—19页。

三、民间流传的二郎神话

作为地方保护神，李冰父子得到了官方与民间的双重肯定。《宋会要·礼二〇》"郎君神祠"中就提到了李冰父子被诏令封王[1]，从五代以至宋元明清，历代统治者都对李冰父子备加推崇，如《元史》记载，元至顺元年，封李冰为圣德广裕英惠王，其子二郎神为英烈昭惠灵显仁祐王。清代还专门有官员上疏要求为二人加赠封号。如：

> （李二郎）自秦以来，向未受封□。查都江堰水，源发岷山。禹导江后，沫水尚为民悲。秦蜀守李冰，使其子二郎除水怪、凿离堆、穿内外二江，灌溉成都等州县稻田，使沃野千里……题请敦赐封号。[2]

> 雍正五年，敕封蜀守李冰为敷泽兴济通祐王，李二郎为承绩广惠显英王。令地方官立祠，岁春秋仲月诹吉致祭。[3]

而在民间信仰中，人神合一的李冰俨然成为蜀地水神崇拜的对象，民间为李冰父子立祠祭祀的习俗也由来已久。在都江堰宝瓶口，早在晋代就有了祭祀李冰的伏龙观[4]。南齐建武四年（497），益州刺史刘季连将李冰塑像建在了原望帝祠，并改名"崇德庙（祠）"。宋代整修时，又增塑了二郎像，后清代改称"二王庙"。明清时李冰和二郎同被尊崇为川

---

① 刘琳等校点：《宋会要辑稿》，上海古籍出版社，2014年，第1062页。
② ［清］宪德：《请李冰李二郎封号疏》，嘉庆《四川通志》卷八一《学校志六》引，清嘉庆二十一年刻本。
③ ［清］常明修，杨芳灿纂：嘉庆《四川通志》卷八一《学校志六》，清嘉庆二十一年刻本。
④ 伏龙观本名范祠，原本祭祀晋初异人范寂（传说为杜宇后裔），后来蜀人为彰显李冰事迹，就迎冰像于范祠内供奉香火，更祠名为"伏龙观"。

主，巴蜀地区川主庙修建甚多。如：

> 川省各邑，皆有川主庙，有以为灌口二郎神者。二郎，秦太守李冰之子，佐父治水有功。冰有祠在灌口，旁有川主庙，土人以为李二郎，对庙有赵公山。按：隋赵昱斩蛟在嘉州，或云在犍为，宋封川主清源真君，则川主应为赵公。相传隐于赵公山，故灌口有祠。宋时二郎庙亦极盛，合为一则误矣，有识者多辨之。①

民间还将李冰生日（传说为农历六月二十四日）作为川主神诞祭祀，如明代曹学佺的《蜀中风俗记》卷二引《上南志》："不午日竞渡，而六月二十四日竞渡，二郎川主诞辰也，乐以贺之。"②就最早记载了古代眉州祭祀李冰父子，在六月二十四日举行竞渡的习俗。宋代洪迈《夷坚支志》丁卷六亦记载了当时祭祀李冰时的盛况："永康军崇德庙，乃灌口神祠，爵封至八字王，置监庙官视五岳。蜀人事之甚谨，每时节献享及因事有祈者，无论贫富，必宰羊，一岁至烹四万口。一羊过城下，则纳税钱五百，率岁终可得二三万缗，为公家无穷利。当神之生日，郡人酾迎尽敬，官僚有位，下逮吏民，无不瞻谒。"③清代民间巴蜀各地仍保留了祭祀川主的习俗，甚至连江南一带亦颇为盛行：

> （季夏）二十四日，川主神降诞，乡人皆演戏庆祝。三伏日，凡居家者，咸及特造面酱、豆油、米醋。④

---

① ［清］王培荀撰：《听雨楼随笔》卷四，清道光二十五年刻本。
② ［明］曹学佺：《蜀中风俗记》卷二引，明刻本。
③ ［宋］洪迈撰：《夷坚支志》丁卷六"永康太守"，清景宋钞本。
④ 四川省大邑县地方志编纂委员会办公室编：《清乾隆〈大邑县志〉校注》卷三"岁序令节"条，1998年，第185页。

（六月）二十四日祀川主，村民备牲酒，赛青苗，祈秋成，谓之青苗会。①

（六月）二十四日，祀川主神。②

按《独醒志》：灌口二郎神，乃祠李冰父子也。冰，秦时守其地，有龙为孽，冰锁之于离堆之下。故蜀人德之，每岁用羊至四万余。凡买羊以祭，偶产羔者，亦不敢留。永康籍羊税以充郡计。江乡人今亦祠之，每祭但一羊，不设他物，盖有自也。③

明清时期，（李）二郎神信仰与传说更是向巴蜀地区之外的地方广泛传播，流传至闽南地区（今福建灌口、同安）和港台，甚至扩布到了东南亚。④如贵州地区都还有纪念李冰父子的习俗，如清代郑珍所辑《播雅》记载："郡俗，醵钱祀川主，因歌舞娱神，演李二郎故事，有《桃山救母》《并州采铁》等题名，曰'太阳阳戏'，少亦一二日乃已，要其乡年丰人乐始为之。"⑤乾隆时李樾《望云诗草》专门记录了观太平戏的场景："割蜀归黔俗未移，年年歌舞二郎祠。欲将李守降龙事，话与吾乡父老知。"⑥由此可见，李冰父子神话传播流传之广，影响之深。

① ［清］涂长发修，王昌年纂：嘉庆《眉州属志》卷九"岁时"，《中国地方志集成·四川府县志辑》第39册，巴蜀书社，1992年，第133页。
② ［清］赵炳然、陈廷钰纂修：嘉庆《纳溪县志》卷六《风俗志》，《中国地方志集成·四川府县志辑新编》第36册，巴蜀书社，2017年，第233页。
③ ［清］赵翼著，栾保群、吕宗力校点：《陔余丛考》卷三五"灌口神"，河北人民出版社，1990年，第631页。
④ 杜靖：《二郎：一个重建宇宙和社会秩序的神明》，《地方文化研究》2013年第3期，第90页。
⑤ ［清］郑珍辑：《播雅》卷一六，载贵州省文史研究馆编：《续黔南丛书》第3辑，贵州人民出版社，2012年，第466页。
⑥ ［清］郑珍辑：《播雅》卷一六，载贵州省文史研究馆编：《续黔南丛书》第3辑，贵州人民出版社，2012年，第466页。

清代以后，李冰、二郎神话愈发丰富曲折，如《历代都江堰功小传》讲述了李冰仲子李二郎奉父命寻找水患根源，途中得七个猎人帮助，入水擒孽龙，最后把孽龙锁在了伏龙观石柱下的深潭中：

> 二郎为李冰仲子，喜驰猎……世传种种异迹……惟作五石犀，以厌水怪，穿石犀溪于江南，命曰犀牛里。与其友七人斩蛟。又假饰美女，就婚蟹鳞，以入祠劝酒……是二郎克迪前光，以得全蜀人心。①

而到了民国《灌志文徵》卷五刘沅《李公父子治水记》中就将故事敷演得更为详细，将相助李二郎的七个友人传为了"梅山七圣"：

> （李）公酾二渠、斩潜蛟、约水神、瘗石犀，皆合幽显。而持著功能，与大禹治神奸、驱蛇龙，先后一辙，非得道于身，安能有是？且公治水非一处，襄之者亦非一人，若南安、荥经等处，皆尝及之。故离堆之事讹传，而同时若竹氏、毛郎亦赞厥勋，二郎其尤著也。二郎固有道者，承公家学，而年正英韶，犹喜驰猎之事。奉父命而斩蛟。其友七人实助之，世传梅山七圣，谓其有功于民，故圣之。惜仅存其名，又亡其一，亦考古者之憾矣。公本犹龙族子，隐居岷峨，与鬼谷交。张仪筑城不就，兼苦水灾，乃强荐公于秦而任之。公营郡治、致神龟、立星桥、通地脉，功业非一。因其治蜀治水，益州始为天府，故世称曰川主。而世俗不察，第以为其子二郎之功。夫善则归亲，人子之道，况二郎实助其父，史传朗如，安得舍公而专祀之哉！②

----

① ［清］钱茂等：《历代都江堰功小传》，清宣统三年成都刻本。
② 叶大锵等修，罗骏声纂：民国《灌县志》附《灌志文徵》卷五，《中国地方志集成·四川府县志辑》第9册，巴蜀书社，1992年，第631页。

此外，近代二郎故事中还混杂了我们熟悉的"望娘滩"传说和佛教人物，将"擒孽龙"的类小说情节演化得更为精彩，也成为后世戏剧中的经典剧目内容素材来源：

灌县昔有一孝子，家贫，刈草以奉其母。天悯其孝，赐以茂草一丛，日刈复生。异之，掘其地，得大珠一，藏米椟中。翌日启视，米已盈椟。置诸钱柜，钱亦满箱，家因以富。邻里异之，探得其故，求观此珠，而群起夺之。其人大窘，乃纳诸口中。珠滚入腹，渴极求饮，尽其缸水，犹有未足，遂就饮于江。母追之，见已化为龙，仅一足犹未变化。母就执之，悯且恨曰："汝孽龙也！"于是兴波作浪，随江而去，然犹频频回首视母，回首处辄成大滩，故有二十四望娘滩之名也。龙因痛恶乡人之相逼也，乃兴水患以为报复。其后李冰降伏此龙，遂与龙斗，其子二郎佐之。龙不胜，化为人形遁去。有王婆者，观音菩萨之幻形也，助冰擒此孽龙，设面肆于路旁。龙饥往食，面化为铁锁，乃将龙锁系于深潭铁桩之上，故今庙名曰伏龙观也。①

_____

① 林名均：《四川治水者与水神》，载《说文月刊》第3卷第9期，上海说文月刊社，1942年。

第三章

巴蜀民间信仰传说的文化特质

第一节　蚕神信仰及演变

一、汉代以前的早期蚕神

从目前的考古发现来看，我国从新石器时代便开始养蚕了[①]，黄帝正妃西陵氏嫘祖一直被认为是养蚕缫丝的始祖。蚕桑文化崇拜也具有悠久的历史，殷商时期便已有祭祀蚕神的传统[②]，甲骨文中已有关于蚕的最早史料记载。《山海经·海外北经》中提及"欧丝之野在大踵东，一女子跪据树欧丝"，郭璞注曰："言噉桑而吐丝，盖蚕类也。"[③]《诗经》收录有与蚕桑相关的30余首作品，战国荀况还著有《蚕赋》，并出现了"蚕理"的形象："此夫身女好而头马首者与？屡化而不寿者与？善壮而拙老者与？有父母而无牝牡者与？冬伏而夏游，食桑而吐丝，前乱而后治，

[①]　如仰韶文化遗址发掘出大半个经过人工割裂的蚕茧和一个陶纺轮，还有北方丝麻制品；河姆渡遗址出土的骨盅上有蚕纹；良渚文化遗址中有蚕丝实物遗存等。

[②]　冀荟竹：《"嫘祖文化圈"神话传说的历史建构与当代表述》，山西大学硕士论文，2020年，第16页。

[③]　袁珂：《山海经校注》，巴蜀书社，1993年，第290页。

夏生而恶暑，喜湿而恶雨。蛹以为母，蛾以为父。三俯三起，事乃大已。夫是之谓蚕理。"①巴蜀地区很早就有养蚕历史，信奉蚕神，如蜀王蚕丛与养蚕有密切关系，汉代蜀郡有蚕陵县。但在汉代以前，蚕神祭祀其实并没有非常明确的特定对象，一般都用"先蚕"这个文化符号来指称。所谓"先蚕"，即为最早教人们养蚕织丝的神，又称为"先蚕神"，后来祭蚕的仪式亦称为"先蚕"。

汉时蚕神明显与女性联系到了一起，分别有菀窳妇人和寓氏公主两位蚕神。如《后汉书·礼仪志上》言："是月，皇后率公卿诸侯夫人蚕。祠先蚕，礼以少牢。"②汉代卫宏《汉旧仪》卷下还记载了当时皇后率群臣女眷祭祀蚕神的盛况："皇后春桑皆衣青，手采桑以缫三盆茧，示群臣妾从。春桑生而皇后亲蚕于苑中，蚕室养蚕千薄以上；祠以中牢羊豕祭。蚕神曰苑窳妇人、寓氏公主，凡二神。群臣妾从桑，还献于茧观，皆赐从采桑者乐，皇后自行。凡蚕丝絮，织室以作祭服。祭服者，冕服也。天地宗庙群神五时之服，皇帝得以作缕缝衣，皇后得以作巾絮而已。置蚕官令丞，诸天下官下法皆诣蚕室，与妇人从事。故旧有东西织室作治。"③汉代《淮南王蚕经》亦云："西陵氏劝蚕稼，亲蚕始此。"④又云："黄帝元妃西陵氏始蚕，至汉，祀苑窳妇人、寓氏公主。蜀有蚕女马头娘。此历代所祭不同。"⑤所谓苑（菀）窳妇人，指的是在潮湿蚕室中的养蚕妇人，寓氏公主则是寄居于蚕室的公主，她们皆是宫廷皇室中后妃养蚕者的神化代表。宋秦观《蚕书·祷神》中云："卧种之日，升香以祷天驷，

---

① ［清］王先谦撰，沈啸寰、王星贤点校：《荀子集解》，中华书局，1988年，第478—479页。

② ［南朝宋］范晔：《后汉书·礼仪志上》，中华书局，1965年，第3110页。

③ ［清］孙星衍辑：《汉官六种·汉旧仪》卷下，平津馆丛书本。

④ ［元］王祯撰：《农书译注》上册《农桑通诀集之一·蚕事起本》，齐鲁书社，2009年，第7页。

⑤ ［元］王祯撰：《农书译注》下册《农器图谱集之十六·蚕缲门》，齐鲁书社，2009年，第710页。

先蚕也。割鸡设醴，以祷苑（宛）妇人，寓氏公主，盖蚕神也。"①

二、民间蚕神"马头娘"传说

魏晋时，民间蚕神信仰中增添了一位"马头娘"，如三国时期张俨的《太古蚕马记》就记录了较早且完整的蚕马神话：

> 旧说，太古之时，有大人远征。家无余人，唯有一女，壮马一匹，女亲养之。穷居幽处思念其父，乃戏马曰："尔能为我迎得父还，吾将嫁汝。"马既承此言，乃绝缰而去，径至父所。父见马惊喜，因取而乘之。马望所自来，悲鸣不已。父曰："此马无事如此，我家得无有故乎？"亟乘以归。为畜生有非常之情，故厚加刍养。马不肯食，每见女出入，辄喜怒奋击，如此非一。父怪之，密以问女。女具以告父，必为是故。父曰："勿言，恐辱家门。且莫出入。"于是伏弩射杀之，暴皮于庭。父行。女与邻女于皮所戏，以足蹙之曰："汝是畜生，而欲取人为妇耶？招此屠剥，如何自苦？"言未及竟，马皮蹶然而起，卷女以行。邻女忙怕，不敢救之，走告其父。父还求索，已出失之。后经数日，得于大树枝间。女及马皮尽化为蚕，而绩于树上。其茧纶理厚大异于常蚕，邻妇取而养之，其收数倍。因名其树曰桑，桑者丧也。由斯百姓竞种之。今世所养是也。言桑蚕者，是古蚕之余类也。②

晋代干宝《搜神记》中亦基本照抄了这则"马头娘"故事。之后"马头娘"的传说迅速流传开来，后世一些文人亦将马头娘故事写入了自己的诗赋作品中，如北齐颜之推《稽圣赋》："爰有女人，感彼死马，

---

① ［宋］秦观撰：《蚕书》，知不足斋丛书本。
② 上海文艺出版社编：《五朝小说大观》，上海文艺出版社，1991年，第46页。一说《太古蚕马记》乃明人伪托张俨所为。姑录之，存疑。

化为蚕虫，衣被天下。"①又如：

高辛氏时有蚕女，不知姓氏，父为人所掠，惟所乘马在。女念父不食，其母誓于众曰："有得父还者，以此女嫁之。"马闻其言，警跃振迅，绝其拘绊而去。数日，父乃乘马而归。母以誓众之言告之，父曰："誓于人不誓于马。安有人而偶非类乎？"马跑，父怒欲杀之。马愈跑，父射杀之，曝皮于庭。蹶然而起，卷女飞去。旬日，皮复栖于桑上，女化为蚕，食桑叶，吐丝成茧，以衣被于人间。一日，蚕女乘云，驾此马，侍卫数十人，谓父母曰："太上以我身心不忘义，授以九宫仙嫔矣，无复忆念也。"今冢在什邡、绵竹、德阳三县界，每岁祈蚕者，四方云集。蜀之风俗，宫观者塑女像，披马皮，谓之马头娘，以祈蚕焉。②

饲牛须小儿，饲蚕须小女。小女才上头，灵明已如许。堂中一筐复一筐，屋左屋右皆柔桑。挑桑作蚕袞，挑桑作蚕襦。蚕食蚕衣无不足，闲来习静深闺里。一种心情更堪喜，与蚕同眠复同起。蚕行作茧女嫁夫，裁茧作女身上襦。君不见，养蚕虽劳得蚕效，拜得马头娘上轿。③

大风马革飞上天，马革裹侬坠树颠。蜀蚕如牛，吴蚕如马。剪茧作花，插侬髻鬟。④

① ［唐］杜光庭、罗争鸣辑校：《杜光庭记传十种辑校·墉城集仙录》卷六"蚕女"条引，中华书局，2013年，第655页。
② ［清］惠栋撰：《渔洋山人精华录训纂》卷五上《蚕词四首》引《蜀图经》，清乾隆惠氏红豆斋刻本。
③ ［清］洪亮吉：《养蚕词》，载《卷施阁集·诗》卷二〇，洪北江全集增修本。
④ ［清］彭孙贻：《马头娘曲》，载《茗斋集》卷九，四部丛刊续编景写本。

在唐时经由道教的敷演，马头娘传说更加丰富完善，神灵崇拜的意味亦不断增强。从以下两则唐代的蚕女故事中，可以看到马头娘故事在民间传说中的演化轨迹：

蚕女者，当高辛帝时，蜀地未立君长，无所统摄，其父为邻所掠去，已逾年，唯所乘之马犹在。女念父隔绝，或废寝食。其母慰抚之，因誓于众曰："有得父还者，以此女嫁之。"部下之人，唯闻其誓，无能致父归者。马闻其言，惊跃振迅，绝其拘绊而去。数日，父乃乘马归。自此马嘶鸣不肯饮龁。父问其故，母以誓众之言白之。父曰："誓于人而不誓于马，安有人而偶非类乎？"但厚其刍食。马不肯食，每见女出入辄怒目奋击，如是不一。父怒射杀之，曝其皮于庭。女行过其侧，马皮蹴然而起，卷女飞去。旬日得皮于桑树之上，女化为蚕，食桑叶，吐丝成茧，以衣被于人间。父母悔恨，念之不已。忽见蚕女，乘流云，驾此马，侍卫数十人，自天而下，谓父母曰："太上以我孝能致身，心不忘义，授以九宫仙嫔之任，长生于天矣，无复忆念也。"乃冲虚而去。今家在什邡绵竹德阳三县界，每岁祈蚕者，四方云集，皆获灵应。宫观诸处，塑女子之像，披马皮，谓之"马头娘"，以祈蚕桑焉。①

蚕女者，乃是房星之精也。当高辛之时，蜀地未立君长，唯蜀山氏独王一方。其人聚族而居，不相统摄，往往侵啮，恃强暴寡。蚕女所居，在今广汉之部，亡其姓氏。其父为邻部所掠，已逾年，唯所乘马犹在。女念父隔绝，废饮忘食。其母慰抚之，因告誓于其部之人，曰："有能得父还者，以此女嫁之。"部人虽闻其誓，无能

① ［唐］孙颀：《神女传·蚕女》，载文怀沙主编：《隋唐文明》第49卷，古吴轩出版社，2005年，第482页。

致父还者。马闻其言，惊跃振迅，绝绊而去。数月，其父乘马而归。自此，马昼夜嘶鸣，不复饮龁。父问其故，母以誓众之言白之。父曰："誓于人也，不誓于马。安有人而配偶非类乎？马能脱我于难，功亦大矣。所誓之言，不可行也。"马嘶跪愈甚，遂欲害人。父怒，射杀之，曝其皮于庭中。女行过侧，马皮蹶然而起，卷女飞去。旬日，复栖于桑树之上。女化为蚕，食桑叶，吐丝成茧，用织罗绮衾被，以衣被于人间，蚕自此始也。父母悔恨，念之不已。一旦，蚕女乘彩云，驾此马，侍卫数十人，自天而下，谓父母曰："太上以我孝能致身，心不忘义，授以九宫仙嫔之任，长生矣！无复忆念也。"言讫，冲虚而去。今其冢在什邡、绵竹、德阳三县界，每岁祈蚕者，四方云集，皆获灵应。蜀之风俗，诸观画塑玉女之像，披以马皮，谓之马头娘，以祈蚕桑焉。俗云：阁其尸于树，谓之桑，树耻化为虫，故谓之蚕。《稽圣赋》云"爰有女人，感彼死马，化为蚕虫，衣被天下"是也。《阴阳书》云："蚕与马同类。"乃知是房星所化也。[①]

从上可见，唐代孙颀（代宗时人）的《神女传》中对晋时马头娘的蚕马神话明显有极大发展。一是将部分故事情节细化了，增加了故事发生的时间、地点，还添加了一个母亲的角色。二是将原本蚕女自己戏言改为了蚕女之母当众誓言，并删去了蚕女毁誓辱马的情节。三是结尾赋予了蚕女"九宫仙嫔"的道教仙化身份，并且增加了受封仪式。而五代道士杜光庭的《墉城集仙录》中将此神话的情节补充得更加生动丰富，不仅增添了更为详细的蜀山氏故事背景以及蚕女所处的具体位置广汉，在结尾处还丰富了蚕女冢及祈蚕风俗，并给蚕女增加了"房星之精"的身份。这样一来，就将魏晋以来的志异志怪性质直接提升到了仙话传说

---

① ［唐］杜光庭撰，罗争鸣辑校：《杜光庭记传十种辑校·墉城集仙录》，中华书局，2013年，第654—655页。

上，蚕女形象便成为至孝之人，并无之前传说中出尔反尔的恶迹，如此方符合其仙人形象，同时也体现了儒道文化对民众的深刻影响与教化启迪作用。杜光庭在《墉城集仙录·叙》中曾言道："神仙之道百数，非一途所限，非一法所拘也。"①成仙的方式各有不同，蚕女在这里就因"孝"成仙，同时亦契合"忠孝"的社会道德需要与儒家基本伦理思想。

而唐宋之后一直到清代的诸多传奇小说、笔记志传与道教典籍中亦都沿用了这一更具道教身份色彩的马头娘传说，如宋李昉《太平广记》卷四七九"蚕女"条引《原化传拾遗》、宋陈葆光《三洞群仙录》卷九引《女仙传》、清彭遵泗《蜀故》卷七等。马头娘传说在蜀地影响甚为深远，唐时民间还有规模颇大的"马头娘"祭祀活动，每年都吸引了诸多祈蚕者四方云集。不仅如此，在四川什邡、绵竹、德阳等地都有马头娘的坟冢，人们还将马头娘的出生地也安在了蜀地广汉。蜀中寺庙道观中还多供奉有马头娘的雕塑，以祈蚕桑。如明代曹学佺《蜀中神仙记》卷一记载："按：唐《乘异集》云'蜀中寺观多塑女人披马皮，谓之马头娘，以祈蚕事。今有蚕女冢，在什邡、绵竹、德阳三县界。'而新繁蚕丛祠中，旧亦塑女像，皆本此云。"②清道光年间湖州人董蠡舟的《南浔蚕桑乐府·赛神》诗中就列举了民间信仰中的众多蚕神群体，如天驷、嫘祖、菀窳妇人、寓氏公主以及九宫仙嫔马头娘等："神为天驷配嫘祖，或祀菀窳寓氏主。九宫仙嫔马鸣王，众说纷纶难悉数。翁云何用知许事，但愿神欢乞神庇。年年收取十二分，神福散来谋一醉。"③可见，唐宋以来"马头娘"已成为民间重要的蚕神信仰支系，与嫘祖信仰共同流传至今。

① ［唐］杜光庭撰，罗争鸣辑校：《杜光庭记传十种辑校》，中华书局，2013年，第566页。
② ［明］曹学佺：《蜀中神仙记》卷一，明刻本。
③ ［清］汪日桢撰，蒋猷龙注释：《湖蚕述注释》附录引，农业出版社，1987年，第140页。

三、从蜀王蚕丛到青衣神的演变

蚕丛、柏濩①和鱼凫是蜀国最早的三代蜀王。《蜀王本纪》云：

> 蜀王之先，名蚕丛，后代名曰柏濩，后者名鱼凫。此三代各数百岁，皆神化不死。其民亦颇随王化去。鱼凫田于湔山，得仙，今庙祀之于湔。时蜀民稀少。②

蚕丛部族可能因为擅长养蚕而得名，然而《蜀王本纪》和《华阳国志》等早期文献中都没有记载蚕丛与蚕相关之事。汉代时就已有蚕崖谷，并置蚕陵县，与蚕丛有关，但也未涉及养蚕一说。

到了南朝时，传说蜀王蚕丛掌握了养蚕技术，有教民桑蚕之功，亦被民间奉为蚕神。因为常着青衣巡行郊野，教民蚕事，故又被称为"青衣神"。明代《农政全书》："蚕丛都蜀，衣青衣，教民蚕桑，则蜀可蚕。"③关于青衣神的传说在后世亦不少：

> 韦相公（昭度）出镇西川，陈太师（敬瑄）与监护田军容（令孜）坚守城垣，不伏除替。韦于城南荷圣寺置行府，制守三年而归。时王太祖建为行军司马，忽梦一青衣神人，大张其口，及问小将山章。章对曰："青衣乃蜀之地名也，亦有青衣之神，其祠在乎垒内。今城中百姓则易子而食，三军则守陴而哭，可谓穷危之甚，祠庙固乏蒸尝。今青衣之神口开，是土地于公求餙，亦是启其唇齿，露彼腹心之兆也。"其城梦后十日而降，果如所说。④

---

① 柏濩，也称柏灌。
② ［汉］扬雄著，张震泽校注：《扬雄集校注》，上海古籍出版社，1993年，第244页。
③ ［明］徐光启撰：《农政全书》卷三一"蚕桑"，明崇祯十二年刻本。
④ ［五代后蜀］何光远撰：《鉴诚录》卷六"神口开"，学津讨原本。

青衣神即蚕丛氏也。按传，蚕丛氏初为蜀侯，后称蜀王，尝服青衣巡行郊野，教民蚕事。乡人感其德，因为立祠祀之，祠庙遍于西土，罔不灵验。俗概呼之曰青衣神。青神县亦以此得名云。①

（齐）永明二年，萧鉴刺益，治园江南，凿石冢，有椁无棺。得铜器数千种，玉尘三斗，金蚕蛇数万。珠砂为阜，水银为池，珍玩多所不识。有篆云"蚕丛氏之墓"。鉴责功曹何伫坟之，一无所犯，于上立神，衣青衣，即今成都青衣神也。②

到了唐末五代杜光庭所作的《仙传拾遗》中有了更为详细的记载："蜀蚕丛氏王蜀，教人蚕桑，作金蚕数千，每岁首出之，以给民家，每给一所养之蚕必繁孳，罢即归于王。王巡境内，所止之处，民成市。蜀人因其遗事，每年春有蚕市也。"③传说蚕丛教民养蚕，使用的是金蚕，故而蜀中"金蚕"传说也广为流传：

蚕丛氏教人养蚕，作金蚕数十，家给一蚕。后聚而弗给，瘗之江上，为蚕墓。《南史》："齐永明间始兴王萧鉴为益州刺史，于州园得古冢，有金为蚕数斗。鉴一无取，复为起冢，且工同焉。"④

《本草》："金蚕始于蜀中，状如蚕，金色，日食蜀锦四寸。"《寰宇记》："成都圣寿寺有青衣神祠，神即蚕丛氏也。相传蚕丛氏始教人养蚕，时家给一金蚕，后聚而弗给，瘗之江上，为蚕墓。"宋鲁

① 佚名：《绘图三教源流搜神大全》卷七"青衣神"条，《藏外道书》第31册，巴蜀书社，1994年，第815页。
② ［宋］罗泌：《路史·前纪四·蜀山氏》罗苹注，周明：《路史笺注》，巴蜀书社，2021年，第41页。
③ ［宋］高承辑：《事物纪原》卷八"蚕市"条引唐杜光庭《仙传拾遗》，惜阴轩丛书本。
④ ［宋］祝穆撰：《方舆胜览》卷五一"成都府路"，宋咸淳三年刻本。

应龙《闲窗括异》云："金蚕色如金，食以蜀锦。取其遗粪置饮食中，毒人必死。善能致他财，使人暴富，遣之极难，虽水火兵刃不能害。多以金银藏箧置其中，投之路隅，人或收之以去，谓之嫁金蚕也。"①

据文献记载，四川今天的"青神县""青衣江"等地也由蚕丛"青衣神"而得名，如"青神县，本汉南安县地。后周置青神县及青神郡。……昔蚕丛氏衣青衣，以劝农桑，县盖取此为名。"②"今县以青衣江所注也。蚕丛衣青而教蚕事，蜀人神之，故曰青神。又曰水濯衣即青。"③

巴蜀人民为了纪念蚕丛的功绩，在青神县、成都圣寿寺等多处皆为蚕丛立祀，祈求农事顺利丰收，可见对蚕丛的尊敬与敬仰。如唐代李吉甫《元和郡县志》卷三十二："青神即青衣神，在今嘉州界。"④又如宋祝穆《方舆胜览》卷五十一"成都府"："蚕丛祠，蜀王蚕丛氏祠也，今呼为青衣神，在圣寿寺。"⑤

蚕丛信仰在民间的影响甚广，还曾流传到太湖地区。如《湖蚕述》卷四有记载："民间报赛，祀菀窳妇人、寓氏公主，亦无不可，或祀蜀君蚕丛氏亦得。"⑥而当蚕丛信仰流传到江浙一带后，与马头娘结合，又衍生出了新的蚕神"蚕花五圣"。蚕花五圣的形象是额中有一纵目，又身披马皮，很明显是结合了蚕丛与马头娘的双重特征。

时人还常常用"蚕丛"来代指蜀地蜀国，用"蚕丛路"来代指蜀道，

① ［明］曹学佺：《蜀中方物记》卷二"虫"条引，明刻本。
② ［宋］欧阳忞撰，李勇先、王小红校注：《舆地广记》卷二九，四川大学出版社，2003年，第837—838页。
③ ［明］曹学佺：《蜀郡县古今通释》卷二"青神县"，明刻本。
④ ［唐］李吉甫：《元和郡县图志》卷三二《剑南道中》，岱南阁丛书本。
⑤ ［宋］祝穆撰：《方舆胜览》卷五一"成都府路"，宋咸淳三年刻本。
⑥ ［清］汪日桢撰，蒋猷龙注释：《湖蚕述注释》卷四"赛神"条，农业出版社，1987年，第111页。

足见蚕丛其人对外的广泛影响力。如唐代诗人冯涓《蜀驮引》:"昂藏大步蚕丛国,曲颈微伸高九尺。卓女窥窗莫我知,严仙据案何曾识。自古皆传蜀道难,尔何能过拔蛇山。忽惊登得鸡翁碛,又恐碍著鹿头关。"①宋代孔武仲《送希甫使蜀》"山壮蚕丛国,云深杜宇家"②,余靖《送杨学士益州路转运》"花时井邑蚕丛富,徼外人家栈道通"③。李石《秦城二绝》其二"堑成雉堞绕蚕丛,汉栈分明蜀徼通"④一句,就描摹了蜀地被城墙、壕沟围绕的地貌。司马光《仲庶同年兄自成都移长安以诗寄贺》:"蚕丛龟印解,鹑野隼旟新。"⑤"蚕丛"即指代蜀地,"鹑野"则指代秦地。又如清代常纪《黄牛铺至凤县》:"旧说蚕丛险,今知蜀道难。盘云危栈滑,障日秘崖寒。叱驭挥征辔,惊心怯急滩。计程宿凤县,莫放酒杯干。"⑥戴亨《栈道骑驴》:"峻岭危峰斧劈痕,崖悬古木倒生根。诗人爱说蚕丛路,秋雨骑驴过剑门。"⑦金希声《六盘鸟道》:"云封远隔蚕丛月,风劲横飞马足尘。"⑧王煦《六盘山二首》其二:"羊肠历尽又蚕丛,不是登天几万重。"⑨何福堃《途中杂咏》:"路辟蚕丛险,人歌马足瘏。"⑩杨鸾《六盘山》:"平临拂鸟道,合沓绕蚕丛。"⑪从以上诗歌中可看到,"蚕丛"已俨然成为蜀地蜀国蜀道之别称,足以证明蚕丛对蜀地贡献之大,蜀地百姓亦对蚕丛之尊崇。

---

① 中华书局编辑部点校:《全唐诗》(增订本)卷七六〇,中华书局,1999年,第872页。

② 傅璇琮、倪其心等主编:《全宋诗》第15册,北京大学出版社,1991年,第10328页。

③ 傅璇琮、倪其心等主编:《全宋诗》第4册,北京大学出版社,1991年,第2676页。

④ 傅璇琮、倪其心等主编:《全宋诗》第35册,北京大学出版社,1991年,第22328页。

⑤ 傅璇琮、倪其心等主编:《全宋诗》第9册,北京大学出版社,1991年,第6179页。

⑥ 袁永冰编:《栈道诗钞》,陕西人民出版社,2010年,第203页。

⑦ [清]戴亨:《庆芝堂诗集》卷一八,载金毓绂主编《辽海丛书》第4集,辽沈书社,1985年,第1254页。

⑧ 隆德县志编纂委员会:《隆德县志》第三编,宁夏人民出版社,1998年,第122页。

⑨ [清]王煦:《空桐子诗草》卷四,《清代诗文集汇编》第443册,上海古籍出版社,2010年,第677页。

⑩ 固原市地方志编审委员会编:《固原市志下》,宁夏人民出版社,2009年,第1531页。

⑪ [清]杨鸾:《邈云楼集六种》,清乾隆道光间刻本。

四、官方蚕神"嫘祖"信仰

嫘祖，或曰雷祖、累祖，西陵氏，本是黄帝正妃，生青阳和昌意。最初的文献记载中其实并没提到养蚕一说。如《山海经·海内经》："流沙之东，黑水之西，有朝云之国、司彘之国。黄帝妻雷祖，生昌意。"[①]《史记·五帝本纪》："黄帝居轩辕之丘，而娶于西陵之女，是为嫘祖。嫘祖为黄帝正妃，生二子，其后皆有天下。"[②]汉戴德《大戴礼记·帝系》："黄帝居轩辕之丘，娶于西陵氏之子，谓之嫘祖氏，产青阳及昌意。青阳降居泜水，昌意降居若水。昌意娶于蜀山氏。蜀山氏之子谓之昌濮氏，产颛顼。"[③]按此帝系，嫘祖一系与蜀之关系是极为密切的。

北齐、北周时期，随着黄帝地位的日益提高与影响力扩大，才真正将嫘祖与蚕神形象结合在一起，作为统治者钦定的蚕桑主神。《隋书·礼仪志二》载："后齐为蚕坊于京城北之西……每岁季春，谷雨后吉日，使公卿以一太牢祀先蚕黄帝轩辕氏于坛上，无配，如祀先农。礼讫，皇后因亲桑于桑坛……后周制，皇后乘翠辂，率三妃……至蚕所，以一太牢亲祭，进奠先蚕西陵氏神。"[④]元代官修《农桑辑要》中曾梳理历代信奉的蚕神流变："《通典》周制享先蚕。先蚕，天驷也。蚕与马同气。汉制，祭蚕神曰苑窳妇人、寓氏公主。北齐，先蚕祠黄帝轩辕氏，如先农礼。后周祭先蚕西陵氏。"[⑤]宋元之后，历代史志、农书中都将嫘祖认定为唯一的国家祭祀正统蚕神。如宋罗泌《路史·后纪五·黄帝纪上》云："帝之南游，西陵氏殒于道，式祀于行。以其始蚕，故又祀先蚕。"[⑥]罗苹注曰："北齐季春祀先蚕黄帝氏，后周皇后祭先蚕西陵氏。《唐月令》以

---

① 袁珂：《山海经校注》，巴蜀书社，1993年，第503页。
② ［汉］司马迁：《史记》，中华书局，1982年，第10页。
③ 黄怀信等撰：《大戴礼记汇校集注》卷七，三秦出版社，2005年，第783—784、786页。
④ ［唐］魏征等：《隋书·礼仪志二》，中华书局，1973年，第145页。
⑤ ［元］司农司撰：《农桑辑要》卷一《典训》"蚕事起本"条，清乾隆武英殿聚珍版书本。
⑥ 周明：《路史笺注》，巴蜀书社，2021年，第212—213页。

为天驷。天驷马祖，非先蚕也。先蚕，犹先饭先酒，皆祀其始造者。自蚕妇事，亦不得为黄帝。汉世祠苑窠妇人与寓氏公主，亦后世之溢典耳。"①明代沈朝阳《通鉴纪事本末前编》卷一："（黄帝）命元妃西陵氏教民育蚕，治丝茧以供衣服，而天下无皴瘃之患，后世祀为先蚕。"②宋代张君房《云笈七签》、刘恕《资治通鉴外纪》、胡宏《皇王大纪》、元代王祯《农书》、金履祥《通鉴前编·外纪》、清代杨屾《豳风广义》、秦蕙田《五礼通考》等皆有类似记载嫘祖始蚕之功。

嫘祖的传说故事广泛地散播在四川、山西、山东、河南、湖北、浙江等地，形成了内容丰富、体系完整的嫘祖多文化圈层。③如清代李元度《重修南岳志》引《衡湘稽古》中记载了湖南衡山的嫘祖墓："雷祖从帝南游，死于衡山，遂葬之。今岣嵝有雷祖峰，上有雷祖之墓，谓之先蚕冢。其峰下曰西陵路，盖西陵氏始蚕，后人祀之，为先蚕也。"④河南省西平县传说是嫘祖出生地与始蚕之地，被誉为"中国嫘祖文化之乡"。每年农历四月二十三日，当地都要举办盛大庙会"蚕桑节"，用以纪念嫘祖养蚕缫丝的功绩。自2008年始，西平县每年还都要举行嫘祖祭拜大典，并被列为省级非物质文化遗产。

其中，四川盐亭作为嫘祖故里，也备受世人关注。唐时武则天在古西陵氏（今盐亭安家镇鹅溪寺）墙壁上曾题诗赞嫘祖道："丝绸龟手富，见锦鹅溪绢。功比马头娘，映月水三潭。"⑤据唐代赵蕤所作《嫘祖圣地碑》记载，早在蜀王蚕丛时盐亭就专门修建有嫘轩宫，后历经汉代文翁、唐代多次修复，嫘轩宫在盛唐时已成为祭祀嫘祖以及丝绸交易的重要场所：

① 周明：《路史笺注》，巴蜀书社，2021年，第237页。
② ［明］沈朝阳撰：《通鉴纪事本末前编》卷一，明万历四十五年刻本。
③ 冀荟竹：《"嫘祖文化圈"神话传说的历史建构与当代表述》，山西大学硕士论文，2020年，第27—28页。
④ ［清］李元度：《重修南岳志》卷一〇《前献一》引，清光绪九年刻本。
⑤ 何天富：《嫘祖汇典》引《鹅溪寺题诗》，巴蜀书社，2018年，第459页。

曰：女中圣贤王凤，黄帝元妃嫘祖，生于本邑嫘祖山，殃（殒）于衡阳道，尊（遵）嘱葬于青龙之首，碑碣犹存。生前，首创种桑养蚕之法、抽丝编绢之术；谏诤黄帝，旨定农桑，法制衣裳；兴嫁娶，尚礼仪，架宫室；奠国基，统一中原。弼政之功，殁（没）世不忘，是以尊为先蚕。后山青龙场，全貌焕然。黎庶交易，百物咸集，惟丝绸繁多。……宫之前殿为嫘祖殿，敬塑嫘祖、马头娘菀窳、寓氏公主三尊巨像。宫之左右各一长廊，上具桑林殿、育蚕殿、烘茧殿、抽丝殿、编绢殿、制衣殿。忆宫史，据前碑所志，补建于蜀王之先祖蚕丛；后文翁治蜀，大加阔筑。历经兵燹，已三缺三圆矣。古帝耕籍田，后桑蚕宫，春不夺农时即有食，夏不夺蚕工即有衣。衣食足，而后礼乐兴焉，皇图巩焉。是以岁在正月朔八至二月初十，天子庶民，祭祀先蚕典礼之隆，全然帝王祭祀先农之尊。[①]

盐亭县亦留下了诸多与嫘祖相关的神话传说，如：彩凤投怀生嫘祖、王凤采果奉双亲、嫘祖遇旋风发明缫丝车、紫霞坪试养家蚕、水丝山建缫丝房、吉树坡初识天虫、扎草人驱鸟护蚕、西陵宫嫘祖赠丝衣、黄帝西陵纳元妃等。盐亭县东北六十里还有蚕丝山，古时春日，附近女子都会游山祈蚕，如《元丰九域志》载："每上春七日，远近士女多游于此，以祈蚕丝。"[②]至今盐亭县还保存有与蚕桑有关的民俗节庆活动，如嫘祖生日二月初十的春礼，即春日举行"先蚕节"祈求农桑的祭祀活动，还有九月十五日举行的"秋礼"活动，又名"酬蚕节""蚕神会"，感恩先蚕嫘祖，酬谢蚕神赐福。

---

① ［唐］赵蕤：《嫘祖圣地碑》，盐亭民国抄本。
② ［清］常明修，杨芳灿纂：嘉庆《四川通志》卷一八《舆地志十七》引，清嘉庆二十一年刻本。

五、文人笔下的成都蚕市

相传蚕丛教人养蚕，曾作金蚕，用蜀锦喂食。蜀地人民感念蚕丛，不仅为之立祠，还逐渐形成了"蚕市"：

> 蜀蚕丛氏王蜀，教人蚕桑，作金蚕数千，每岁首出之，以给民家，每给一所养之蚕必繁孳，罢即归于王。王巡境内，所止之处，民成市。蜀人因其遗事，每年春有蚕市也。①

唐代成都蚕市多兴起于寺观，人们经常到寺观祈福，于是寺观周围就逐渐发展出了以买卖蚕桑为主的商品交易集市。据学者考证，最迟在唐德宗时期，成都就自发形成了以"蚕市"命名的民间交易场所"草市"。②如南宋王象之《舆地纪胜》中就记载有："《蚕市记》，韦南康文，在华阳县宝历寺，寺有南康像，最得其真。"③嘉庆《四川通志》亦云："《蚕市记》，韦南康撰，在宝历寺，寺有南康像。"④韦南康即韦皋，唐德宗贞元初时（785）曾任西川节度使。此碑文在华阳宝历寺（位于华阳县县治之外），今已佚，推测应当是记录了当时成都地区蚕市的兴旺场景。除此之外，成都蚕市的主要地点还有乾元观、龙兴观、通真观、严真观、大慈寺等。如"成都乾元观在蚕市，创制多年，顷因用军，焚毁都尽"。⑤五代杜光庭《道教灵验记》卷七十二记载："成都贾琼三岁，其母因看蚕市，三月三日过龙兴观门，众齐受箓，遂诣观受童

---

① ［宋］高承辑：《事物纪原》卷八"蚕市"条引唐杜光庭《仙传拾遗》，惜阴轩丛书本。
② 详参刘术：《唐代成都蚕市考》，《重庆科技学院学报》（社会科学版）2016年第11期。
③ ［宋］王象之：《舆地纪胜》补阙卷六"成都府碑记"，清道光二十九年刻本。
④ ［清］常明修，杨芳灿纂：嘉庆《四川通志》卷五八《舆地志五十七》，清嘉庆二十一年刻本。
⑤ ［明］曹学佺：《蜀中神仙记》卷九，明刻本。

子箓一阶。"①《神仙感遇传》卷一记载："忽三月三日满川于学射山至真观看蚕市。"②《茅亭客话》卷五"白虾蟆"条载："伪蜀将季，延秋门内严真观前蚕市，有村夫鬻一白虾蟆。"③《大清一统志》卷三八五引《方舆胜览》："蚕市，在（成都）府城内。《方舆胜览》：蜀民重蚕事，每岁二月望日，于府治东大慈寺前鬻蚕器，谓之蚕市。"④

　　而唐代成都官方亦对蚕市极为重视，出钱出力。如《资治通鉴补》卷二五三记载了唐僖宗乾符六年（879）夏四月西川节度使崔安潜"出库钱千五百缗，分置三市"⑤。而在宋代，太守均会在蚕市时举行官方宴饮活动，如宋陈元靓《岁时广记》卷一"售农用"条引《四川记》云："同州以二月二日与八日为市，四方村民毕集，应蚕农所用，以至车檐、橡木、果树、器用、杂物皆至，其值千缗至万缗者。郡守就于城之东北隅龙兴寺前立山棚，设幄幕乐，以宴劳将史，累日而罢。"⑥

　　五代时，孙光宪撰写的《蚕书》详细记载了蜀地的养蚕业和丝织业盛况。⑦而宋代蚕市更为繁荣，且数量多、规模大，州县所设蚕市甚至能达到十五处之多。如宋黄休复《茅亭客话》记载："蜀有蚕市，每年正月至三月，州城及属县循环一十五处。耆旧相传古蚕藂（丛）氏为蜀主，民无定居，随蚕藂（丛）所在致市居，此之遗风也。又蚕将兴以为名也，因是货蚕农之具，及花木果草药什物。"⑧《方舆胜览》卷五十一

---

① ［唐］杜光庭：《道教灵验记》，［宋］张君房编，李永晟点校：《云笈七签》卷一一九，中华书局，2003年，第2630—2631页。
② ［唐］杜光庭撰，罗争鸣辑校：《杜光庭传十种辑校》，中华书局，2013年，第432页。
③ ［宋］黄休复：《茅亭客话》卷五"白虾蟆"条，载《宋元笔记小说大观》第1册，上海古籍出版社，2007年，第425页。
④ ［清］穆彰阿修，潘锡恩纂：《大清一统志》卷三八五《成都府二》引，四部丛刊续编景旧钞本。
⑤ ［明］严衍：《资治通鉴补》卷二五三，清光绪二年盛氏思补楼活字印本。
⑥ 刘芮方、张杨溦蓁等点校：《岁时广记（外六种）》卷一，浙江大学出版社，2020年，第30页。
⑦ 参见尹良莹：《四川蚕业改进史》，商务印书馆，1947年，第18页。
⑧ ［宋］黄休复：《茅亭客话》卷九"鬻龙骨"条，载《宋元笔记小说大观》第1册，上海古籍出版社，2007年，第449页。

"蚕市"条:"成都古蚕丛之国,其民重蚕事。故一岁之中,二月望日,鬻花木、蚕器于某所者,号蚕市。"①可见当时蜀地蚕桑生产与活动已十分繁盛。宋代田况《成都遨乐诗二十一首》以大规模的组诗形式详细描摹了宋代成都地区的重要节庆活动,其中蚕市就有正月五日州南门蚕市、二十三日圣寿寺(寺内有蚕丛祠)前蚕市、二月八日太慈寺前蚕市、三月九日太慈寺前蚕市。根据元代费著《岁华纪丽谱》记载,可知宋代成都还有正月五日五门蚕市、二月二日宝历寺前蚕市、三月三日学射山至真观前蚕市、二十七日大西门睿圣夫人庙前蚕市等。

由上可知,蚕市的时间大概在每年春正月到三月期间,五代前蜀时期佚名的《五国故事》载:"蜀中每春三月为蚕市。至时货易毕集,阛阓填委。蜀人称其繁盛。"②张澍《蜀典》卷六引赵抃《成都古今记》就记有"三月蚕市"是成都著名的"十二月市"之一。作为四川重要民俗活动的蚕市自然极其繁荣发达,盛行不衰。诗文、笔记、小说、方志中都多有记载来自四面八方的人齐聚于蚕市,场景热闹非凡,如:

> 初杖策以游吴,忽拂衣而向蜀。地惟蚕市,峰号鹤鸣。(南唐陈乔《新建信州龙虎山张天师庙碑》)③

> 蚕市初开处处春,九衢明艳起香尘。(唐卢眉娘《和卓英英锦城春望》)④

> 蚕市归农醉,渔舟钓客醒。(唐薛能《边城寓题》)⑤

① 〔宋〕祝穆撰:《方舆胜览》卷五一"成都府路",宋咸淳三年刻本。
② 〔宋〕佚名撰:《五国故事》卷上,知不足斋丛书本。
③ 〔清〕董浩等编:《全唐文》卷八七六,中华书局,1983年,第9160页。
④ 中华书局编辑部点校:《全唐诗》(增订本)卷八六三,中华书局,1999年,第9820页。
⑤ 中华书局编辑部点校:《全唐诗》(增订本)卷五六〇,中华书局,1999年,第6551页。

蜗庐经岁客，蚕市异乡人。（唐司空图《漫题三首》其二）①

明朝驾幸游蚕市，暗使毡车就苑门。（后蜀花蕊夫人《宫词》）②

春前作蚕市，盛事传西蜀。此邦享先蚕，再拜丝满目。（宋楼璹《织图二十四首·祝谢》）③

地胜异、锦里风流，蚕市繁华，簇簇歌台舞榭。（宋柳永《一寸金》）④

成都好，蚕市趁遨游。夜放笙歌喧紫陌，春邀灯火上红楼。车马溢瀛洲。（宋仲殊《望江南》）⑤

蚕市上除了卖缫丝的蚕具之外，还有箱箧、农具、名花、珍玩、日常品、灵药等，百货杂陈，人声鼎沸，人们宴乐游玩，乐而忘返。如：

锦里。蚕市。满街珠翠。千万红妆。玉蝉金雀，宝髻花簇鸣铛。绣衣长。　日斜归去人难见。青楼远。队队行云散。不知今夜，何处深锁兰房。隔仙乡。（唐韦庄《怨王孙》）⑥

枯桑舒牙叶渐青，新蚕可浴日晴明。前年器用随手败，今冬衣着及春营。倾囷计口卖余粟，买箔还家待种生。不惟箱箧供妇女，

---

① 中华书局编辑部点校：《全唐诗》（增订本）卷六三二，中华书局，1999年，第7301页。
② 中华书局编辑部点校：《全唐诗》（增订本）卷七九八，中华书局，1999年，第9070页。
③ 傅璇琮、倪其心等主编：《全宋诗》，第31册，北京大学出版社，1991年，第19600页。
④ 唐圭璋编：《全宋词》第1册，中华书局，1965年，第25页。
⑤ 唐圭璋编：《全宋词》第1册，中华书局，1965年，第550页。
⑥ 曾昭岷等编：《全唐五代词》正编卷一，中华书局，1999年，第172页。

亦有锄镈资男耕。空巷无人斗容冶，六亲相见争邀迎。酒肴劝属坊市满，鼓笛繁乱倡优狞。蚕丛在时已如此，古人虽没谁敢更？异方不见古风俗，但向陌上闻吹笙。（宋苏辙《记岁首乡俗寄子瞻二首·蚕市》）①

蜀人衣食常苦艰，蜀人游乐不知还。千人耕种万人食，一年辛苦一春闲。闲时尚以蚕为市，共忘辛苦逐欣欢。去年霜降斫秋获，今年箔积如连山。破瓢为轮土为釜，争买不啻金与纨。忆昔与子皆童丱，年年废书走市观。市人争夸斗巧智，野人喑哑遭欺谩。诗来使我感旧事，不悲去国悲流年。（宋苏轼《和子由蚕市》）②

齐民聚百货，贸鬻贵及时。乘此耕桑前，以助农绩资。物品何其夥，碎璅皆不遗。编篍列箱筥，饬木柄镃錤。备用诚为急，舍器工曷施。名花蕴天艳，灵药昌寿祺。根萌渐开发，蕖载相参差。游人衒识赏，善贾求珍奇。予真徇俗者，行观亦忘疲。日暮宴觞罢，众皆云适宜。（宋田况《五日州南门蚕市》）③

龙断争趋利，仁园敞邃深。经年储百货，有意享千金。器用先农事，人声混乐音。蚕丛故祠在，致祝顺民心。（宋田况《二十三日圣寿寺前蚕市》）④

成都火米不论钱，丝管相随看蚕市。款门得得醉清尊，椒浆桂

① 陈宏天、高秀芳校点：《苏辙集》卷一，中华书局，1990年，第18页。
② ［清］王文诰辑注，孔凡礼点校：《苏轼诗集》卷四，中华书局，1982年，第162—163页。
③ 傅璇琮、倪其心等主编：《全宋诗》第5册，北京大学出版社，1991年，第3445页。
④ 傅璇琮、倪其心等主编：《全宋诗》第5册，北京大学出版社，1991年，第3445页。

酒删膻荤。（宋范成大《离堆行》）①

蚕市夜歌歆枕处，峨嵋春雪倚楼时。（宋王禹偁《送冯学士
入蜀》）②

蚕市作为民间极为盛大的重要节俗活动，除了交易外，祈蚕也是必
不可少的。如宋代张君房《云笈七签》"金堂县昌利化玄元观九井验"
条云："每岁三月三日蚕市之辰，远近之人祈乞嗣息，必于井中探得石者
为男，瓦砾为女，古今之所效验焉。"③《元丰九域志》："蚕丝山，每上春
七日，士女游于此山，以祈蚕丝。"④陆游在《上巳书事》诗中亦云："得
雨人人喜秧信，祈蚕户户敛神钱。"⑤明代曹学佺《蜀中风俗记》卷四还
记载有："宋彭永《上元诗》云：'巴人最重上元时，老稚相携看点诗。
行乐归来天向晓，道旁闻得唤蚕丝。'注云：巴俗，元宵三夜，儿童皆
唱巴音彻晓，谓之唤蚕丝。"⑥说明在宋时川东北的巴州地区过元宵节时，
还存在着一种名叫"唤蚕丝"的民间风俗，即儿童们用当地方言（巴
音）彻夜唱歌三夜，用以祈祷养蚕业顺利兴盛。

除成都外，四川其他各地如蓬州、新繁、眉州等地亦都有蚕市。如
《方舆胜览》中的眉州"蚕市"条云："二月十五日，村人鬻器于市，因
作乐纵观，以为蚕市。"⑦明曹学佺《蜀中风俗记》卷四引《蓬州志》云：

① ［宋］范成大撰，富寿荪标校：《范石湖集》卷一八，上海古籍出版社，1981年，第
248页。
② 傅璇琮、倪其心等主编：《全宋诗》第2册，北京大学出版社，1991年，第703页。
③ ［宋］张君房编，李永晟点校：《云笈七签》卷一二二，中华书局，2003年，第2692页。
④ ［宋］王存等编修：《元丰九域志》附录《新定九域志》卷七，中华书局，1984年，第
665页。
⑤ 钱仲联校注：《剑南诗稿校注》卷三二，上海古籍出版社，1985年，第2136页。
⑥ ［明］曹学佺撰：《蜀中风俗记》卷四，明刻本。
⑦ ［宋］祝穆撰：《方舆胜览》卷五三"成都府路"，宋咸淳三年刻本。

"五日号为蚕丛之胜。蚕事自三月起，至九月乃止，谓之九熟蚕。"[1] 又如唐卢求《成都记》："三月三日远近祈蚕福于龙桥，曰蚕市。"[2] 龙桥在成都新繁县南十五里。清雍正《四川通志》卷二十六"新繁县"亦云："蚕市，在县南十五里，俗谓之盘古庙，当即蚕丛氏也。"[3] 可见，新繁龙桥蚕市是在盘古庙前举行。

第二节　巴蜀神仙信仰与神话传说

一、《列仙传》中的巴蜀神仙

两汉之际，黄老之学极为盛行，神仙思想与神仙崇拜成为民间的一种普遍信仰。仙传类典籍也开始出现，最具影响力的当属西汉刘向所著《列仙传》。《列仙传》记录了当时在民间流传的古代神仙的生平事迹，共有三皇五帝至汉成帝时的70余位神仙，反映了当时神仙流传之盛，其中涉及巴蜀地区的神仙、隐士就有葛由、宁封子、彭祖、赤松子等近十人。

葛由

《列仙传》中记载了一则传说：周成王时蜀人葛由好刻木羊卖，引来众人仰慕而追之，随其入山者都得了仙道。

> 葛由者，羌人也。周成王时，好刻木羊卖之。一旦，骑羊而入西蜀，蜀中王侯贵人追之，上绥山，在娥媚山西南，高无极也。随之者不复还，皆得仙道。故里谚曰："得绥山一桃，虽不得仙，亦足

---

① ［明］曹学佺：《蜀中风俗记》卷四，明刻本。
② 刘芮方、张杨澂蓁等点校：《岁时广记（外六种）》卷一八"祈蚕福"引，浙江大学出版社，2020年，第199页。
③ ［清］黄廷桂等修，张晋生等纂：雍正《四川通志》卷二六，台湾商务印书馆，1986年，第826页。

以豪。"山下立祠数十处云。①

晋代干宝《搜神记》卷一，宋代《太平广记》卷二二五、《太平寰宇记》卷七十四"眉州"，明代曹学佺《蜀中神仙记》卷四、万历《四川总志》卷十"顺庆府"，清彭遵泗《蜀故》卷二十一、陈祥裔《蜀都碎事》卷二、雍正《四川通志》卷三十八都记载了相同的故事，可见其传播之久远。在唐时，李白热衷于访仙求道，对仙道类故事也特别青睐，神仙信仰与仙话传说对其作品影响甚深。李白在不少诗中都引用了这则典故，可见其对求仙成道的向往之情，如《登峨眉山》"倘逢骑羊子，携手凌白日"②、《留别曹南群官之江南》"却恋峨眉去，弄景偶骑羊"③等。

后世亦多歌咏葛由其事，"骑羊成仙""木羊随葛由""上绥山"等成为常用典故。如北周庾信《道士步虚词十首》其十："经沧林虑李，旧食绥山桃。"④唐代皇甫松《大隐赋》："遇茅狗之迎酒姬，逢木羊之随葛由。"⑤明代杨慎《药市赋》："逢茅龙之卫叔，遇木羊之葛由。"⑥李濂《寿舅翁赋》："葛由骑羊而与游兮，伯阳驻牛而与言。"⑦清代陈瑚《秋水怀瑞五山中》："绥山高立万峰头，别去成仙似葛由。"⑧陈景元《绍古辞》："一身将逝迈，散发行且歌。愿从葛由去，去上绥山阿。"⑨

崔文子

《列仙传》记录了崔文子的事迹：

---

① 王叔岷：《列仙传校笺》，中华书局，2007年，第50页。
② ［清］王琦注：《李太白全集》卷二一，中华书局，1977年，第968页。
③ ［清］王琦注：《李太白全集》卷一五，中华书局，1977年，第709页。
④ 逯钦立辑校：《先秦汉魏晋南北朝诗》，中华书局，1983年，第2351页。
⑤ ［清］陈元龙辑：《历代赋汇·外集》卷一一，清康熙四十五年刻本。
⑥ 王文才、万光治主编：《杨升庵丛书》第3册，天地出版社，2002年，第80页。
⑦ ［明］李濂撰：《嵩渚集》卷一，明嘉靖二十五年刻本。
⑧ ［清］陈瑚撰：《确庵文稿》卷七上，清康熙刻本。
⑨ ［清］陈景元撰：《陈石闾诗》卷二四，民国十七年刻本。

> 崔文子者，太山人也。文子世好黄、老事，居潜山下。后作黄散赤丸，成石父祠，卖药都市，自言三百岁。后有疫气，民死者万计。长吏之文所请救，文拥朱幡，系黄散，以徇人门，饮散者即愈，所活者万计。后去在蜀，卖黄散，故世宝崔文赤黄散，实近于神焉。①

据此记载，崔文子本为泰山人，好黄老事，作黄散赤丸，某年疫疾为虐，崔文子用此黄散救了万人性命，后来他就到了蜀地卖黄散。可见在最初的故事传说中崔文子其实是个名医。因其善治丹药，故而道家亦广为宣扬其丹方神通。如《抱朴子·内篇》记载："崔文子丹法，内丹鹜腹中，蒸之服，令人延年，长服不死。"②《云笈七签》还详细记载有《崔文子法》治丹药的配方和操作过程。其医方在后世亦有流传，如南宋张杲《医说》中有载，《辨正论》亦著录有《崔文子经》一部七卷和《崔文子肘后经》一卷。

此外，崔文子故事在汉代还有另一个版本流传，如《楚辞·天问》："白蜺婴茀，胡为此堂？安得夫良药，不能固臧？"东汉王逸注云："言崔文子学仙于王子侨，子侨化为白蜺而婴茀，持药与崔文子，崔文子惊怪，引戈击蜺，中之，因堕其药，俯而试之，王子侨之尸也。"③又《汉书·郊祀志上》"形解销化"句下应劭注引《列仙传》另有一段记载："崔文子学仙于王子乔，（王子乔）化为白蜺，文子惊，引戈击之，俯而见之，王子乔之尸也，须臾则为大鸟飞而去。"④这段传说与今本《列仙传》"崔文子"条的故事已全然不同。这段白蜺故事在《搜神记》卷一中记载比较完备：

---

① 王叔岷：《列仙传校笺》，中华书局，2007年，第95页。
② ［晋］葛洪撰：《抱朴子·内篇》卷四《金丹》，平津馆丛书本。
③ ［宋］洪兴祖撰，白化文等点校：《楚辞补注》，中华书局1983年．第101页。
④ ［汉］班固：《汉书》，中华书局，1962年，第1204页。

> 崔文子者，泰山人也。学仙于王子乔。子乔化为白蜺，而持药
> 与文子。文子惊怪，引戈击蜺，中之，因堕其药。俯而视之，王子
> 乔之尸也。置之室中，覆以敝筐。须臾，化为大鸟。开而视之，翻
> 然飞去。[①]

崔文子师从王子乔修仙法，王子乔化为白蜺给崔文子送药，崔文子
受惊失手杀掉了白蜺，结果发现白蜺是王子乔所变，而王子乔的尸身又
化为大鸟飞走。整个故事比今本《列仙传》所记更加丰富生动，想象奇
特，亦更体现志怪小说诡谲奇幻的神异色彩。

邗子

周时人邗子好道，曾居于蜀地，往来蜀山百余年。《列仙传》卷下也
记录邗子的事迹：

> 邗子者，自言蜀人也。好放犬子，时有犬走入山穴，邗子随入
> 十余宿，行度数百里，上出山头，上有台殿宫府，青松树森然。仙
> 吏侍卫甚严，见故妇主洗鱼，与邗子符一函并药，便使还与成都令
> 桥君，桥君发函，有鱼子也。著池中养之，一年皆为龙形。复送符
> 还山上，犬色更赤，有长翰，常随邗子往来百余年，遂留止山上。
> 时下来护其宗族。蜀人立祠于穴口，常有鼓吹传呼声。西南数千里
> 共奉祠焉。[②]

宋代张君房《云笈七签》卷一〇八、元代赵道一《历世真仙体道
通鉴》卷三、明代王圻《续文献通考》卷二四一记载皆同。晋代郭元
祖《列仙传·邗子赞》曰："邗子寻犬，宕入仙穴，馆阁峨峨，青松列

---

① ［晋］干宝撰，钱振民点校：《搜神记》卷一，岳麓书社，2015年，第3页。
② 王叔岷：《列仙传校笺》，中华书局，2007年，第161页。

列，受符传药，往来交接，遂栖灵岑，音响昭徹。"①明代丰坊《宛在亭歌为宗伯昭赋》亦云："既闻灵妃解环佩，复道邡子骖蛟龙。"②明代曹学佺《蜀中神仙记》卷五引《道钥记》又敷演了一些神异情节，渲染了邡子成仙途中遭遇的瓶颈以及恩泽亲族的事迹，甚至还详细考证了"月生之月"与巴郡邡山遗迹以证其事：

> 按《道钥记》，"昔蜀邡子已成丹，不能出神。有仙童来告，曰：'月生之月，君之亲族犹有不禁者，阴德未远，故迟君成仙期耳。'邡子于是家书一纸与之。明年，蜀大疫，邡子亲族无一人染者。"予考缉柳编所载：鸡生于寅，正月食鸡者夺算。豕生于卯，鸭生于辰，鱼生于巳，蟮生于午，蝦（虾）生于未，鳖生于申，鹅生于酉，犬生于戌，蟹生于亥，羊生于子，牛生于丑，当其月食之，俱不利。此即仙童月生之说也。《华阳国志》巴郡名山有石书"邡山"，即邡仙逐犬处也。③

这类仙话传说在蜀地的影响力很大，后世一直都有很多相关的故事流传，甚至还有相关的民俗或者遗迹（祠庙）留存。

容成公

早在相传战国时列御寇所作《列子·汤问》中就有关于容成公的简单记载："唯黄帝与容成子居空峒之上，同斋三月，心死形废；徐以神视，块然见之，若嵩山之阿；徐以气听，硆然闻之，若雷霆之声。"④

汉代又赋予了容成公黄帝师的身份，如《列仙传》卷上："容成公者，自称黄帝师，见于周穆王。能善补导之事。取精于玄牝，其要，谷

---

① 王叔岷：《列仙传校笺》，中华书局，2007年，第201页。
② ［明］丰坊撰：《万卷楼遗集》卷四，明万历四十五年刻本。
③ ［明］曹学佺：《蜀中神仙记》卷五，明刻本。
④ 杨伯峻撰：《列子集释》卷五，中华书局，1979年，第157—158页。

神不死，守生养气者也。发白更黑，齿落更生，事与老子同。亦云，老子师也。"①《淮南子·修务训》则言容成公为黄帝臣，能造历法和观天文星象："昔者，苍颉作书，容成造历。"高诱注："容成，黄帝臣。造作历，知日月星辰之行度。"②但是后世对容成公的事迹流传更多的还是《列仙传》中能白发返黑，齿落更生，擅长养气修身。尤其是道家对容成公极为推崇，在道教传记里频频为其列传，如《神仙传》中记载："容成公行玄素之道，延寿无极。"③元赵道一《历世真仙体道通鉴》卷一："有容成公善补导之术，守生养气，谷神不死，能使白发复黑、齿落复生。黄帝慕其道，乃造五城十二楼，以候神人。"④

后世传说容成公曾经在福建太姥山炼丹，后又隐居崆峒山（四川平武县）修炼，活了两百多岁，还将之奉为蜀中八仙之首，如：

晋容成公，谯秀《蜀记》载："蜀之八仙，首容成公。云即鬼容区，隐于鸿蒙，今青城山也。"按：葛洪《枕中书》云："容成子、力黑子为岷山真人。"今元子、五子为岷山侯，鬼谷先生为太元师，治青城山。⑤

赤松子

赤松子最早见于《楚辞·远游》："闻赤松之清尘兮，愿承风乎遗则。"⑥但是诗句中并未言及赤松子的神仙身份及事迹，只能看出战国时赤松子传说应已有流传，其形象亦是清高绝尘的。到了汉代，赤松子已

---

① 王叔岷：《列仙传校笺》，中华书局，2007年，第14页。
② 刘文典撰，冯逸、乔华点校：《淮南鸿烈集解》，中华书局，1997年，第646页。
③ ［晋］葛洪撰，胡守为校释：《神仙传校释》卷七，中华书局，2010年，第257页。
④ ［元］赵道一：《历世真仙体道通鉴》卷一，《道藏》第5册，文物出版社、上海书店、天津古籍出版，1988年，第110页。
⑤ ［清］彭洵辑：《青城山记》卷下，清光绪刻本。
⑥ ［宋］洪兴祖撰，白化文等点校：《楚辞补注》，中华书局1983年，第164页。

具备了仙家身份与神通，传说其乃神农时雨师，服水玉，能入火自烧，常至昆仑山与西王母交游：

> 赤松子者，神农时雨师也。服水玉，以教神农，能入火自烧。往往至昆仑山上，常止西王母石室中，随风雨上下。炎帝少女追之，亦得仙俱去。高辛时，复为雨师。今之雨师本是焉。①

汉代文学家多通过仙游想象，表达自己对神仙世界的向往，赤松子也频频出现在这类主题叙事中，成为著名的神仙代表人物。如扬雄《太玄赋》中畅想与赤松子、王乔等神仙一起神游："纳僑禄于江淮兮，揖松乔于华岳。升昆仑以散发兮，踞弱水而濯足。"②东汉班彪《览海赋》描述了神游过程中遇见仙人赤松子、王乔及西王母，并请韩众与岐伯讲解仙书："松乔坐于东序，王母处于西箱。命韩众与岐伯，讲神篇而校灵章。"③又《焦氏易林·观之剥》："寿如松乔，与日月俱。常安康乐，不罹祸忧。"④《淮南子·齐俗训》："今夫王乔、赤诵子，吹呕呼吸，吐故内新，遗形去智，抱素反真，以游玄眇，上通云天。"高诱注："赤诵子，上谷人也，病疠入山，导引轻举。"⑤这里的赤诵子即赤松子。赤松子不但具有如长生、通天等诸多神仙本事，而且时人还总结了他们吐纳调息的方法。又如桓谭在《仙赋》中想象自己与王乔、赤松子同游仙界，得道成仙：

> 余少时为中郎，从孝成帝出祠甘泉河东，见郊。先置华阴集灵宫，宫在华山下，武帝所造，欲以怀集仙者王乔、赤松子，故名殿

① 王叔岷：《列仙传校笺》，中华书局，2007年，第1页。
② 费振刚、仇仲谦、刘南平校注：《全汉赋校注》，广东教育出版社，2005年，第285页。
③ 费振刚、仇仲谦、刘南平校注：《全汉赋校注》，广东教育出版社，2005年，第355页。
④ 刘黎明：《焦氏易林校注》卷三，巴蜀书社，2011年，第378页。
⑤ 刘文典撰，冯逸、乔华点校：《淮南鸿烈集解》，中华书局，1997年，第361页。

为"存仙"。……夫王乔赤松，呼则出故，翕则纳新。夭矫经引，积气关元。精神周洽，晛塞流通。乘凌虚无，洞达幽明。诸物皆见，玉女在旁。仙道既成，神灵攸迎。[①]

赤松子亦成为后世游仙类诗文中的常客。如曹操《陌上桑》："济天汉，至昆仑，见西王母，谒东君，交赤松，及羡门，受要秘道爱精神。"[②]阮籍《咏怀八十二首》其三十二："愿登太华山，上与松子游。"[③]庾阐《游仙诗十首》其三："邛疏炼石髓，赤松漱水玉。凭烟眇封子，流浪挥玄俗。"[④]李白《古风五十九首》其二十："萧飒古仙人，了知是赤松。"[⑤]

宋代《太平寰宇记》中也记载了关于赤松子的传说，而且还补充了赤松子传说内容，详细解释道赤松子是在金华山被火烧而后成仙的，因为在其升天之处有赤松涧，且山上有赤松祠，故被称为"赤松子"。古时松潘还存有"赤松观"遗迹："赤松观在古松（潘）之南，世传三皇时雨师，随风雨上下，莫知其迹，于此地飞升，后人立祠焉。元鼎失驭，兵燹之余，其迹尚存。"[⑥]

陆通（接舆）

传说中的楚狂接舆，《列仙传》中记录了其在峨眉山隐居修道的经历："陆通者，云楚狂接舆也。好养生，食橐卢木实及芜菁子。游诸名山，在蜀娥媚山上，世世见之，历数百年去。"[⑦]陆通（接舆）作为著名隐士，晋代嵇康《高士传》还有更为详细的生平事迹记载：

---

① 费振刚、仇仲谦、刘南平校注：《全汉赋校注》，广东教育出版社，2005年，第341页。
② 逯钦立辑校：《先秦汉魏晋南北朝诗》，中华书局，1983年，第348页。
③ 逯钦立辑校：《先秦汉魏晋南北朝诗》，中华书局1983年，第503页。
④ 逯钦立辑校：《先秦汉魏晋南北朝诗》，中华书局，1983年，第875页。
⑤ ［清］王琦注：《李太白全集》卷二，中华书局，1977年，第114页。
⑥ ［明］曹学佺：《蜀中边防记》卷一，明刻本。
⑦ 王叔岷：《列仙传校笺》，中华书局，2007年，第48页。

狂接舆，楚人也，耕而食。楚王闻其贤，使使者持金百镒聘之，曰："愿先生治江南。"接舆笑而不应。使者去，妻从市来，曰："门外车马迹何深也？"接舆具告之。妻曰："许之乎？"接舆曰："富贵，人之所欲，子何恶之？"妻曰："吾闻至人乐道，不以贫易操，不为富改行。受人爵禄，何以待之？"接舆曰："吾不许也。"妻曰："诚然，不如去之。"夫负釜甑，妻戴纴器，变姓名，莫知所之。尝见仲尼，歌而过之，曰："凤兮凤兮，何德之衰？往者不可谏，来者犹可追。"后更名陆通，好养性，在蜀峨嵋山上，世世见之。①

此外，晋皇甫谧《高士传》、刘宋刘孝标注《世说新语》、唐代王松年《仙苑编珠》卷下都曾言道接舆为避楚而入蜀，后隐居于峨眉山。峨眉山至今仍有接舆歌凤台，如明王士性《游峨眉山记》曰："一平台可坐数人，覆以翠竹，为歌凤台，云接舆避楚而隐地也。"②清光绪时峨眉知县宋家蒸还写有《歌凤台》：

歌凤讥孔人，狂吟生悲风。一从征聘来茅庐，门前车辙交西东。其妻见之忽惊讶，相与负釜栖此中。历数百年尚不死，往往有人逢厥踪。昔读列仙高士传，传疑传信焉能穷。神仙有之今安在，蔓草荒烟山径空。浮名浮利信梦幻，服食求仙我亦庸。悠悠千载何终极，此意不可问苍穹。何如领去清泉酿美酒。携之听风听水高酌登云峰。③

此外，诗文中也多引用"楚狂接舆"的典故，但此典故主要是源于

---

① ［宋］李昉等：《太平御览》卷五〇九《逸民部九》引，第3册，中华书局，1960年，第2319页。
② ［清］蒋超撰：《峨眉山志》卷九《艺文》引，清道光七年刻本。
③ 释永寿主编：《峨眉山诗》，2002年。

《论语·微子》记载衍生出的"凤歌""笑孔丘"等，诗人通过自比"楚狂接舆"以示自己的不羁个性或归隐思想。如唐陈子昂《感遇三十八首》其三十六："念与楚狂子，悠悠白云期。"[1]王维《辋川闲居赠裴秀才迪》："复值接舆醉，狂歌五柳前。"[2]多称颂接舆狂放不羁的隐士之风，借之表达诗人自身渴望隐居避世的思想。

宁封子

《列仙传》卷上记载宁封子本为黄帝时陶正，能作五色烟：

> 宁封子者，黄帝时人也。世传为黄帝陶正，有人过之，为其掌火，能出五色烟，久则以教封子，封子积火自烧，而随烟气上下，视其灰烬，犹有其骨，时人共葬于宁北山中，故谓之宁封子焉。[3]

《列仙传》中宁封子积火自烧而死，是一种尸解成仙的方法，庾阐《游仙诗十首》其六中亦云宁封子炼骨成仙："赤松游霞乘烟，封子炼骨凌仙。"[4]明代李维桢《金陵元夕前四首次韵》："烟学宁封成五色，树分嵩室种三花。"[5]

到了前秦郭嘉《拾遗记》中又添加了宁封子复活的情节："仙人宁封食飞鱼而死，二百年更生。"[6]食鱼升仙的故事在后世一直流传，如明代黄省曾《步出夏门行》："仙人宁封，曾饵飞鱼。"[7]邝露《哭素友一瓢》："徒闻饥厞（虎）凋单豹，不饵飞鱼死宁封。"[8]但是清人却对食鱼之事

① 中华书局编辑部点校：《全唐诗》（增订本）卷八三，中华书局，1999年，第891页。
② 中华书局编辑部点校：《全唐诗》（增订本）卷一二六，中华书局，1999年，第1267页。
③ 王叔岷：《列仙传校笺》，中华书局，2007年，第4页。
④ 逯钦立辑校：《先秦汉魏晋南北朝诗》，中华书局，1983年，第875页。
⑤ ［明］李维桢撰：《大泌山房集》卷四，明万历三十九年刻本。
⑥ ［晋］王嘉撰，孟庆祥、商微姝译注：《拾遗记译注》卷一，黑龙江人民出版社，1989年，第10页。
⑦ ［明］黄省曾撰：《五岳山人集》卷五，明嘉靖刻本。
⑧ ［明］邝露撰：《峤雅》卷二，清刻本。

抱有一种质疑态度，如汪学金《秦易堂同年招游隐仙庵和石君师韵》："净明忠孝神仙业，便是旌阳度世书。却笑道家传服食，劝人常饵宁封鱼。"①又清代李汝珍《镜花缘》第十五回"喜相逢师生谈故旧，巧遇合宾主结新亲"中，记载了唐敖、多九公与林之洋三人路过玄股国时，在海边看国人网鱼，于是开始讨论"飞鱼"故事。多九公讲述飞鱼的来源，言道："当日黄帝时，仙人宁封吃了飞鱼，死了二百年，复又重生。岂但医痔，还能成仙哩！"林之洋却道："吃了这鱼，成了神仙，虽是快活，就只当中死的二百年糊里糊涂，令人难熬。"②从小说人物的戏谑笑谈可见，宁封食鱼复生的故事在民间一直具有世俗化的演绎附会。

唐时道教盛行，又对宁封子的身份进行了加工，将其纳入道教仙师体系，赋予其授道黄帝的帝师身份，宁封子亦被封为"五岳丈人"，乃为五岳上司，能直接敕令五岳神灵，道教经典中多有记载：

> 宁封先生栖于蜀之青城山北岩。黄帝师焉，请问三一之道。先生曰："吾闻天真皇人被太上敕，近在峨嵋，达三一之源，可师而问之也。"因以《龙蹻经》授黄帝。黄帝受之，能策云龙，以游八极。乃筑坛其上，拜宁君为五岳真人，使川岳百神清都受事。乃入峨嵋北岩，受皇人三一之道，周旋海岳，车辙存焉。又云：黄帝封宁君主五岳上司，岳神以水报刻漏于此，是谓六时水。阴时即飘然而洒，阳时即无。③

> 《道教灵验经》曰："黄帝诣青城宁先生，受《龙蹻经》，封先生为五岳丈人，戴盖天之冠，著朱光之袍，佩三庭之印，与溈山司

---

① ［清］汪学金撰：《静厓诗稿·后稿》卷一二，清乾隆刻嘉庆增修本。
② ［清］李汝珍：《镜花缘》，上海古籍出版社，1991年，第63页。
③ ［元］赵道一：《历世真仙体道通鉴》卷三，《道藏》第5册，文物出版社、上海书店、天津古籍出版，1988年，第114页。

命、庐山使者并称五岳上司，敕五岳神，月再朝焉。虚中洒水，以代晷漏，今名六时水是也。"按：宁先生名封，居青城之大面山，黄帝礼之，见《玉匮经》、《上清》及《青城》等记。①

宁封子修道之处在青城山，唐时名为丈人观，即今建福宫，是青城山著名的道教宫观之一，至今香火不绝，热闹非凡。唐以来的方志、诗文中亦多有关于宁封子与青城山丈人观、丈人峰（山）的传说记载，如杜甫《丈人山》："自为青城客，不唾青城地。为爱丈人山，丹梯近幽意。丈人祠西佳气浓，缘云拟住最高峰。扫除白发黄精在，君看他时冰雪容。"②唐末李真《丈人山诗》："春冻晓鞯露重，夜寒幽枕云生。岂是与山无素，丈人著帽相迎。"③宋代祝穆《方舆胜览》卷五十五载："丈人观，在青城北二十里，今名会庆建福宫。旧记云：'昔宁封先生栖于北岩之上，黄帝师焉，乃筑坛，拜宁君为五岳丈人。'"④清陈祥裔《蜀都碎事》卷一引《蜀本记》云："天国山在灌县，左连大面，右连鹤鸣，前临狮子，后枕大隋。上有龙池及融照寺。按：即天国寺，云是黄帝筑坛封宁封处。"⑤《大清一统志》卷三八六："（宁封）黄帝时人，隐居青城山丈人峰下，黄帝从之问龙跷飞行之道。自唐以来，号五岳丈人、储福宣命真君。"⑥

彭祖

传说活了八百岁的彭祖，姓篯名铿，帝颛顼之玄孙，精于补养导引行气之术，历夏至商末，年已七百六十岁（一说八百余岁）而不衰。早

① ［明］曹学佺：《蜀中神仙记》卷一，明刻本。
② ［清］仇兆鳌注：《杜诗详注》卷一〇，中华书局，1999年，第826页。
③ 中华书局编辑部点校：《全唐诗》（增订本）卷八六一，中华书局，1999年，第9790页。
④ ［宋］祝穆撰：《方舆胜览》卷五五"成都府路"，宋咸淳三年刻本。
⑤ ［清］陈祥裔：《蜀都碎事》卷一引，清康熙刻本。
⑥ ［清］穆彰阿修，潘锡恩纂：《大清一统志》卷三八六《成都府三》，四部丛刊续编景旧钞本。

在战国时就有关于彭祖长寿的传说，如《庄子·内篇·逍遥游》："而彭祖乃今以久特闻，众人匹之，不亦悲乎！"[①] 又《大宗师》："彭祖得之，上及有虞，下及五伯。"[②]《楚辞·天问》："彭铿斟雉，帝何飨？受寿永多，夫何久长？"东汉王逸注："彭铿，彭祖也。好和滋味，善斟雉羹，能事帝尧，尧美而飨食之。……言彭祖进雉羹于尧，尧飨食之以寿考。彭祖至八百岁，犹自悔不寿，恨枕高而唾远也。"[③]

汉代《列仙传》卷上亦记录有彭祖通过服食桂芝、导引行气而长寿，最终升仙的事迹，此时的彭祖已具备了仙人特性：

> 彭祖者，殷大夫也。姓籛，名铿，帝颛顼之孙，陆终氏之中子。历夏至殷末，八百余岁。常食桂芝，善导引行气。历阳有彭祖仙室，前世祷请风雨，莫不辄应。常有两虎在祠左右，祠讫地即有虎迹云。后升仙而去。[④]

《搜神记》卷一记载类同。在汉代关于彭祖传说仍主要集中在赞颂其因修炼而长寿，并且常与王乔等神仙一同出现，如：

> 彭祖寿年八百岁，犹恨唾远。[⑤]

> 彭祖九子，据德不殆。南山松柏，长受嘉福。（汉焦延寿《焦氏易林·乾之蛊》）[⑥]

---

① ［清］郭庆藩撰，王孝鱼点校：《庄子集释》卷一上，中华书局，1961年，第11页。
② ［清］郭庆藩撰，王孝鱼点校：《庄子集释》卷三上，中华书局，1961年，第247页。
③ ［宋］洪兴祖撰，白化文等点校：《楚辞补注》，中华书局1983年．第116页。
④ 王叔岷：《列仙传校笺》，中华书局，2007年，第38页。
⑤ ［汉］应劭撰，吴树平校释：《风俗通义校释·佚文》，天津人民出版社，1980年，第450页。
⑥ 刘黎明：《焦氏易林校注》卷一，巴蜀书社，2011年，第9页。

骑龙乘凤，上见神公。彭祖受剌，王乔赞通。巫咸就位，拜寿无穷。（《焦氏易林·家人之剥》）①

作为仙话中的代表人物，彭祖和赤松子、王乔，经常出现在文学作品中。王乔，即王子乔，据《列仙传》本名晋，为周灵王太子，遇道士浮丘公，接引上嵩山，后在缑氏山巅乘鹤仙去。松乔，即赤松子和王乔。这三人皆由俗而成仙，或因修炼而长寿，或得道士指点而能飞，或服仙药而能避火，都因长生不老或超凡的本领而成为汉代神仙信仰的重要崇拜对象。而且汉代传说中的彭祖还带有"祷请风雨，莫不辄应"的济世为怀特征，体现了汉代神仙崇拜注重现实性和致用性的特征。

魏晋以后，彭祖传说经由仙话和志怪志异小说的敷演，又增添了一些新的情节，如殷王遣彩女问道彭祖、彭祖避祸远遁流沙国西，在晋代葛洪的《神仙传》《抱朴子》中都有详细记载。如：

（殷王）乃令采女乘轻辇而往，问道于彭祖。采女再拜，请问延年益寿之法，彭祖曰："……仆遗腹而生，三岁失母，遇犬戎之乱，流离西域百有余年，加以少怙，丧四十九妻，失五十四子，数遭忧患，和气折伤，令肌肤不泽，荣卫焦枯，恐不得度世。所闻素又浅薄，不足宣传。"……乃去，不知所在。其后七十余年，闻人于流沙之西见之。②

按《彭祖经》云："其自帝喾佐尧，历夏至殷为大夫。殷王遣彩女从受房中之术，行之有效，欲杀彭祖以绝其道。彭祖觉焉而逃去，去时年七八百余"，非为死也。《黄石公记》云："彭祖去后七十余年，门人于流沙之西见之"，非死明矣。又彭祖之弟子青衣乌公、

① 刘黎明：《焦氏易林校注》卷三，巴蜀书社，2011年，第645页。
② ［晋］葛洪撰，胡守为校释：《神仙传校释》卷一，中华书局，2010年，第15—16、18页。

黑穴公、秀眉公、白兔公子、离娄公、太足君、高丘子、不肖来七八人，皆历数百岁，在殷而各仙去，况彭祖何肖死哉。①

彭祖言天上多尊官大神，新仙者位卑，所奉事者非一，但更劳苦，故不足役役于登天，而止人间八百余年也。又云：古之得仙者，或身生羽翼，变化飞行，失人之本，更受异形，有似雀之为蛤、雉之为蜃，非人道也。人道当食甘旨，服轻暖，通阴阳，处官秩，耳目聪明，骨节坚强，颜色悦怿，老而不衰，延年久视，出处任意，寒温风湿不能伤，鬼神众精不能犯，五兵百毒不能中，忧喜毁誉不为累，乃为贵耳。若委弃妻子，独处山泽，邈然断绝人理，块然与木石为邻，不足多也。②

时人对彭祖的身世来历也作了更为详尽的阐释，尤其是加强了彭祖与蜀的联系，或云其本为蜀人，如晋常璩《华阳国志·序志》："则彭祖本生蜀，为殷太史。夫人为国史，作为圣则，仙自上世，见称在昔。"③或云其游历四方后入蜀，如明万历《四川总志》卷十五"眉州"下"仙释"条："周彭祖，古陆终氏第三子篯铿也。自尧历夏，殷时封于天彭。周始衰，浮游四方，晚入蜀，抵武阳家焉。"④

魏晋以后彭祖的形象更趋于恬静无为、修身养性、延年益寿、逍遥世间的养生之士，受到追求性真自由的文人雅士的赞美青睐。其长寿形象也频频被用作寿词祝愿，如南宋王以宁《鹧鸪天》："龟界寿，鹤为形。年年长愿见仪刑。他年林下逢彭祖，唤作谁家小后生。"⑤史浩《望

---

① ［晋］葛洪撰：《抱朴子·内篇》卷一三《极言》，平津馆丛书本。
② ［晋］葛洪撰：《抱朴子·内篇》卷三《对俗》，平津馆丛书本。
③ 任乃强校注：《华阳国志校补图注》卷一二，上海古籍出版社，1987年，第727页。
④ ［明］虞怀忠、郭棐等纂修：万历《四川总志》卷十五，万历九年木刻本，第84页。
⑤ 唐圭璋编：《全宋词》第2册，中华书局，1965年，第1067页。

海潮·庆八十》："彭祖一分，庄椿十倍，千秋未足多言。"①洪咨夔《祝英台近·为老人寿》："须知命带将来，福推不去，稳做个荣华彭祖。"②

据传说，彭祖后来隐居于蜀地彭亡山（后改名为彭祖山，今属四川眉山市），山上有彭祖祠和彭祖墓，苏辙曾作《和子瞻濠州七绝·逍遥堂》诗云："猖狂战国古神仙，曳尾泥涂老更安。厌世乘云人不见，空坟聊复葬衣冠。"③而据方志记载，彭祖还在彭城（今属江苏徐州市）、彭门山（今属四川彭州市）等地都留下了不少遗迹，如：

> （彭）城之东北角，起层楼于其上，号曰彭祖楼。……下曰彭祖冢。彭祖长年八百，绵寿永世，于此有冢，盖亦元极之化矣。其楼之侧，襟汳带泗，东北为二水之会也。耸望川原，极目清野，斯为佳处矣。④

> 江水自武阳东至彭亡聚。……此地有彭冢，言彭祖冢焉。⑤

> 彭亡山，彭山治东一十里，唐《仁和志》：周末，彭祖家于此而亡，故名。⑥

> 彭祖庙，在（彭山）县江口山。⑦

①　唐圭璋编：《全宋词》第2册，中华书局，1965年，第1262页。
②　唐圭璋编：《全宋词》第4册，中华书局，1965年，第2468页。
③　［宋］苏辙撰，陈宏天、高秀芳校点：《苏辙集》卷三，中华书局，1990年，第59页。
④　［北魏］郦道元著，［清］王先谦校：《水经注》卷二三《获水》注，巴蜀书社，1985年，第401页。
⑤　［北魏］郦道元著，［清］王先谦校：《水经注》卷三三《江水一》，巴蜀书社，1985年，第522页。
⑥　［清］常明修，杨芳灿纂：嘉庆《四川通志》卷一二《郡县志》，清嘉庆二十一年刻本。
⑦　［清］常明修，杨芳灿纂：嘉庆《四川通志》卷三七《舆地志三十六》，清嘉庆二十一年刻本。

彭祖的长寿秘诀不仅受到魏晋时人追捧，直到今天，四川眉山市彭山县都还被誉为"长寿之乡"，有许多关于彭祖的养生文化系列研究，这也正是神话传说的不朽魅力所在。

二、魏晋的巴蜀仙话与民间传说

魏晋南北朝时期志怪志异小说盛行，西晋张华的《博物志》，东晋干宝的《搜神记》、葛洪的《神仙传》《抱朴子》，南朝梁任昉的《述异记》中都保存了诸多巴蜀神话的内容，其中记述最多的就是各类仙道异士，展现了各种神通手段。

张道陵

如《神仙传》中记载的著名道教天师张道陵的事迹：

天师张道陵，字辅汉，沛国丰县人也。本太学书生，博采五经，晚乃叹曰："此无益于年命。"遂学长生之道，得《黄帝九鼎丹经》，修炼于繁阳山。丹成服之，能坐在立亡，渐渐复少。后于万山石室中，得隐书秘文及制命山岳众神之术，行之有验。初，天师值中国纷乱，在位者多危，退耕于余杭，又汉政陵迟，赋敛无度，难以自安，虽聚徒教授，而文道凋丧，不足以拯危佐世。陵年五十，方退身修道，十年之间，已成道矣。闻蜀民朴素可教化，且多名山，乃将弟子入蜀于鹤鸣山隐居。既遇老君，遂于隐居之所，备药物，依法修炼，三年丹成，未敢服饵，谓弟子曰："神丹已成，若服之，当冲天为真人，然未有大功于世，须为国家除害兴利以济民庶，然后服丹即轻举，臣事三境，庶无愧焉。"老君寻遣清和玉女，教以吐纳清和之法，修行千日，能内见五藏，外集外神，乃行三步九迹，交乾履斗，随罡所指，以摄精邪，战六天魔鬼，夺二十四治，改为福庭，名之化宇，降其帅为阴官。先时蜀中魔鬼数万，白昼为市，擅行疫疠，生民久罹其害，自六天大魔推伏之后，陵斥其鬼众，散处西北不毛之地，与之为誓曰："人主于昼，鬼行于夜，阴阳分别，各有司存，违者正一有法，必加诛戮。"于是幽冥异域，人鬼殊途，今西蜀青城山有鬼市，并天师誓鬼碑，石天地、石日月存焉。①

魏晋传说中，张道陵修长生道，能够制命山岳众神，战六天魔鬼，约束鬼众划地而治理，造福蜀中。在此基础上，后世道教传记还增添了部分具有神异色彩的情节，以突出张道陵的神通：

张道陵字辅汉，沛国丰人也。本大儒生，博综五经，晚乃计此无益于年命，遂学长生之道。弟子千余人。其《九鼎》大要，惟付王长。后得赵升，七试皆过。第一试，升初到门，不通，使骂辱之，四十余日，露霜不去。第二试，遣升于草中守稻驱兽，暮遣美女，诈言远行过，寄宿，与升接床，明日又称脚痛未去，遂留数日，颇以姿容调升，升终不失正。第三试，升行路上，忽见遗金四十余饼。升趋过，不取不视。第四试，升入山伐薪，三虎交搏之，持其衣服，但不伤。升不恐怖，颜色自若，谓虎曰："我道士也，少不履非，故远千里来事师，求长生之道，汝何以尔？岂非山鬼使汝来视也？汝不须尔。"虎乃去。第五试，升使于市买十余疋物，已估直，而物主诬言未得直。升即舍去，不与争讼。解其衣服，卖之于他交，更买而归，亦不说之。第六试，遣升守别田谷，有一人来乞食，衣不蔽形，面目尘垢，身体疮脓，臭恶可憎。升为之动容，即解衣衣之，以私粮为食，又以私米遗之。第七试，陵将诸弟子登云台山绝岩之上，有桃树大如臂，生石壁，下临不测之谷，去上一二丈，桃树大有实。陵告诸弟子，有能得此桃者，当付以道要。于时伏而窥之三百许人，皆战慄却退汗流，不敢久临其上，还谢不能得。唯升

---

① ［晋］葛洪撰，胡守为校释：《神仙传校释》卷五，中华书局，2010年，第190—191页。

一人曰:"神之所护,何险之有? 圣师在此,终不使吾死于谷中矣。师有教者,是此桃有可得之理。"乃从上自掷,正得桃树上,足不蹉跌,取桃满怀。而石壁峭峻,无所攀缘,不能得还,于是一一掷上,桃得二百二枚。陵乃赐诸弟子各一枚,余二枚,陵食一,留一以待升。于是陵乃临谷,伸手引升。众人皆见陵臂不加长,如摄一二尺物,忽然引手,升已得还。仍以向余一桃与升食毕,陵曰:"赵升犹以正心自投桃上,足不蹉跌。吾今欲试自投,当得桃否?"众人皆谏言不可,唯赵升、王长不言。陵遂自投,不得桃上,不知陵所在。四方由皆连天,下由无底,往无道路,莫不惊咄,唯升、长二人,嘿然无声。良久乃相谓曰:"师则父也。师自投于不测之谷,吾等何心自安?"乃俱自掷谷中,正堕陵前。见陵坐局脚玉床斗帐中。见升、长,笑曰:"吾知汝二人当来也。"乃止谷中,授二人道要。①

天师真人姓张氏,讳道陵,字辅汉,沛丰邑人,留侯子房八世孙也。……母初梦天人自北斗魁星中降至地,长丈余,衣绣衣,以蘅薇香授之。既觉,衣服居室皆有异香,经月而不散,感而有孕,于东汉光武建武十年甲午正月望日生于吴地天目山。时黄云覆室,紫气盈庭,室中光气如日月。复闻昔日之香,浃日方散。年及冠,身长九尺二寸,厖眉广颡,绿晴朱顶,隆准方颐,目有三角,伏犀贯脑,玉枕峰起,垂手过膝,美须髯,龙踞虎步,丰下锐上,望之俨然,虽亲友见之,肃如也。……一日,谓王长曰:"五岳多仙子,三蜀足名山。吾将能偕游乎?"……遂复寻西极名山。其地胜,多名物,因入阳平山,精思服炼,能飞行远。听得分形散影之妙,通神变化,坐在立亡。每泛舟池中,诵经堂上,隐几对客,杖藜行吟,

---

① 〔宋〕张君房编,李永晟点校:《云笈七签》卷一〇九,中华书局,2003年,第2381—2383页。

一时并赴，人皆莫测其灵异也。真人惟读五千文，昼夜无倦色，后往西城山筑坛朝真，以降五帝。忽一乡夫告曰："西城房陵间有白虎神，好饮人血，每岁其民杀人祭之。"真人召其神，戒之遂灭。又告梓州有大蛇藏山穴中，鸣则山石振动。时吐毒雾，行人未及三五里，率中毒而死。真人以法禁之，不复为害。在葛璝山，隐形岩舍，服气调神。在秦中山，修九真秘法。在昌利山，采服五芝众药。在隶上山，始授弟子养形轻身法。在涌泉山，得入水入火之术，于是度人救物，已著阴功矣。在真多山，思神念真。在北平山，有猛兽数百，驯扰户外。在稠秔山，有一老翁化为狞鬼来恐，真人诵经，不故逡巡自退。在鹤鸣山，服五云气。其间石鹤鸣，则有升天者。先是章和间，其鹤鸣焉。后居渠亭山，修炼九鼎神丹，三年将成，未敢服。……汉安二年七月一日，佩盟威秘篆往青城山。……（后）真人因至苍溪县云台山，睹山水秀异，群峰朝抱，地无邪毒，乃谓王长曰："此山乃吾成功飞腾之地。"遂卜居，以修九还七返之功。……永寿二年丙申，真人自以功成道著，乃于治之西北半崖间，举身跃入石壁中，自崖顶而出，因成二洞。……是日亭午之际，复见一人朱衣青襟，曳履持版；一人黑帻绡衣，结履佩剑，各捧玉函，从朱衣使者趋前再拜，曰："奉上清真符，迎真人于阆苑。"须臾，东北有二十四人，皆龙虎鸾鹤之骑，各执青幢绛节，狮子、辟邪、天骊、甲卒皆至，称景阳吏；即有黑龙驾一紫舆，玉女二人引真人与夫人雍氏登车，前导后从，天乐引迎，于云台峰白日升天。时真人年一百二十三岁也。[①]

如张道陵试炼其弟子赵升、王长的过程就极具奇幻性质，又如赋予

---

① ［元］赵道一：《历世真仙体道通鉴》，《道藏》第5册，文物出版社、上海书店、天津古籍出版，1988年，第200—207页。

张道陵降生的神话，就连其容貌也是一副神仙气派，"身长九尺二寸，庞眉广颡，绿晴朱顶，隆准方颐，目有三角，伏犀贯脑，玉枕峰起，垂手过膝，美须髯，龙踞虎步"。除了能镇压白虎大蛇毒龙水怪猛兽这些外，张道陵还能惩戒恶神蛟龙，如宋乐史《太平寰宇记》卷八十四载："蛟龙神祠，在（梓潼）县一十九里兜鍪山上，俗呼为兜鍪神。古老相传：此神昔用生人祭之，不则瘴疾，水潦为害，张道陵诫之，遂绝。"① 就连张道陵的成仙过程也是充满了仙话意味："东北有二十四人，皆龙虎鸾鹤之骑，各执青幢绛节，狮子、辟邪、天骀、甲卒皆至，称景阳吏；即有黑龙驾一紫舆，玉女二人引真人与夫人雍氏登车，前导后从，天乐引迎，于云台峰白日升天。"

《神仙传》中还记载了诸多蜀地的神仙传说，比如不为大众熟知的栾巴、李常在等，借助这些志怪小说，巴蜀神话与神仙故事逐渐为世人所知，并成为后世文学作品与道教文化中的重要素材。

栾巴

记载栾巴的事迹，包括平坐入壁、敕符化狸、喷酒灭火等神通：

栾巴，蜀郡成都人也。少好道，不修俗事。时蜀守躬诣，巴屈为功曹。它日问巴："有神术，宁可试见一奇乎？"巴曰："唯。"即平坐，却入壁中去，冉冉如云气状，须臾失巴所在。壁外人见巴化成一虎，人并惊。虎径还功曹舍，复为人。后举孝廉，除郎中，迁豫章太守。庐山庙有神，能于帐中共外人语，饮酒投杯空中，又能使宫亭湖中分风，举帆船行。相逢巴至郡，往庙中，便失神所在。巴曰："庙魅诈为天官，损百姓日久，罪当诛。"乃以郡事付功曹，自行捕逐，云："若不时讨，恐游行天下，枉病良民。"所至推问山

---

① ［宋］乐史：《太平寰宇记》卷八四"剑南东道三"，清同治光绪间金溪赵氏红杏山房补刻重印赵氏藏书本。

川社稷，求魅踪迹。此魅于是走至齐郡，化为书生，美谈五经，太守即以女妻之。巴表请解郡往捕。既至，谓太守曰："贤婿非人也，请见之。"太守骇甚，召婿不出。巴曰："出之甚易。"请太守笔砚奏案作符，符成，长啸空中，若有人将符去，一坐皆惊。须臾，婿自赍符至庭，见巴不敢前。巴叱曰："老魅何不复尔形？"应声即变为一狸，叩头乞活。巴敕杀之，人见空中刀下，狸头堕地。太守女已生一儿，复化为狸，亦杀之。巴乃还豫章。豫章旧多魅及独足鬼，为百姓病，从此消灭，后征为尚书郎。正旦大会，巴到已有酒容。上赐百官酒，巴不饮而西南向噀之。有司奏巴不敬，诏问巴。巴曰："臣乡里以臣能治鬼护病，生为臣立庙。今旦有耆老皆至庙中享臣，不能早委之，是以有酒容。臣适见成都市上火起，故潠酒为尔救之，非敢不敬。"诏发驿书问，成都已奏言正旦食后失火，须臾有大雨三阵，从东北来，火乃止，雨著人皆作酒气。[1]

宋祝穆《方舆胜览》卷五十一、清彭遵泗《蜀故》卷二十五引皆类同。栾巴本为东汉干吏，因忠正下狱而自杀身亡，《后汉书》有传。因传说其"素有道术，能役鬼神"，故而道教将其纳入典籍大肆宣扬其方术之能，其神异事迹也在民间广泛传播。其中，栾巴"噀酒灭火"的故事影响颇大，魏晋以后便逐渐成为诗文中被经常引用的典故。如北周庾信《见游春人诗》中言道："深红莲子艳，细锦凤凰花。那能学噀酒，无处似栾巴。"[2]唐杜甫《奉酬薛十二丈判官见赠》诗："空中右白虎，赤节引娉婷。自云帝季女，噀雨凤凰翎。"[3]唐李翰所著儿童启蒙教育课本《蒙求》中亦收录有栾巴"噀酒灭火"的典故。明代诗人于慎行《游仙词四首赠三阳观昝云山道士》其三："□来称福地，自合有仙才。萧史吹笙

---

① ［明］曹学佺：《蜀中神仙记》卷一引《神仙传》，明刻本。
② 逯钦立辑校：《先秦汉魏晋南北朝诗》，中华书局，1983年，第2386—2387页。
③ ［清］仇兆鳌注：《杜诗详注》卷一九，中华书局，1999年，第1686页。

下，栾巴噀酒回。"①

时人对栾巴故事不仅是简单引用，更多的是由"噀酒灭火"延展开的抒发自己豪迈之情与普济天下的胸襟。如唐马云奇《白云歌》："栾巴噀酒应随去，子晋吹笙定伴来。"②"子晋吹笙"也是诗文中常用的著名典故，源自《论语·子罕篇》，主要用于仙道生活的描绘。马云奇是唐德宗张掖太守的幕僚，参加了抗击吐蕃的斗争，被俘后又被长年囚禁，其诗歌多表现唐中期衰落之势和山河之痛。他希望自己能够像栾巴喷酒化水灭火那样，也能为岌岌可危的大唐扑灭危火。又如宋代郑清之《客有诵袁蒙斋得雨酬倡之什辄赓元韵志喜也呈虚斋使君》："但看父老歌丰年，不用儿童学皇舞。弭灾肯效栾巴噀，哺民无异紫芝乳。"③将栾巴噀酒消弭灾祸与哺民济世的功劳并列。又苏轼《次韵致政张朝奉，仍招晚饮》诗展示了一派豪放之情："云蒸作雾楷，火灭噀雨巴。"④南宋戴复古《京口喜雨楼落成呈史固叔侍郎》诗与苏轼诗则有异曲同工之妙："特将此酒噀为霖，四海九州同一醉。"⑤表现了诗人欲将酒水化为霖，与四海九州共享甘霖的济世胸怀。

元明以后，杂剧、小说中也频频融入栾巴典故。如元代杂剧作家王子一戏剧《刘晨阮肇误入桃源》。元代《录鬼簿》中还记载有李进取曾创作了一本名为《栾巴噀酒》的剧目，此剧已佚。《全元曲》收录有李进取残剧《神龙殿栾巴噀酒》三套，可窥其大致篇幅与情节："依第一套【南吕】内容观之，似叙火神出发施威；第三套【双调】乃栾巴噀酒。"⑥明代容与堂刻《水浒传》第四十一回中，梁山好汉劫法场救宋江后又放火烧黄文炳家，中间有一段对火势浩大的详细描写，其中也引用了栾巴

① ［明］于慎行撰：《谷城山馆诗集》卷九，明万历三十二年刻本。
② 张锡厚主编：《全敦煌诗》卷七四，作家出版社，2006年，第3400—3401页。
③ 傅璇琮、倪其心等主编：《全宋诗》第55册，北京大学出版社，1991年，第34643页。
④ ［清］王文诰辑注，孔凡礼点校：《苏轼诗集》卷三四，中华书局，1982年，第1830页。
⑤ 傅璇琮、倪其心等主编：《全宋诗》第54册，北京大学出版社，1991年，第33462页。
⑥ 徐征、张月中等主编：《全元曲》第五卷，河北教育出版社，1998年，第3184页。

灭火的故事典故：

> 黑云匝地，红焰飞天。倅律律走万道金蛇，焰腾腾散千转火块。狂风相助，雕梁画栋片时休。……咸阳宫殿焚三月，那墨城池纵万牛。冯夷卷雪罔施功，神术栾巴实难救。①

清代通江县还建有栾巴寺，由于有栾巴庇护，其寺群蛇出没亦不伤人，颇为神奇，如嘉庆《四川通志》卷三十九"通江县"：

> 栾巴寺，在县西百里。《县志》：相传栾巴真人建法座，下有石穴。每岁仲夏，一蛇长三尺许先出，群蛇大小、颜色不一，络绎随之，间于殿堂、几榻、厨器之间，或至数日，不畏人亦不伤人，人亦不相害也，必僧为食以饲之。食已，其先出者先至穴口，俟群蛇毕入而后入焉。土人传为四万八千尾，云今尚然。②

李常在

《神仙传》中记载李常在的事迹：

> 李常在者，蜀郡人也，少治道术，百姓累世奉事。计其年已四五百岁而不老，常如五十许人。治病，困者三月，微者一日愈。在家有二男一女，皆已嫁娶，乃去。去时从其弟子曾家孔家，各请一小儿，年皆十七八。家亦不知常在欲何去，即遣送之。常在以青竹杖度二儿，遣归置其家所卧之处。径还，勿与家人语。二子承教，以杖归家，家人了不见儿去。后乃各见死在床上，二家哀泣，殡埋

---

① ［元］施耐庵撰，［明］罗贯中撰，［明］李贽评：《水浒传》卷四一，明容与堂刻本。
② ［清］常明修，杨芳灿纂：嘉庆《四川通志》卷三九《舆地志三十八》，清嘉庆二十一年刻本。

之。百余日，弟子从郫县逢常在，将此二儿俱行，二儿与弟子泣语良久，各附书到。二家发棺视之，唯青竹杖耳，乃知非死。后三十余年，居地肺山。更娶妇。常在先妇儿乃往寻求之。未至十日，常在谓后妻曰："吾儿欲来见寻，吾当去，可将金饼与之。"及至，求父所在，妇以金与之。儿曰："父舍我去数十年，日夜思恋，闻父在此，故自远来觐省，不求财也。"乃止。三十日父不还，儿乃欺其母曰："父不还，我去矣。"至外，藏于草间。常在还语妇曰："此儿诈言如是，当还。汝语之，汝长不复须我，我在法不复与汝相见。"乃去。少顷儿果来，母语之如此。儿自知不复见其父，乃泣涕而去。后七十余年，常在忽去。弟子见在虎寿山下居，复娶妻。有父子，世世见之如故，故号之曰"常在"。①

李八百

李八百（伯）原名李脱，生平不详，据说其历经夏商周三朝，活了八百余岁，故被称为"李八百"。蜀地人代代都能见到他，却依旧容颜不老。《神仙传》曰：

李八伯者，蜀人也。莫知其名，历世见之，时人计之已年八百岁，因以号之。或隐山林，或在廛市。知汉中唐公昉求道而不遇明师，欲教以至道。乃先往试之，为作傭客，公昉不知也。八伯驱使用意，过于他人，公昉甚爱待之。后八伯乃伪作病，危困欲死，公昉为迎医治合药，费数十万，不以为损，忧念之意，形于颜色。八伯又转作恶疮，周身匝体，浓血臭恶，不可近视，人皆不忍近之。公昉为之流涕，曰："卿为吾家勤苦累年而得笃病，吾趣欲令卿得

---

① ［宋］李昉等：《太平广记》卷一二"李常在"条引《神仙传》，第1册，上海古籍出版社，1990年，第70页。

愈，无所吝惜，而犹不愈，当如卿何！"八伯曰："吾疮可愈，然须得人舐之。"公昉乃使三婢为舐之，八伯曰："婢舐不能使愈，若得君舐之乃当愈耳。"公昉即为舐之。八伯又言："君舐之复不能使吾愈，得君妇为舐之当愈也。"公昉乃使妇舐之。八伯曰："疮乃欲差，然须得三十斛美酒以浴之，乃都愈耳。"公昉即为具酒三十斛著大器中，八伯乃起入酒中洗浴，疮则尽愈，体如凝脂，亦无余痕，乃告公昉曰："吾是仙人，君有至心，故来相试，子定可教。今当相授度世之诀矣。"乃使公昉夫妻及舐疮三婢以浴余酒自洗，即皆更少，颜色悦美。以丹经一卷授公昉，公昉入云台山中合丹，丹成便登仙去，今拔宅之处在汉中也。①

这个故事比较简单，主要是讲述了李八百的来历和其教授、考验并点化唐公昉的事迹。另一传说李八百原居于金堂山学道，能够日行八百故得名。如明曹学佺《蜀中神仙记》卷二："昌利治在怀安军金堂县东四十里，去成都百五十里，昔蜀郡李八百初学道处。八百常旦出戏成都市，暮还宿于青城山，几数百里，故号八百也。"②明万历《四川总志》卷八"成都府"下"仙释"条："李八百，蜀人，初居筠阳之五龙冈，历夏商周，年八百岁，一云动则行八百里，时人因号李八百。或隐山林，或居廛市，又修炼于华林山石室，舟成，还蜀中。"③

后世还对李八百的故事进行了不少神化，尤其是增加了以鬼道疗病、炼丹修道、日行八百等神通手段。如《晋书·周札传》："时有道士李脱者，妖术惑众，自言八百岁，故号李八百。自中州至建邺，以鬼道疗病，又署人官位，时人多信事之。"④唐初官修史书时李八百还被称为

① ［晋］葛洪撰，胡守为校释：《神仙传校释》卷三，中华书局，2010年，第81—82页。
② ［明］曹学佺：《蜀中神仙记》卷二，明刻本。
③ ［明］虞怀忠、郭棐等纂修：万历《四川总志》卷八，万历九年木刻本，第54页。
④ ［唐］房玄龄等：《晋书》卷五八，中华书局，1974年，第1575页。

"妖术惑众"。唐中后期随着道教的繁荣发展，李八百已被正式纳入道教体系，被尊为"紫阳真人"。如明曹学佺《蜀中神仙记》卷一引《蜀志补遗》曰："八百于什邡仙居山白日升天，为三月初八日也，唐时赐号紫阳真人。"①李八百飞升成仙，亦成为唐代游仙诗的描写对象，如唐代符载有《题李八百洞》诗云："太极之年混沌坼，此山亦是神仙宅。后世何人来飞升，紫阳真人李八百。"②贯休有《梦游仙诗四首》其一云："梦到海中山，入个白银宅。逢见一道士，称是李八伯。"③五代时杜光庭《墉城集仙录》对李八百的事迹有了更为详细的记述，增加了其周穆王时就游历炼丹，丹药可以点石化玉、引动风雷变化的神奇之处：

> 脱（李八百）居蜀金堂山龙桥峰下修道，蜀人历代见之，约其往来八百余年，因号曰李八百焉。初以周穆王时，来居广汉栖玄山，合九华丹成，去游五岳十洞，二百余年。于海上遇飞阳君，授水木之道，还归此山，炼药成，又去数百年。或隐或显，游于市朝。复登龙桥峰，作金鼎九丹。丹成已八百年。三于此山学道，故世人号此山为"三学山"，亦号为"贤山"。盖因八百为号，丹成试之，抹于崖石之上，顽石化玉，光彩莹润。试药处于今尚在，人或凿崖取之，即风雷迅变。④

李真多

李八百据说还有一个妹妹名叫李真多，随其修炼亦飞升了，如《列仙传》载："李真多者，神仙李脱之妹也。随兄修炼，而兄授之以朝元之

---

① ［明］曹学佺：《蜀中神仙记》卷一，明刻本。
② 中华书局编辑部点校：《全唐诗》（增订本）卷四七二，中华书局，1999年，第5386页。
③ 中华书局编辑部点校：《全唐诗》（增订本）卷八二六，中华书局，1999年，第9389页。
④ ［唐］杜光庭撰，罗争鸣辑校：《杜光庭记传十种辑校》，中华书局，2013年，第718—719页。

要，行仅百年，状如二十许。遇太上降，授以飞升之道，今蜀中有真多治是也。"①后来李真多也被道教纳入女仙之一，被封为"妙应真人"，如明万历《四川总志》卷八："李八百，蜀人……周穆王时，居金堂山，号紫阳真君，女弟亦得仙，封妙应真人。"②

唐宋以后，李真多还被赋予了老君授道飞升、食茯苓仙去的奇幻传说，而且还具有神异性的形貌描写，如：

> 李真多，神仙李脱妹也。脱居蜀金堂山龙桥峰下修道，蜀人历代见之，约其往来八百余年，因号李八百焉。……真多随兄修道，居绵竹中，今有真多古迹犹在。或来往浮山之侧，今号真多化，即古浮山化也，亦如地肺，得水而浮。真多幼挺仙姿，耽尚玄理。八百授以朝元默贞之要，行之数百年，状如二十许人耳。神气庄肃，风骨英伟，异于弱女之态。人或见之，不敢正视。其后太上老君与玄古三师降而度之，授以飞升之道，先于八百白日升天。化侧有潭，其水常赤，乃古之神仙炼丹砂之泉。浮山亦名万安山。上有二师井，饮者愈疾。③

> 按《蜀志补罅》，真多观在旧新都之栖贤山。山有巨松，常见一婴儿出没其傍。真多迹之，得茯苓饵服。既久身轻，登巨楠而仙去。足之所履，有七窍如斗状，号曰星楠。唐赐号妙应真人。《神仙传》云："怀安军，真多化女人发之治。"是其处。④

---

① ［宋］陈葆光：《三洞群仙录》卷一二引，道藏本。
② ［明］虞怀忠、郭棐等纂修：万历《四川总志》卷八，万历九年木刻本，第54页。
③ ［唐］杜光庭撰，罗争鸣辑校：《杜光庭记传十种辑校·墉城集仙录》，中华书局，2013年，第718—719页。
④ ［明］曹学佺：《蜀中神仙记》卷一，明刻本。

元代《历世真仙体道通鉴后集》卷二"李真多"条，还增添了其在江西产经飞升的内容：

> 一日，真多自蜀至，八百候之，今瑞州望仙门是也。见真多手持莲花，身似有孕，八百怒，意欲引剑挥之。真多觉之，倏尔凌空渡江，产下《童子经》一卷。遂乘云气，冉冉升天。时人塑真多之像，将奉祠焉。像成，而舁不动。是夕真多见梦云：吾祠宜在五龙冈。翌日，举像甚轻，乃祠于彼。至唐玄宗天宝十年（751），天师孙智凉始奏改"元阳观"，以显圣迹。宪宗元和七年（812），高安县令谌贲以县治，观基两易。今瑞州城西二里逍遥山"妙真宫"是也。其产经之地，今额"仪天观"。观中女真，世传其经。郡人每备香信，诣观看经，以保产难焉。真多今号"明香元君"。[1]

这则记载说明了李真多的影响一直延续到了江南一带，李真多因为产经飞升，还成了能够保佑妇女生产的神灵。

李真多还被道教尊为太乙刀圭火符学说的创始人，如《历世真仙体道通鉴》卷四十五中就记载了一段唐代施肩云关于李真多师法传承的记载："白玉蟾跋《施华阳文集》云：李真多以'太乙刀圭火符之诀'，传之钟离权，钟离权传之吕洞宾，吕即施之师也。"[2] "太乙刀圭火符"即太乙金丹大道学说，是道教内丹（金华）修炼的理论基础，吕洞宾就著有《太乙金华宗旨》。由此可见李真多对道教的贡献。

李真多在四川亦有不少遗迹，如上文所载，就有修道的浮山（万安山）真多化（真多治）、新都栖贤山的真多观等。又如老君授其道的绵

---

① ［元］赵道一：《历世真仙体道通鉴后集》，《道藏》第5册，文物出版社、上海书店、天津古籍出版，1988年，第460页。
② ［元］赵道一：《历世真仙体道通鉴》，《道藏》第5册，文物出版社、上海书店、天津古籍出版，1988年，第359页。

竹三学山，元代赵道一《历世真仙体道通鉴》卷八："真多化，五行金节大寒，上应女宿乙丑、丁丑人，属汉州金堂县西北二十五里，老君天师道会之所，王方平、李真多上升，一名上真化。"①"老君与玄古三师降于蜀绵竹之三学山，授李真多之道。"②

又如金堂八景之一的"金船舣峡"，亦是关于李真多的重要遗迹之一。金堂鳌灵峡口江水中隐约可见一块巨石，形似大船，即为金船。宋乐史《太平寰宇记》引《蜀记》云："金泉县'古有金船沉江之东岸锐底，民于水中往往见之'。"③早在汉时金堂就有"金船"的景观遗迹，清代又取名为"金船舣峡"，意为金船停泊在峡岸。嘉庆《金堂县志》卷三赋予了其与李真多更为直接的传说联系："金船俗名金龙船，亦曰金姑船，在金堂峡口。……相传李八百女弟妙应真人尝于此济涉往来，得道后遂化为石。"④传说李真多得道后，某日驾仙槎至此峡口处，遂凌空飞仙而去，其肉身还留于船上。人们将其肉身葬于河岸边，坟上金光紫气升腾，坟包化为山丘，即至今仍存的"仙女坟"。而李真多之前所乘的船则沉没在江里，化作被称为"金船"的巨石。此传说虽有杜撰附会之嫌，但亦证明了时人对李真多的敬仰颂扬之情。直到清代，李真多的金船事迹仍被广为传颂。如清代曾穆如《金船》："曾来峡口檥金船，鹤驭重归事已仙。留得一篙明月在，中流不系锁寒烟。"⑤陈顺时《金船》："仙人环佩杳依稀，峡口金船檥钓矶，犹是旧时山上月，不知曾载几人

---

① ［唐］杜光庭：《洞天福地岳渎名山记》，《道藏》第11册，文物出版社、上海书店、天津古籍出版，1988年，第59页。
② ［宋］谢守灏：《太上老君年谱要略》，《道藏》第17册，文物出版社、上海书店、天津古籍出版，1988年，第885页。
③ ［宋］乐史：《太平寰宇记》卷七六"剑南西道五"，清同治光绪间金溪赵氏红杏山房补刻重印赵氏藏书本。
④ ［清］谢惟杰等修纂：嘉庆《金堂县志》卷三"山川上"，《中国地方志集成·四川府县志辑》第4册，巴蜀书社，1992年，第83页。
⑤ ［清］谢惟杰等修纂：嘉庆《金堂县志》卷三"山川上"引，《中国地方志集成·四川府县志辑》第4册，巴蜀书社，1992年，第83页。

归。"①

除以上所举神仙传说外，一些民间传说也在魏晋的志怪志异类小说中保留了下来：

> 旧说云天河与海通。近世有人居海滨者，年年八月有浮槎去来，不失期，人有奇志，立飞阁于查上，多赍粮，乘槎而去。十余日中，犹观星月日辰，自后芒芒忽忽，亦不觉昼夜。去十余日，奄至一处，有城郭状，屋舍甚严。遥望宫中多织妇，见一丈夫牵牛渚次饮之。牵牛人乃惊问曰："何由至此？"此人具说来意，并问此是何处。答曰："君还至蜀郡访严君平则知之。"竟不上岸，因还如期。后至蜀，问君平，曰："某年月日有客星犯牵牛宿。"计年月，正是此人到天河时也。②

这个"八月槎"的典故应该是关于牛郎织女故事的较早记载了：某蜀人乘槎到达天河，遇上了牵牛星化成的牛郎，看到了天宫中有织女，回来后去问蜀地学者严君平，才得知原来遇见的正是牛郎织女。故事承载了人们对宇宙的瑰丽想象与美好愿望，后世将往来于天河的木筏称作"星槎"，亦留下了不少美丽浪漫的文学作品，如南朝梁庾肩吾《奉使江州舟中七夕》"天河来映水，织女欲攀舟。汉使俱为客，星槎共逐流"③，唐代宋之问《宴安乐公主宅得空字》"宾至星槎落，仙来月宇空"④，吴融《汴上观》"殷勤莫碍星槎路，从看天津弄杼回"⑤，等等。而明代费信所作《星槎胜览》，就是专门记录郑和下西洋时外面世界的风土见闻。

---

① ［清］谢惟杰等修纂：嘉庆《金堂县志》卷三"山川上"引，《中国地方志集成·四川府县志辑》第4册，巴蜀书社，1992年，第83页。
② ［晋］张华撰：《博物志》卷一〇"杂说下"，华文出版社，2018年，第46页。
③ ［南朝梁］庾肩吾：《庾度支集》，光绪己卯信述堂重刻本。
④ 中华书局编辑部点校：《全唐诗》（增订本）卷五三，中华书局，1999年，第650页。
⑤ 中华书局编辑部点校：《全唐诗》（增订本）卷六八七，中华书局，1999年，第7964页。

唐代李冗《独异志》卷上之中亦记载了这则牛郎织女的传说，且在南北朝时还增添了织女赠送"支机石"（或称"精机石"）的情节，甚至还将汉代历史人物张骞、东方朔都加进了故事中，演变为了张骞乘槎天河并带回织女支机石的传说，如：

> 张骞寻河源，得一石，示东方朔。朔曰："此是天上织女支机石。"[1]

> 汉武帝令张骞使大夏寻河源，乘槎经月，而至一处，见城郭如州府，室内有一女织，又见一丈夫牵牛饮河。骞问曰："此是何处？"答曰："可问严君平。"织女取楮机石与骞而还。后至蜀，问君平。君平曰："某年某月，客星犯牛女。"楮机石为东方朔所识。[2]

> 有人寻河源，见妇人浣沙，问之。曰："此天河也。"乃与之一石。而归问严君平，君平曰："此织女支机石也。"[3]

到了唐代时，这个传说被进一步神异化，甚至还为"支机石"找到了真实出处——成都纪念严君平的严真观里有一块巨石，即为张骞从天河带回来的织女支机石。如岑参《严君平卜肆》："君平曾卖卜，卜肆荒已久。至今杖头钱，时时地上有。不知支机石，还在人间否？"[4] 杜甫《天池》："欲问支机石，如临献宝宫。"[5] 宋之问《明河篇》："明河可望不

① ［宋］郭知达编，陈广忠校点：《九家集注杜诗》卷三二《天池》下引南朝梁宗懔《荆楚岁时记》，安徽大学出版社，2020年，第1466页。
② ［明］陈耀文辑：《天中记》卷二引《荆楚岁时记》，明万历刻本。
③ ［元］佚名辑：《群书通要·甲集》卷五《天文门》，宛委别藏本。
④ 陈铁民、侯忠义校注：《岑参集校注》卷四，上海古籍出版社1981年，第350页。
⑤ ［清］仇兆鳌注：《杜诗详注》卷二〇，中华书局，1999年，第1740页。

可亲，愿得乘槎一问津。更将织女支机石，还访成都卖卜人。"①又唐代赵璘《因话录》卷五载：

> 《汉书》载张骞穷河源，言其奉使之远，实无天河之说。惟张茂先《博物志》，说近世有人居海上，每年八月，见海槎来，不违时。赍一年粮，乘之到天河，见妇人织，丈夫饮牛。遣问严君平云："某年某月某日，客星犯牛斗，即此人也。"后人相传云："得织女支机石，持以问君平。"……今成都严真观有一石，俗呼为"支机石"，皆目云："当时君平留之。"宝历中，余下第还家于京洛，途中逢官差递夫舁张骞槎。先在东都禁中，今准诏索有司取进，不知是何物也。②

道教传记中还为其附会了一些神异迹象，比如工匠琢之便风雷大震，于是便不敢轻举妄动此石了，又如还增加了"严君仙槎"（即张骞所乘之槎）：

> 成都卜肆支机石，即海客携来，自天河所得，织女令问严君平者也。君平卜肆，即今成都小西门之北，福感寺南严真观是也。有严君通仙井，图经谓之严仙井，及支机石存焉。太尉燉煌公好奇尚异，多得古物，命工人镌取支机一片，欲为器用，以表奇异。工人镌刻之际，忽若风胥，坠于石侧，如此者三，公知其灵物，不复敢取，至今所刻之迹在焉！复令人穿掘其下，则风雷震惊，咫尺昏暗，

---

① 中华书局编辑部点校：《全唐诗》（增订本）卷五一，中华书局，1999年，第630页。
② ［唐］赵璘撰，黎泽潮校笺：《〈因话录〉校笺》卷五，合肥工业大学出版社，2013年，第95页。

遂不敢犯。①

严遵仙槎，唐置之于麟德殿，长五十余尺，声如铜铁，坚而不蠹。李德裕截细枝尺余，刻为道像，往往飞去复来，广明已来失之，槎亦飞去。②

宋明一直至清代，世人对支机石之说也多采纳之，不少杂记笔谈乃至志书中都记载了严真观里的这块巨石，如宋代严有翼《艺苑雌黄》："今成都严真观有一石，呼为'支机石'，相传云汉君平留之。"③虽然不少文人对此传说持质疑态度，但亦从侧面证明了支机石传说在蜀中流传之广、影响之久。如：

支机石在蜀城西南隅石牛寺之侧，出土而立，高可五尺余，石微紫。近土有一窝，傍刻"支机石"三篆文，似是唐人书迹，想曾横置，故刻字如之，事本荒唐，此石盖出傅会，然亦旧物也。④

支机石，在城西隅，即严真观。今以一亭覆之，高不盈丈，顽石无他奇。晋张华《博物志》："有人居海上，乘槎到天河，得一石归，以问严君平。"今蜀人相传即此。⑤

《画墁录》："元丰末，有人自两浙以昭陵，玉匣《兰亭》，与支

---

① ［唐］杜光庭：《道教灵验记》，［宋］张君房编，李永晟点校：《云笈七签》卷一一九，中华书局，2003年，第2688页。
② ［宋］李昉等：《太平广记》卷四〇五"严遵仙槎"条引五代王贞范《洞天集》，第4册，上海古籍出版社，1990年，第63页。
③ 刘芮方、张杨激蓁等点校：《岁时广记（外六种）》卷二七"得机石"引，浙江大学出版社，2020年，第286页。
④ ［明］陆深撰：《蜀都杂抄》，明刻广百川学海本。
⑤ ［明］何宇度撰：《益部谈资》卷中，清钞本。

机石同赍入京师。欲上之，不果。王钦若云：'支机石，予尝见，方二寸，不圜，微剡，正碧，天汉左界北斗经其上。'支机之说，本诞妄不经，此石不知何据。予在成都，见西城石犀寺后严真观故址。废圜墙隅，有石粗如砂砾，高六七尺许，围如柱础，蜀人相传为支机石，尤可笑也。①

支机石，即海客携来，自天河所得，织女命问严君平者。太尉燉煌公好奇尚异，命工人镌取支机一片，欲为器用。椎琢之际，忽若风瞀，坠于石侧，如此者三。公知其灵物，乃已之，至今所刻之迹犹存。石在蜀之西南隅石牛寺之侧，出土而立，高可尺余，色微紫。近土有一窝，似机足所支处。上镌"支机石"三字篆文，似隶而道媚有致，似唐人书迹。原在严真旧址，今入民家菜圃中，旁有石碣，曰严君平卖卜处。②

又如西晋张华《博物志》卷三记载的"猴玃"传说：

蜀山南高山上，有物如猕猴。长七尺，能人行，健走，名曰猴玃，一名马化，或曰猳玃。伺行道妇女有好者，辄盗之以去，人不得知。行者或每遇其旁，皆以长绳相引，然故不免。此得男子气，自死，故取女不取男也。取去为室家，其年少者终身不得还。十年之后，形皆类之，意亦迷惑，不复思归。有子者辄俱送还其家，产子皆如人，有不食养者，其母辄死，故无敢不养也。及长，与人无异，皆以杨为姓，故今蜀中西界多谓杨率皆猳玃、马化之子孙，时时相有玃爪者也。③

---

① ［清］王士禛：《池北偶谈》卷二五"支机石"条，清康熙四十年刻本。
② ［清］陈祥裔：《蜀都碎事》卷一，清康熙刻本。
③ ［晋］张华撰：《博物志》卷三"异兽"，华文出版社，2018年，第16页。

干宝《搜神记》卷十二中亦有相似记载。这段关于异兽猴玃的神话，其实还涉及了有关蜀西杨姓的起源问题，亦可作为民俗学的资料参考。

三、蜀八仙传说

道教传说中还有"蜀八仙"，即容成公、李耳、董仲舒、张道陵、严君平、李八百、范长生、尔朱先生八人（一说八仙为：李己或李阿、容成、董仲舒、张道陵、严君平、李八百、长寿、葛永璝），他们均在蜀地得道成仙，故得名。早在东晋谯秀《蜀纪》中就有记载："蜀之八仙：首容成公，云即鬼容区，隐于鸿冢，今青城山也；次李耳，生于蜀，今之青羊宫；三曰董仲舒，亦青城山隐士，非三策之仲舒也；四曰张道陵，今大邑鹤鸣观；五曰庄（严）君平，卜肆在成都；六曰李八百，龙门洞在新都；七曰范长生，在青城山；八曰尔朱先生，在雅州，有手书石刻五经在洞中，好事绘为图。"①蜀八仙在蜀地影响甚广，五代时著名道士画家张素卿还画了幅《蜀八仙图》，"蜀八仙"之名更加声名远播，在诸多画记如宋黄休复《益州名画录》卷上、郭若虚《图画闻见志》卷六中都有记载。

"蜀八仙"之中，容成公、张道陵、李八百已在前文中有介绍。

李耳

李耳即老子，其事迹本见于汉代司马迁《史记·老子韩非列传》：

老子者，楚苦县厉乡曲仁里人也，姓李氏，名耳，字聃，周守藏室之史也。孔子适周，将问礼于老子。老子曰："子所言者，其人与骨皆已朽矣，独其言在耳。且君子得其时则驾，不得其时则蓬累而行。吾闻之，良贾深藏若虚，君子盛德，容貌若愚。去子之骄气与多欲，态色与淫志，是皆无益于子之身。吾所以告子，若是而

---

① ［明］杨慎撰，［明］杨有仁辑：《升庵集》卷四八"蜀八仙"引，明刻本。

已。"孔子去，谓弟子曰："鸟，吾知其能飞；鱼，吾知其能游；兽，吾知其能走。走者可以为罔，游者可以为纶，飞者可以为矰。至于龙吾不能知，其乘风云而上天。吾今日见老子，其犹龙邪！"老子修道德，其学以自隐无名为务。居周久之，见周之衰，乃遂去。至关，关令尹喜曰："子将隐矣，强为我著书。"于是老子乃著书上下篇，言道德之意五千余言而去，莫知其所终。①

李耳作为道家和道教的祖师，一直享有盛誉，四川也处处留下了李耳的足迹。如今成都的"川西第一道观"青羊宫（原名"青羊肆"）都还供奉着老子骑青牛的塑像，明曹学佺《蜀中神仙记》卷一引《蜀记》曰："老子西度函谷关，为关令尹喜著《道德经》。临别谓曰：'千日后，于成都青羊肆寻吾。'及期喜往，果见于大官李氏之家。授喜玉册金文，名之曰《文始》。"②又："今成都西南五里青羊宫是其处，有青铜铸成羊，其大如麋。岁二月二十有五日，四方来集，以为老君与喜相遇日也。"③青神县东门外还有相传其骑青羊经过的青羊桥，《蜀中名胜记》卷十二"青神县"："《志》云：县东门外有青羊桥，相传老子骑青羊过此而入成都。"④其他如南充画卦石、成都玉局观都流传着与李耳相关的传说，明万历《四川总志》卷十"顺庆府"下"山川"条："画卦石，南充治东四十里。其石平如砥，上有八卦。相传周柱下史李耳具此，足迹尚存。"⑤清彭遵泗《蜀故》卷七"寺观"："成都玉局观，老君与张道陵至此，有局脚玉床自地涌出，老君升坐，为道陵说《南北斗经》，故名。"⑥

---

① ［汉］司马迁：《史记》，中华书局，1982年，第2139—2141页。
② ［明］曹学佺：《蜀中神仙记》卷一，明刻本。
③ ［明］曹学佺：《蜀中神仙记》卷一，明刻本。
④ ［明］曹学佺：《蜀中名胜记》卷一二，明刻本。
⑤ ［明］虞怀忠、郭棐等纂修：万历《四川总志》卷一〇，万历九年木刻本，第18页。
⑥ ［清］彭遵泗编，倪亮校注：《蜀故校注》卷七，西南交通大学出版社，2020年，第90页。

董仲舒

董仲舒相关文献记载甚少，应当是青城山隐士，与西汉著名经学大儒董仲舒非一人，也有传说其为"孝子董永之子，织女所生"①。

严君平

严君平是西汉时的成都隐士，本姓庄，因避汉明帝刘庄的讳而改姓严，故又名"庄遵"或"严遵"。严君平精通术数和占卜预测，常在街头摆摊给人算命，相当灵验。严君平一生无意于仕途，代表作有《老子指归》《道德指归论》等，汉大儒扬雄也曾拜其为师。因其隐士身份，关于严君平的生平记载颇为简略，本传见于《汉书·王贡两龚鲍传》与《华阳国志·先贤士女总赞论》，记载都大同小异：

> 庄平恬泊，浩然沈冥。庄遵，字君平，成都人也。雅性澹泊，学业加妙。专精《大易》，耽于《老》《庄》。常卜筮于市，假著龟以教。与人子卜，教以孝。与人弟卜，教以悌。与人臣卜，教以忠。于是风移俗易，上下兹和。日阅得百钱，则闭肆下簾。授《老》《庄》，著《指归》，为"道书"之宗。杨（扬）雄少师之，称其德。杜陵李强为益州刺史，谓雄曰："吾真得君平矣。"雄曰："君但可见，不能屈也。"强以为不然。至州，修礼交遵。遵见之。强服其清高，而不敢屈也。叹曰："杨子云真知人也。"年九十卒。雄称之曰："不慕夷，即由矣。不作苟见，不治苟得，久幽而不改其操，虽随和何以加诸。"②

严君平九十多岁仙逝后，人们于武都山修建"严仙观"（一名"严真观"），并凿"君平池"纪念他。据《舆地纪胜》卷一八五记载有其隐居

---

① ［清］陈文述：《颐道堂集·诗选》卷二六《范长生诗·序》，清道光增修本。
② 任乃强校注：《华阳国志校补图注》卷一〇上，上海古籍出版社，1987年，第532—533页。

地阆州兰登山，"在新井县东二十里。汉严君平隐居于此，有君平洞、君平像、崇福观"。①明万历《四川总志》卷五"成都府"亦记载："严君平墓，崇宁县西南二十里侧，有卖卜片、洗砚池、读书台。"②今天成都市青羊区尚存君平街，郫都区还有区县级文物保护单位君平墓（含通汉井、洗砚池）。足见严君平对蜀地的影响与传说流传。在《益州记》中还记载有汉州雁桥东有严君平的卜卦台，但宋时已不存。宋代郭印《汉州庄真君卜台记》还记载有严君平凿七星井以厌火灾的传说：

> 真君姓庄氏，名遵，字君平，蜀隐君子也。事略载汉史，杂见于丛书，说者尚多弗著。按《益州记》，汉州雁桥东有真君卜台，高丈余，有通仙井，真君常潜迹变通，时从山中出，启肆卖卜。又故老相传，州地势南高而北下，多火灾，真君凿井廛间，上宪七星，杓指南方以厌胜之，则真君之德，阴被广汉尤厚。自昔至今，越千百年，卜台既已隳落，井之应辅星者埋塞久矣。比岁郡人往往逢灾应或疑焉。今太守王公忧民之忧，乃如其说，汰故埋井，于是灾烊不作，民皆安堵。一日过卜台，下顾其陋甚，寻加修筑，绘真君像其上，前临通道，蔽以短垣，盖使邦人无忘真君之德也。③

严君平淡泊名利，修身养性，是中国传统隐逸之士的代表，亦深受中国文人的敬仰。如唐代李华《隐者赞七首》其一《严君平》就对其心志辽远的品性大加赞扬：

> 先生冥冥，隐于卜肆。宗师老氏，精究《易》义。爰衣爰食，

---

① ［宋］王象之：《舆地纪胜》卷一八五"兰登山"，清道光二十九年刻本。
② ［明］虞怀忠、郭棐等纂修：万历《四川总志》卷五，万历九年木刻本，第41页。
③ 曾枣庄、刘琳主编：《全宋文》第145册，上海辞书出版社、安徽教育出版社，2006年，第333页。

止足非利。垂帘燕居，默养真气。诲人不倦，人悦其风。瞰昧柔刚，在我域中。心与世远，事与人同。不臣大君，不友上公。在贵反贱，齐明若蒙。辽哉远哉，微妙元通。弋者何为？仰慕飞鸿。①

范长生

范长生本是三国时成都一带的天师道首领，刘备曾请他去做官，他执意不去，便封其为"逍遥公"，并在青城山为其修建"长生宫"（今之鹤翔山庄），供其潜心修炼。西晋末年，五胡乱华，氐族人李特、李雄率领流民起义，范长生慷慨资助其粮草。后李雄于成都称帝，国号"大成"（史称成汉），念及范长生恩德，遂拜其为相。范长生辅佐李雄，奉行道家"清净无为，休养生息"的政策，使蜀地一度恢复安居乐业的局面。有此安定民生的功绩，再加之本来的道士身份，又善天文术数，蜀人感念之，奉之若神，故而也将他列入"蜀八仙"之列。

范长生本名范寂（一说原名范延久），字无为，因得长生修道之术，传说活了百余岁，故名"范长生"。其事迹记载如下：

（李）雄渡江害汶山太守陈图，遂入郫城，流移营据之。三蜀百姓并保险结坞，城邑皆空，流野无所略，士众饥困。涪陵人范长生率千余家依青城山，尚参军涪陵徐轝求为汶山太守，欲要结长生等，与尚掎角讨流。尚不许，轝怨之，求使江西，遂降于流，说长生等使资给流军粮。长生从之，故流军复振。②

雄以西山范长生岩居穴处，求道养志，欲迎立为君而臣之。长生固辞。……范长生自西山乘素舆诣成都，雄迎之于门，执版延坐，

---

① ［清］董浩等编：《全唐文》卷三一七，中华书局，1983年，第3218页。
② ［唐］房玄龄等：《晋书》卷一二〇《李流载记》，中华书局，1974年，第3030页。

拜丞相，尊曰范贤。长生劝雄称尊号，雄于是僭即帝位，赦其境内，改年曰太武。追尊父特曰景帝，庙号始祖，母罗氏为太后。加范长生为天地太师，封西山侯，复其部曲不豫军征，租税一入其家。①

青城山今仍有长生观，即为范长生当年修道之处。如：

长生观，旧名碧落观，在青城县北二十里。昔有范寂，字无为，刘先主时栖止青城山中，以修炼为事。先主征之不起，就封为逍遥公，得长生久视之道。刘禅易其宅为长生观。有巨楠高数十寻，围三十尺，世传长生手植。上有赤城阁，临眺甚远。②

后世有诗云：

青城卅六峰，峰峰势郁律。中有古仙人，高卧九仙室。帝王征不起，逍遥娱我情。长生得久视，遂以长生名。避世入兹山，如隔桃源路。手植今尚存，百丈青楠树。年来耽隐逸，亦复慕神仙。碧落横青嶂，黄冠几辈贤。仙人遗像在，举手整貂蝉。③

蜀才笺易，青城徜徉。百六十春，阅世兴亡。消息四时，诎信八节。狎虎如沤，入火不热。前契苦县，后把华原。段宗戒子，萧丞卜孙。受书葛亮，平揖李雄。守雌自蠖，厥道犹龙。④

---

① ［唐］房玄龄等：《晋书》卷一二一《李雄载记》，中华书局，1974年，第3036页。
② ［宋］祝穆撰：《方舆胜览》卷五五"成都府路"，宋咸淳三年刻本。
③ ［清］陈文述：《颐道堂集·诗选》卷二六《范长生诗》，清道光增修本。
④ ［清］袁昶撰：《于湖小集》卷五《范长生诗》，清光绪刻本。

尔朱先生

尔朱先生是五代后蜀的道士，尔朱是契丹族姓。其名虽不扬，但在道教传说中师承却是大有来头，传闻河上公授安期生，安期生授马鸣生，马鸣生授阴长生，阴长生授尔朱先生。据宋谢守灏《混元圣纪》卷七，"老君悯周衰之末，俗益浇讹，乃分身住世以拯救。时遁迹陕河之滨，不显姓字，人因呼为河上丈人，亦曰河上公。尝以道授安期生，安期生后授马鸣生，马鸣生授阴长生，阴长生授尔朱先生，后莫知其所传。"①

关于尔朱先生的奇闻传说有很多。比如曾遇异人传授秘法，投石浮之乃服药飞仙而去：

> 尔朱先生，忘其名，蜀人，功行甚至。遇异人与药一丸，先生欲服，异人曰："今若服必死。未若见浮石而后服之，则仙道成矣。"先生如其教，自是每一石必投之水，欲其浮。如是者殆一纪，人皆以为狂，或聚而笑之，而先生之心愈坚。居无何，因游峡上，将渡江，有叟叙舟相待。先生异之，且问曰："如何姓氏？"对曰："石氏。""此地何所？"答曰："涪州。"先生豁然悟曰："异人浮石之言，斯其应乎？"遂服其药，即轻举矣。②

又如尔朱在街上大卖仙丹，每粒售价十二万，当地太守欲买之，尔朱却狮子大开口涨价，激怒了太守，命人将他装入竹笼投进岷江。后来尔朱在绵州河边被渔人打捞起来，他却在竹笼里睡觉，后来乘白鹤飞升仙去：

---

① [宋]谢守灏：《混元圣纪》卷七，《道藏》第17册，文物出版社、上海书店、天津古籍出版，1988年，第839页。
② [宋]陶岳：《五代史补》卷一"尔朱先生上升"条，忏花盦丛书本。

（涪陵白鹤滩）俗传尔朱真人浮江而下，渔人白石网得之，击磬方醒，遂于滩前修炼，乘白鹤仙去。①

《续博物志》："尔朱先生，伪蜀广政中饮酒、食猪脏，渝州刺史谓其幻惑，以竹笼盛之，沈诸江。至夔，为渔人所得，上升。严补阙得青金丹方，朱桃椎、薛稷图其形传于世。"案：尔朱先生名洞，字通微，尔朱荣族弟，在蜀时与陈复休相善，号归元子。《神仙传》："洞卖丹药于成都市，每粒要钱十二万。太守欲买之，洞曰：'太守金多，非百二十万不可。'太守怒，命纳竹笼沉于江。"大宁石钟山有尔朱先生丹炉，《十国春秋》以为服药轻举也。②

又如尔朱擅长炼丹，修道之处还留有诸多巨石丹炉、丹井、石床、石洞等遗迹。他在山间种植松树，就连石壁上都生成了松树纹路，可见其神奇之处：

石钟山，在（大宁）监东北十五里，与二仙山相望。有巨石如钟，下有三足，烟火之迹宛然，父老以为尔朱丹炉云。③

尔朱真人，眉山人，隐居飘然山，修炼升仙，见有石炉、丹井、石床、石洞。④

松屏，出石山间。相传尔朱先生种松于此，映山之石，皆有

---

① ［清］李元：《蜀水经》卷一一，清嘉庆五年刻本。
② ［清］张澍：《蜀典》卷二《人物类》"尔朱洞"条，清道光十四年刻本。
③ ［宋］祝穆撰：《方舆胜览》卷五八"夔州路"，宋咸淳三年刻本。
④ ［明］虞怀忠、郭棐等纂修：万历《四川总志》卷一五"眉州"下"仙释"条，万历九年木刻本，第85页。

松纹。匠人欲采，先祈祷山神，焚爇方得佳者。不加人力，天然成文。①

尔朱先生还能日行千里，日游三都，所以在各处都留存有其修道之地。《全唐诗》载："李浩，字太素，不知何许人。隐青城山牡丹坪，与仙人尔朱先生游，作《大丹诗》百首行世。"②可知尔朱先生曾居青城山附近。又如雅州（今属四川雅安市）金鸡山、顺庆府（今属四川南充市）朱凤山、蓬州（今属四川蓬安县）透明岩等在明代时还保留有尔朱修道的遗迹和传说。如：

先生名通微，自号归元子。一日遍游成都、新都、广都间，至暮仍还丹室，有"日游三都，夜宿金鸡"之谚。③

金鸡山，在严道北三十五里，俗传有金鸡鸣于此。循金鸡山而上二百步，有石室，中有石像，为尔朱真人。④

有朱凤山，《寰宇记》："在州南十里，高百七十二丈，周回二十里。昔有凤凰集于此，因置凤山观。"《方舆》云："乃尔朱仙、李淳风养炼之地。回视郡城，如在掌握。"⑤

（蓬）山有透明岩，孔穴相连，宛如穿凿之状。……《碑目》云："透明岩下有尔朱真人书'隔凡石'三大字。"……《志》云：

① ［宋］祝穆撰：《方舆胜览》卷六一"夔州路"，宋咸淳三年刻本。
② 中华书局编辑部点校：《全唐诗》（增订本）卷八六一，中华书局，1999年，第9800页。
③ ［明］曹学佺：《蜀中神仙记》卷五引张商英《尔朱仙传》，明刻本。
④ ［明］曹学佺：《蜀中名胜记》卷一四"雅州"，明刻本。
⑤ ［明］曹学佺：《蜀中名胜记》卷二七"顺庆府"，明刻本。

"隋尔朱真人修炼于透明宕成道。"①

第三节　王褒与金马碧鸡传说

一、西南地区的"金马碧鸡"信仰

金马碧鸡神话是古时在西南地区广为流传的神话传说，最早出现于西汉宣帝时，与蜀中"汉赋三大家"之一的王褒有关。据《汉书·郊祀志下》和《王褒传》记载：方士言益州有金马碧鸡之宝，可祭祀致之，宣帝便命王褒到益州祭祀并迎请金马碧鸡。王褒还为此作有《碧鸡颂》一文：

> 持节使者王褒，谨拜南崖，敬移金精神马，缥缥碧鸡，处南之荒。深溪回谷，非土之乡。归来归来，汉德无疆。廉平唐虞，泽配三皇。黄龙见兮白虎仁，归来归来，可以为伦。归兮翔兮，何事南荒也。②

此事在《华阳国志·南中志》《水经注·淹水注》及西晋乐资的《九州要记》等典籍中也都有提及，但金马碧鸡究竟为何物，文献记载均扑朔迷离，后世便有了诸多不同见解。③唐颜师古注《汉书·郊祀志下》引如淳曰："金形似马，碧形似鸡。"④唐吕延济注左思《蜀都赋》："金马、碧鸡，神物也。"⑤从这些记载看，金马碧鸡当是像马和鸡形状的具有金

---

① ［明］曹学佺：《蜀中名胜记》卷二八"蓬州"，明刻本。
② 王洪林：《王褒集考异》，巴蜀书社，1998年，第84页。又作《移金马碧鸡文》。
③ 对于"金马碧鸡"学界解释不一，大致有如下多种看法：铜、碧矿产说；自然现象说；动物崇拜说；佛教之神说；方士杂糅编造说。详参张轲风：《云象、望气、矿藏："金马碧鸡"传说的生成过程》，《中国历史地理论丛》2020年第35卷第1辑。
④ ［汉］班固：《汉书》，中华书局，1962年，第1250页。
⑤ ［唐］李善等注：《六臣注文选》卷四，四部丛刊景宋刻本。

碧材质的宝物神器，被视作代表"汉德无疆"的符瑞象征，这也当为时人关于"金马碧鸡"最初的普遍认知。

据《汉书·地理志》，金马碧鸡传说本起源于益州部越嶲郡青蛉县的禺同山（今四川西昌东南，云南大姚县附近），也就是古代的邛都国所属。如《后汉书·南蛮西南夷传》记录有："其土地平原，有稻田。青蛉县禺同山有碧鸡金马，光景时时出见。俗多游荡，而喜讴歌，略与牂牁相类。"①《华阳国志·南中志》在云南郡蜻蛉县下言："禺同山，有碧鸡、金马，光影倏忽，民多见之；有山神。汉宣帝遣谏议大夫蜀郡王褒祭之，欲致鸡、马。褒道病卒，故不宣著。"②《水经注·淹水注》亦记载："（蜻蛉）县有禺同山，其山神有金马碧鸡，光景倏忽，民多见之。"③说明至少在晋时金马碧鸡已具有了山神性质，最显著的神化特征就是光影倏忽乍现。而在王褒祭祀作颂之后，"金马碧鸡"崇拜便为世人所熟知，在以川滇巴渝为中心的西南地区广泛且长久地传播开来④，并且成为古代西南地区极具地方特色的信仰文化，一度流传盛行直到明清。

在云南、四川、重庆各地，自唐宋以来金马碧鸡信仰不仅得到官方认可，还建立了不少金马碧鸡祠，而且出现了与之相关的金马碧鸡坊、金马碧鸡山（台/路）等，很多遗迹甚至保留至今。如作于唐高宗咸亨五年（674）左右的骆宾王《兵部奏姚州破贼设蒙俭等露布》中还有"城接祠鸡，竟无希于改旦"⑤之句，说明当时姚州（今云南西北一带）城附近尚有碧鸡祠。又如唐代使节樊绰出使南诏，所作的《蛮书·山川江源》载：

---

①　［南朝宋］范晔：《后汉书》，中华书局，1965年，第2852页。

②　任乃强校注：《华阳国志校补图注》卷四，上海古籍出版社，1987年，第295页。

③　［北魏］郦道元著，［清］王先谦校：《水经注》卷三七《淹水》，巴蜀书社，1985年，第563页。

④　吕肖奂：《中国古代西南地区的金马碧鸡信仰考论》，《徐州工程学院学报》（社会科学版）2012年第2期。

⑤　［清］陈熙晋笺注：《骆临海集笺注》卷一〇，上海古籍出版社，1985年，第358页。

金马山在柘东城（按：今昆明市附近）螺山南二十余里，高百余丈，与碧鸡山东南西北相对。土俗传云：昔有金马，往往出见山上，亦有神祠。从汉界入蛮（按：指南诏），路出此山之下。……碧鸡山在昆池西岸上，与柘东城隔水相对。从东来者冈头数十里已见此山。山势特秀，池水清澹，水中有碧鸡山石，山有洞庭树，年月久远，空有余本。……昆池在柘东城西南百余里。……至碧鸡山，下为昆州，因水为名也。土蛮亦呼名滇池。①

樊绰作《蛮书》大概在唐懿宗咸通四年（863）。又据明代《南诏野史》记载，贞元十九年（803），南诏王蒙异牟寻封云南金马、碧鸡二山之神为景帝，建妙音寺塔。②皆说明至少在唐代中期时金马碧鸡传说就已经附会到了昆明一带。

又如南宋王应麟《玉海》卷一〇二："国朝金马碧鸡祠，在永康军导江（按：今都江堰市一带）。绍兴二十九年，庙曰昭应，隆兴二年封灵光侯。"③元代虞集《题柯敬仲画》诗："碧鸡祠前杜宇叫，玉女井上丛篁幽。"④据虞集自序，此碧鸡祠当在宋元时期的四川陵州（今四川仁寿县）。又嘉庆《四川通志》卷三十四云："金马碧鸡祠，在（崇宁）县北七里，今废。"⑤卷三十七又云："金马祠在（仁寿）县南。"⑥由以上文献可知，四川不少地方从宋元直到清代，都仍旧保留着金马碧鸡信仰。

又如明曹学佺《蜀中名胜记》卷一七"重庆府巴县附郭"："府治枕

① ［唐］樊绰：《蛮书》卷二《山川江源》，琳琅秘室丛书本。
② ［明］胡蔚本：《南诏野史》，载杨郁生著，大理市白族文化研究所编：《白族美术史·资料摘录》，云南民族出版社，2005年，第302页。
③ ［宋］王应麟：《玉海》卷一〇二《郊祀》，清嘉庆十一年刻本。
④ 杨镰主编：《全元诗》第26册，中华书局，2013年，第44页。
⑤ ［清］常明修，杨芳灿纂：嘉庆《四川通志》卷三四《舆地志三十三》，清嘉庆二十一年刻本。
⑥ ［清］常明修，杨芳灿纂：嘉庆《四川通志》卷三七《舆地志三十六》，清嘉庆二十一年刻本。

金碧山，汉时分祀金马、碧鸡处也。宋淳祐中制置使余玠因旧址累为台，曰金碧台。"①说明重庆巴县从汉代开始就有祭祀金马碧鸡的习俗，一直保持到了明代都未断绝。而金碧山和金碧台在元代还曾被视做重庆标志，如元代李源道《送捧诏使》云："渝城好过黄花节，金碧台高酒半酣。"②

二、文学作品中的"金马碧鸡"

汉魏南北朝时期的文学作品中提及金马碧鸡，主要是将之与诸多奇珍异兽相提并论，极力渲染其奇幻神秘色彩。如扬雄《蜀都赋》："其旁则有期牛兕旄，金马碧鸡。"③左思《蜀都赋》："白雉朝雊，猩猩夜啼。金马骋光而绝景，碧鸡倏忽而曜仪。"④南朝梁王僧孺《朱鹭》："闻君爱白雉，兼因重碧鸡。未能声似凤，聊变色如珪。"⑤梁简文帝《神山寺碑》铭曰："关号天井，山称地雌，碧鸡金马，越巂梁池，怀灵缊德，孕宝含奇。"⑥

而到了南朝梁时李膺《益州记》中则出现了关于成都碧鸡坊的记载："成都之坊，百有二十，第四曰碧鸡坊。"⑦这大概是目前成都以"坊"为街名的最早文献记录。金马坊、碧鸡坊都是古时成都著名的街坊。如宋代薛田《成都书事百韵》："院锁玉溪留好景，坊题金马促繁弦。"⑧唐宋时期碧鸡坊一度成为成都的地标性建筑与象征，声名远播，如：

---

① ［明］曹学佺：《蜀中名胜记》卷一七，明刻本。
② 杨镰主编：《全元诗》第28册，中华书局，2013年，第147页。
③ 费振刚、仇仲谦、刘南平校注：《全汉赋校注》，广东教育出版社，2005年，第212页。
④ ［南朝梁］萧统编，［唐］李善注：《文选》卷四，中华书局，1977年，第75页。
⑤ ［宋］郭茂倩编：《乐府诗集》卷一六《鼓吹曲辞一·汉铙歌上》，中华书局，1979年，第232页。
⑥ ［南朝梁］萧纲：《梁简文帝集》卷一，光绪己卯信述堂重刻本。
⑦ ［清］仇兆鳌注：《杜诗详注》卷九注引，中华书局，1999年，第780页。
⑧ 傅璇琮、倪其心等主编：《全宋诗》第2册，北京大学出版社，1991年，第1051页。

时出碧鸡坊，西郊向草堂。（唐杜甫《西郊》）①

似知金马客，时梦碧鸡坊。（宋苏轼《次韵蒋颖叔二首·凝祥池》）②

碧鸡坊西结茅屋，百花潭水濯冠缨。（宋黄庭坚《老杜浣花溪图引》）③

碧鸡坊里海棠时，弥月兼旬醉不知。（宋陆游《病中久止酒有怀成都海棠之盛》）④

走马碧鸡坊里去，市人唤作海棠颠。（宋陆游《花时遍游诸家园》）⑤

碧鸡坊里花如屋，燕王宫下花成谷。（宋范成大《醉落魄》）⑥

成都有碧鸡坊，盖祠所也。老杜诗："时出碧鸡坊。"其后西川校书薛涛营宅于碧鸡坊老焉。⑦

不仅杜甫时出碧鸡坊，薛涛晚年亦居于碧鸡坊创吟诗楼。南宋初年，王灼寓居成都碧鸡坊妙胜院，作《碧鸡漫志》。而苏轼、黄庭坚、陆游、

---

① ［清］仇兆鳌注：《杜诗详注》卷九，中华书局，1999年，第780页。
② ［清］王文诰辑注，孔凡礼点校：《苏轼诗集》卷三六，中华书局，1982年，第1944页。
③ 傅璇琮、倪其心等主编：《全宋诗》第17册，北京大学出版社，1991年，第11575页。
④ 钱仲联校注：《剑南诗稿校注》卷一一，上海古籍出版社，1985年，第856页。
⑤ 钱仲联校注：《剑南诗稿校注》卷六，上海古籍出版社，1985年，第538页。
⑥ ［宋］范成大撰，富寿荪标校：《范石湖集·石湖词补遗》，上海古籍出版社，1981年，第483—484页。
⑦ ［明］曹学佺：《蜀中方物记》卷一，明刻本。

范成大到成都，亦均为碧鸡坊写了不少诗词赞美。

成都习俗中亦有祭祀金马碧鸡的传统，在金马坊旁侧建有金马碧鸡祠，并且得到了官方认可，宋代还曾赐庙额"昭应庙（祠）"，供奉的金马碧鸡神也曾被封为"灵光侯"，一直保留到清代雍正时才被废。在历代方志笔记中亦都有关于成都金马碧鸡祠的记载，如：

> 金马碧鸡祠，在（成都）金马坊前。汉宣帝闻益州有金马碧鸡之神，遣谏议大夫王褒持节醮祭而致之。本朝赐为昭应庙，封其神为灵先侯。[1]

> 今北门内石马巷有石马，足陷入地。金马祠在巷内，碧鸡坊则在城之西南。[2]

> 金马碧鸡祠，在北门内金马坊侧，汉元帝闻益州有金马碧鸡之神，遣谏议大夫王褒醮祭于此，宋赐庙额曰昭应。今仍赐金马云。[3]

> 昭应祠，（成都）府治内，金马坊侧。汉宣帝闻益州有金马碧鸡之神，遣谏议大夫王褒醮祭，宋赐庙额"昭应"。[4]

碧鸡祠亦成为文人墨客必往的著名胜迹。如唐代张籍《送蜀客》："蜀客南行祭碧鸡，木绵花发锦江西。"[5]韩翃《赠别成明府赴剑南》："朝为三室印，晚为三蜀人。遥知下车日，正及巴山春。……霁水远映西

---

① ［宋］祝穆撰：《方舆胜览》卷五一"成都府路"，宋咸淳三年刻本。
② ［明］曹学佺：《蜀中名胜记》卷三"成都府"，明刻本。
③ ［明］何宇度撰：《益部谈资》卷中，清钞本。
④ ［明］刘大谟修，杨慎纂，周复俊重编：嘉靖《四川总志》卷三《郡县志》，明嘉靖二十四年刻本。
⑤ 中华书局编辑部点校：《全唐诗》（增订本）卷三八六，中华书局，1999年，第4360页。

川时，闲望碧鸡飞古祠。"①元代谢应芳《怀成都监仓赵中执三首》其三："公余访古碧鸡祠，宫柳野梅皆可诗。"②明代虞堪《玉垒词》："玉垒峰头月落西，碧鸡祠下杜鹃啼。"③

由于金马碧鸡信仰的深入人心，自汉以后，历朝历代的文人描绘巴蜀时，亦常会提及金马碧鸡，它们已俨然成为蜀郡蜀地的代名词之一。如：

蜀郡随金马，天津应玉衡。（南朝陈张正见《晨鸡高树鸣》）④

王城晓入窥丹凤，蜀路晴来见碧鸡。（唐刘禹锡《洛中送杨处厚入关便游蜀》）⑤

怅怀石门咏，缅慕碧鸡游。（唐杨衡《秋夜闲居即事寄庐山郑员外蜀郡符处士》）⑥

蜀人诧蜀不能休，花作江山锦作州。……碧鸡金马端谁见，酒肆琴台访昔游。（宋杨万里《送丘宗卿帅蜀三首》其三）⑦

岷峨山下锦城江，好买玄都翡翠幢。……铜龙漏下春生水，金

①　中华书局编辑部点校：《全唐诗》（增订本）卷二四三，中华书局，1999年，第2721页。
②　[元]谢应芳：《龟巢稿》卷六，清光绪二十一至三十三年武进盛氏恩惠斋刻宣统间汇印常州先哲遗书本。
③　[明]虞堪：《虞山人诗》卷三，民国十七年东方学会排印殷礼在斯堂丛书本。
④　[宋]郭茂倩编：《乐府诗集》卷二八《相和歌辞三·相和曲下》，中华书局，1979年，第407页。
⑤　中华书局编辑部点校：《全唐诗》（增订本）卷三五九，中华书局，1999年，第4052页。
⑥　中华书局编辑部点校：《全唐诗》（增订本）卷四六五，中华书局，1999年，第5311页。
⑦　傅璇琮、倪其心等主编：《全宋诗》第42册，北京大学出版社，1991年，第26557页。

马神来雾入窗。（元马祖常《无题四首》又《次前韵》其一）①

　　铜梁玉垒灵气开，碧鸡金马神降来。（明皇甫汸《化蜀行送周子吁提学》）②

后世还把赴蜀地的官吏或使臣专称为"碧鸡使"，可见"金马碧鸡"对时人的影响，如：

　　闻道王乔舄，名因太史传。如何碧鸡使，把诏紫微天。（唐杜甫《阆州奉送二十四舅使自京赴任青城》）③

　　大罗天上神仙客，濯锦江头花柳春。不为碧鸡称使者，唯令白鹤报乡人。（唐王维《送王尊师归蜀中拜扫》）④

　　万里碧鸡使，叱驭问邛崃。枪旗有烨，川秦奔走送龙媒。（宋李刘《水调歌头·寿赵茶马》）⑤

除了蜀地外，因为自唐以来金马碧鸡信仰向云南一带的广泛传播，而古拓东城（昆明）作为云南重镇，金马碧鸡神话也一直在这里保存了下来。比如《元史·张立道传》："其地有昆明池，介碧鸡、金马之间，环五百余里，夏潦暴至，必冒城郭。"⑥《大明一统志》卷八十六："碧鸡

①　杨镰主编：《全元诗》第29册，中华书局，2013年，第351页。
②　［明］皇甫汸：《皇甫司勋集》卷一二，上海古籍出版社，1993年，第568页。
③　［清］仇兆鳌注：《杜诗详注》卷一二，中华书局，1999年，第1036页。
④　中华书局编辑部点校：《全唐诗》（增订本）卷一二八，中华书局，1999年，第1306页。
⑤　唐圭璋编：《全宋词》第4册，中华书局，1965年，第2320页。
⑥　［明］宋濂：《元史》卷一六七，中华书局，1976年，第3916页。

神庙在碧鸡山东。金马神庙在金马山西，今移庙城中。"①昆池（今滇池）东西两座山，即被命名为金马山和碧鸡山，山上还先后兴建了金马寺、碧鸡寺，元明时分别设置了金马关、碧鸡关、金马铺和碧鸡铺，亦都是入滇线路上的著名关隘驿站。元明之际金马神祠还从金马山移到了城中。据方志记载，明宣宗宣德年间（1426—1435）昆明城内亦建有金马坊和碧鸡坊，成为一方胜景，热闹非凡。明代景泰《云南图经志书》卷一曰："今城南三市街有'碧鸡''金马'二坊，盖表其为一方之胜也。然二山皆有祠。"②清代《滇游记》亦载："金马、碧鸡坊在南关外，乃百货汇聚，人烟辏集之所也，富庶有江浙风。"③而两座牌坊所在的金马街和碧鸡街，后来统称为"金碧路"，一直沿用至今。

"金马碧鸡"也成为云南的一个标志，在历代诗文中频频被提及。据不完全统计④，仅唐至清，描写云南金马碧鸡相关的诗词就有82首，其中唐宋各1首，元代15首，明代47首，清代18首，元代前后数量的差异可能与元初才建立云南行省，滇池地区从此成为云南的政治中心有关。如唐代道南和尚《玉案山》："乾坤不蔽西南境，金碧平分左右斑。"⑤《南诏德化碑》（766）碑文载："且安宁雄镇，诸爨要衡。山对碧鸡，波环碣石。"⑥可知初唐时期云南便已经有了碧鸡山。明初郭文的《竹枝词》亦云："金马何曾半步行，碧鸡那解五更鸣。侬家夫婿久

---

① ［明］李贤等纂：《大明一统志》卷八六，明弘治十八年刻本。

② ［明］陈文修，李春龙、刘景毛校注：《景泰云南图经志书校注》卷一"山川"，云南民族出版社，2002年，第5页。

③ ［清］陈鼎：《滇游记》，载方国输主编：《云南史料丛刊》第11卷，云南大学出版社，2001年，第375页。

④ 唐翠：《滇池地区"金马碧鸡"文化景观调查和研究》，云南大学硕士论文，2015年，第17—18页。

⑤ 昆明市西山区委员会文化文史和学习委员会编：《诗韵西山》，云南科技出版社，2020年，第351页。

⑥ 大理市文物保护管理所编：《南诏德化碑》，1979年，第22页。

离别，恰似两山空得名。"①吴宽《送陈师禹提学云南》："銕豸冠高还自整，碧鸡祠古漫相传。"②明代日本僧人机先曾写有《滇阳六景》组诗，其中两景就是"金马朝晖"和"碧鸡秋色"。杨慎被贬谪云南后，所作诗词中亦多处提及金马碧鸡，如《滇海曲十二首》其二："碧鸡金马古梁州，铜柱铁桥天际头。试问平滇功第一，逢人谁说颍川侯。"③《高峣晓发过滇》："碧鸡关头月上霞，高峣海色分人家。"④《渔家傲·滇南月节词》："七月滇南秋已透，碧鸡金马山新瘦。"⑤元人张雄飞亦作《碧鸡山》诗云："北阙辞丹凤，南云看碧鸡。"⑥清代宋嘉俊《金碧交辉》曾作诗描绘昆明"金碧交辉"⑦的胜景："金碧交双影，春秋逢二分。"⑧赵珙在《望昆明池》诗中亦写道："巨浸东南是古滇，茫茫池水势吞天。碧鸡莫渡栖平岭，金马难行縶野田。"⑨直到清末光绪时，都还有曾广钧诗《赠黄鹿泉直刺之官滇南》其一云："黄鹤仙人击寥廓，碧鸡驿树指哀牢。"⑩另如《元史·张立道传》、北周庾信《周大将军司马裔神道碑》、《永乐大典》

①　［明］杨慎撰：《丹铅总录》卷二〇《诗话类》"滇中诗人"条引，明嘉靖三十三年刻蓝印本。
②　［明］吴宽撰：《匏翁集》卷九，明正德三年刻本。
③　王文才、万光治主编：《杨升庵丛书》第4册，天地出版社，2002年，第303页。
④　［明］曹学佺辑：《石仓十二代诗选·明三集》卷一一引，明崇祯刻本。
⑤　王文才、万光治主编：《杨升庵丛书》第4册，天地出版社，2002年，第457页。
⑥　［明］陈文修，李春龙、刘景毛校注：《景泰云南图经志书校注》卷一"山川"引，云南民族出版社，2002年，第4页。
⑦　据民国罗养儒《云南掌故》记载："现出此景，须秋分节在酉年之中秋日，届临酉时。"即指在每隔60年的秋分之日，也是中秋日的下午5至7点，金马碧鸡坊会出现"金碧交辉"胜景：届时月光从东边照射金马坊，倒影投射在西边路面；此时太阳余晖照射碧鸡坊，倒影投射在东边路面。随着两个倒影慢慢移动和交接，最后呈现出"金碧交辉"的奇观。此景是否属实学界尚有争议，但由之可见金马碧鸡传说在清代又被赋予了更多神秘内涵。
⑧　昆明市西山区委员会文化文史和学习委员会编：《诗韵西山》，云南科技出版社，2020年，第171页。
⑨　［清］张毓碧修，谢俨纂：康熙《云南府志》卷二三《艺文志》引，清康熙三十五年刻本。
⑩　［清］曾广钧：《环天室古近体诗类选》，《清代诗文集汇编》第791册，上海古籍出版社，2010年，第561页。

录姚佺《席诚信神道碑》等史传、文章中，亦都有关于云南金马碧鸡的记载。

王褒因为在金马碧鸡的对外传播中起到了重要的作用，所以也常与"金马碧鸡"联系到一起，如《魏书·常景传》中常景就作诗评价王褒曰："王子挺秀质，逸气干青云。……空枉碧鸡命，徒献金马文。"①唐代吴融《送弟东归》"谩劳筋力趋丹凤，可有文词咏碧鸡"②也大力赞美了王褒《碧鸡颂》文采出众。而唐高宗《答沙门慧净辞知普光寺任令》："碧鸡誉于汉臣，白马称于傲吏。"③清王士禛《祀鸡台》："东周久已换西秦，陈宝何须辨伪真。犹有汉家使持节，益州远祀碧鸡神。"④则是歌颂了王褒出使祭祀金马碧鸡神一事。又如：

> 持节使者来自天，玉皇遣问金碧仙。蜀山嵯峨九折外，琼楼绛阙迷风烟。……至今滇昆水含怒，怒迸海脉浮平川。资中男子文章伯，执笔金銮殿中客。碧鸡飞去却飞来，此地遂为金马宅。（宋李石《题金马碧鸡神祠》）⑤

> 君不闻汉朝金马碧鸡精，子渊祀之滇海行。滇海故道不经此，咄嗟此山胡为名。（清李星沅《金碧山堂怀古》）⑥

这两首诗都道出了王褒与金马碧鸡典故的由来，以及川滇地区金马碧鸡遗迹之间的衍生关系。甚至为了突出王褒的重要功绩，后世还赋

---

① ［北齐］魏收撰：《魏书》卷八二，中华书局，1974年，第1802页。
② 中华书局编辑部点校：《全唐诗》（增订本）卷六八六，中华书局，1999年，第7958页。
③ ［清］董浩等编：《全唐文》卷一一，中华书局，1983年，第136页。
④ ［清］王士禛撰，李毓芙等整理：《渔洋精华录集释》卷一二，上海古籍出版社，1999年，第1890页。
⑤ 傅璇琮、倪其心等主编：《全宋诗》第35册，北京大学出版社，1991年，第22274页。
⑥ ［清］李星沅撰：《李文恭遗集·诗集》卷二，清同治五年刻本。

予了他道教神仙的身份，将原为碧鸡祠主簿的赤斧仙与王褒联系到了
一起：

> 《列仙传》云："赤斧者，巴戎人，为碧鸡祠主簿。能作水澒炼
> 丹，与硝石服之，三十年反如童子，毛发皆赤。后数十年上华山，
> 饵禹余粮。又苍梧滇江间人累世见之，手掌中纹有赤斧，故以为
> 号。"按：《汉书》宣帝时，方士言益州有碧鸡金马之神，可祀而致
> 帝遣王褒乘传往祭之。《褒内传》云："褒引见太上丈人，着流霞袍，
> 冠芙蓉，或即赤斧仙也。"一说王褒为碧鸡使，赤斧为主簿。班圆
> （固）文云"朱轩之使，凤举于金碧之岩"，本此。[①]

第四节　诗文中的苌弘化碧意象

《窦娥冤》中有一句著名唱词："我不要半星热血红尘洒，都只在八
尺旗枪素练悬。等他四下里皆瞧见，这就是咱苌弘化碧，望帝啼鹃。"[②]
窦娥用"苌弘化碧，望帝啼鹃"来表达自己受到了莫大冤屈，无处昭
雪。与杜宇化鹃泣血一样，"苌弘化碧"也是巴蜀神话传说之一，常用于
表达一片忠心赤胆却遭受奇冤难诉。

苌弘，古资中（今四川资阳）人，生年不详，卒于公元前492年，
大约生活在春秋周灵王、景王、悼王、敬王时期，是主政大臣刘文公
的所属大夫。精通天文、音律，后来蒙冤被周人所杀。《吕氏春秋》《左
传》《国语》《蜀纪》《淮南子》《搜神记》等均记载了其事迹。如《左
传》哀公三年记载："刘氏、范氏世为婚姻，苌弘事刘文公，故周与范

---

① ［明］曹学佺：《蜀中神仙记》卷一，明刻本。
② ［元］关汉卿：《窦娥冤》，陕西人民出版社，1996年，第116页。

氏、赵鞅以为讨。六月癸卯，周人杀苌弘。"①又《淮南子·氾论训》叙述
得更为详细："昔者苌弘，周室之执数者也，天地之气，日月之行，风雨
之变，律历之数，无所不通，然而不能自知，车裂而死。"高诱注："晋
范、中行氏之难，以叛其君也。周刘氏与晋范氏世为婚姻，苌弘事刘文
公，故周人助范氏。至敬王二十八年，晋人让周，周为杀苌弘以释之，
故曰'不能自知，车裂而死也'。"②

也有一说是叔向用反间计谗杀苌弘，如：

　　叔向之谗苌弘也，为苌弘书，谓叔向曰："子为我谓晋君，所与
君期者，时可矣。何不亟以兵来？"因伴遗其书周君之庭而急去行。
周以苌弘为卖周也，乃诛苌弘而杀之。③

　　叔向之杀苌弘也，数见苌弘于周，因伴遗书曰："苌弘谓叔向曰：
'子起晋国之兵以攻周，吾废刘氏而立单氏。'"刘氏请之君曰："此
苌弘也。"乃杀之。④

关于苌弘之死有多个版本⑤，最为后世接受并引用的是庄子版本。《庄
子·杂篇·外物》："人主莫不欲其臣之忠，而忠未必信，故伍员流于江，

① ［晋］杜预注，［唐］孔颖达等正义：《春秋左传正义》卷五七，载《十三经注疏》，上海
　古籍出版社，1997年，第2158页。
② 刘文典撰，冯逸、乔华点校：《淮南鸿烈集解》，中华书局，1997年，第445页。
③ ［清］王先慎撰，钟哲点校：《韩非子集解》卷九《内储说下》，中华书局，2006年重印，
　第258—259页。
④ ［汉］刘向撰，赵善论疏证：《说苑疏证》卷一三，华东师范大学出版社，1985年，第
　378页。
⑤ 一如《史记·封禅书》记载，苌弘因设射狸首装神弄鬼而得罪了诸侯被杀。一如《拾遗
　记》载，苌弘却是善于阿谈奉迎的奸佞之辈，因为一味谄媚周王而被周人杀之，其死并
　不无辜。又如《国语·周语下》记载，苌弘却是因参与晋国内乱支持范氏，周王迫于赵
　鞅压力杀之。

苌弘死于蜀，藏其血三年而化为碧。"①《外篇·胠箧》又云："昔者龙逢斩，比干剖，苌弘胣，子胥靡，故四子之贤而身不免乎戮。"②将苌弘与伍子胥、龙逢、比干这些古贤者并列在一起，明确指出他们皆为无辜被冤杀的忠臣。后人在《庄子》说的基础上，对"三年化碧"的原因进行了更为详尽的解释。如《吕氏春秋·必已》："苌弘死、藏其血三年而为碧。"③高诱注："苌弘，周敬王大夫，号知天道，欲城成周，支天之所坏，故卫奚知其不得没也。及范吉射、荀寅叛其君，苌弘与知之。周刘氏、范氏世为婚姻，苌弘事刘文公，故周人与范氏。晋人让周，周为之杀苌弘。不当其罪，故血三年而为碧也。"④又如西晋司马彪注《庄子》曰："苌弘忠而流，故其血不朽而化为碧。"⑤唐代成玄英疏："苌弘遭谮，被放归蜀，自恨忠而遭谮，遂刳肠而死。蜀人感之，以匮盛其血，三年而化为碧玉，乃精诚之至也。"⑥苌弘蒙冤而死，蜀人为纪念他而藏其血，三年后血化而为碧玉，由此神异之事来说明：苌弘确实乃受冤而亡，才会有此异象。

后世文献记载中也多采用此说，"苌弘化碧"的传说也流传愈广。如：

> 周大夫苌弘死，蜀人藏其血，三年变为碧珠。⑦

> 苌弘，资中人，事刘文公，为其属大夫，孔子尝问乐焉。敬王元年，王居狄泉谓之东王时，南宫极震。弘谓文公曰："君其勉之，先君之功可济也。周之亡也，其三川震。今西王之大臣亦震，是天

① ［清］郭庆藩撰，王孝鱼点校：《庄子集释》卷九上，中华书局，1961年，第920页。
② ［清］郭庆藩撰，王孝鱼点校：《庄子集释》卷四中，中华书局，1961年，第346页。
③ 陈奇猷校释：《吕氏春秋校释》，学林出版社，1984年，第828页。
④ 陈奇猷校释：《吕氏春秋校释》，学林出版社，1984年，第831页。
⑤ ［清］郭庆藩撰，王孝鱼点校：《庄子集释》卷九上注引，中华书局，1961年，第921页。
⑥ ［清］郭庆藩撰，王孝鱼点校：《庄子集释》卷九上注引，中华书局，1961年，第921页。
⑦ ［明］曹学佺：《蜀中方物记》卷九"玉石"条引《蜀纪》，明刻本。

弃之矣，东王必克。"初，晋赵氏、范氏不相能，而范氏、刘氏世为婚姻。苌弘事刘文公，故周与范氏。二十八年，赵鞅以为讨，于是周人杀弘以谢之，藏其血于地，三年化为碧。①

周末，杀苌弘于蜀，血碧色，入地化为碧玉，数里内土皆青色，故蜀有青泥坊。杜工部诗云"煮饭青泥坊里芹"，即此。②

苌弘被放归蜀，刳肠而死。蜀人以匮藏其血，三年而化为碧玉。③

苌弘被枉杀的忠臣形象愈发清晰巩固，从此"苌弘化碧"便成为蒙冤含恨的典型代表，历代文人士子都对之表达了无限崇敬惋惜之情，由之联想到自身境遇，借此抒发自己的"碧血丹心"。如唐代柳宗元被贬永州，作《吊苌弘文》："杀身之匪予戚兮，闵宗周之不完。岂成城以夸功兮，哀清庙之将残。"④慨叹与他同样忠而见疑的苌弘，惺惺相惜之情溢于言表。诗词中也常见苌弘典故作为冤屈意象大量使用：

佣刑抱水含满唇，暗洒苌弘冷血痕。（唐李贺《杨生青花紫石砚歌》）⑤

秋坟鬼唱鲍家诗，恨血千年土中碧。（唐李贺《秋来》）⑥

① ［明］曹学佺：《蜀中人物记》卷一，明刻本。
② ［清］陈祥裔：《蜀都碎事》卷一，清康熙刻本。
③ ［清］彭遵泗编，倪亮校注：《蜀故校注》卷二七"补遗"，西南交通大学出版社，2020年，第388页。
④ ［唐］柳宗元撰：《柳宗元集》卷一九，中华书局，1979年，第514页。
⑤ 中华书局编辑部点校：《全唐诗》（增订本）卷三九二，中华书局，1999年，第4433页。
⑥ 中华书局编辑部点校：《全唐诗》（增订本）卷三九〇，中华书局，1999年，第4412页。

周王不信长生话，空使苌弘碧泪垂。(唐曹唐《小游仙诗九十八首》)①

苌弘血染新，含露满江滨。(唐郑谷《光化戊午年举公见示省试春草碧色诗偶赋是题》)②

返魂无验青烟灭，埋血空生碧草愁。(唐温庭筠《马嵬驿》)③

恨之极。恨极销磨不得。苌弘事，人道后来，其血三年化为碧。(宋辛弃疾《兰陵王》)④

宋代以后，为了纪念苌弘，资中还建有苌弘祠祭祀之。如：

苌宏(弘)祠，宏(弘)无辜受戮，死而血碧，故后人立祠以祀之。⑤

苌弘氏，孔子尝问乐焉。死之三年，而血化为碧。按《图经》，苌弘，资中人，有祠在青泥坊，数里之内，土色尚青。⑥

苌公祠，在(资)州北，祀周大夫苌宏(弘)。⑦

---

① 中华书局编辑部点校：《全唐诗》(增订本)卷六四一，中华书局，1999年，第7398页。
② 中华书局编辑部点校：《全唐诗》(增订本)卷六七六，中华书局，1999年，第7804页。
③ 中华书局编辑部点校：《全唐诗》(增订本)卷五七八，中华书局，1999年，第6775页。
④ 唐圭璋编：《全宋词》第3册，中华书局，1965年，第1947页。
⑤ 〔宋〕乐史：《太平寰宇记》卷七六"剑南西道五"，清同治光绪间金溪赵氏红杏山房补刻重印赵氏藏书本。
⑥ 〔明〕曹学佺：《蜀中名胜记》卷八"资县"，明刻本。
⑦ 〔清〕常明修，杨芳灿纂：嘉庆《四川通志》卷三七《舆地志三十六》，清嘉庆二十一年刻本。

由于苌弘与杜宇同为蜀人，在传说中都含冤难申，最后都化为了它物离去。一个以血化玉，以证自身清白；一个以身化鹃，以鸣自身不甘。相似的遭遇，让世人不禁为之唏嘘感叹。也正由于这样相似的境遇，文人笔下也常常将二者联系在一起，自西晋左思《蜀都赋》"碧出苌弘之血，鸟生杜宇之魄"①而开其端之后，"苌弘化碧""望帝啼鹃"便常常同时联用出现，以表达含恨惆怅的哀怨之情。如唐顾况《露青竹杖歌》："碧鲜似染苌弘血，蜀帝城边子规咽。"②雍陶《蜀中战后感事》："岁积苌弘怨，春深杜宇哀。"③明末戏剧家孟称舜《娇红记》第三十一出《要盟》中唱词有云："魂入土而成碧，苌弘之血犹腥。魂对月以长号，望帝之灵不老。"④

而近代以后，苌弘赤胆忠心、忠贞不渝的操守品德更为人称道，于是苌弘碧血更多地被用于表达时人甘洒热血写春秋的壮志豪情。如清末梁启超诗云："壮士拂衣出门去，扺身一剑横青鞲。易水萧萧筑声歇，望断燕云十六州。哀哀苌弘血化碧，颈项犹拥仇人头。"⑤又秋瑾《对酒》："一腔热血勤珍重，洒去犹能化碧涛。"⑥《宝剑歌》："血染斑斑已化碧，汉王诛暴由三尺。"⑦一扫哀怨愁苦之气，表达了革命党人满腔赤诚、不惧生死的英雄气概。又如陈寅恪先生在"七七"事变后，纵然生活困顿，颠沛流离，仍以苌弘碧血丹心自勉，违天搏命之心不改："天其废我是耶非，叹息苌弘强欲违。"⑧

① ［南朝梁］萧统编，［唐］李善注：《文选》卷四，中华书局，1977年，第81页。
② 中华书局编辑部点校：《全唐诗》（增订本）卷二六五，中华书局，1999年，第2938页。
③ 中华书局编辑部点校：《全唐诗》（增订本）卷五一八，中华书局，1999年，第5957页。
④ ［明］孟称舜：《娇红记》卷下，明末刻本。
⑤ ［民国］梁启超撰：《饮冰室文集》卷七九，民国十五年排印本。
⑥ 王灿芝编：《秋瑾女侠遗集》，朝华出版社，2018年，第96页。
⑦ 王灿芝编：《秋瑾女侠遗集》，朝华出版社，2018年，第91页。
⑧ 陈寅恪：《目疾久不愈书恨》，载陈寅恪《诗集》，生活·读书·新知三联书店，2001年，第39页。

第五节　蜀道上的梓潼神

一、从梓潼神到文昌帝君

蜀道上还有一些民间祭拜的小神，一般属于地方祭祀的部分，数量不多，比如梓潼神。梓潼神本是始于晋代蜀地梓潼县民间崇拜的雷神张恶子，《华阳国志·汉中志》载："梓潼县，郡治。有五妇山，故蜀五丁士所拽蚯（蛇）崩山处也。有善板祠，一曰恶子。民岁上雷杼十枚。岁尽，不复见，云雷取去。"[1] 可见善板祠又名恶子祠，本是梓潼民间用于祭祀雷神而建。据《晋书》载，东晋孝武帝宁康元年（373），苻坚出兵攻占梁、益二州。次年，蜀地张育自立为蜀王，起兵反抗苻坚，后英勇战死。当地百姓为了纪念张育，就在梓潼郡七曲山为其立"张育祠"祭祀之，并尊其为雷泽龙神。因为张育祠与恶子祠相邻，后来就逐渐二祠合一，最后只剩下张恶子庙，二祠神亦合二为一，即为梓潼神张恶子。宋时民间还有一种说法是将梓潼神视为蛇神，而且与五丁拔蛇的传说扯上了关系，如《北梦琐言》所载："梓潼县张恶子神，乃五丁拔蛇之所也。或云嶲州张生所养之蛇，因而祠。时人谓为张恶子，甚神其灵。"[2]《尔雅·释鱼》郭璞注曰："蚨、蛊，蝮属，大眼，最有毒，今淮南人呼蛊子。"[3] 亚、恶、垩、蛊古时音近相通，所以，张恶子亦作张亚子、垩子、蛊子等。

梓潼神庙发生重要转折的时机是在唐代，相传唐玄宗因战乱入蜀时，遇梓潼神托梦，于是敕封张亚子为左丞相。后来唐僖宗再次避难入蜀，得到梓潼神迎接，他还帮助了唐军平叛。于是僖宗加封其为济顺王，并

---

① 任乃强校注：《华阳国志校补图注》卷二，上海古籍出版社，1987年，第91页。
② ［宋］李昉等：《太平广记》卷四五八"张恶子"条引《北梦琐言》，第4册，上海古籍出版社，1990年，第381页。
③ ［晋］郭璞注，［宋］邢昺疏：《尔雅注疏》卷九，载《十三经注疏》，上海古籍出版社，1997年，第2641页。

"亲幸其庙，解剑以赠神也"。① 五代王仁裕的笔记小说《王氏见闻录》中还详细描摹了这段传说故事："僖宗幸蜀日，其神自庙出十余里，列仗迎驾。白雾之中，仿佛见其形，因解佩剑赐之。祝令效顺，指期贼平，驾回。广赠珍玩，人莫敢窥。"② 之后宋太宗、高宗、光宗、理宗、宁宗又先后封其为英显王、广济王、圣烈王、忠仁王、忠济王。由此，梓潼神便从一个保护四川小范围的地方神变为了全国皆知的保护神，并受到官方认证和享受祭祀。梓潼神的英武形象也在蜀道诗文中广为流传，如唐代王铎随僖宗入蜀时著有《谒梓潼张恶子庙》诗云："盛唐圣主解青萍，欲振新封济顺名。夜雨龙抛三尺匣，春云凤入九重城。剑门喜气随雷动，玉垒韶光待贼平。惟报关东诸将相，柱天功业赖阴兵。"③萧遘作《和王侍中谒张恶子庙》和之："青骨祀吴谁让德，紫华居越亦知名。未闻一剑传唐主，长拥千山护蜀城。斩马威棱应扫荡，截蛟锋刃俟升平。郫侯为国亲箫鼓，堂上神筹更布兵。"④诗末注云："时僖宗解剑赠神，故二公赋诗。"亦可知唐僖宗解剑赠神确有其事。又白居易《赠僧五首·清闲上人》："梓潼眷属何年别？长寿坛场近日开。应是蜀人皆度了，法轮移向洛中来。"⑤唐代孙樵《祭梓潼帝君文》："大中十八年七月九日，乡贡进士孙樵，再拜献辞张君灵座之前：樵实顽民，不知鬼神，凡过祠庙，不笑即唾。今于张君，信有灵云。……今过祠宇，其敢默去？筋酒豆脯，捧拜庭下。神其歆此。"⑥北宋宋祁《张亚子庙》诗："伟哉真丈夫，庙食此山隅。生作百夫特，死为南面孤。鹿庖偿故约，雷杼验幽符。潼水无时腐，英名相与俱。"⑦

① ［明］曹学佺：《蜀中名胜记》卷二六"梓潼县"引《唐书》，明刻本。
② ［宋］李昉等：《太平广记》卷三一二"陷河神"条引《王氏见闻录》，第3册，上海古籍出版社，1990年，第293页。
③ 中华书局编辑部点校：《全唐诗》（增订本）卷五五七，中华书局，1999年，第6517页。
④ 中华书局编辑部点校：《全唐诗》（增订本）卷六〇〇，中华书局，1999年，第6991页。
⑤ 朱金城笺校：《白居易集笺校》卷二七，中华书局，1988年，第1925页。
⑥ ［清］董浩等编：《全唐文》卷七九五，中华书局，1983年，第8341页。
⑦ 傅璇琮、倪其心等主编：《全宋诗》第4册，北京大学出版社，1991年，第2368页。

在唐人笔记小说中亦记载有关于梓潼神显灵的传说，但是数量不多：

遂宁岳某与阆州李某将赴试，各祈梦于梓潼祠。有一执簿者曰："汝二人皆贵，但身与头不相称。"令一使运斧以易。及醒归，其妻不识，诘其家政，始知之。后俱甲试迁官。[1]

一日，偶值一举人，相得甚欢，乃邀与之饮。庭训复醉，此人昏然而醉。庭训曰："君未饮，何醉也？"曰："吾非人，乃华原梓桐神也。昨日从酒肆过，已醉君之酒。故今日访君，适醉者亦感君之志。今当归庙，他日有所不及，宜相访也。"言讫而去。后旬日，乃访之。[2]

尔后姚苌游蜀，至梓潼岭上，憩于路傍。有布衣来，谓苌曰："君宜早还秦，秦人将无主。其康济者在君乎？"请其氏，曰："吾张恶子也，他日勿相忘。"苌还后，果称帝于长安。因命使至蜀，求之弗获，遂立庙于所见之处，今张相公庙是也。[3]

宋代开始，梓潼神还拥有了掌管科举的功能，由地方保护神又变为了主管读书人文运和科举仕进的重要神祇，得到广大学子文士的供奉崇信，梓潼神的影响由此遍及全国。"在崇道的宋代社会，面对科举制度的激烈竞争，文人举子需要有神灵力量的心理调节，社会的需求促成梓潼神职能的变化，大致在真宗大中祥符年间，梓潼神逐渐定型为科举之神。"[4]

---

① ［明］曹学佺：《蜀中神仙记》卷九引唐钟辂《前定录》，明刻本。
② ［宋］李昉等：《太平广记》卷三〇二"卫庭训"条引唐薛用弱《集异记》，第3册，上海古籍出版社，1990年，第235页。
③ ［宋］李昉等：《太平广记》卷三一二"陷河神"条引五代王仁裕《王氏见闻录》，第3册，上海古籍出版社，1990年，第292—293页。
④ 张振谦：《道教文化与宋代诗歌》，人民文学出版社，2015年，第66页。

宋代的诸多笔记小说中亦载有梓潼神通过托梦、风雨吉兆等方式给文士学子们预兆灵应,点拨其中举及第,仕途通顺。

长安西去蜀道有梓潼神祠者,素号异甚。士大夫过之得风雨送,必至宰相;进士过之得风雨,则必殿魁。自古传无一失者。有王提刑者过焉,适大风雨,王心因自负,然独不验。时介甫(安石)丞相,年八九岁矣,侍其父行,后乃知风雨送介甫也。鲁公(蔡京)帅成都,一日召还,遇大风雨,平地水几二十寸,遂位极人臣。①

李知几少时,祈梦于梓潼神。是夕,梦至成都天宁观,有道士指织女支机石曰:"以是为名字,则及第矣!"李遂改名石,字知几。是举过省。②

刘悦初名涛,宿梓潼祠下,梦与举子数百听唱名于集贤殿。有一卫士来曰:"公第三人及第。"问曰:"刘涛耶?"卫士曰:"非也,刘悦也。"惊觉。至元佑间诏书,若与上书邪人同姓名者听改名。时有彰信军进士刘涛,例因改名,乃忆昔梦,改涛为悦,果中蔡嶷榜第三人。③

"梓潼神梦之灵,前志已载矣。"④宋代洪迈《夷坚志》中更是记载了诸多关于士子科考途中经过梓潼神庙,梓潼神于梦中灵应的故事,如《梓潼梦》《席帽覆首》《歌汉宫春》《何丞相》等:

---

① 〔宋〕蔡绦撰:《铁围山丛谈》卷四,知不足斋丛书本。
② 〔宋〕陆游:《老学庵笔记》卷二,中华书局,2005年重印,第18页。
③ 〔宋〕邵雍辑,〔明〕陈士元增删,何栋如重辑:《梦林玄解》卷一〇《梦占》"唱名",明崇祯九年刻本。
④ 〔宋〕洪迈撰:《夷坚志》乙志卷五"梓潼梦",清光绪归安陆氏刻十万卷楼丛书本。

成都人罗彦国，累试不第，既四举，斋戒乞梦。梦蔡鲁公谓曰："已奏除公枢密直学士矣。"次年省试又下，乃以累举恩得密州文学。犀浦人邵允蹈，绍兴七年被乡荐，亦乞梦于神，梦神告曰："已与卿安排甲门高第矣。"及类试，果为第一，乃刻石纪于庙西庑。后罢眉州幕官赴调临安，舟行至闸口镇，病死。始验"甲门"之语，盖闸字也。（《梓潼梦》）[①]

是夕梦入庙廷，神坐帘中，投文书一轴于外。发视之，全类世间告命，亦有词语。觉而记其三句云："朕临轩策士。得十人者。今汝襄然为举首。"后结衔具所授官。何公思之，廷试所取，无虑五百，而言十人，殆以是戏我也。及唱第果魁多士。第一甲元放九人，既而傅崧卿以省元升甲，遂足十数，盖梦中指言第一甲也。所得官正同。（《何丞相》）[②]

绍兴四年，蜀道类试进士。成都使臣某人祷于梓潼神，愿知今岁类元姓字。夜梦至庙中，见二士人握手出，共歌《汉宫春》词"问玉堂何似，茅舍疏篱"之句。神君指曰："此是也。"明日复入庙，将验昨梦。士人来者纷纷不绝，久之，有两人同出，携手而歌，果梦中句也。省其状貌皆是，即趋出揖之曰："二君中必有一人魁选者。"具以梦告，皆大喜。已而更相辩质，曰："自我发端。"曰："我正唱此。"一人者，仙井黄贡也，奋然曰："此吾家旧梦，何预君事邪？吾父初登科时，梦神君赠诗云：'玉堂消息近，金牓姓名高。'觉而喜，自谓必为翰林学士，然但至成都教授而终。以今思之，端为我设。所谓'玉堂消息'者，正指词中语耳。"是岁贡果为第一。

[①]　［宋］洪迈撰：《夷坚志》乙志卷五"梓潼梦"，清光绪归安陆氏刻十万卷楼丛书本。
[②]　［宋］洪迈撰：《夷坚志》丁志卷八"何丞相"，清光绪归安陆氏刻十万卷楼丛书本。

两世共证一梦，虽一时笑歌，亦已素定于数十年之前，神君其灵矣哉。（《歌汉宫春》）①

王龙光，字天宠，资州人。入京赴上舍试，过剑州梓潼县七曲山，谒英显武烈王庙。（原注：俗呼为张相公庙。）梦一人持牓，正面无姓名，纸背乃有之。又有持席帽蒙其首者。觉而喜，谓士人登第则戴席帽。是岁免省不逮，但补升内舍。次举当政和八年方登科，已悟纸背之说。时方禁以龙、天、君、玉、王、主等为名字，唱第之日，面赐名宠光，头上加帽，盖谓是云。（《席帽覆首》）②

梓潼神主管天下文士的仕途，因此受到尊崇。文人士子凡过其祠庙，无有不虔诚祷拜者。如宋叶梦得《避暑录话》卷上载："梓州临潼当两蜀之冲，有庙极灵。凡蜀之举子以贡入京师者，必祷于祠下，以问得失，无一不验。"③南宋马廷鸾《梓潼帝君祠记》云："梓潼当两蜀之冲，帝君故蜀神也。……君之灵响，暴震西土久矣，而尤为文士所宗。"④南宋时期除了在四川梓潼，全国各地亦都建有梓潼神的祠庙，其应验显灵的事迹亦不少。如明田汝成《西湖游览志余》记载宋代理学家真德秀："会试于行都，祈梦于吴山梓潼庙……是夜得吉梦，其年果及第。"⑤宋末元初的吴自牧《梦粱录》卷十四亦载："梓潼帝君庙，在吴山承天观，此蜀中神，专掌注禄籍，凡四方士子求名赴选者悉祷之。"⑥在宋代文人题

① ［宋］洪迈撰：《夷坚志》乙志卷八"歌汉宫春"，清光绪归安陆氏刻十万卷楼丛书本。
② ［宋］洪迈撰：《夷坚志》甲志卷一八"席帽覆首"，清光绪归安陆氏刻十万卷楼丛书本。
③ ［宋］叶梦得著，［清］叶德辉校刊，涂谢权点校：《避暑录话》卷上，山东人民出版社，2020年重印，第74—75页。
④ 曾枣庄、刘琳主编：《全宋文》第354册，上海辞书出版社、安徽教育出版社，2006年，第54页。
⑤ ［明］田汝成：《西湖游览志余》卷二二，浙江人民出版社，1980年，第352页。
⑥ ［宋］吴自牧撰，符均、张社国点校：《梦粱录》卷一四《外郡行祠》，三秦出版社，2004年，第218页。

咏梓潼祠庙的作品中，亦与唐代多歌颂梓潼神的勇武保护神形象有所差异，而多与仕进科举相关，如方回《次韵伯田见酬四首》其四："六桥久客旧湖滨，春日花开不似春。游学顿无福建子，科名更说梓潼神。"[①]魏了翁《题梓潼庙》："士生一切果何事，道丧千年不得传。富贵熏天随手尽，词华盖世为人妍。直将了了圣贤质，只办区区文字缘。神为斯人扶正学，试教梦者一醒然。"[②]马廷鸾《梓潼帝君祠》："梁山剑阁横岷嶓，梓潼七曲高嵯峨。真人初基斧画河，灵君受职山之阿。……神格思兮士曰时，跃渊兮天飞。"[③]

元仁宗延佑三年（1316）加封梓潼神为"辅元开化文昌司禄宏仁帝君"，由此梓潼神便正式与文昌神[④]合为一神，最终成为天下闻名的文昌帝君（亦称梓潼帝君、梓潼真君等）。明孝宗时又于梓潼立庙祭祀，张献忠入川后，为与文昌帝君张亚子联宗，又改称其为"七曲山太庙"，清以后又被改称为"七曲山大庙"，亦即文昌宫的"祖庙"，至今香火不断。明清以来，文昌宫、文昌祠和文昌阁遍布全国各地，文昌信仰影响深远，兴盛不绝，形成了"北有孔子，南有文昌"的信仰格局。而作为发祥地的蜀地，文昌帝君更是本土最为崇祀的神灵之一，明代曹学佺《蜀中风俗记》卷四引《华阳国志》恶子祠就注曰："即今梓潼帝君也，诵读家奉祀之。"[⑤]明代钱希言《狯园》卷十一《灵祇·张恶子》亦称："张恶子庙在川中最灵。"[⑥]元末贡师泰《文昌祠记》载："梓潼神祠在蜀郡梓潼县，累封辅元开化文昌司禄宏仁帝君，今郡县所在，亦多祀之。"[⑦]

明清笔记、小说中亦多有描述文昌帝君的情节，如明代拟话本小说

---

① 傅璇琮、倪其心等主编：《全宋诗》第66册，北京大学出版社，1991年，第41676页。
② 傅璇琮、倪其心等主编：《全宋诗》第56册，北京大学出版社，1991年，第34928页。
③ 傅璇琮、倪其心等主编：《全宋诗》第66册，北京大学出版社，1991年，第41267页。
④ 文昌神本为天神，亦作文昌星、文昌宫，主司命，唐宋时主要掌文运，后才与梓潼神合一为文昌帝君。
⑤ ［明］曹学佺：《蜀中风俗记》卷四，明刻本。
⑥ ［明］钱希言著，浦宇澄校注：《狯园校注》，东方出版中心，2021年，第393页。
⑦ 李修生主编：《全元文》，第45册，江苏古籍出版社，1999年，第237页。

集《西湖二集》第十五卷《文昌司怜才慢注禄籍》中就记载了文昌帝君为罗隐添注禄籍的故事；话本小说《鼓掌绝尘》第二十一回《酒痴生醉后勘丝桐，梓童君梦中传喜信》中描述书生文玉梦到梓潼帝君神签预告之事。明叶子奇《草木子》："真西山未第时，将会试于行在。道吾栝，约友人郑达道同祈梦于梓潼庙下，入谒于神，遂击其鼓，题诗于上曰：'大叩则大应，小叩则小鸣。我来一叩动天地，四海五湖闻其声。'是夜得吉梦，其年果中。"①清代俞达《青楼梦》第十一回《诗感花姨，恨惊月老》有文昌帝君确查士子金揾香功名簿的情节；李渔《凰求凤》传奇第十出《冥册》有载梓潼帝君掌握士子应试命运。清代袁枚《子不语》卷二十一《福建解元》中还有梦中文昌与关帝、孔夫子同坐，判定士人是否中举的故事。又同卷《科场事五条》载："王士俊为少司寇，读殿试卷，梦文昌神抱一短须道士与之。后胪唱时，金状元德瑛如道士貌，出其门。"②这两则故事亦间或说明清代儒释道三教融合，亦反映到了文昌信仰上。《儒林外史》第四十二回中有讲述江南贡院举行乡试时祭祀文昌帝君的隆重仪式，"布政司书办跪请七曲文昌开化梓潼帝君进场来主试，请魁星老爷进场来放光"③，当举子们考试完毕出了考场后，还要向文昌帝君祭献纸马。还有《巧联珠》《闹花丛》等诸多小说，亦有文昌帝君现身士子梦中指点迷津的情节，都显示了明清时代文昌帝君信仰崇拜之风颇为盛行。

二、梓潼神及其他

关于梓潼神的其他神异灵应故事，在文学作品中还有诸多不同演绎。如《太平广记》中提到的梓潼神提点姚苌称帝事，早在北魏崔鸿《十六国春秋·后秦录二》中就载有前秦建元十二年（376），羌人姚苌至七曲

---

① ［明］叶子奇：《草木子》卷四《谈薮篇》，清乾隆五十一年刻本。
② ［清］袁枚编：《子不语》卷二一，清嘉隆嘉庆间刻本。
③ ［清］吴敬梓：《儒林外史》，古吴轩出版社，2020年，第383页。

山，"见一神人谓之曰：'君蚤还秦，秦无主，其在君乎！'苌请其姓氏，曰'张恶子也'，言讫不见。至据秦称帝，即其地立张相公庙祠之。"①宋代曾巩《隆平集》卷三中也有记载姚苌见梓潼神事，且描写更为细致，而且梓潼神还赠送了姚苌一根如意神杖，助其战无不胜攻无不克，这里的梓潼神不仅掌管文运，还能掌管军事：

> 《郡国志》云，亚子常至长安见姚苌。谓之曰："别后九年，君入蜀梓潼七曲山头有丛林，仆所居也，叩树当有应者。"及符坚命苌入蜀，因此至七曲山，访得其处，举策叩树，有阍人出曰："此神君仙室也。"苌曰："神君可得见乎？"入白。有顷，数吏前导，见堂宇壮丽，侍御拥神君出，乃张君也。叙旧设席，张乐酒酣，苌辞，神敕左右授以一杖，曰："有兵革事，所指如意。"苌得之，战无不克。②

如李商隐有《张恶子庙》诗云："下马捧椒浆，迎神白玉堂。如何铁如意，独自与姚苌。"③这些关于张亚子与姚苌相见事迹的种种渲染美化，亦加强了对梓潼神形象与神力的宣传：

> 《郡国志》云：恶子昔至长安见姚苌，谓曰："却后九年，君当来蜀，若至梓潼七曲山，幸当见寻。"至建元十二年，隋杨安南伐，未至七曲山迷路，游骑贾君蒙忽见一鹿驰，逐至庙门，鹿自死，追骑共剥之，有项，苌至，悟曰：此是张君为我设主客之礼。烹食

---

①　[清] 汤球撰：《十六国春秋辑补》卷五〇，商务印书馆，1958年，第379页。
②　[宋] 曾巩撰：《隆平集》卷三，清康熙四十年刻本。
③　中华书局编辑部点校：《全唐诗》（增订本）卷五三九，中华书局，1999年，第6221页。

而去。①

宋人岳珂在《桯史》中还记载了吴曦叛宋时祈求梓潼神予以神应，梓潼神特意显灵保护蜀地：

> 逆曦将叛前事之数月，神思昏扰，夜数跃起，寝中叱咤四顾，或终夕不得寝。意颇悔，欲但已。其弟晛力怂恿之，曰："是谓骑虎，顾可中道下耶？"曦家素事梓潼，自玠、璘以来，事必祷，有验。乃斋而请。是夕，梦神坐堂上，已被赭玉谒焉。因告以逆，且祈卜年之修永。神不答，第曰："蜀土已悉付安丙矣。"既寤大喜，谓事必遂。时安以随军漕在鱼关驿，召以归，命以爰立。安顾逆谋坚决，触之且俱靡，惟徐图可以得志，不得已诺之。犹辞相印，遂以丞相长史权知都省事授之。居逾月，而成获嘉之绩，梓潼在蜀，著应特异。绍兴壬子，泸人杀帅张孝芳，盖尝正昼见于阅武堂，逆党恇溃，以迄天诛。相安之梦，得之蜀士。泸之变，在京魏公镗帅蜀时，庆元己未，余在中都，亲闻之。其他盖不可缕数云。②

宋末元初的马端临《文献通考》中亦记载了梓潼神帮助宋真宗官军平乱的神迹，这里的梓潼神已俨然成为惩治叛逆、扶持国祚的战场守护者：

> 英显王庙在剑州，即梓潼神张亚子。仕晋战没，人为立庙。唐元（玄）宗西狩，追命左丞。僖宗入蜀，封济顺王。咸平中王均为

---

① ［宋］乐史：《太平寰宇记》卷八四"剑南东道三"，清同治光绪间金溪赵氏红杏山房补刻重印赵氏藏书本。
② ［宋］岳珂撰，吴敏霞校注：《桯史》卷三《梓潼神应》，三秦出版社，2004年，第63—64页。

乱，官军进讨，忽有人登梯冲指贼大呼曰："梓潼神遣我来，九月二十日城陷，你辈悉当夷灭！"贼射之，倏不见。及期，果克城，招安使雷有终以闻，诏改王号，修饰祠宇，仍令少府造衣冠、法物、祭器。①

宋明之际，随着梓潼神成为文昌帝君后，其神职也增加了不少。吕维祺在《文昌祠记》中就记录了文昌帝君要"掌人间桂籍、嗣胤、名爵、福禄、寿夭、贵贱、地府、水曹诸事"。②除了广大士子向梓潼神求问仕途，民间还会向梓潼神祈福求嗣。如宋代杨万里在《宋故左丞相节度使雍国公赠太师谥忠肃虞公神道碑》中就讲述了秦公向梓潼神祈求生子的故事："初，秦公未有子，祷于梓潼神。是夕，梦入一官府，见一大官衮冕迎秦公，执客主礼甚敬。主人忽指其侧一人介胄而立者，曰：'此为而子。'秦国夫人娠，公将生，户外有异光，云六岁暗诵六经，十岁赋诗，有惊人语。"③明代陆粲在《庚巳编》中提到陈僖敏公父因好善而得梓潼神投胎为子光耀门楣："是夜，梦神人告之曰：'翁好善如此，当获福报。吾梓潼神也，将降生以大而门。吾在胥门线香桥人家楼上，其家不知奉事翁，今速往迎归尔。'既觉，语其妻，则妻梦亦如之。即访至其家，主妇出延之，登楼，壁挂神像，尘埃脱落，因乞以归。加装饰奉事甚虔，未几有妊，生僖敏，仕至太子太保、左都御史，累赠翁如其官，母为一品夫人云。"④

梓潼神还身负治病祛疾的神职，如明代郎瑛《七修类稿》卷四十九《丰李梦神》中将梓潼神视作神医，还特意注明"予亲见之"，以示其可信度："又庠友李世杰应魁，一日得疾，月余不解，群医皆以必不起矣，

---

① ［元］马端临：《文献通考》卷九〇《郊社考二十三》，清乾隆十二年刻本。
② ［明］吕维祺：《明德先生文集》卷一〇，清康熙二年刻本。
③ ［宋］杨万里：《诚斋集》卷一二〇，宋端平二年刻本。
④ ［明］陆粲：《庚巳编》卷三"梓潼神"条，纪录汇编本。

夜梦梓潼授药一丸，促令食之，觉后似少愈焉，明日医视脉症，即曰可救矣，旬日亦痊。"① 还有明朱国祯《涌幢小品》载官吏王命因勤政成疾而得梓潼神庇佑赐药："尝以治邑，劳瘁成危病，医药罔效。夜梦梓潼神告之曰：'服补心丹乃愈。'……即和而服之，遂愈。"② 在这些治病传说中，一般都是救治对象平素积德行善，故得梓潼神救治，亦突出了其劝善的教化意味。又如宋代《分门古今类事》卷十九《崧卿患痛》记载崧卿因病痛向英显神君（即梓潼神）祈祷，梦得神君赐药而愈的故事：

> 临邛倪崧卿，初任梓潼尉，迎侍其父，忽病痛，痛甚而未溃。崧卿斋戒，默祈于英显神君。夜梦神君投药于怀，既寤而疮不痛，数日自消。后归临邛，一日忽有一道人叩门，语其父曰："公曾遇异人乎？吾见子之气色，必有阴骘者。"其父具以前病告之。道人曰："公有阴德，故获神佑。不尔此痛不起。自此宜无忘神明。"言讫辞去，数步不见。天意亦欲知其以阴德而蒙佑也，为善者可不勉哉？③

关于梓潼神的身世来历，也有不同的传说流传。如宋代祝穆《方舆胜览》卷六十七："灵应庙，即梓潼庙，在梓潼县北七八里七曲山。按《图志》，神姓张，讳亚子，其先越嶲人也。因报母仇，遂陷县邑，徙居是山。僖宗幸蜀，神于利州桔柏津见护驾，甚有礼敬。暨回，封济顺王，亲幸其庙。"④ 明代俞汝楫《礼部志稿》卷八十四："神姓张，讳亚子，其先越嶲人。因报母之仇徙居梓潼之七曲山，仕晋战没，人立为

---

① ［明］郎瑛著：《七修类稿》卷四九，上海书店出版社，2001年，第521页。
② ［明］朱国祯：《涌幢小品》卷一九"王春元"条，文化艺术出版社，1998年，第455页。
③ 吴玉贵、华飞主编：《四库全书精品文存》第16卷，团结出版社，1997年，第633页。
④ ［宋］祝穆撰：《方舆胜览》卷六七"利州东路"，宋咸淳三年刻本。

庙。"①文天祥《龙泉县太霄观梓潼祠记》云："神生为忠臣孝子，殁为天皇真人。"②都将梓潼神张亚子塑造成了一个忠孝之士。除《方舆胜览》外，清人陆陇其在《三鱼堂文集》中亦赋予了梓潼神越西人之后的身世："梓潼神者，相传姓张讳亚子，其先越西人，因报母仇，徙居剑州之七曲山。"咸丰《重修梓潼县志》卷二亦云："神姓张，讳亚子，其先越巂人，因报母之仇，徙居是山，屡著灵异。"③又如《清河内传》载："后西晋末，（张亚子）降生于越之西、巂之南两郡之间，是时丁未年。"④梓潼神碑文《紫府飞霞洞记》亦曰："吾旧生越巂间。……越巂遂沦。呜呼！吾将安归？"⑤都将梓潼神张亚子认为是越巂即氐羌后裔。

在梓潼神与文昌神合二为一的进程中，道教起了很大的作用。如《搜神记》直言梓潼神道术显著："有神姓张名亚，道术显著，庙在梓潼。玄宗幸蜀，著灵，追封左丞相。"⑥道教将梓潼神吸纳进入道教神谱，一直享有崇高的地位，"道家谓上帝命梓潼神掌文昌府事及人间禄籍，故元加号为辅元开化文昌司禄宏仁帝君，而天下学校亦多立祠以祀之"⑦。如上文所引的《清河内传》《紫府飞霞洞记》，还有《梓潼帝君化书》《文昌帝君阴骘文》《太上无极总真文昌大洞仙经》《玉清无极总真文昌大洞仙经》《高上大洞文昌司禄紫阳宝箓》《元始天尊说梓潼帝君本愿经》等道教典籍，赋予张亚子神化的身世出身、不同凡响的生平传奇以及化生传说、灵应事迹等，将张亚子与掌管文运科举的神职、与道教劝善济世

---

① ［明］俞汝楫：《礼部志稿》卷八四《神祀备考》，文渊阁四库全书本。
② 曾枣庄、刘琳主编：《全宋文》第359册，上海辞书出版社、安徽教育出版社，2006年，第175页。
③ ［清］张香海修，杨曦等纂：咸丰《重修梓潼县志》卷二"祠庙"，载《中国地方志集成·四川府县志辑》第20册，巴蜀书社，1992年，第49页。
④ 《道藏》第3册，文物出版社、上海书店、天津古籍出版，1988年，第286页。
⑤ ［清］彭遵泗编，倪亮校注：《蜀故校注》卷七引神君张亚《紫府飞霞洞记》，西南交通大学出版社，2020年，第83—84页。
⑥ ［明］曹学佺：《蜀中名胜记》卷二六引《搜神记》，明刻本。
⑦ ［清］孙承泽：《春明梦余录》卷三九《礼部·正祀典》，江苏广陵古籍刻印社，1990年，第38页。

的教义都紧密联系起来。又如宋元间成书的《梓潼帝君化书》就曾提及梓潼神（梓潼真君）邀请灌口神（清源真君）、射洪神（射洪真君）一起帮助降雨的故事。《历代神仙通鉴》卷十一描写了梓潼神的道教形象以及出行时的侍从："（梓潼真君）道号六阳，每出驾白骡，随二童，曰天聋、地哑。真君为文章之司命，贵贱所系，故用聋哑于侧，使其知者不能言，言者不能知，天机弗泄也。"[①]

―――――――――

① ［清］徐道：《历代神仙通鉴》卷一一，民国石印本。

第四章

巴人的神话传说

第一节　廪君与盐水神女

　　由于相关文献资料的缺乏，我们对古代巴国（巴族）的历史文化知之甚少。廪君神话应该是关于巴族最古老的神话记载了，学界亦多认同以廪君为巴人始祖。[①]其故事目前所知最早在《世本》中有录：

　　　　廪君之先，故出巫诞。巴郡南郡蛮，本有五姓，巴氏、樊氏、瞫氏、相氏、郑氏，皆出于五落钟离山，其山有赤黑二穴，巴氏之子生于赤穴，四姓之子皆生黑穴，未有君长，俱事鬼神。廪君名曰务相，姓巴氏，与樊氏、瞫氏、相氏、郑氏凡五姓俱出，皆争神。乃共掷剑于石，约能中者，奉以为君，巴氏子务相乃独中之，众皆叹。又令各乘上（土）船，雕文画之而浮水中，约能浮者，当以为

---

①　关于廪君所处时代目前有多种争议，主要有氏族社会末期说、新石器时代说、夏商时代说、西周说、春秋末战国初说、战国说。详参朱圣钟：《夏代及其以前巴史料辨析——兼论巴人起源问题》，《西部史学》第二辑，西南师范大学出版社，2019年，第17页。

君，余姓悉沉，惟务相独浮，因共立之，是为廪君。①

　　《世本》是研究先秦历史的重要典籍，汉代司马迁、刘向、班固、王充、郑玄等编史作注都曾引《世本》，后散佚甚多，清代学者多有辑录本。从《世本》的记载看，可知廪君的先祖源出巴郡南郡蛮五姓氏族之一的巴氏，生于五（武）落钟离山。巴氏生于赤穴，其他四姓皆生于黑穴，似乎从这里就暗示了巴氏出身独一无二的特殊性。最开始五姓之间是没有君长的，俱信奉鬼神。后来相约共掷剑于石，能中者大家就奉其为君，唯独巴氏子务相中之。于是众人又各乘土船到水中，其余的土船都沉了，只有务相的土船还浮在水面。大家都相信这是神灵在相助务相，所以天命为君，其他人都奉其为主，务相即为廪君。这段神话与诸多帝王神话一样，说明了廪君不同寻常的超能力，以及君权天授的合法性。之后廪君与盐水神女的故事就颇具文学描写的传奇色彩了：

　　　乃乘土船，从夷水至盐阳，盐水有神女，谓廪君曰："此地广大，鱼盐所出，愿留共居。"廪君不许。盐神墓（幕）辄来取宿，旦即化为飞虫，与诸虫群飞，掩蔽日光，天地晦冥，积十余日。廪君不知东西所向，七日七夜，使人操青缕以遗盐神，曰："缨此，即相宜，云与女俱生，宜将去。"盐神受而缨之，廪君即立阳石上，应青缕而射之，中盐神，盐神死，天乃大开。廪君于是君乎夷城，四姓皆臣之，世尚秦女。②

　　廪君乘着土船，到了盐阳，在这里遇上了盐水神女，神女看上了他，想留其共居。廪君不愿，便和盐水神女进行博弈斗法，神女变幻为飞

① ［汉］宋衷注，［清］秦嘉谟辑补：《世本》卷七《氏姓篇》，清嘉庆二十三年刻本。
② ［汉］宋衷注，［清］秦嘉谟辑补：《世本》卷七《氏姓篇》，清嘉庆二十三年刻本。

虫，率领群虫蔽日十余日，不让廪君离开。廪君于是欺骗盐水神女系上了青缕，从而据青缕辨认出并射死了神女，天乃开明。廪君从此占据了夷城为君，与秦世代通婚。这个故事情节极为丰富，爱恨纠缠，跌宕起伏，文学色彩浓郁。

而且，由于廪君与盐水神女的传奇故事极为引人入胜，后世人津津乐道之余，还不断完善着这个传说。如廪君射杀盐水神女的"阳石"，也被赋予了神迹。如南朝宋盛弘之《荆州记》："昔廪君浮夷水，射盐神于阳石之上。案今施州清江县水一名盐水，源出清江县西都亭山。"[1]魏晋以后，对"阳石"又进一步敷演，变为了"阴阳石"的记载，如《荆州图副》曰："夷陵县西有温泉。古老相传，此泉元出盐，于今水有盐气。县西一独山有石穴，有二大石并立穴中，相去可一丈，俗名为阴阳石。阴石常湿，阳石常燥。"[2]又《太平御览》引《荆州图》记载略有文字差异："宜都有穴，穴有二大石，相去一丈。俗云：其一为阳石，一为阴石。水旱为灾，鞭阳石则雨，鞭阴石则晴，即廪君石是也。但鞭者不寿，人颇畏之，不肯治也。"[3]《水经注·夷水》里对"阴阳石"可以调节水旱的奇特功能描写得更为详细：

> 夷水自沙渠县入，水流浅狭，裁得通船。东经难留城南。城即山也。独立峻绝，西面上里余，得石穴。把火行百许步，得二大石碛，并立穴中，相去一丈，俗名阴阳石。阴石常湿，阳石常燥。每水旱不调，居民作威仪服饰，往入穴中，旱则鞭阴石，应时雨多；雨则鞭阳石，俄而天晴。相承所说，往往有效，但捉鞭者不寿，人颇恶之，故不为也。东北面又有石室，可容数百人。每乱，民入室

---

① ［南朝宋］范晔：《后汉书·南蛮西南夷传》李贤注引，中华书局，1965年，第2840页。
② ［南朝宋］范晔：《后汉书·南蛮西南夷传》李贤注引，中华书局，1965年，第2840页。
③ ［宋］李昉等：《太平御览》卷五二《地部一七》引，第1册，中华书局，1960年，第252页。

避贼，无可攻理，因名难留城也。昔巴蛮有五姓，未有君长，俱事鬼神，乃共掷剑于石穴，约能中者，奉以为君。巴氏子务相乃中之。又令各乘土舟，约浮者当以为君，惟务相独浮。因共立之，是为廪君。乃乘土舟，从夷水下至盐阳。盐水有神女，谓廪君曰："此地广大，鱼盐所出，愿留共居。"廪君不许，盐神暮辄来宿，旦化为虫，群飞蔽日，天地晦暝。积十余日，廪君因伺便射杀之，天乃开明。廪君乘土舟，下及夷城。夷城石岸险曲，其水亦曲。廪君望之而叹，山崖为崩。廪君登之，上有平石，方二丈五尺，因立城其傍而居之，四姓臣之。死，精魂化而为白虎，故巴氏以虎饮人血，遂以人祀。盐水即夷水也。又有盐石，即阳石也。盛弘之以是推之，疑即廪君所射盐神处也。将知阴石，是对阳石立名矣。[①]

宋代晁补之诗《感兴五首次韵和李希孝》其一中用了盐水神女的典故："盐阳亦群飞，日景为不明。空仓自苦饥，安得有此名。"[②]明代酉阳野史《续三国演义》第二十七回中还对这则神话进行了文学形象的改造，将廪君与盐君（盐水神女）形成鲜明对比，更增加了戏剧化的矛盾冲突：

相又闻得盐阳地方之人，被有妖怪为祟，不胜其害，乃同四臣仍坐土船顺流径至盐阳，召民教训。忽有一天容女子来相见，曰："此处地方是吾所管，你今到此，必须凭吾行移，要与你结为夫妇，若肯相从，即留汝等在此，如或不然，定无相容，还有水厄及汝也。"务相听言，疑其有奇，乃从之，遂为夫妇。元来这女子即是盐君，乃一怪也，夜则与务相共宿，日间则化为飞鸟，盘旋于半空之

---

① ［北魏］郦道元著，［清］王先谦校：《水经注》卷三七《夷水》，巴蜀书社，1985年，第567—568页。
② 傅璇琮、倪其心等主编：《全宋诗》第19册，北京大学出版社，1991年，第12765页。

中，诸蜚虫羽翅之族，妖禽怪鸟，悉皆攒集而随，掩荫数十里，遮得天日无光，猛兽皆趁黑出没于其间，人被伤害，不可胜言。务相见而恶之，曰："吾夙闻有怪害民，特来至此，不期即此盐君女子也。吾既为民主，僭号廪君，何被所赚而与怪物为偶，岂人类乎？"因挟剑以俟，欲杀之。至日晡盐君依旧盛妆而下，见务相挟剑以待，即遥先谓曰："既为夫妇，何欲相害也。吾非作怪，以女身不便行走，特托此以巡视地方耳。至其处则必原形示民，胡用见嫌。"务相被其识破，亦假意答曰："适因你去，遮蔽天日，猛兽逼身，致吾惊恐，得不以剑防身乎？"盐君曰："此又何妨，兽亦吾之所管，必不敢加害郎君者也。"务相心中终嫌其为幻，思欲除之，以祛民害，乃以计绐之曰："既为夫妇，理合朝夕相依，汝今夜归晓去，情同朝露，使吾大失所望，得无薄幸乎？"盐君曰："是吾职分之事，不得不然。即（郎）君耐之，过秋则不出巡矣。"务相曰："虽然，吾之心时刻念你，每去时极目望之，不能辨认，吾今有绛色缕丝一缣在此，你可挂之于身，待吾认以为记号，则可以望汝矣。"盐君不知是计，乃即从之。次早遂将丝挂于身旁，腾空而起，但见绛丝飘摇优游于务相之前，久而不去，故意使之观看。务相暗取神箭照定缠绛丝之鸟，觑而射之。盐君应弦而落，口中犹叫曰："郎君何毒情也。"务相向前叱之曰："既称盐君，复害盐民，何容不仁。"遂挥剑斩之。霎时间群鸟皆散，天晴日朗，无复有鸟兽害人之患矣。务相乃分郑姓者掌治盐阳，是为南郑。①

而在盐阳（今属湖北长阳县）的民间传说中，还为这段爱情悲剧改编出了另外的故事结局。廪君向盐水神女射出箭后，神女摇身一变化为凤凰飞走了。据说盐阳的很山（即武落钟离山）也被称为"凤凰山"，山

---

① ［明］西阳野史著，彭卫国、梁颖校点：《续三国演义》，岳麓书社，2003年，第140页。

顶上有一块"神女石",当地人将之视为盐水神女的化身,人们还在山顶上修建了一座"盐女庙",专门供奉盐水神女。廪君和盐水神女在全新的神话故事中成为了一对夫妻,率领族人沿着清江迁徙,繁衍了巴人子孙,后来成为土家族的祖先。①盐阳的盐井寺里还供奉着"向王天子"(廪君)和"德济娘娘"(盐水女神)的塑像,②颇类似民间土地公婆一起造福人间的场景。在民间文化的不断加工中,廪君又变成了土家族俗称的"向王天子","向王天子"的传说一直流传于清江流域,明清时期"向王崇拜"尤盛。如清代诗人彭淑《长阳竹枝词》中曾这样描述:"土船夷水射盐神,巴姓君王有旧闻。向王何许称天子,务相当年号廪君。"③

除了与盐水神女的纠葛外,汉代应劭《风俗通》中还有一段关于廪君在夷城的记载:

> 廪君乘土船,下至夷城,石岸曲,水亦曲,廪君望之,如穴状,曰:"我既道穴中,又入此,奈何?"石岸为崩,广三丈余,陛级之。廪君行至上岸,上岸有平石,广长五丈,休其上,投算计算处皆有石,因立城其傍。④

这段故事与廪君射死盐水神女占据夷城不同,讲述了廪君的其他神异,能让弯曲的石岸自行崩开,投算筹占卜立城等等神迹,从而为廪君建国夷城做了铺垫。后世史书亦多从其说,如《晋书》记载:"廪君复乘土船,下及夷城,夷城石岸曲,泉水亦曲。廪君望如穴状,叹曰:'我新

① 莫代山:《国家在场与民族认同意识变迁——以廪君神话发源地"五落钟离山"为例》,《贵州民族研究》2008年第4期。
② 邓晓、何瑛:《远古三峡的盐与盐神信仰》,《重庆师范大学学报》(哲学社会科学版)2015年第1期,第5页。
③ [民国]向禹九编,陈金祥校注:《长阳文艺搜存集(初编)》,云南人民出版社,2008年,第195页。
④ [汉]应劭撰,吴树平校释:《风俗通义校释·佚文》,天津人民出版社,1980年,第440页。

从穴中出，今又入此，奈何！'岸即为崩，广三丈余，而阶陛相乘，廪君登之。岸上有平石方一丈，长五尺，廪君休其上，投策计算，皆著石焉，因立城其旁而居之。其后种类遂繁。"①杜光庭在《录异记》卷二《异人》中将以上廪君的故事传说全部杂糅到了一起，基本勾勒出了廪君神话的完整面貌：

> 李特字玄休，廪君之后。昔武落钟离山崩，有石穴二所，一赤如丹，一黑如漆。有人出于赤穴者，名务相，姓巴氏。有出于黑穴者，凡四姓：曋氏、樊氏、柏氏、郑氏。五姓偕出争长，于是务相约以剑刺穴，能著者为廪君。四姓莫著，而务相之剑悬焉。又以土为船，雕画之而浮水中，曰："若其船浮者为廪君。"务相船又独浮。于是遂称廪君。乘其土船，将其徒卒，当夷水而下，至于盐阳。盐水神女子止廪君曰："此鱼盐所有，地又广大，与君俱生，可止无行！"廪君曰："我当为君求廪地，不能止也。"盐神夜从廪君宿，旦辄去为飞虫，诸神皆从其飞，蔽日。廪君欲杀之不可别，又不知天地东西。如此者十日，廪君即以青缕遗盐神曰："婴此，宜之，与汝俱生。不宜，将去汝。"盐神受而婴之。廪君至砀石上，望膺有青缕者，跪而射之，中盐神。盐神死，群神与俱飞者皆去，天乃开玄。廪君复乘土船，下及夷城，夷城石岸曲，泉水亦曲，望之如穴状。廪君叹曰："我新从穴中出，今又入此，奈何！"岸即为崩，广三丈余，阶级相承，廪君登之。岸上有平石，长五尺，方一丈。廪君休其上，投策计算，皆著石焉，因立城其旁而居之。其后种类遂繁。秦并天下，以为黔中郡，薄赋敛之，岁出钱四十万。巴人呼赋为賨，因谓之賨人焉。②

<hr>

① ［唐］房玄龄等：《晋书》一二〇《李特载记》，中华书局，1974年，第3022页。
② ［明］曹学佺：《蜀中边防记》卷一〇引杜光庭《录异记》，明刻本。

可以看出，虽然关于古巴族的文献记载不多，但是廪君神话的整个故事从廪君的先祖由来、统一五姓、爱情纠葛、夷城称王等生平事迹是比较完整的，从中亦可见巴族的历史发展。

而关于廪君死后，亦有传说言他可化为白虎，增加了其神秘性。如《后汉书·南蛮西南夷传》："廪君死，魂魄世为白虎。巴氏以虎饮人血，遂以人祠焉。"[1]甚至还有廪君化虎而得名的"白虎垄"，如《长阳县志》引《水经注》言："白虎陇，在县西二百三十里。昔廪君死，精魂化为白虎，故巴人以虎饮人血，遂以人祀。"[2]又引《旧志》对此事做了解释："廪君之生也，出于赤穴；其死也，化为白虎，迹涉怪诞。然黄熊迹化，虎乳星流，异人异事，理有固然。廪君望岩而啸，山若为崩，其有功夷水必多，生而君之，死而神之，白虎有陇，宜也。"[3]

徐中舒先生曾认为："廪君之廪，又与林同。……廪君就是居于森林地带射猎部族的酋长。"[4]一般亦认为巴人奉白虎为祖先和守护神，以虎为图腾，所以有廪君化虎的传说。巴人也自认为自己是白虎的后代，如《搜神记》卷十二载："江汉之域，有貙人。其先，禀（廪）君之苗裔也，能化为虎。"[5]唐樊绰《蛮书》卷十记载："巴中有大宗，廪君之后也。……巴氏祭其祖，击鼓而祭，白虎之后也。"[6]

在今四川、重庆、湖北、贵州等地，也即古代巴人曾经活动过的区域，出土的巴人文物中，许多也带有虎形或虎纹饰样，如涪陵出土的虎形铜带钩、万州出土的虎钮錞于和虎纹铭文戈、开县出土的虎纹青铜矛、巴县出土的阳文虎形印章等，不胜枚举，都深深镌刻着巴人虎崇拜

① ［南朝宋］范晔：《后汉书·南蛮西南夷传》，中华书局，1965年，第2840页。
② ［民国］陈丕显主修，陈金祥校勘：《长阳县志（民国二十五年纂修）》卷五《地理考七·古迹》，方志出版社，2005年，第90页。
③ ［民国］陈丕显主修，陈金祥校勘：《长阳县志（民国二十五年纂修）》卷五《地理考七·古迹》，方志出版社，2005年，第90页。
④ 徐中舒：《论巴蜀文化》，四川人民出版社，1982年，第97页。
⑤ ［晋］干宝撰，钱振民点校：《搜神记》卷一二，岳麓书社，2015年，第113页。
⑥ ［唐］樊绰：《蛮书》卷一〇《南蛮疆界接连诸蕃夷国名》，琳琅秘室丛书本。

的印记。有学者曾对巴人白虎崇拜的起源历史及发展演变的过程总结如下：

> 白虎最早只是巴人的图腾物，用以表明巴人与白虎的亲缘关系，说明巴人的起源，巴人正是由虎变来的虎族。随着岁月的流逝，传说的积淀，白虎又成为巴人的民族祖先神廪君，又称白帝天王、白虎天王、白虎夷王，实即虎君。进而因环境的变迁，白虎在强化巴人的民族凝聚力，促进巴人的发展壮大，尤其是在巴人军事活动中的特殊地位与功能，白虎遂成为巴人的战神、武神，白虎崇拜就成为武神崇拜，成为巴人尚武精神的重要表现和核心。而这又反过来促使巴人更为崇拜白虎，从而影响着巴人的政治、经济、军事、文化、民族关系和社会生活。因之，在巴人的人名、地名、音乐、舞蹈、丧葬、祭祀、娱乐等行为中保存着巴人白虎崇拜的影像。[1]

第二节　长江流域的神女

一、巫山神女传奇

除了盐水神女外，巴人的神女传说中另一个被吟咏得较多的便是巫山神女，展现了古代巴人尚勇崇武精神之外的浪漫情怀一面。关于巫山神女的传说，最早见载于《山海经·中山经·中次七经》里："又东二百里，曰姑媱之山。帝女死焉，其名曰女尸，化为䔄草，其叶胥成，其华黄，其实如菟丘，服之媚于人。"[2]后来晋代干宝的《搜神记》卷十四也记载了相似故事内容："舍墕山帝之女死，化为怪草。其叶郁茂，其华黄色，其实如兔丝。故服怪草者，恒媚于人焉。"[3]又张华《博物志·异草

---

① 曾超：《巴人尚武精神研究》，中央民族大学博士论文，2005年，第93页。
② 袁珂：《山海经校注》，巴蜀书社，1993年，第171页。
③ ［晋］干宝撰，钱振民点校：《搜神记》卷一四，岳麓书社，2015年，第129页。

木》："右詹山，帝女化为詹草，其叶郁茂，其萼黄，实如豆，服者媚于人。"①可见最早的神女只是初具备了死后化为蓄草，草叶具有媚人功能的神通，还尚未与巫山联系起来。

战国宋玉通过《高唐赋》和《神女赋》，直接虚构了一个楚襄王与巫山神女幽会的浪漫故事。《高唐赋》序云：

> 昔者楚襄王与宋玉游于云梦之台，望高唐之观。其上独有云气，崒（峷）兮直上，忽兮改容，须臾之间，变化无穷。王问玉曰："此何气也？"玉对曰："所谓朝云者也。"王曰："何谓朝云？"玉曰："昔者先王尝游高唐，怠而昼寝，梦见一妇人，曰：'妾巫山之女也。为高唐之客。闻君游高唐，愿荐枕席。'王因幸之。去而辞曰：'妾在巫山之阳，高丘之阻，旦为朝云，暮为行雨。朝朝暮暮，阳台之下。'旦朝视之，如言。故为立庙，号曰'朝云'。"②

神女居住于巫山之阳，有朝云暮雨之神奇，还曾向楚先王主动示爱。我们耳熟能详的诸多典故如巫山云雨、朝云暮雨、阳台、自荐枕席等皆出自此赋，后世便常以"阳台"指男女幽会之所，"云雨"指男女欢爱之情。

宋玉另一篇赋《神女赋》，可视为《高唐赋》的姊妹篇，则从情貌神态上细致描摹神女的绝世姿容与美貌娴雅，极具艺术魅力：

> 楚襄王与宋玉游于云梦之浦，使玉赋高唐之事。其夜王寝，果梦与神女遇。其状甚丽，王异之。明日，以白玉。玉曰："其梦若何？"王曰："晡夕之后，精神恍忽，若有所喜，纷纷扰扰，未知

---

① ［晋］张华撰：《博物志》卷三"异草木"，华文出版社，2018年，第18页。
② ［南朝梁］萧统编，［唐］李善注：《文选》卷一九，中华书局，1977年，第264—265页。

何意。目色仿佛，乍若有记。见一妇人，状甚奇异，寐而梦之，寤不自识。罔兮不乐，怅然失志。于是抚心定气，复见所梦。"王曰："状何如也？"玉曰："茂矣美矣，诸好备矣。盛矣丽矣，难测究矣。上古既无，世所未见，瑰姿玮态，不可胜赞。其始来也，耀乎若白日初出照屋梁。其少进也，皎若明月舒其光。须臾之间，美貌横生，烨兮如华，温乎如莹，五色并驰，不可殚形。详而视之，夺人目精。其盛饰也，则罗纨绮缋盛文章，极服妙采照万方。振绣衣，被袿裳，襛不短，纤不长，步裔裔兮曜殿堂。忽兮改容，婉若游龙乘云翔。婍被服，侻薄装，沐兰泽，含若芳，性和适，宜侍旁，顺序卑，调心肠。"王曰："若此盛矣，试为寡人赋之。"玉曰："唯唯。"

夫何神女之姣丽兮，含阴阳之渥饰。被华藻之可好兮，若翡翠之奋翼。其象无双，其美无极。毛嫱鄣袂，不足程式。西施掩面，比之无色。近之既妖，远之有望，骨法多奇，应君之相，视之盈目，孰者克尚。私心独悦，乐之无量，交希恩疏，不可尽畅。他人莫睹，王览其状。其状峨峨，何可极言。貌丰盈以庄姝兮，苞温润之玉颜。眸子炯其精朗兮，瞭多美而可观。眉联娟以蛾扬兮，朱唇的其若丹。素质干之醲实兮，志解泰而体闲。既姽婳于幽静兮，又婆娑乎人间。宜高殿以广意兮，翼放纵而绰宽。动雾縠以徐步兮，拂墀声之珊珊。望余帷而延视兮，若流波之将澜。奋长袖以正衽兮，立踯躅而不安。澹清静其愔嫕兮，性沉详而不烦。时容与以微动兮，志未可乎得原。意似近而既远兮，若将来而复旋。褰余幬而请御兮，愿尽心之惓惓。怀贞亮之絜清兮，卒与我兮相难。陈嘉辞而云对兮，吐芬芳其若兰。精交接以来往兮，心凯康以乐欢。神独亨而未结兮，魂茕茕以无端。含然诺其不分兮，喟扬音而哀叹。頩薄怒以自持兮，曾不可乎犯干。[1]

---

[1] ［南朝梁］萧统编，［唐］李善注：《文选》卷一九，中华书局，1977年，第267—268页。

至此，巫山神女的整体形象基本就定型了，亦成为巴地流传最广的神话故事，她犹如美人隔云端，多情而美丽，引发了历代文人无限广阔的遐思想象与情感抒发空间。后世文人墨客"行过巫山必有诗"，巫山神女由此成为文学作品中引用最多的神话题材和文学意象之一。

如《巫山高》本为汉乐府古题《铙歌十八曲》之一，属于军乐乐曲，原本只是抒写游子思归怀乡的深厚情感。南北朝时很多诗人都以《巫山高》为题进行仿拟，而且改变了原诗中的"思归"题旨，多从"巫山"风景和神话传说出发进行吟咏，极有可能就是受到巫山神女传说的影响。南朝齐的王融、虞羲、刘绘，梁的元帝萧绎、范云、费昶、王泰，陈的萧诠、陈后主等都纷纷有题为《巫山高》的诗作，从诗中的"阳台""云雨""仙姬"等语可以明显看出化用巫山神女的故事，并将之融入巫山缥缈空灵的奇幻美景当中，如：

> 想象巫山高，薄暮阳台曲。烟霞乍舒卷，蘅芳时断续。彼美如可期，寤言纷在瞩。怅然坐相思，秋风下庭绿。（南朝齐王融）[1]

> 巫山高不穷，迥出荆门中。滩声下濺石，猿鸣上逐风。树杂山如画，林暗涧疑空。无因谢神女，一为出房栊。（梁元帝萧绎）[2]

> 巫山高不极，白日隐光晖。霭霭朝云去，溟溟暮雨归。岩悬兽无迹，林暗鸟疑飞。枕席竟谁荐，相望空依依。（梁范云）[3]

> 巫山巫峡深，峭壁耸春林。风岩朝蕊落，雾岭晚猿吟。云来足

---

① 逯钦立辑校：《先秦汉魏晋南北朝诗》，中华书局，1983年，第1388—1389页。
② 逯钦立辑校：《先秦汉魏晋南北朝诗》，中华书局，1983年，第2032页。
③ 逯钦立辑校：《先秦汉魏晋南北朝诗》，中华书局，1983年，第1543页。

荐枕，雨过非感琴。仙姬将夜月，度影自浮沈。（陈后主）[1]

　　唐宋文人继承了对巫山神女传奇的想象，并将之进一步铺陈扩张，开拓出了更广阔的诗意境界。据统计，在唐代歌咏写过巫山相关题材的诗人就有187人。[2]高唐巫山意象群在《全唐诗》中出现了856次，约占总数的1.7%；在《全宋词》中出现了782次，占总数的4.1%。[3]唐五代词涉及高唐巫山意象群的作品多达80首，约占总量的7%。[4]除了传统的《巫山高》乐府曲外，巫山神女的传说还被大量应用在了诸多词牌名中，主要有《巫山一段云》《高阳台》《阳台梦》《阳台路》《阳台怨》《梦行云》《忆瑶姬》等，如唐代昭宗《巫山一段云》二首、庄宗《阳台梦》四首，毛文锡、李珣、李晔各有《巫山一段云》一首，李存勖《阳台梦》、宋代柳永《巫山一段云》组词和《阳台路》、张枢《高阳台》（斜日明霞）、周密《高阳台》（照野旌旗）、王沂孙《高阳台》（残萼梅酸）等。其中最为常见的词牌是《巫山一段云》和《高阳台》，谢桃坊先生在《唐宋词谱粹编》中言道："乐府旧题有《巫山高》……《巫山一段云》当为南朝旧曲而入燕乐者，属唐代教坊曲，宫调为双调。"[5]

　　有的将巫山神女的传说与巫山的自然风貌、人文景观相联系，直接描绘巫山奇景：

　　　　巫山望不极，望望下朝氛。莫辨啼猿树，徒看神女云。惊涛乱水脉，骤雨暗峰文。沾裳即此地，况复远思君。（唐卢照邻《巫山高》）[6]

---

①　逯钦立辑校：《先秦汉魏晋南北朝诗》，中华书局，1983年，第2504页。
②　陈万葵：《论唐宋巫山诗》，广西民族大学硕士论文，2011年，第16页。
③　李文韬：《两宋词高唐意象群研究》，聊城大学硕士论文，2019年，第35页。
④　李文韬：《两宋词高唐意象群研究》，聊城大学硕士论文，2019年，第13页。
⑤　谢桃坊：《唐宋词谱粹编》，四川文艺出版社，2021年，第38—39页。
⑥　中华书局编辑部点校：《全唐诗》（增订本）卷四二，中华书局，1999年，第525页。

巴江上峡重复重，阳台碧峭十二峰。荆王猎时逢暮雨，夜卧高丘梦神女。轻红流烟湿艳姿，行云飞去明星稀。目极魂断望不见，猿啼三声泪滴衣。（唐孟郊《巫山曲》）①

神女向高唐，巫山下夕阳。裴回作行雨，婉恋逐荆王。电影江前落，雷声峡外长。霁云无处所，台馆晓苍苍。（唐宋之问《内题赋得巫山雨》）②

抉天心，开地脉，浮动凌霄拂蓝碧。襄王端眸望不极，似睹瑶姬长叹息。亚妆不治独西望，暗泣红蕉抱云帐。君王妒妾梦剂宫，虚把金泥印仙掌。江涛迅激如相助，十二狞龙怒行雨。昆仑谩有通天路，九峰正在天低处。（唐李沇《巫山高》）③

十二高峰天外寒。竹稍轻拂仙坛。宝衣行雨在云端。画帘深殿，香雾冷风残。　欲问楚王何处去，翠屏犹掩金鸾。猿啼明月照空滩。孤舟行客，惊梦亦艰难。（五代阎选《临江仙二首》其二）④

卢照邻和孟郊的《巫山高》诗都继承了"杂以阳台神女之事，无复远望思归之意"⑤的传统，将巫山的自然景色、神话传说、民间谣谚熔于一炉，直接抒写自己行舟巫峡的心境感受。宋之问则化用巫山神女"且为朝云，暮为行雨"的传说典故，将巫山行雨的突如其来比拟作了神女的变化莫测，描摹出了电闪雷鸣的巫山奇景。李沇的诗更加夸张，直接

① 中华书局编辑部点校：《全唐诗》（增订本）卷三七二，中华书局，1999年，第4197页。
② 中华书局编辑部点校：《全唐诗》（增订本）卷五二，中华书局，1999年，第645页。
③ 中华书局编辑部点校：《全唐诗》（增订本）卷六八八，中华书局，1999年，第7979页。
④ 曾昭岷等编：《全唐五代词》正编卷三，中华书局，1999年，第573页。
⑤ ［唐］吴兢撰：《乐府古题要解》卷上，学津讨原本。

将因巫山的急雨激流想象成了"君王妒妾"的场景，想象奇特，令人惊叹。

有的则通过神女传说，描摹神女形貌，烘托仙界氛围，暗写男女情爱欢会的场景：

> 君不见巫山高高半天起，绝壁千寻尽相似。君不见巫山磕匝翠屏开，湘江碧水绕山来。绿树春娇明月峡，红花朝覆白云台。台上朝云无定所，此中窈窕神仙女。仙女盈盈仙骨飞，清容出没有光辉。欲暮高唐行雨送，今宵定入荆王梦。荆王梦里爱秾华，枕席初开红帐遮。可怜欲晓啼猿处，说道巫山是妾家。（唐阎立本《巫山高》）[1]

由于唐代道教的盛行，在描摹神女形象时，亦可见到不少带有道教装扮元素的描写，如欧阳炯《巫山一段云二首》其一："绛阙登真子，飘飘御彩鸾。碧虚风雨佩光寒。敛袂下云端。　月帐朝霞薄，星冠玉蕊攒。远游蓬岛降人间。特地拜龙颜。"[2]御彩鸾、着星冠（女冠）、游蓬莱等，都暗含了道教女真及相关元素。

当然，与这些借神话歌咏男女爱恋艳情不同的是，有些作品境界升华，通过神女故事怀古伤今，抒发愁绪别情，如花间词人李珣的《河传》就借神女故事寄托自己去国怀乡的离愁别恨：

> 去去。何处。迢迢巴楚。山水相连。朝云暮雨。依旧十二峰前。猿声到客船。　愁肠岂异丁香结。因离别。故国音书绝。想佳人花下，对明月春风。恨应同。[3]

---

[1] 中华书局编辑部点校：《全唐诗》（增订本）卷三九，中华书局，1999年，第507页。
[2] 曾昭岷等编：《全唐五代词》正编卷三，中华书局，1999年，第457页。
[3] 曾昭岷等编：《全唐五代词》正编卷三，中华书局，1999年，第608页。

又如罗隐中借神女之愁绪发出"人生对面犹异同"的思考感慨，以及"千载是非难重问"的质疑，都充满哲思：

下压重泉上千仞，香云结梦西风紧。纵有精灵得往来，犹轲齸轩亦颠陨。岚光双双雷隐隐，愁为衣裳恨为鬶。暮洒朝行何所之，江边日月情无尽。珠零冷露丹堕枫，细腰长脸愁满宫。人生对面犹异同，况在千岩万壑中。（唐罗隐《巫山高》）①

楚城日暮烟霭深，楚人驻马还登临。襄王台下水无赖，神女庙前云有心。千载是非难重问，一江风雨好闲吟。欲招屈宋当时魄，兰败荷枯不可寻。（罗隐《渚宫秋思》）②

又如李商隐《过楚宫》："巫峡迢迢旧楚宫，至今云雨暗丹枫。微生尽恋人间乐，只有襄王忆梦中。"③以"襄王忆梦"隐喻，暗含对自己身世坎坷之感慨，落魄不遇的怅惘之伤。似这种以神女襄王自喻，抒发身世之叹的诗人还不少，如：

巫山幽阴地，神女艳阳年。襄王伺容色，落日望悠然。归来高唐夜，金釭焰青烟。颓想卧瑶席，梦魂何翩翩。摇落殊未已，荣华倏徂迁。愁思潇湘浦，悲凉云梦田。猿啼秋风夜，雁飞明月天。巴歌不可听，听此益潺湲。（唐刘希夷《巫山怀古》）④

刘希夷在前半部分的诗中讲述了襄王和神女幽会之后，笔锋一转，

---

① 中华书局编辑部点校：《全唐诗》（增订本）卷六六五，中华书局，1999年，第7669页。
② 中华书局编辑部点校：《全唐诗》（增订本）卷六五八，中华书局，1999年，第7615页。
③ 中华书局编辑部点校：《全唐诗》（增订本）卷五四〇，中华书局，1999年，第6247页。
④ 中华书局编辑部点校：《全唐诗》（增订本）卷八二，中华书局，1999年，第880—881页。

欢情之后终究要分离，快乐终究是短暂的，随之而来的是道不尽的愁思悲凉，秋夜猿啼雁飞更添伤感，从此不敢再听巴歌声起。这孤寂的画面也正是刘希夷落魄生平、诗词多哀苦感伤之音的写照。

此外，后世亦有部分文人对巫山神女故事带有鄙夷批判态度的，如唐末五代李咸用《巫山高》就将神女视为"妖灵"，痛斥她"斗艳传情"的惑君祸国行为，如：

通蜀连秦山十二，中有妖灵会人意。斗艳传情世不知，楚王魂梦春风里。雨态云容多似是，色荒见物皆成媚。露泫烟愁岩上花，至今犹滴相思泪。西眉南脸人中美，或者皆闻无所利。忍听凭虚巧佞言，不求万寿翻求死。①

结合李咸用身处的时代背景，不难理解其中对巫山神女的贬斥和审判，其实也带有诗人自己借古讽今的现实意味，其最终目的是劝谏君王不要沉迷女色，否则"忍听凭虚巧佞言，不求万寿翻求死"，最终只会造成国破家亡、社会动荡的局面。直至明清诗人中亦不乏将神女视为妲己、褒姒之流，用来讽刺君王不听忠言、荒淫误国，如：

山中妖狐老不死，化作姐女莲花腮。潜形谲迹托梦寐，变幻涕泪成琼瑰。神灵震怒不可祷，云雾惨淡昏阳台。猛风吹雨洗不尽，假手秦炬歊飞灰。精诚感应各以类，世间妖孽匪自来。君不见商王梦中得良弼，傅岩之美今安匹。巫山何事近楚宫，终古怨恨流无穷。（明刘基《巫山高》）②

---

① 中华书局编辑部点校：《全唐诗》（增订本）卷六四四，中华书局，1999年，第7431页。
② ［明］刘基撰：《刘文成集》卷一〇，四部丛刊景明隆庆刻本。

屈平见疏靳尚忠，朝云飞入怀王宫。朝云来自巫山巅，变化百态纷婵娟。翻乾覆坤弄秋雨，潇湘万户无人烟。羲和日车走不到，楚台那得瞻青天。巫山遥遥隔汉川，何由却至君王前。君不见高宗求贤傅说用，美人不入深宫梦。（清孙原湘《巫山高》）①

但是，并不是所有人都赞同红颜祸水的论调，也有部分诗人保持了清醒的理智分析，对遭受卫道士诟病的"巫山神女"们持有同情态度，并进行积极的反思，如：

巫山十二郁苍苍，片石亭亭号女郎。晓雾乍开疑卷幔，山花欲谢似残妆。星河好夜闻清佩，云雨归时带异香。何事神仙九天上，人间来就楚襄王。（唐刘禹锡《巫山神女庙》）②

何山无朝云，彼云亦悠扬。何山无暮雨，彼雨亦苍茫。宋玉恃才者，凭虚构高唐。自垂文赋名，荒淫归楚襄。峨峨十二峰，永作妖鬼乡。（唐于濆《巫山高》）③

双黛俨如颦，应伤故国春。江山非旧主，云雨是前身。梦觉传词客，灵犹福楚人。不知千载后，何处又为神。（唐崔涂《巫山庙》）④

刘禹锡诗中为神女鸣不平，已为九天之上的神仙，何苦要"人间来就楚襄王"。相比刘诗的质疑同情，于濆的思考则更为客观科学：巫山

---

① ［清］孙原湘撰：《天真阁集》卷四，清嘉庆五年刻增修本。
② 中华书局编辑部点校：《全唐诗》（增订本）卷三六一，中华书局，1999年，第4091页。
③ 中华书局编辑部点校：《全唐诗》（增订本）卷五九九，中华书局，1999年，第6986页。
④ 中华书局编辑部点校：《全唐诗》（增订本）卷六七九，中华书局，1999年，第7835页。

的朝云暮雨不过是正常的气象变化罢了，因为宋玉的杜撰才有了神女传说，襄王更是莫名其妙平白无故地背负上了荒淫骂名，而巍峨的巫山十二峰也至此成为了妖鬼之乡，这都是无妄之灾。崔涂诗中则是塑造了一个全新的巫山神女形象，她心怀故国，忠于旧主，福佑楚人，全然不是那个俯就帝王的痴情女性。

总的说来，巫山神女的主要文学意象表达仍是以代指男女情愫为主，由于神女原初主动求爱的行为，在后世逐渐演变为女性大胆示爱与个性张扬，冲破世俗礼教追求爱情的象征，但是仍脱离不了男欢女爱的范围。文学作品中频频出现的巫山、楚王、襄王、枕席、高唐、神女、阳台、云雨等等，均是借楚襄王艳遇神女的故事，隐喻男女之情爱。如南朝梁萧纲《行雨诗》："本是巫山来，无人睹容色。唯有楚王臣，曾言梦相识。"[1] 刘孝绰《为人赠美人诗》："巫山荐枕日，洛浦献珠时。一遇便如此，宁关先有期。幸非使君问，莫作罗敷辞。夜长眠复坐，谁知暗敛眉。欲寄同花烛，为照遥相思。"[2] 沈约《梦见美人诗》："夜闻长叹息，知君心有忆。果自闾阖开，魂交睹颜色。既荐巫山枕，又奉齐眉食。立望复横陈，忽觉非在侧。那知神伤者，潺湲泪霑臆。"[3] 描摹男女情事直白露骨，不难看出南朝宫体诗的影响。

又如唐代薛涛《谒巫山庙》："乱猿啼处访高唐，路入烟霞草木香。山色未能忘宋玉，水声犹是哭襄王。朝朝夜夜阳台下，为雨为云楚国亡。惆怅庙前多少柳，春来空斗画眉长。"[4] 薛涛站在女性的角度来反思看待巫山神女传说，深切同情这段恋情，实际上也是对自己良人难觅、寂寞孤苦结局的哀伤感慨。又岑参《醉戏窦子美人》："朱唇一点桃花殷，

---

① 逯钦立辑校：《先秦汉魏晋南北朝诗》，中华书局，1983年，第1970页。
② 逯钦立辑校：《先秦汉魏晋南北朝诗》，中华书局，1983年，第1837页。
③ 逯钦立辑校：《先秦汉魏晋南北朝诗》，中华书局，1983年，第1640页。
④ 中华书局编辑部点校：《全唐诗》（增订本）卷八〇三，中华书局，1999年，第9133页。

宿妆娇羞偏髻鬟。细看只是阳台女，醉着莫许归巫山。"① 李贺《神弦别曲》："巫山小女隔云别，春风松花山上发。绿盖独穿香径归，白马花竿前子子。蜀江风澹水如罗，堕兰谁泛相经过。南山桂树为君死，云衫浅污红脂花。"② 宋代苏轼的《蝶恋花》："记得直屏初会遇。好梦惊回，望断高唐梦。"柳永《离别难》以巫山梦短易逝来喻有情人离别：

> 花谢水流倏忽，嗟年少光阴。有天然、蕙质兰心。美韶容、何啻值千金。便因甚、翠弱红衰，缠绵香体，都不胜任。算神仙、五色灵丹无验，中路委瓶簪。 人悄悄，夜沈沈。闭香闺、永弃鸳衾。想娇魂媚魄非远，纵洪都方士也难寻。最苦是、好景良天，尊前歌笑，空想遗音。望断处，杳杳巫峰十二，千古暮云深。③

又周紫芝的《水龙吟》融合了《高唐赋》和《登徒子好色赋》，借神女楚王故事自喻，抒发爱而不得的感伤：

> 楚山千叠浮空，楚云只在巫山住。鸾飞凤舞，当时空记，梦中奇语。晓日瞳昽，夕阳零乱，袅红萦素。问如今依旧，霏霏冉冉，知他为、谁朝暮。 玉佩烟鬟飞动，炯星眸、人间相遇。嫣然一笑，阳城下蔡，尽成惊顾。蕙帐春浓，兰衾日暖，未成行雨。但丁宁莫似，阳台梦断，又随风去。④

隋代志怪小说《八朝穷怪录》中还记载了一则有关巫山神女与凡人相恋的故事：

---

① 陈铁民、侯忠义校注：《岑参集校注》卷四，上海古籍出版社1981年，第435页。
② 中华书局编辑部点校：《全唐诗》（增订本）卷三九三，中华书局，1999年，第4442页。
③ 唐圭璋编：《全宋词》第1册，中华书局，1965年，第36—37页。
④ 唐圭璋编：《全宋词》第2册，中华书局，1965年，第870页。

萧总，字彦先，南齐太祖族兄环之子。总少，为太祖以文学见重。……因游明月峡。爱其风景，遂盘桓累岁，常于峡下枕石漱流。时春向晚，忽闻林下有人呼萧卿者数声，惊顾去坐石四十余步，有一女把花招总。总心异之，又常知此有神女从之。视其容貌，当可笄年。所衣之服，非世所有；所佩之香，非世所闻。谓总曰："萧郎过此，未曾见邀。今幸良晨，有同宿契。"总恍然行十余里，乃见溪上有宫阙台殿甚严，宫门左右有侍女二十人，皆十四五，并神仙之质。其寝卧服玩之物，俱非世有。心亦喜幸，一夕绸缪，以至天晓。忽闻山鸟晨叫，岩泉韵清。出户临轩，将窥旧路，见烟云正重，残月在西。神女执总手，谓曰："人间之人，神中之女，此夕欢会，万年一也。"总曰："神中之女，岂人间常所望也。"女曰："妾实此山之神。上帝三百年一易，不似人间之官，来岁方终一易，之后遂生他处。今与郎契合，亦有因由，不可陈也。"言讫乃别。神女手执一玉指环，谓曰："此妾常服玩，未曾离手。今永别，宁不相遗。愿郎穿指，慎勿忘心。"总曰："幸见顾录，感恨徒深。执此怀中，终身是宝。"天渐明，总乃拜辞，掩涕而别。携手出户，已见路分明。总下山数步，回顾宿处，宛是巫山神女之祠也。他日持玉环至建邺，因话于张景山。景山惊曰："吾常游巫峡，见神女指上有此玉环。世人相传云是晋简文帝李后曾梦游巫峡，见神女，神女乞后玉环。觉后，乃告帝。帝遣使赐神女，吾亲见在神女指上。今卿得之，是世间异人矣。"总齐太祖建元末方征召，未行，帝崩，世祖即位，累为中书舍人。初总为治书御史，江陵舟中过而忽思神女事，悄然不乐，乃赋诗曰："昔年岩下客，宛似成今古。徒思明月人，愿湿巫山雨。"①

---

① ［宋］李昉等：《太平广记》卷二九六"萧总"条引《八朝穷怪录》，第3册，上海古籍出版社，1990年，第203—204页。

故事虚构了人间山神的巫山神女与萧总的一夜情缘。萧总是南朝齐太祖萧道成哥哥萧道环的儿子，从小因辞章文学被太祖看重。人神恋是传奇小说里面常见的主题，但是这里巫山神女没有与楚王相恋，而是与一个人间书生相爱，二人郎才女貌，神女的种种表现亦颇类陷入爱河的凡间女子形象，无疑缩减了人神差距，亦可见当时士子文人对神女的美好幻想和憧憬。又《三峡记》中还讲述了神女嫁给渔人微生亮为妻三年的故事，相比萧总故事，神女的神性更加减弱了，其婚配对象已经变为一般百姓：

> 明月峡中有二溪，东西流。宋顺帝升平二年，溪人微生亮钓得一白鱼，长三尺，投置船中，以草覆之。及归取烹，见一美女在草下，洁白端丽，年可十六七。自言高唐之女，偶化鱼游，为君所得。亮问曰："既为人，能为妻否？"女曰："冥契使然，何为不得？"其后三年，为亮妻。忽曰："数已足矣，请归高唐。"亮曰："何时复来？"答曰："情不可忘者，有思复至。"其后一岁三四往来，不知所终。①

元明以后，戏曲、传奇、小说之中的巫山相关意象更是成为男女艳遇欢爱的隐语。如元代胡奎《巫山高》："凌紫烟，过楚宫，药房蕙幄春融融。琼台银阙与天通，朝云暮雨无终穷。"②清代孔尚任《桃花扇》第五出《访翠》："【小桃红】误走到巫峰上，添了些行云想，匆匆忘却仙模样。春宵花月休成谎，良缘到手难推让，准备着身赴高唐。"③又如：

---

① ［宋］李昉等：《太平广记》卷四六九"微生亮"条引《三峡记》，第4册，上海古籍出版社，1990年，第451页。

② 杨镰主编：《全元诗》第48册，中华书局，2013年，第148页。

③ ［清］孔尚任著，王季思、苏寰中、杨德平合注：《桃花扇》卷一，人民文学出版社，1986年，第41页。

空山久独居，偶感襄王心。楚宫闲秋梦，仿佛来同衾。（元末明初高启《巫山高》）①

巫山高，高望不可极。日月蔽亏，云雨出入。有美一人，曰维神女。朝为行云，暮为行雨。冷然入余梦，贻我以翠羽。郁陶乎余心，将以畴语。将舍余国都，以往从女。朝朝暮暮，为云为雨。（明胡应麟《巫山高》）②

巫山峰十二，一一向阳台。闻说君王梦，曾逢神女来。树色悽离恨，猿响抱余哀。至今云雨里，徒使后人猜。（明徐贲《巫山高》）③

而且明清时与巫山神女相关诗歌的数量明显增多了，内容更加丰富多元。其中之一就是由神女思慕楚王延伸出的民间思妇的文学形象，如明代吴翌凤《巫山高》："巫山高，江水深，阳台不见愁人心。阳台不在江之涘，乃在高高翠微里。襄王去后晓梦空，一片行云为谁起。击巫鼓，弹神弦，估船日暮烧纸钱。庙门沈沈（沉沉）望不极，樯竿老鸟接人食。衰兰泣露竹扫风，落日猿声唤秋色。"④黄佐《巫山高》："巫山高，高若何，淮水绕之，不可以过。骊骢父马锦障泥，我欲渡之，徘徊而骄嘶。阳台有女居迷楼，爱而不见烟云愁。罔有蚖虺，户有蚰蜒，嗟我行役，今还归。"⑤清代刘嗣绾《巫山高》："巫山极天天入梦，一峰迎人一峰送。行云潇潇何处郎，巴猿三声妾断肠。"⑥都借由巫山神女塑造了女子思念心上人而不得的苦闷形象，渲染了幽怨寂寥之情。

---

① ［明］金檀辑注：《高季迪集辑注》卷一，清雍正六年刻本。
② ［明］胡应麟：《少室山房类稿》卷二，续金华丛书本。
③ ［明］徐贲：《北郭集》卷一，四部丛刊三编景明成化刻本。
④ ［明］吴翌凤撰：《与稽斋丛稿》卷一四《湘春漫与下》，清嘉庆刻本。
⑤ ［明］黄佐撰：《泰泉集》卷二，明嘉靖二十一年李时行刻本。
⑥ ［清］刘嗣绾撰：《尚䌹堂集·诗集》卷一，清道光六年大树园刻本。

还有一种则是借助神女传说来感慨人生缥缈，现实虚妄，理想幻灭的破碎之感。如释宗泐《巫山高》："阳台神女徒盈盈，艳质妖容果谁识。襄王荒怪不足征，宋玉微辞岂堪惜。至今云雨自朝昏，山鬼哀猿叫苍壁。"① 明代何景明《巫山高》："神女仙裙佩缨动，行云飞入荆王梦。含情流盼轻烟中，玉床瑶枕荐君宫。紫罗白縠垂香风，恍惚魂散莫与同。微霜销落高丘树，哀猿孤吟鸟双去。荒淫沦灭竟何为，暮雨冥冥归古祠。"② 都将想象中美好温情的神女传说与现实的凄清孤寂、哀猿霜寒画面做对比，突出人生理想破灭的虚妄无情。

二、瑶姬神话的蝶变

宋玉之后，巫山神女的故事在后世其实还发生了一些更新的变化发展。如《水经注》记载：

> 又帝女居焉，宋玉所谓天帝之季女，名曰瑶姬，未行而亡，封于巫山之阳，精魂为草，实为灵芝。所谓巫山之女，高唐之阻，旦为行云，暮为行雨，朝朝暮暮，阳台之下。旦早视之，果如其言。故为立庙，号朝云焉。③

唐代余知古《渚宫旧事》卷三引东晋习凿齿《襄阳耆旧传》云：

> 襄王与宋玉游于云梦之台。望朝云之馆，其上有云气，变化无穷。王曰："何气也?"玉曰："昔者，先王游于高唐，怠而昼寝。梦见一妇人，暧乎若云，皎乎若星，将行未止，如浮忽停。详而观

---

① ［明］曹学佺辑：《石仓十二代诗选·明诗》卷八六引，明崇祯刻本。
② ［明］何景明撰：《大复集》卷五，明万历五年刻本。
③ ［北魏］郦道元著，［清］王先谦校：《水经注》卷三四《江水二》，巴蜀书社，1985年，第532页。

之，西施之形。王悦而问之。曰：'我夏帝之季女也，名曰瑶姬。未行而亡，封乎巫山之台。精魂为草，摘而为芝。媚而服焉，则与梦期。所谓巫山之女、高唐之姬。闻君游于高唐，愿荐寝席。'王因幸之。既而言之曰：'妾处之翰，尚莫可言之。今遇君之灵，幸妾之搴，将抚君苗裔，藩乎江汉之间。'王谢之。辞去曰：'妾在巫山之阳，高丘之岨。旦为朝云，暮为行雨。朝朝暮暮，阳台之下。'王朝视之如言。乃为立馆，号曰朝云。"王曰："愿子赋之，以为楚志。"①

《太平御览》卷三九九所引《襄阳耆旧记》与《渚宫旧事》引文略有异，故亦录之：

楚襄王与宋玉游于云梦之野，将使宋玉赋高唐之事。望朝云之馆上有云气，崒乎直上，忽而改容，须臾之间，变化无穷。王问宋玉曰："此何气也？"对曰："昔者先王游于高唐，怠而昼寐，梦一妇人，暧乎若云，焕乎若星。将行未至，如浮如停；详而视之，西施之形。王悦而问焉。曰：'我帝之季女也，名曰瑶姬，未行而亡，封巫山之台，精魂依草，实为茎之。媚而服焉，则与梦期。所谓巫山之女、高唐之姬，闻君游于高唐，愿荐枕席。'王因而幸之。"②

又《高唐赋》李善注引《襄阳耆旧传》曰：

赤帝女曰姚姬，未行而卒，葬于巫山之阳，故曰巫山之女。楚怀王游于高唐，昼寝，梦见与神遇，自称是巫山之女。王因幸之。

① ［唐］徐知古著，袁华忠译注：《渚宫旧事译注》，湖北人民出版社，1999年，第136页。
② ［宋］李昉等：《太平御览》卷三九九《人事部四〇》引，第2册，中华书局，1960年，第1844页。

遂为置观于巫山之南，号为朝云。后至襄王时，复游高唐。①

以上文献记载皆说明，至少到两晋南北朝时，人们赋予了巫山神女一个新的身份：天帝（或炎帝）幼女，名唤"瑶姬（姚姬）"。这个身份的由来，应该是与原初《山海经》里帝女死后化为瑶草联想而得，是瑶草神话向瑶姬神话的演变。如袁珂先生在《山海经》此条后就注曰："此瑶姬神话之概略也。"②之后，巫山神女、高唐神姬、帝女瑶姬就成为一体，都代指神女传说。"瑶姬"之名也频频出现在诗文中，如：

碧丛丛，高插天，大江翻澜神曳烟。楚魂寻梦风飔然，晚风飞雨生苔钱。瑶姬一去一千年，丁香筇竹啼老猿。古祠近月蟾桂寒，椒花坠红湿云间。（唐李贺《巫山高》）③

玉峰青云十二枝，金母和云赐瑶姬。花宫磊砢楚宫外，列仙八面星斗垂。秀色无双怨三峡，春风几梦襄王猎。青鸾不在懒吹箫，斑竹题诗寄江妾。飘飘丝散巴子天，苔裳玉缮红霞幡。归时白帝掩青琐，琼枝草草遗湘烟。（唐陈陶《巫山高》）④

峭碧参差十二峰。冷烟寒树重重。瑶姬宫殿是仙踪。金炉珠帐，香霭昼偏浓。　一自楚王惊梦断，人间无路相逢。至今云雨带愁容。月斜江上，征棹动晨钟。（唐牛希济《临江仙七首》其一）⑤

---

① ［南朝梁］萧统编，［唐］李善注：《文选》卷一九，中华书局，1977年，第265页。
② 袁珂：《山海经校注》，巴蜀书社，1993年，第172页。
③ 中华书局编辑部点校：《全唐诗》（增订本）卷三九三，中华书局，1999年，第4439页。
④ 中华书局编辑部点校：《全唐诗》（增订本）卷七四五，中华书局，1999年，第8561页。
⑤ 曾昭岷等编：《全唐五代词》正编卷三，中华书局，1999年，第543页。

到了唐末五代，道士杜光庭在《墉城集仙录》中更是将神女瑶姬的身份改造为西王母的二十三女云华夫人，将神女正式纳入道教行列：

云华夫人者，王母第二十三女，太真王夫人之妹也，名瑶姬，受回风混合万景练神飞化之道。尝游东海还，过江之上，有巫山焉。峰岩挺拔，林壑幽丽，巨石如坛，平博可玩，留连久之。时大禹理水，驻其山下，大风卒至，振崖谷陨，力不可制。因与夫人相值，拜而求助。即敕侍女授禹策召百神之书，因命其神狂章、虞余、黄魔、大翳、庚辰、童律等，助禹斩石疏波，决塞道厄，以循其流。禹拜而谢焉。禹尝诣之于崇巘之巅，顾盼之际，化而为石，或倏然飞腾，散为轻云，油然而止，聚为夕雨，或化游龙，或为翔鹤，千态万状，不可视也，不知其常也。……禹然之，复往诣焉，忽见云楼玉台，瑶宫琼阙，森然暨天，灵官侍卫，不可名识，师子抱阙，天马启涂，毒龙电兽，八威备轩，夫人宴坐于瑶台之上，禹稽首问道……因令侍女陵容华命出丹玉之笈，开上清宝文，以授禹焉。禹拜受而去，又得庚辰、虞余之助，遂能导波决川，成其功，尊五岳，别九州，而天锡玄珪，以为紫庭真人也。其后楚大夫宋玉以其事言于襄王，王不能访以道要，以求长生，筑台于高唐之馆，作阳台之宫以祀之。宋玉作《神女赋》以寓情荒淫，托词秽芜，高真上仙，岂可诬而降之也。有祠在山下，世谓之大仙，隔峰有神女之石，即所化之身也。复有石天尊神女坛，坛侧有竹，垂之若彗，有楄叶飞物着坛上者，竹则因风而扫之，终岁莹洁，不为之污。楚世世祀焉。①

---

① ［唐］杜光庭撰，罗争鸣辑校：《杜光庭记传十种辑校》，中华书局，2013年，第604—607页。

不仅瑶姬的身份变化了，杜光庭还将大禹治水的功劳亦归功于有瑶姬相助，瑶姬以上清宝文授大禹，助大禹凿石疏流、排除险塞，大禹才能治理水患，之后大禹也皈依道门，为"紫庭真人"，原本浪漫妍丽、眉目含情的神女亦被仙化为严肃庄穆、不苟言笑的道教女仙形象。由于杜光庭的改写，神女斩妖魔、除水患，保护民众航行和生活，俨然成为当地守护神，于是进而促进了巫山神女传说更为广泛地在民间流传，并被不断丰富改造，最终成为三峡地区的山川保护神。"至今三峡民间所传瑶姬神话，还大体上保存着《墉城集仙录》记叙的内容。"[①]

唐之后，民间祭祀巫山神女的活动盛行不衰，出现了诸多关于巫山神女庙的诗词、游记等作品，如唐刘禹锡《巫山神女庙》、温庭筠《巫山神女庙》、宋祝穆撰《方舆胜览》卷五十七"高唐神女庙"、苏轼《神女庙》，清王士禛《池北偶谈》卷二十一等均有记载，足见神女神话传说在民间的广泛流传与深远影响。

到了宋代，神女民间化的守护神形象更受世人敬仰爱戴，甚至包括很多文人亦不认同神女与楚王的故事，而更为赞赏神女是守护百姓的保护神。陆游《入蜀记》卷六曰：

（乾道六年十月）二十三日。过巫山凝真观，谒妙用真人祠。真人，即世所谓巫山神女也。祠正对巫山，峰峦上入霄汉，山脚直插江中。议者谓太、华、衡、庐，皆无此奇。然十二峰者不可悉见。所见八九峰，惟神女峰最为纤丽奇峭，宜为仙真所托。祝史云：每八月十五夜月明时，有丝竹之音，往来峰顶，山猿皆鸣，达旦方渐止。庙后山半，有石坛平旷，传云夏禹见神女、授符书于此。坛上观十二峰，宛如屏障。是日天宇晴霁，四顾无纤翳，惟神女峰上有白云数片，如鸾鹤翔舞，徘徊久之不散，亦可异也。祠旧有乌数百，

---

① 袁珂：《中国神话史》，北京联合出版公司，2015年，第64页。

送迎客舟，自唐夔州刺史李贻诗已云"群乌幸胙余"矣。近乾道元年，忽不至。今绝无一乌，不知其故。[①]

可知当时巫山地区已有为神女立祠，而且信奉传播的还是杜光庭所改造过的神女作为道教真人的故事体系。陆游还在《谒巫山庙，两庑碑版甚众，皆言神佐禹开峡之功，而诋宋玉〈高唐赋〉之妄，予亦赋诗一首》中言道："真人翳凤驾蛟龙，一念何曾与世同。不为行云求弭谤，那因治水欲论功。翱翔想见虚无里，毁誉谁知溷浊中。读尽旧碑成绝倒，书生惟惯诮王公。"[②]完全否认了神女与楚王的爱情故事，认为是书生宋玉之流的毁誉之妄造成的，他更赞同神女相助大禹开峡治水之功。另如宋代范成大亦是认同神女的道教形象，《吴船录》卷下载：

> 据宋玉赋云"以讽襄王"，其词亦止乎礼义，如"玉色頩以赪颜"、"羌不可兮犯干"之语，可以概见。后世不詧，一切以儿女子亵之。余尝作前、后《巫山高》以辩。今庙中石刻引《墉城记》："瑶姬，西王母之女，称云华夫人，助禹驱鬼神，斩石疏波，有功见纪。"今封妙用真人，庙额曰凝真观，从祀有白马将军，俗传所驱之神也。[③]

范成大在《巫山高》诗中更是赞道："西真功高佐禹迹，斧凿鳞皴倚天壁。……玉色頩颜不可干，人间错说高唐梦。"[④]否定了神女与楚王的情爱，而从正面肯定了神女相助大禹治水的功绩。又如司马光《介甫作

---

① ［宋］陆游著，朱迎平校注：《入蜀记译注》卷六，上海古籍出版社，2024年，第187—188页。

② 钱仲联校注：《剑南诗稿校注》卷二，上海古籍出版社，1985年，第175页。

③ ［宋］范成大著，朱迎平校注：《吴船录译注》，上海古籍出版社，2024年，第296页。

④ ［宋］范成大撰，富寿荪标校：《范石湖集》卷一六，上海古籍出版社，1981年，第215页。

巫山高命光属和勉率成篇真不知量》："我闻神理明且直,兴亡唯观恶与德。安肯来从楚国君,凭依梦寐为淫昏。襄王之心自荒惑,引领日望阳台云。"①直言不讳所谓的神女楚王故事完全是昏庸荒淫的楚王的凭空捏造与自我臆象。吴简言《题巫山神女庙》则是讽刺宋玉流言害人,为神女鸣不平:"惆怅巫娥事不平,当时一梦是虚成。只因宋玉闲唇吻,流尽巴江洗不清。"②又如宋代曹冠的《念奴娇》词的小序云:"宋玉《高唐赋》述楚怀王遇神女事,后世信之。愚独以为不然,因赋《念奴娇》,洗千载之诬蔑,以祛流俗之惑。"③直言想通过词作为神女洗去污名:

> 蜀川三峡,有高唐奇观,神仙幽处。巨石巉岩临积水,波浪轰天声怒。十二灵峰,云阶月地,中有巫山女。须臾变化,阳台朝暮云雨。　堪笑楚国怀襄,分当严父子,胡然无度。幻梦俱迷,应感逢魑魅,虚言冥遇。仙女耻求媒,况神清直,岂可轻诬污。逢君之恶,鄙哉宋玉词赋。④

由于巫峡峰峦叠嶂,气象百变,令人遐思无限。巫山十二峰各有特色,其中神女峰纤秀神似人形,周围云霞缭绕,宛若亭亭玉立脉脉含情的少女,于是被后世附会成了巫山神女瑶姬所化。鉴于巫山、神女、十二峰之间的密切联系,因此后世常常用"十二峰""神女""高唐""阳台""巫峰"等来代指巫山及三峡。如唐代孟郊"阳台碧峭十二峰"⑤、明代程敏政《巫山高》的"十二峰头云似絮,十二峰下翻盆雨"⑥等。元代马致远的小令【南吕·四块玉】《巫山庙》云:"暮雨迎,朝云送,暮

① 傅璇琮、倪其心等主编:《全宋诗》第9册,北京大学出版社,1991年,第6051页。
② 傅璇琮、倪其心等主编:《全宋诗》第2册,北京大学出版社,1991年,第855页。
③ 唐圭璋编:《全宋词》第3册,中华书局,1965年,第1534页。
④ 唐圭璋编:《全宋词》第3册,中华书局,1965年,第1534页。
⑤ 中华书局编辑部点校:《全唐诗》(增订本)卷三七二,中华书局,1999年,第4197页。
⑥ 〔明〕程敏政撰:《篁墩集》卷六一,明正德二年刻本。

雨朝云去无踪。襄王谩说阳台梦。云来也是空，雨来也是空，怎捱十二峰。"①而宋代闾丘泳的《次袁说友巫山十二峰二十五韵》："长江高唐神女峡，万里昆仑分一枝。"②清纳兰性德《江城子》："湿云全压数峰低，影凄迷，望中疑。非雾非烟，神女欲来时。"③皆是直接以神女作为巫山及三峡的代名词了。至此，高唐神女与巫山神女峰遥相呼应，成为巫山神女传说的一个重要组成部分。

第三节　散记于文学中的巴地神话

巴蜀地区位于长江中上游，民间文学、民俗信仰与原始宗教都颇为发达。古代巴人既有以崇武进取的廪君神话为代表的英雄传奇，也有充满浪漫特质的"盐水神女"和"巫山神女"传说。除此以外，"巴蛇神话""巴蔓子传说""孟涂神话"亦是巴地重要的神话传说，体现了巴地悠久的历史风貌和粗犷的民风民俗。

一、巴蛇神话

巴蛇神话早在先秦时代就已有之，如《山海经·海内经》记载："又有朱卷之国。有黑蛇，青首，食象。"郭璞注："即巴蛇也。"④又《海内南经》："巴蛇食象，三岁而出其骨，君子服之，无心腹之疾。其为蛇青黄赤黑。一曰黑蛇青首，在犀牛西。"郭璞注曰："今南方蚺蛇吞鹿，鹿已烂，自绞于树腹中，骨皆穿鳞甲间出，此其类也。《楚词》曰：'有蛇吞象，厥大何如？'说者云长千寻。"⑤现实生活中体形巨大的蛇类可以吞下

---

① 徐征、张月中等主编：《全元曲》第三卷，河北教育出版社，1998年，第1730页。
② 傅璇琮、倪其心等主编：《全宋诗》第50册，北京大学出版社，1991年，第31085页。
③ ［清］纳兰性德：《纳兰词》卷一，榆园丛刻本。
④ 袁珂：《山海经校注》，巴蜀书社，1993年，第516页。
⑤ 袁珂：《山海经校注》，巴蜀书社，1993年，第331页。

鹿、羊、牛之类体积稍大的动物，但是与大象的外形反差还是很大的，即便是史前体型最大的泰坦巨蟒，要想吞下一头大象也不是那么容易的事，可见巴蛇食象神话充分体现了神话夸张和无限想象的特点。

巴蛇食象神话应该最初诞生于巴地，后来传播到了与巴蜀相邻的楚国，并进一步成为众所周知的神话。如屈原在《楚辞·天问》中发出了如下感慨："一蛇吞象，厥大何如?"① 《说文·巴部》言："巴，虫也，或曰食象蛇。象形。"② 袁珂先生注《海内南经》云："巴，小篆作𢀳，……则所象者，物在蛇腹彭亨之形。"③ 这些甚至将"巴"字的源头解释为了象"蛇"之形，可见巴蛇神话的影响广泛。

在后世的文学作品中，夸张猎奇的巴蛇神话更是赋予人们对未知世界的憧憬与想象。如西晋左思《吴都赋》："屠巴蛇，出象骼。"④ 唐代虞世南《狮子赋》："碎逿兕于龈腭，屈巴蛇于指掌。"⑤ 柳宗元《天对》云："巴蛇腹象，足亲厥大。三岁遗骨，其修已号。"⑥ 北宋吴淑《蛇赋》："或乘彼龙星，或出夫象骼。"⑦ 清彭遵泗《蜀故》卷二十"介虫"："有人游瞿塘峡，时冬月，草木枯落，野火燎其峰峦，连山跨谷，红焰烛天。忽闻岩崖间辐然有声，驻足伺之，见一物圆如大囷，堕于平地，近视之，乃一蛇也。遂剖而验之，蛇吞一鹿在于腹内，野火烧燃，堕于山下。所谓巴蛇吞象，信乎有之。"⑧

---

① ［宋］洪兴祖撰，白化文等点校：《楚辞补注》，中华书局1983年．第95页。《艺文类聚》卷九六引郭璞《山海经图赞》云："象实巨兽，有蛇吞之。越出其骨，三年为期。厥大何如，屈生是疑。"

② ［汉］许慎：《说文解字》，中华书局，1998年，第309页。

③ 袁珂：《山海经校注》，巴蜀书社，1993年，第332页。

④ ［南朝梁］萧统编，［唐］李善注：《文选》卷五，中华书局，1977年，第91页。

⑤ ［清］董浩等编：《全唐文》卷一三八，中华书局，1983年，第1396页。

⑥ ［唐］柳宗元撰：《柳宗元集》卷一四，中华书局，1979年，第374页。

⑦ 曾枣庄、刘琳主编：《全宋文》第6册，上海辞书出版社、安徽教育出版社，2006年，第249页。

⑧ ［清］彭遵泗编，倪亮校注：《蜀故校注》卷二〇，西南交通大学出版社，2020年，第295页。

　　"巴蛇"逐渐成为凶兽的代名词，频频出现于文人笔下，有时或作为巨蛇、长蛇、毒蛇等存在。如《淮南子·本经训》："修蛇皆为民害。……（羿）断修蛇于洞庭。"①《路史·后纪十一·陶唐氏》"屠长它于洞庭"②，罗苹注云："长它，即所谓巴蛇，在江岳间。其墓今巴陵之巴丘，在州治侧。"③南朝宋庾仲雍《江源记》载："羿屠巴蛇于洞庭，其骨若陵，曰巴陵也。"④李白《荆州贼乱临洞庭言怀作》："修蛇横洞庭，吞象临江岛。"⑤古代巴蜀之地的气候潮湿炎热，山地众多，丛林茂密，蛇类分布极其广泛，数量种类都非常丰富。唐时元稹奉使入蜀，在《巴蛇三首并序》就记载道："巴之蛇百类：其大，蟒；其毒，鼻塞。蟒，人常不见。鼻塞，常遭之。毒人则毛发皆竖起，饮溪涧而泥沙尽沸。"⑥其诗《巴蛇》曰："巴蛇千种毒，其最鼻塞蛇。掉舌翻红焰，盘身蹙白花。喷人竖毛发，饮浪沸泥沙。欲学叔敖瘗，其如多似麻。"⑦凡入蜀者，在经过这些有毒蛇大蛇时常出没的道路时，也难免心惊胆战，于是常常有"巴蛇"之叹，并将"巴蛇穴"代指环境恶劣的凶险之地。如元稹《酬乐天见寄》："三千里外巴蛇穴，四十年来司马官。瘴色满身治不尽，疮痕刮骨洗应难。"⑧皎然《答黎士曹黎生前适越后之楚》："不栖恶木上，肯蹈巴蛇穴。"⑨张说《巴丘春作》："湖阴窥魍魉，丘势辨巴蛇。"⑩白居易《送客南迁》："穴掉巴蛇尾，林飘鸩鸟翎。"⑪

————————

① 刘文典撰，冯逸、乔华点校：《淮南鸿烈集解》，中华书局，1997年，第254、255页。
② 周明：《路史笺注》，巴蜀书社，2021年，第348页。
③ 周明：《路史笺注》，巴蜀书社，2021年，第365页。
④ 《路史·后纪十一·陶唐氏》罗苹注引，周明：《路史笺注》，巴蜀书社，2021年，第365页。
⑤ ［清］王琦注：《李太白全集》卷二四，中华书局，1977年，第1125页。
⑥ 中华书局编辑部点校：《全唐诗》（增订本）卷三九九，中华书局，1999年，第4484页。
⑦ 中华书局编辑部点校：《全唐诗》（增订本）卷三九九，中华书局，1999年，第4484页。
⑧ 中华书局编辑部点校：《全唐诗》（增订本）卷四一六，中华书局，1999年，第4603页。
⑨ 中华书局编辑部点校：《全唐诗》（增订本）卷八一五，中华书局，1999年，第9254页。
⑩ 中华书局编辑部点校：《全唐诗》（增订本）卷八八，中华书局，1999年，第969页。
⑪ 朱金城笺校：《白居易集笺校》卷一九，中华书局，1988年，第1259页。

虽然巴蛇食象神话带有夸张虚构的成分，但是因为巴蜀地区多蛇的事实，亦让巴蛇神话具有一定的现实基础，后人亦对巴蛇深信不疑，并附会了不少遗迹以证其实，充分体现了民间传说的魅力。如唐李吉甫《元和郡县志》卷三十引《武陵记》云："溪山高可万仞，山中有盘瓠石窟，中有石似狗形，蛮俗相传即盘瓠也。又有巴蛇，四眼，大十围，不知长几里。"①《大明一统志》卷六十二："巴丘山，在（岳州）府城南，亦名巴蛇冢。"②明代曹学佺《蜀中名胜记》卷二十五"通江县"："县之洞有二：一曰龙洞。《志》云：在西二百里吴垭乡。洞周围二十余丈，高三丈，深七尺，内有池殿，清莹湛然。一曰蛇洞。《志》云：在北四百里南坝寺，唐建也。每岁端阳前后，有蛇自柱础间出，沿阶满室，大小颜色非一种，然不为害。昔人传三万四千尾，不可数也。按：此即巴蛇洞云。"③嘉庆《四川通志》卷十二亦证其说："巴蛇洞，在（通江）县北四百里。有南坝寺。每岁端阳前有蛇自柱础间出，累累不一，然不为害。"④

二、巴蔓子传奇

巴蔓子的故事见于常璩《华阳国志·巴志》：

> 战国时，（巴）尝与楚婚。及七国称王，巴亦称王。周之季世，巴国有乱。将军蔓子请师于楚，许以三城。楚王救巴。巴国即宁，楚使请城。蔓子曰："藉楚之灵，克弭祸难。诚许楚王城。将吾头往谢之。城不可得也。"乃自刎，以头授楚使。楚王叹曰："使吾得臣

① ［唐］李吉甫：《元和郡县图志》卷三〇《江南道六》引，岱南阁丛书本。
② ［明］李贤等纂：《大明一统志》卷六二，明弘治十八年刻本。
③ ［明］曹学佺：《蜀中名胜记》卷二五"通江县"，明刻本。
④ ［清］常明修、杨芳灿纂：嘉庆《四川通志》卷一二《舆地志十一》，清嘉庆二十一年刻本。

若巴蔓子，用城何为！"乃以上卿礼葬其头。巴国葬其身，亦以上卿礼。①

　　当时巴国发生了动乱，遣将军巴蔓子向楚国求助，并许以割让三城作为报酬。楚王派兵相助解围后，要求巴国兑现诺言。巴蔓子不愿将领土割让出去，于是自刎以谢之。常璩赞曰："若蔓子之忠烈，范目之果毅；风淳俗厚，世挺名将。"②由此，巴蔓子以身留城，忠信两全的精神流芳，也成为历史上忠烈人物的代表之一，忠节死义的故事被后世广为流传。如白居易《登城东古台》诗："迢迢东郊上，有土青崔嵬。不知何代物？疑是巴王台。"③又《九日登巴台》："今岁重阳日，萧条巴子台。"④《进士题名记》云："有巴蔓子代节死义之遗风，故云云有甘霸兴文广休任侠之遗风，故士颇倜傥。"⑤

　　关于巴蔓子最后葬身之处也有不同说法。一说在施州（今湖北恩施），如《方舆胜览》卷六十一言施州迄今仍有巴蔓子庙。《大明一统志》卷六十六施州卫"清江郡"条亦曰："巴蔓子墓，在卫城北都亭山（按：今属湖北利川县）。……楚王以上卿礼葬其头于荆门山之阳，巴国葬其身于此。"⑥另一种说法是在忠州（今重庆忠县）。如《水经注·江水一》注曰："江州县（按：今属重庆），故巴子之都也。"⑦宋代王象之《舆地纪胜》卷一七五："巴王冢，在巴县（按：今属重庆）西北五里。前后有石兽石龟各二，骐骥石虎各一，即古巴国之君也。"⑧明代曹学佺

①　任乃强校注:《华阳国志校补图注》卷一，上海古籍出版社，1987年，第11页。
②　任乃强校注:《华阳国志校补图注》卷一，上海古籍出版社，1987年，第51页。
③　朱金城笺校:《白居易集笺校》卷一一，中华书局，1988年，第601页。
④　朱金城笺校:《白居易集笺校》卷一一，中华书局，1988年，第591页。
⑤　［宋］祝穆撰:《方舆胜览》卷六一"夔州路"引，宋咸淳三年刻本。
⑥　［明］李贤等纂:《大明一统志》卷六六，明弘治十八年刻本。
⑦　［北魏］郦道元著，［清］王先谦校:《水经注》卷三三《江水一》注，巴蜀书社，1985年，第526页。
⑧　［宋］王象之:《舆地纪胜》卷一七五"巴王冢"，清道光二十九年刻本。

《蜀中名胜记》卷十九"忠州"言忠州有蔓子冢和巴王庙，还有官方祭祀之："今治西北一里，有蔓子冢。……巴王庙在州东一里，神即蔓子将军也。岁三月七日，太守以豕帛致祭。先期，土人具千钧蜡祠之。宋为永顺祠，今为忠贞祠。"①并将忠州得名与之相联系起来："忠之名，以巴蔓子。"明万历《四川总志》卷九"重庆府"下"宫室"条："巴子台，忠州西五里。"②

三、孟涂神话

孟涂事迹早在先秦时即有流传。如战国时的史书《竹书纪年》卷上记载："（帝启）八年，帝使孟涂如巴莅讼。"③《山海经·海内南经》的记载稍微详细点："夏后启之臣曰孟涂，是司神于巴。人请讼于孟涂之所，其衣有血者乃执之，是请生。居山上；在丹山西。丹山在丹阳南，丹阳居属也。"④可知夏启时巴人已臣属于夏王朝⑤，孟涂是夏之官吏，奉夏启命入驻巴地，负责主司刑狱之事。

郭璞注《山海经》曰："不直者则血见于衣。"⑥又《山海经图赞》云："孟涂司巴，听讼是非。厥理有曲，血乃见衣。所请灵断，呜呼神微。"⑦意思是孟涂断案时，理曲不直者的衣服上会自动显现血迹，这就是所谓的请灵判案，极其神奇。在中国传说中有利用动物断案的传统，如《墨子·明鬼下》《论衡·是应》都记载有齐庄君、皋陶通过神羊断案的故事，一般这种断案神兽还有一个专名叫作"獬豸"（或作解廌、觟𧣾等）。而如孟涂这种不借助于断案神兽，直接就有神迹自动出现的，自

---

① ［明］曹学佺：《蜀中名胜记》卷一九，明刻本。
② ［明］虞怀忠、郭棐等纂修：万历《四川总志》卷九，万历九年木刻本，第20页。
③ ［南朝梁］沈约注：《竹书纪年注》卷三，明嘉靖刻本。
④ 袁珂：《山海经校注》，巴蜀书社，1993年，第326页。
⑤ 周集云：《巴族史探微》，四川省社会科学院出版社，1989年，第4页。
⑥ 袁珂：《山海经校注》，巴蜀书社，1993年，第327页。
⑦ ［晋］郭璞著，王招明、王暄译注：《山海经图赞译注》，岳麓书社，2016年，第273页。

然体现了孟涂其人的神异性，其主司诉讼也带有了通灵意味。后世亦由
之将孟涂视为能通神者，称其为"神主"，如郭璞注《山海经》："听其
狱讼，为之神主。"①宋代罗泌《路史·后纪十三·夏后氏上》："命孟涂
为理刑，正讼，从以为神主。"②又《后纪十四·夏后纪下》："孟涂敬职，
而能礼于神，爰封于丹。"③甚至《水经注》中直接将孟涂称为巫山之神：
"其下十余里，有大巫山，非惟三峡所无，乃当抗峰岷、峨，偕岭衡、
疑。其翼附群山，并概青云，更就霄汉，辨其优劣耳，神孟涂所处。"④
明代王圻《续文献通考》卷二一四"氏族考"则曰："巴神曰孟涂。"⑤已
俨然将孟涂视为了巴地之神。

---

① 袁珂：《山海经校注》，巴蜀书社，1993年，第327页。
② 周明：《路史笺注》，巴蜀书社，2021年，第427页。
③ 周明：《路史笺注》，巴蜀书社，2021年，第461页。
④ ［北魏］郦道元著，［清］王先谦校：《水经注》卷三四《江水二》，巴蜀书社，1985年，
　第531页。
⑤ ［明］王圻：《续文献通考》卷二一四，明万历三十年刻本。

余 论

史前时期，人类受自然环境的影响与制约颇深，在对自然界不断认识与探索的过程中，人类对环境与自身、万物关系的解释认知，往往通过神话传说来表达。正如鲁迅在《中国小说史略》中所言："昔者初民，见天地万物，变异不常，其诸现象，又出于人力所能以上，则自造众说以解释之：凡所解释，今谓之神话。"[1]这亦是"神话"的最初缘起与定义。神话是集体无意识的表达，也构成了民族文化的精神底色，是民族最为深层的精神家园。而神话传说本身也可视为一种特殊的文学表达形式，在不断发展演变的过程中，神话本身所蕴含的文学因子得到进一步加强，同时又为文学创作提供了更为丰富的内容素材，拓展了更为广阔的浪漫想象和审美空间。

巴蜀神话与文学的关系密切，不同的时代背景与社会思潮、不同的文学体裁都对巴蜀神话的流传与演变形成了一定的影响与差异性。

古代巴蜀地区长期处于一个较为封闭的地理环境，与外界的交通亦不便，相应的文学及文化的交流传播亦受到了一定影响。除先秦《山海经》中保存了少量的巴蜀神话外，两汉时期的辞赋文章无疑对巴蜀神话的早期流传起到了极为关键的推动作用。但是辞赋更多的还是在于神话内容的保存上，将巴蜀神话进一步充实人物细节、完善故事情节的主要是魏晋志怪志异小说。唐宋以后，体裁多样的文学创作更将巴蜀神话从较为单一的内

---

① 鲁迅：《中国小说史略》，人民文学出版社，1973年，第7页。

容保存推向了丰富多元的创新创造上，诸多文学意象如杜宇化鹃、神女、五丁等都成为后世文学创作的经典形象。诗词凭借其朗朗上口易于口耳相传的优势拓宽了巴蜀神话的对外传播路径，促使其向西南地区之外广泛流传，扩布到全国其他地方如江南、闽南地区，甚至到了东南亚。而之后话本、小说、戏剧等俗文学创作愈加繁荣，对叙事性与艺术性也提出了更高的要求，这既推动了巴蜀神话在民间大范围的传承发展，同时也加强了其内容的丰富生动与创新蝶变。

特别值得关注的是志传文学对巴蜀神话的重要影响及作用。四川是方志大省，巴蜀士人重实务，以史学、方志一枝独秀，成果蔚为壮观。尤其巴蜀虽然历史悠久，然先秦时期的古蜀尚无诸多文献资料可证，关于古蜀的记载大多是以神话的方式保存下来的，主要在《蜀王本纪》和《华阳国志》中。根据学界研究，巴蜀考古遗址、文献典籍基本可与巴蜀神话中的部分记载相互应证，从巴蜀神话中我们可以了解当时的王朝更迭、生产生活、自然灾害以及战争等巴蜀历史文化发展情况。此外，各类志传文学中亦记载了巴蜀神话的诸多内容，包括风物名胜、历史遗迹、民俗信仰等，对巴蜀神话起到了有益的补充完善作用。

此外，道家思想与道教发展对巴蜀神话的形成、保存、发展和传播都起到了重要作用。古代巴蜀地区极为崇尚原始宗教信仰和巫术祭祀活动，本就极具神话产生流传的土壤，加之从秦汉以来的黄老之学盛行，到两汉时期神仙思想和成仙追求，魏晋南北朝时期的志怪玄学之风，都推动了巴蜀神话中的神仙信仰与仙道传说长盛不衰。《列仙传》《神仙传》《搜神记》等仙传作品中记录了大量巴蜀的神仙传说和仙话故事。而隋唐及以后随着道教的兴盛发展，为了更好地传播教义，很多巴蜀仙话人物都被纳入道教体系。在道家思想和道教典籍的作用加持下，巴蜀神话中的故事人物和神仙传说都增添了更多的神异能力和神奇情节，道家道教与巴蜀神话的互动也极大地促进了后者在民间的广泛传播与接受。

奇幻瑰丽的巴山蜀水孕育了神秘浪漫的巴蜀文化，形成了不同于中原地区的特有的巴蜀神话传说体系。作为中国神话的有机组成部分，巴蜀神话具有其独特的发展历史、语言风格与文化价值，充分显示了巴蜀地域文化特色，在整个中华文化中占有独特地位。

扫码阅览
- 有声点播
- 巴蜀方志
- 考古探秘
- 文化讲堂

主要参考文献

一、著作

丁山:《中国古代宗教与神话考》,上海书店出版社,2011年。

何天富:《嫘祖汇典》,巴蜀书社,2018年。

何星亮:《中国图腾文化》,上海科学出版社,1992年。

侯光、何祥:《四川神话选》,四川民族出版社,1992年。

黄剑华:《古蜀的辉煌——三星堆文化与古蜀文明的遐想》,巴蜀书社,2002年。

黄剑华:《古蜀金沙——金沙遗址与古蜀文明探析》,巴蜀书社,2003年。

黄剑华:《古蜀神话研究》,四川人民出版社,2023年。

黄震云、孙娟:《汉代神话史》,长春出版社,2009年。

贾雯鹤:《〈山海经〉专名研究》,中国社会科学出版社,2020年。

贾雯鹤:《神话的文化解读》,重庆大学出版社,2010年。

李诚:《古蜀神话传说试论》,四川人民出版社,2023年。

李绍明、林向、徐南洲:《巴蜀历史民族考古文化》,巴蜀书社,1991年。

李祥林:《神话·民俗·性别·美学——中国文化的多面考察与深层识读》,中国社会科学出版社,2015年。

任乃强:《四川上古史新探》,四川人民出版社,2019年。

王大有:《图说中国图腾》,人民美术出版社,1998年。

王长俊:《诗歌意象学》,安徽文艺出版社,2000年。

徐世群:《巴蜀文化大典》,四川人民出版社,1998年。

杨栋:《夏禹神话研究》,中华书局,2019年。

姚圣良:《先秦两汉神仙思想与文学》,齐鲁书社,2009年。

叶舒宪:《英雄与太阳——中国上古史诗的原型重构》,上海社会科学院出版社,1991年。

尹荣方:《洪水神话的文化阐释》,上海人民出版社,2016年。

袁珂、周明:《中国神话资料萃编》,四川省社会科学院出版社,1985年。

袁珂:《中国神话传说》,北京联合出版公司,2016年。

袁珂:《中国神话史》,北京联合出版公司,2015年。

周明:《巴蜀神话文献辑纂》,四川人民出版社,2023年。

二、论文

白帅敏:《论唐宋词中的鹃声及其文化内涵》,《中国韵文学刊》2015年第4期。

陈世松:《蜀文化:一脉相承的四川文化传统》,《中华文化论坛》1999年第3期。

程得中、彭万钧:《巴渝地区禹迹考略》,《重庆三峡学院学报》2022年第1期。

盖建民、高大伟:《清代巴蜀地区"川主二郎神"信仰新考》,《西南民族大学学报》(人文社会科学版)2021年第10期。

顾友泽:《试论杜甫杜鹃诗意蕴的拓展及其影响》,《杜甫研究学刊》2005年第3期。

刘术:《唐代成都蚕市考》,《重庆科技学院学报》(社会科学版)2016

年第11期。

　　卢云:《"金马碧鸡"神话的形成及其南迁》,《思想战线》1990年第1期。

　　吕肖奂:《中国古代西南地区的金马碧鸡信仰考论》,《徐州工程学院学报》(社会科学版)2012年第2期。

　　蒲生华:《杜鹃:中国古典悲情词中的一个显性情感符号》,《青海师范大学学报》2001年第1期。

　　苏宁:《鸟图腾和巴蜀族徽》,《中华文化论坛》2005年第4期。

　　王炎:《"杜宇""朱利"史实考辨》,《社会科学研究》2006年第2期。

　　吴洪成:《巴蜀文化述略》,《重庆社会科学》2002年第3期。

　　萧兵:《蜀蚕丛纵目》,《四川文物》1986年第1期。

　　谢天开、冉昊月:《唐诗中的大禹文化类型及神话研究》,《神话研究集刊》第九集,巴蜀书社,2023年。

　　羊红:《明清诗歌中的鳖灵负面形象初探》,《太原城市职业技术学院学报》2016年第2期。

　　张培锋、张钰婧:《宋代诗文中的文昌信仰探析》,《文学与文化》2023年第3期。

　　张启成:《古蜀杜宇神话新探》,《贵州社会科学》1990年第6期。

　　张泽洪:《中国科举制度与道教——以梓潼梦为中心的考察》,《四川大学学报》(哲学社会科学版)2023年第2期。

　　赵宏艳:《传说、景观与地方记忆:论陆游诗文中的大禹书写》,《中华文化论坛》2020年第6期。

　　朱小宁、龙剑平:《文天祥诗歌杜鹃意象初探》,《九江学院学报》2007年第4期。

神话里的巴蜀
文学里的故乡

扫码破译
巴蜀文化密码

考古探秘
蜀地历史 见证变迁

有声点播
巴蜀文化 声声入耳

文化讲堂
古韵经典 代代相传

巴蜀方志
古蜀遗珍 深度解析